Дарья Донцова

Кулинарная книга лентяйки-2
Вкусное путешествие

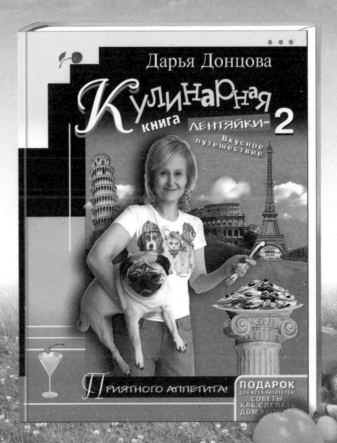

Читайте романы
примадонны иронического детектива
Дарьи Донцовой

Дарья Донцова

*П*родюсер козьей мо*р*ды

роман

*С*триптиз Жар-птицы

главы из нового романа

Москва

ЭКСМО

2008

ИРОНИЧЕСКИЙ ДЕТЕКТИВ

Продюсер козьей морды

роман

ДОРОГИЕ МОИ ЧИТАТЕЛИ!

Целый год вы боролись за право стать лучшим сыщиком-любителем, присылая ответы на детективные загадки, которые я помещала в конце своих книг.

Я рада сообщить вам замечательные новости: итоги конкурса «Загадки года от Дарьи Донцовой» подведены. Имена победителей уже опубликованы на сайтах www.eksmo.ru и www.dontsova.ru. Вы можете также найти их на последних страницах этой книги.

Слава, слава лучшим сыщикам-любителям, которые целый год радовали меня правильными ответами! Разумеется, кроме славы, им достаются и обещанные позитивные памятные награды.

Также хочу сказать спасибо всем за участие в конкурсе. Я рада, что вы разделяете мое увлечение загадками, именно поэтому этот год пролетел так быстро и радостно! Кстати, из текста книги «Метро до Африки» вы так и не узнали, что за короткое слово пассажир Сергей адресовал собаке, которая искала наркотики в его багаже. Поэтому привожу здесь отгадку на самую последнюю загадку:

Отгадка на загадку из книги «Метро до Африки»

Даша Васильева так и не сумела разгадать эту загадку, хотя полковник Дегтярев подсказал ей: «На ситуацию нужно посмотреть с позиции собаки». А что может показаться псине особенно обидным?.. Сергей сказал барбосу: «Мяу» и был наказан за глупую шутку.

И еще один маленький секрет... У меня для вас есть сюрприз! В моей книге «Стриптиз Жар-птицы» (она появится на полках книжных магазинов в марте) вы найдете условия новой игры, которую я придумала для вас. Пусть она станет еще одним поводом для радости в 2008 году! Обещаю море позитива и приятные призы. Но это еще не все... Фотография победителя будет напечатана в одной из моих книг! В общем, участвуйте и выигрывайте призы! Надеюсь, вам очень понравится!

С любовью — ваша

Глава 1

Если женщина не хочет иметь с тобой ничего общего, значит, она у тебя уже все отобрала.

Я мирно разбирал бумаги общества «Милосердие», когда раздался звонок моего мобильного. Очевидно, слишком теплый и погожий для Москвы июнь подействовал на меня расслабляюще, поэтому вместо привычной фразы: «Подушкин слушает» — я игриво произнес:

— Алло, что веселого скажете?

— Ты пьян? — возмутилась Николетта.

Хорошее настроение мигом испарилось, в последнее время маменька постоянно заводит разговоры о моем алкоголизме. Только не подумайте, что я забулдыга, проводящий большую часть времени в обнимку с канистрой самогона. Я не злоупотребляю горячительными напитками, пара порций хорошего коньяка, которую позволяю себе по вечерам, не в счет. Но полгода назад Николетта стала при каждой возможности горько вздыхать и с трагической интонацией заявлять:

— Боже! В жизни много горя, но есть люди, которым всемогущий Господь отсыпает неприятности, забыв про меру. Это я! Мальчик — пьяница! Кто может быть хуже?

Последний вопрос, заданный с мелодраматическим всхлипом, явно риторический, маменька вовсе не желает получить на него ответ, а я порой с трудом сдерживаюсь, ловлю на кончике языка вполне спра-

ведливое замечание: «Кто хуже алкоголика? Наркоман, убийца, садист, сексуальный маньяк, впрочем,
даже обычный мужик, не совершающий противоза-
конных поступков, но сидящий на шее у матери-пен-
сионерки, потому что «честному человеку трудно устроиться на хороший оклад» — тоже, на мой взгляд,
порядочный гад».

Хотя можно ли назвать нормальным мужиком того, кто существует за счет пожилой дамы? Ладно, до-
лой отступления, сейчас речь идет обо мне и Николетте, а я никогда не пользовался ее кошельком. С одной стороны, я не имею наклонностей альфонса, с
другой... Выпросить у Николетты даже копейку невозможно, она не принадлежит к армии бабушек, которые, получив пенсию, несутся покупать любимым
внукам фрукты и познавательные книжки. Правда,
внуков у маменьки нет. Я не женат и не настроен ве-
шать на шею ярмо брака. Что же касаемо стенаний об
алкоголизме, то я великолепно понимаю, откуда у
«проблемы» ноги растут. Николетта обожает быть
объектом жалости. После смерти моего отца, популярного в советские годы писателя Павла Подушкина, маменька без устали рассказывала окружающим о
своей «нищете». У нее не было белого «Мерседеса»,
раритетной шубки из розовой шиншиллы, а количество бархатных коробочек в секретере после того, как
ушел из жизни муж, к ее глубокому сожалению, не
увеличилось. Николетте не повезло так, как ее закля-
той подружке Коке, вот у той зять — владелец нефтя-
ных скважин, и маменька на фоне тещи олигарха чувствовала себя казанской сиротой. Только не подумайте, что несчастная вдова литератора стояла у метро,
продавая пирожки собственного изготовления. Николетта не умеет готовить, хозяйством у нее занимается домработница, а еще я всегда давал ей деньги.
Другое дело, что достаточной эта сумма казалась только мне, Николетта же постоянно повторяла:

— Ужасно жить в нищете, — чем будила во мне комплекс неполноценности.

Увы, я не способен поднять собственное дело, работаю секретарем у весьма успешной бизнесвумен Элеоноры, а заодно являюсь сыщиком в созданном ею же частном детективном агентстве «Ниро». Поэтому о белом «Мерседесе» и прочих внешних атрибутах богатства Николетте приходилось лишь мечтать, и тут судьба послала ей Владимира Ивановича[1].

Сейчас Николетта имеет все: шикарный «Бентли», раритетные драгоценности, платиновую кредитку, а шубы она давно перестала считать. Жить бы да радоваться, но маменьке не угодишь. Дело в том, что она потеряла статус «несчастненькой», ну кому захочется жалеть женщину, летающую в Париж на частном самолете только для того, чтобы вечером посидеть на концерте в знаменитой «Опера»? Какой, скажите, надо отыскать повод, чтобы воскликнуть: «О! Бедная Нико! Ей так не везет, живет в страданиях, мужественно переносит все несчастья».

Сетовать на слишком мелкие бриллианты? Рыдать из-за того, что в Африке запретили отстрел уникальных антилоп-альбиносов и теперь ей уже никогда не купить манто из их шкур? Вы испытаете сочувствие к подобной даме? То-то и оно! А маменьке необходима жалость, и она сумела-таки найти выход из положения: объявила меня алкоголиком. Стоит мне на глазах у Николетты взять рюмку с коньяком, как раздается возглас:

— Вава! Помни о своем здоровье, твои сосуды давно подточены безудержными возлияниями. Не рви сердце матери, не пей!

При этом учтите, что Николетта бывшая актриса, учили ее в советские времена, а тогда еще были живы

---

[1] См. книгу Дарьи Донцовой «Пикник на острове сокровищ», издательство «Эксмо».

уникальные преподаватели сценической речи. Поэтому театральный возглас маменьки слышен не только в гостиной, его слышат люди в соседних домах. Двух «выступлений» Николетты хватило для того, чтобы по тусовке полетела сплетня: ни к чему не пригодный Вава Подушкин пьет горькую, несчастная Николетта, нет ей радости в жизни, она, правда, весьма удачно вышла замуж за богача, но сын-алкоголик скоро сведет ее в могилу.

— Вава, — стенала в трубку маменька, — посмотри на будильник! Который час?

Странный вопрос, если хочешь уточнить время, можно и самой бросить взгляд на циферблат, но жизнь с Николеттой приучила меня ничему не удивляться.

— Без пяти минут полдень, — спокойно ответил я.

— Раннее утро на дворе, а ты уже навеселе, — сказала маменька и драматично всхлипнула.

На беду, я обладаю острым слухом, поэтому уловил доносящееся из трубки тихое покашливание и характерный хруст фольги. Маменька любит по утрам съесть свежеиспеченную булочку из кондитерской «Мале»[1], их привозят ей на дом в коробке, тщательно запакованной в металлизированную бумагу. Сейчас Николетта, рыдая над сыном-пьянчугой, одновременно попивает кофий, а кашляет, очевидно, Кока, которая сидит рядом. Дамы явно собрались совершить набег на магазины.

Внезапно мне стало жутко обидно, и я резко ответил:

— Ты великолепно знаешь, что я практически не пью.

— Вава! Не сердись на мать! Я переживаю за твою судьбу, — отбила подачу Николетта.

---

[1] Название выдумано автором, совпадения случайны.

Я постарался обрести душевное равновесие. Еще прошедшей зимой Николетта старалась не предавать огласке тот факт, что у нее есть сын, мягко говоря, не юного возраста. Не так давно я на время стал героем прессы[1], пришлось давать интервью, и один из журналистов поинтересовался:

— Сколько вам лет?

Поскольку никаких причин скрывать свой возраст у меня нет, я честно озвучил цифру.

— Но ваша... э... мама... — забормотал обалдевший писака, — получается... она моложе вас!

Я на секунду растерялся, потом решил обратить дело в шутку, но тут Николетта разинула рот и произнесла историческую фразу:

— Да! Сын старше матери, и, если честно, это обстоятельство мне совершенно не нравится!

Это был один из редких случаев, когда Николетта призналась в своем материнстве прилюдно. Хотя, согласитесь, смешно в компании тех, кто общается с тобой всю жизнь, прикидываться несколько десятилетий молодой бездетной девушкой. Светское общество знает о наших родственных отношениях, и тем не менее маменька всегда звала отпрыска лишь «Вава». Но в последнее время Николетта стала обращаться ко мне «сыночек», и это понятно: нельзя же считаться матерью алкоголика, не имея чада.

— Твое поведение ранит мое любящее сердце, — простонала Николетта и отсоединилась.

Попытка сосредоточиться на бумагах не увенчалась успехом. Мобильный ожил вновь.

— Подушкин слушает, — официально ответил я.

— Фу-ты ну-ты! — ехидно отозвалась Николетта. — Как красиво! Впрочем, сразу понятно, что у аппарата сам мерзавец и негодяй!

---

[1] См. книгу Дарьи Донцовой «Мачо чужой мечты», издательство «Эксмо».

В первую секунду я изумился. Николетта никогда не опускается до брани. «Мерзавец и негодяй!» Это не ее репертуар! Маменька предпочитает роль «бедной козы», и с ее помощью она добилась многого. Начни она рыдать и требовать на дом врача, потому что из-за пьяницы Вавы у нее случился инфаркт, инсульт, рак, туберкулез, язва желудка, кессонная болезнь[1] и далее по списку, я бы не удивился. Но столь откровенное хамство! Я испугался, все-таки Николетта немолода, вдруг у нее и впрямь нелады со здоровьем?

— Думал скрыться? — вопила маменька. — Решил отказаться от ребенка! А не вышло!

Я окончательно растерялся.

— Прости, но что ты имеешь в виду?

— Гоблин! — взвизгнула Николетта.

И только тут, услыхав непривычное для госпожи Адилье слово, я сообразил: на том конце провода абсолютно неизвестная мне женщина, просто тембр ее голоса напоминает маменькин.

— Вы ошиблись номером, — вежливо ответил я.

— Не строй из себя невинную овцу, — еще сильнее обозлилась девица.

— Скорей уж барана. — Я решил слегка разрядить ситуацию.

— При чем тут муж козы? — опешила собеседница.

— Овцы! — терпеливо поправил я. — Эта особь строит семью с бараном, а коза пара козлу!

— Слушай меня внимательно, — прошипела незнакомка, — ты сам себе нагадил. Если до сих пор я хотела уладить дело миром, то после твоих хреновых шуточек всякое желание идти тебе навстречу пропало. Теперь получишь по полной программе, запла-

---

[1] К е с с о н н а я б о л е з н ь — эта напасть случается с водолазами, которые нарушают правила пребывания под водой и подъема на ее поверхность.

тишь мне за моральный ущерб! Еще алименты на новорожденного! Хочешь сесть в тюрьму?

Я покосился на определитель, в окошечке светились одни нули, сумасшедшая баба звонила либо из телефона-автомата, либо у нее так называемый скрытый номер. Все ясно! Я стал жертвой телефонной террористки, увы, так просто от психопатки не отделаться! Возможно, мне даже придется сменить SIM-карту.

— Тебе светит хороший срок! — с нескрываемым злорадством заявила хамка.

— За отцовство? — не выдержал я. — В Уголовный кодекс со вчерашнего дня внесена статья, карающая мужчину, который сделал ребенка?

Не успело прозвучать едкое замечание, как я пожалел о совершенной глупости. Ведь хорошо знаю: если в тебя вцепился «шутник», ни в коем случае нельзя поддерживать беседу, нужно немедленно отсоединиться и ехать в офис телефонной компании за новым номером. Едва террорист почувствует, что его усилия достигли цели, жертва занервничала, он утроит свои старания и превратит вашу жизнь в ад, начав трезвонить с утра до ночи.

— Ах ты... — заорала баба.

Я живо отключил телефон и предпринял очередную попытку сосредоточиться на бумагах. Так, посмотрим, что у нас там. Алевтина Петровна Селезнева, болезнь Альцгеймера. Элеонора оплачивала для молодой, но потерявшей разум женщины сиделку, а потом перевела больную в коммерческий приют. Моя хозяйка молодец, она умеет считать деньги и, активно занимаясь благотворительностью, не хочет быть расточительной. Содержание Селезневой в медицинском учреждении обходится дешевле, чем индивидуальный присмотр. Так, здесь все в ажуре, плата внесена по июль. Едем дальше. Сергей Олегович Ефимов, ветеран первой чеченской войны, просил протез ноги, но только не российского производства. Что тут за пометки? Он имел протез, сделанный во Франции, лишился его вследствие драки, наркоман со стажем. Элеонора поставила Сергею условие: либо он лечится от дурной привычки, либо до свидания. Может, кому-то Нора и покажется жестокой, но она считает, что человеку можно и нужно дать шанс, однако потакать любителю героина она не станет. Ага, вот и квитанция из клиники. Сергей Ефимов сделал правильный выбор: он проходит курс детоксикации.

Я аккуратно уложил бумаги ветерана в папку и взял следующее дело. Людмила Константиновна Воронко, 15 лет, сирота, просит денег на обучение в колледже, хочет стать дипломированным юристом. Что ж, у девочки благие намерения, другие в ее возрасте мечтают «попасть в телевизор», стремятся на сцену, а Люда нацелена на получение образования. Но Нора ей отказала. Интересно, почему?

Я полистал бумаги и тут же вспомнил Воронко. Как секретарь общества «Милосердие», я произвожу тщательную проверку всех, кто претендует на материальную помощь. Вы представить себе не можете, какое количество людей путает благотворителя с Дедом Морозом. Мне приходится ежедневно читать слезные письма, и всякий раз я не перестаю удивляться человеческому желанию решить свои проблемы за чужой счет. «Купите мне машину, а то на метро ездить ломает», «у меня старая мебель, поэтому не могу выйти замуж», «нашей семье необходима дача, так как муж смертельно болен алкоголизмом»... Послания нумеруются, подшиваются, а потом я отправляю людям ответ: «Ваша просьба рассмотрена на собрании совета общества «Милосердие». К сожалению, мы не можем помочь вам с покупкой машины (дачи, мебели, бриллиантового кольца, шубы). С уважением, секретарь И.П. Подушкин».

Каждый раз, ставя на стандартном бланке закорючку, я испытываю огромное желание добавить внизу пару строчек от себя. Нацарапать нечто типа: «Дорогая моя! Тебе тридцать лет! Перестань ходить по миру с протянутой рукой, сама заработай себе на мебель, не клянчи подачки, лучше найди хорошо оплачиваемую работу и паши с утра до вечера. Непременно увидишь результат, в доме появятся новые шкафы, но замуж они тебе выйти не помогут, дело не в мебели, а в характере. Вспомни Золушку, она день и ночь проводила на кухне, среди грязных кастрюль и все равно сумела познакомиться с принцем и попасть во дворец».

Но, как понимаете, подобный пассаж невозможен. Среди массы наглых просьб попадаются и настоящие крики о помощи. И вот тогда Элеонора отправляет Ивана Павловича осуществить, так сказать, разведку на месте. Иногда мне приходится делать малоприятные открытия, как в случае с девочкой Людой, сиротой, попросившей денег на образование. Прибыв по указанному адресу, я на самом деле обнаружил бедно обставленную, маленькую, но чистенькую квартиру и пятнадцатилетнее конфетно-зефирное создание. У девочки была очень светлая кожа, почти белые волосы, глаза-незабудки и тихий-тихий голосок. На первый взгляд она напоминала ангела, на второй — черта.

Людочка не соврала, она действительно была сиротой, но жила не в приюте, а в любовно свитом родной бабушкой гнездышке. Старушку звали Феодосия Ивановна, и она изо всех сил старалась, чтобы у внучки было все, как у других детей. Феодосия Ивановна — человек старого склада, поэтому она покупала Людочке одежду сообразно своим вкусам: белый верх, черный низ, капроновые бантики, не отпускала ее на дискотеки, не купила девочке мобильный, ведь в газетах пишут, что он провоцирует рак. Зато бабушка накопила денег на репетиторов и отправила Людочку на дополнительные занятия. Десятый и одиннадцатый классы ученица должна была провести в одном из лучших колледжей Москвы, выпускные экзамены в нем одновременно являются вступительными в престижный вуз. Попасть в колледж на бесплатное отделение трудно, нужно пройти тесты и другие испытания. Вот Феодосия Ивановна и решила подготовить Людочку.

Мой приход чуть не убил старушку.

— Деньги на обучение? — непонимающе вопрошала она. — Мы не просили, я никогда не попрошайничаю. Люда, иди сюда!

Через десять минут выяснилась нелицеприятная правда. Внучка обманула бабушку, ни на какие дополнительные занятия она не ходила, а деньги, которые Феодосия Ивановна давала ей на оплату репетиторов, тратила на косметику, кино, запрещенные гамбургеры да жвачку. И у нее теперь имелся мобильный, рваные джинсы и майки с вульгарными надписями. Хорошо оторвавшись на с трудом сэкономленные бабушкой средства, Людочка сообразила: дело пахнет керосином, в колледж на бесплатное место ей не попасть. Когда внучка провалится на вступительных экзаменах, бабуля придет в ужас, решит призвать репетиторов к ответу, и правда выплывет на свет божий. Девчонка призадумалась и решила разрешить проблему за счет общества «Милосердие», всем же понятно, в этой организации сидят богатые идиоты, которым некуда девать награбленные у народа деньги. Ясное дело, никакой дотации Людмила не получила. Мне не жаль было девчонку, а вот на Феодосию Ивановну я старался не смотреть, у несчастной пенсионерки во время нашей беседы с лица не сходило выражение оторопи и ужаса. Пообщаешься с такой семьей, посмотришь на Людочку и невольно подумаешь: а хорошо, что у меня нет детей, похоже, горя от наследников больше, чем радости.

— Ваня! — закричала Нора.

Я сложил папки в стопку и пошел на зов.

Глава 2

— Чем занимаешься? — без улыбки спросила Нора.

Предложения сесть не последовало, поэтому отчитываться о проделанной работе я начал стоя, великолепно понимая, что сейчас разразится буря.

Как все дамы, Элеонора подвержена перепадам настроения. Но у моей хозяйки они связаны не с гормональным фоном, фазами Луны и погодой. Элеоноре плевать, стоит на улице пятидесятиградусная жара или Москву завалил трехметровый слой снега. В состоянии повышенной раздражительности хозяйка находится в тот период, когда в детективном агентстве «Ниро» нет клиентов. Напомню, сейчас на дворе июнь, основная часть народа планирует отпуск либо уже проводит его на море или дачных участках. Погода стоит на редкость замечательная, поэтому все проблемы отложены людьми до начала осенней депрессии. Элеонора находится в простое. Ну, держись, Иван Павлович!

— Надеюсь, все бумаги в порядке? — процедила она, когда я отчитался.

— Сложены в папки, подшиты, снабжены комментариями, — отрапортовал я.

— На письма дал ответ? — Элеонора упорно искала недочеты.

— Так точно! — рявкнул я.

— Прекрати, — поморщилась хозяйка, — и немедленно сядь, что за демонстрация!

Я опустился на стул.

— Ты знаешь Варвару Чижову? — вдруг спросила Нора.

— Нет, — удивился я, — а кто она такая?

Нора побарабанила пальцами по столу.

— Девушка.

Я отвел глаза в сторону. Хороший ответ, а то я наивно полагал, что человек по имени Варвара является здоровенным мужиком с окладистой бородой.

— Не припоминаешь ее? — изогнула бровь Элеонора. — Чижова. Напрягись!

Я попытался вспомнить.

— Минуточку. В этом году я точно ею не занимался.

— Уверен?

— Абсолютно! Хотя...

— Что? — обрадовалась Элеонора. — Память вернулась?

— Если разрешите, я пойду посмотрю копии отказов, вполне вероятно, что Варвара Чижова рассчитывала на бриллиантовую диадему ко дню рождения, — улыбнулся я.

Но Элеонора не оценила шутку.

— Нет, — сурово перебила она меня, — Чижова просила денег на роды и, по ее словам, получила немалую сумму наличными. Младенец появился на свет в хороших условиях, ему сейчас почти год.

— Ага, — закивал я, — мне надо порыться в папках из архива. Прямо сейчас этим и займусь. Но если Чижовой была оказана помощь, то что случилось?

— У Варвары дочь, — процедила Элеонора, — Нина.

— Красивое и редкое нынче имя, — кивнул я, не понимая, куда клонит хозяйка.

— К сожалению, девочка больна.

— А-а-а! Ясно!

— И что ты понял? — неожиданно покраснела Элеонора.

— Варваре нужны средства на лечение. Но вы ведь оказываете регулярную помощь только в редких случаях, не хотите превращать фонд в дойную корову. Человек должен сам решать свои проблемы, иначе он станет захребетником. Чижова получила деньги на роды, теперь ей потребовались средства на врача, следующий этап — оплата детского сада, школы. Вы же терпеть не можете подобные ситуации!

— У Нины серьезная болезнь! — перебила меня Нора.

— Бедняжка, — покачал я головой, — хотите, чтобы я связался с хорошим педиатром?

— Нет, Ваня, — тихо сказала Элеонора, — я желаю услышать от тебя правду.

— Какую? — изумился я.

— Про Варвару Чижову, — начала злиться хозяйка.

Я встал.

— Разрешите поднять архив?

— Зачем?

— Не помню дело Чижовой, сейчас я принесу ее папку.

— Не надо!

— Но почему?

— Иван Павлович! Мне нужна правда про Варвару Чижову, — с упорством, достойным лучшего применения, настаивала Нора.

— Мне необходимо взять папку, — тупо повторил я.

— Ну хватит! — Элеонора стукнула кулаком по столу. — Давай, Ваня, колись!

— Простите, не понимаю, — растерянно сказал я.

Хозяйка откинулась на спинку кресла, закурила вонючую папиросу и, нехорошо усмехаясь, сказала:

— Вчера в районе полуночи мне позвонила Варвара Чижова и рассказала такую историю. Около двух лет назад у нее случился роман с Иваном Павловичем Подушкиным. Кстати, сейчас Варе шестнадцать лет, значит, отношения с тобой она завела в четырнадцать. Ваня, ты давно читал Уголовный кодекс?

— Бред! — возмутился я. — Нора, вы знаете меня не первый год и великолепно понимаете, что я скорей прыгну в огонь, чем стану растлителем малолетних! Мы никогда не беседовали с вами на интимные темы, но сейчас я считаю своим долгом пояснить: я завожу отношения только со взрослыми женщинами, исключительно замужними. Меня привлекает лишь... э...

— Секс! — рубанула Нора. — Вполне понятная позиция мужика, который не желает содержать семью.

— Верно, — кивнул я, — от связи с замужней женщиной не ждешь неприятностей. Взрослые люди доставляют друг другу удовольствие и спокойно расходятся. Надеюсь, я не очень упал в ваших глазах, но это моя принципиальная позиция. Если встречу ту самую, единственную, то, очевидно, изменю свой взгляд на брак, но пока этого не произошло. И еще, я никогда не был любителем зеленых персиков. Простите, Элеонора, но женщины умнеют лишь к тридцати годам, а мне не по нутру общение с идиотками.

Нора прищурилась.

— Может, оно и так, — запальчиво заявила она, — но с вами, мужиками, дело обстоит намного хуже. До пятидесяти лет вы напоминаете младенцев, о вас трепетно заботятся сначала мамы, потом жены, а после полувекового юбилея вы плавно въезжаете в старческий маразм. Пусть бабы умнеют на пороге четвертого десятка, зато мы до ста лет вполне действенны, активны и разумны.

— Вернемся лучше к Чижовой, — деликатно предложил я.

— Так ты признаешься? — подпрыгнула Нора.

— В чем? — испугался я.

— Варвара сообщила тебе о своей беременности, — рубанула Элеонора, — она сирота, живет с полоумным дедушкой, у которого есть лишь одно желание: хорошо поесть. От него помощи не дождешься. Варя честно рассказала мне обо всем. Половой контакт с тобой был у нее всего пару раз, потом ты бросил малолетку, правда, сделал ей щедрый подарок.

Чем дольше говорила Нора, тем сильнее я терялся. Происходящее напоминало пьесу абсурда. Глупая Варя не сразу поняла, отчего в ее организме стали происходить изменения. Сначала у нимфетки появился зверский аппетит, а когда вырос живот, дурочка сочла сей факт результатом обжорства. Только на седьмом месяце Чижова сообразила: дело нечисто, сбегала к врачу и была ошарашена новостью: ей скоро рожать.

Дедушка отнесся к этому пофигистски.

— Ребенок? — переспросил он. — Я не против, но денег не дам, пенсии едва на еду хватает.

И тогда Варя позвонила любовнику. Иван Павлович не испытал ни малейшей радости, но все же нехотя заявил:

— Хорошо, я выделю сумму на детское приданое и оплачу твое пребывание в клинике, но ответственности за малыша брать на себя не хочу. Впредь прошу меня не беспокоить.

Варвара произвела на свет Ниночку и начала воспитывать ее, как умела. Чижова не собиралась более обременять Подушкина, но пару месяцев назад крошка заболела.

Элеонора замолчала и потянулась за новой папиросой.

— Глупее ничего не слышал, — воспользовался я паузой, — эта Варвара настоящий барон Мюнхгаузен! Кстати!

— Что? — устало спросила Нора.

— Два часа назад мне звонила женщина, кричала что-то о ребенке, но я не стал ее слушать!

— Почему? — насторожилась Элеонора.

— Решил, что девица ошиблась номером или она телефонная хулиганка, — пожал я плечами.

И тут из коридора послышался мелодичный звук.

— Ну вот, — вздохнула Элеонора, — это Варвара Чижова. Она обещала приехать и показать тебе Ниночку. Ты готов к разговору?

— Восхитительная наглость, — усмехнулся я, — с другой стороны, я рад, вы сейчас сами поймете, что это все чушь собачья.

— К вам пришли, — всунулась в кабинет домработница Ленка, — девчонка какая-то с лялькой. Во дела! Самой еще в куклы играть, а она уже мать!

— Зови, — приказала Элеонора и покосилась на меня.

Я закинул ногу на ногу, у меня нет никакой причины для беспокойства, даже интересно посмотреть на «любовницу».

Девочка, вошедшая в кабинет, выглядела, на мой взгляд, ужасно. Щуплое тело недокормленного ребенка обтягивало слишком короткое ярко-красное платье, щедро усыпанное стразами. Огромное декольте подчеркивало полное отсутствие груди, на тощей шейке болтались пластмассовые бусы ядовито-зеленого цвета, такой же браслет обвивал запястье. Негустые, явно крашеные ярко-рыжие волосы были причесаны в стиле «пожар на макаронной фабрике», к тому же она явно переборщила и с макияжем. Губы у гостьи были интенсивно бордовые, щеки приторно-розовые, ресницы напоминали колья забора, намазанные гуталином, и от очаровательного создания исходил аромат псевдофранцузских духов, такой едкий, что мы с Норой одновременно чихнули.

— Эй, потише, — с интонацией дитяти пьяной окраины отреагировала Варвара, — вы че? Больныя? Ребенка мне заразите! Ей и так фигово!

Забыв поздороваться, красотка плюхнулась в кресло и посадила на колени крошечную девочку, размером чуть больше двухмесячного котенка. Дочка Чижовой и впрямь выглядела больной, у здоровой не может быть такой прозрачно-бледной кожи, темных синяков под глазами и апатичного вида. Я, конечно, не педиатр, но все виденные мною до сих пор младенцы выглядели иначе.

— Варвара, — бесстрастно сказала Элеонора, — перед тобой Иван Павлович Подушкин. Узнаешь его?

— А то, — скривилась Чижова.

— Почему же не здороваешься? — не успокаивалась хозяйка.

— Я женщина, ему первому начинать, — шмыгнула носом «дама».

— Значит, вы знакомы? — продолжала Нора.

— Угу, — кивнула наглая врунья.

Нора посмотрела на меня.

— Первый раз ее вижу. — Я пожал плечами.

— Брешет, — поддержала беседу «нимфа».

— И где же вы встречались? — допрашивала ее Нора.

— В постели, — зевнула Варвара, — у меня дома.

— У тебя же дедушка, — напомнила Элеонора.

— И че? — пожала плечами Чижова. — У нас квартира большая, две комнаты. Я в своей могу что угодно делать, дед не сунется.

— Мило, — протянула хозяйка.

— Он хороший, — похвалила старика девчонка, — не то что у других. Вон у Лидки Самойловой мать. Чума с холерой! Как начнет! Где была? С кем? Куда ходила? У кого ночевала? Офигеть. Мой деда спокойный! Сам живет и другим дает!

Я посмотрел на вялого младенца, результат пофигизма старика, и подавил вздох.

— Ты утверждаешь, что отец Нины Иван Павлович? — поинтересовалась Нора.

— Ага, — ответила Чижова.

— Деточка! Я никогда тебя не видел! — возмутился я.

— Все мужики врут, — кивнула Варвара, — понятное дело! Неохота алименты платить!

— Ну ты и нахалка! — не выдержал я. — Врешь и даже в лице не изменилась.

— Чтоб Нинке сдохнуть, если я вру! — воскликнула Варвара.

— Не смей так говорить, — возмутилась Элеонора, — никогда нельзя клясться жизнью ребенка.

— А че он гонит, — обиженно протянула Варвара и опять шмыгнула носом. — У меня до этого никого не было. Кто мне целку порушил? Ваще, блин, да не надо мне ни фига от гоблина! Нинку жаль! Больная совсем! Без денег скорехонько помрет!

— А что с девочкой? — спросил я.

— Не выговорить, — неожиданно дружелюбно ответила Варя, — брынц... тынц... гынц... напридумывали названий! Во! Ща!

Тонкие пальчики с ногтями, покрытыми чудовищным зеленым лаком, раскрыли некогда белую сумку из клеенки и вытащили оттуда пухлую папку с надписью «Нина Чижова, детская клиника имени академика Кладо»[1].

— Дай сюда, — приказала Нора и стала перелистывать странички.

Я отвернулся к окну, в ту же секунду послышался шорох, и на мои колени словно кошка села.

— Не урони ребенка, — велела Варя, — где у вас тут сортир?

Не дожидаясь ответа, девчонка выскочила в коридор, мне пришлось держать малышку, которая не проявила ни негодования, ни недоумения, очутившись в чужих руках. Никаких положительных эмоций

---

[1] Название лечебного заведения выдумано, любые совпадения случайны.

Нина у меня не вызвала, вдобавок ко всему от нее неприятно пахло чем-то кислым, и я задержал дыхание.

— Тут сказано, что у несчастной редкая болезнь крови, — констатировала Нора, — я ничего не понимаю в анализах, но, похоже, они жуткие! История болезни оформлена по всем правилам. Ну-ка, уно моменто!

Быстрым движением Элеонора схватила трубку, набрала номер и воскликнула:

— Клиника академика Кладо? Простите, с кем я разговариваю? Очень приятно. Вас беспокоит председатель правления благотворительного общества «Милосердие». Можете звать меня просто Элеонора. У нас находится на рассмотрении вопрос об оказании помощи Нине Чижовой, которая наблюдается в вашем заведении. Нет, я понимаю! Никакой информации по телефону не надо, для детальной беседы к вам прибудет наш представитель. Просто скажите, у вас наблюдается такая девочка? Ага, спасибо!

Элеонора положила трубку и протянула:

— Варвара не врет, малышка Чижова состоит на учете.

— Я ваще никогда не брехаю! — послышалось из коридора, и в кабинет вошла Варя. — За фигом мне врать-то? Если честно говоришь, жить легше!

Глава 3

— Интересное дело, — сказал я, — не лжешь, а под дверью подслушиваешь!

— Это случайно вышло, — без тени смущения ответила моя «любовница», — ручка тугая, пока ее поворачивала, кой-чего и услышала.

— Варя, — ласково сказала Нора, — наш фонд существует для того, чтобы помогать людям. Естественно, мы проверяем тех, кто хочет получить деньги, но, думаю, в твоем случае эта процедура завершится быстро. Иван Павлович живо оформит документы, и Нина получит средства на лечение. Тебе нужно написать заявление. Вот ручка, бумага, начинай.

— Нет, — замотала головой Варвара, — за фигом мне милостыню просить! У Нинки отец есть! Я, промежду прочим, не сразу пришла, сначала думала, что на зарплату справлюсь.

— Ты работаешь? — поразилась Нора.

— А че? Я уже взрослая.

— И где служишь? — с жалостью поинтересовалась хозяйка.

— В парикмахерской, ногти делаю, — пояснила юная мамаша, — простой маникюр-педикюр, френч, гель, акрил, имею процент с клиента и чаевые. Да вы у него спросите!

— У Ивана Павловича? — уточнила Нора.

— Ага, — улыбнулась Варя, — он к нам в салон пришел! Тама мы и столкнулись!

— Вот уж неправда! — возразил я. — Нора, вы же знаете, я посещаю салон в самом центре, на Тверской.

— Откуда тогда ты в курсе, что я сижу в Теплом Стане? — фыркнула Варя.

— Понятия не имею, где вы работаете, — занервничал я.

— А че тады про центр зашуршал? — засмеялась Чижова. — Или ты Нострадамус? Мысли угадываешь? Специально про Тверскую гавкнул, чтоб хозяйка уверилась, что ты на окраину ни-ни!

Я удивился, что малограмотная девица знает о Нострадамусе, но тут Нора вдруг сказала:

— Хороший вопрос, Иван Павлович. Действительно, почему ты сразу заявил про центр? Вдруг салон, где работает Варя, именно там и расположен? Ты знал, что девочка служит в спальном районе?

— Он на машине ехал, на «мерсе», — пояснила

Варя, — закрывал дверь и ноготь сломал. Ерунда, но больно, вот и зашел к нам. Ну и мы... этого... я ему сразу понравилась! Во, подарочек сделал потом!

Варя вновь полезла в сумку, вытащила маленькую бархатную коробочку, достала из нее золотой кулон и протянула Норе.

— Он у него с собой был, когда от меня навсегда уходил, сказал: «Держи, это дорогая вещь». Я обрадовалась, мы с ним четыре дня встречались, раз мужчина делает подарок, то он вернется, но Ваня исчез, а подвеску я носить не стала, на ней чужое имя выбито — «Корнелия». Во как обозвали!

У меня закружилась голова, Нора вернула украшение Варе.

— Значит, ты не хочешь получить помощь от фонда? — спросила она.

Варвара замотала головой.

— Нечестно будет постоянно ее у вас брать. Мне уже на роды отсыпали.

— Не поняла, — процедила Элеонора, — вернее, я думала, что Иван Павлович тебе из личных средств деньги дал.

— Не-а, — захихикала Варя, — из фонда. Сказал, что личных лавэ нету, но он меня проведет тайно по бухгалтерии, имеет такую возможность. Выпишет деньги на одну девчонку, ой, не помню ейную фамилию, подставную, короче, а получу я. Он так часто делает, когда ему бабки нужны. Ему эта девка помощь обналичивает за небольшой процент. Я и согласилась, а теперь хочу по-честному, пусть он Нину признает, замуж я за него не пойду, мне такой не нужен! Алименты же мне по закону положены!

Я ущипнул себя за ногу: надеюсь, что сейчас крепко сплю, скоро прозвонит будильник, и кошмар завершится.

— Иван Павлович, — вдруг нежно сказала Нора, — как зовут жену Эдика Гальперина?

— Корнелия, — буркнул я. — Нора, я понимаю, какие мысли бродят в вашей голове, и отчасти они правильные. У нас с Гальпериной был короткий роман. Кулон, который продемонстрировала Варвара, не очень дорогое, но изящное изделие, кстати, свое дурацкое имя она получила от отца, известного шекспироведа и...

— Не углубляйся, — оборвала меня Нора, — ближе к теме.

— Я заказал украшение, забрал его накануне ее дня рождения и потерял.

— Мгм, — кивнула хозяйка, — и где?

— Понятия не имею! Хорошо помню, как я вышел от ювелира.

— Мгм.

— Сел в машину...

— Мгм.

— Поехал по делам. А вечером не нашел коробочки.

— И где она лежала?

— В кармане пиджака.

— Мгм!

— Нора! — возмутился я. — Вы верите в этот бред? Да пожелай я сделать девочке подарок, купил бы ей нечто подходящее для подростка, ну, предположим, бусы из сердечек или браслет с брелоками! Неужели я похож на идиота, который способен подарить Варваре подвеску с именем Корнелия?

— Нет, Ваня, — торжественно объявила Нора, — на идиота ты точно не смахиваешь.

— Вот и отлично, — сказал я.

— Но возникли вопросы, — протянула хозяйка, — насчет денег, которые ты выписываешь на подставных лиц! Много у тебя таких «помощничков»?

Я онемел. Меня можно обвинить во многом, сказать, что я излишне ленив, аморфен, не способен на быстрые реакции, слишком ценю собственный комфорт, эгоистичен, не использую в полной мере отпущенные мне Господом таланты. Но я очень щепетилен в денежных вопросах, и Норе сие обстоятельство великолепно известно!

— Когда у Корнелии день рождения? — вдруг спросила Элеонора.

— Двадцать второго апреля, — ответил я.

— Значит, подарок ты посеял на сутки раньше.

— Да, — согласился я.

— Помнится, тогда у тебя сломалась машина, — протянула Нора.

— Верно, вы дали мне свой «Мерседес».

— Круто! — восхитилась Варя. — Все совпадает! Скоро и про ноготь вспомнишь, и про меня!

По телу будто кипяток разлился.

— Нора! Я тут ни при чем!

— Ага, — ожила Варвара и повернулась к Норе, — че еще принесть для доказательства? Знаете, гоните его вон! Хрен бы со мной, одна девку потащу, помрет она скоро, долго не промучаюсь, а этот, он еще и вор! Ваши денежки втихую тырит, порядочным прикидывается. Разве хороший человек от умирающего ребенка откажется? Ну прямо царь Ирод!

Библейское сравнение удивило меня не меньше, чем упоминание про Нострадамуса. Варвара совершенно не похожа на девушку, которая изучает историю или интересуется религией.

— Нина не моя дочь, — отрезал я.

— Есть только один способ это проверить, — сказала Нора, — анализ ДНК.

— Это больно? — испугалась Варя. — Мне будут делать операцию?

— Нет, — усмехнулась хозяйка, — ерунда, поскребут ватной палочкой по слизистой во рту.

— Согласна, — закивала Варвара, — хоть сейчас берите. Во, я готова! Можете еще и кровь на анализ прихватить!

С этими словами она бойко закатала рукав платья, обнажилась тощая конечность с просвечивающими сквозь кожу венами. Чуть пониже локтевого сгиба розовел шрам от давнего ожога.

— Во, — предложила Чижова, моргая невинно-голубыми глазами, — давайте.

— Сейчас это сделать невозможно, — с явной симпатией ответила Нора, — завтра мы поедем в лабораторию. Иван Павлович, будь готов к девяти утра.

— Нет, — твердо ответил я.

— Испугался, — забила в ладоши Варя, — вот вам! Знает, что врач увидит, и ехать боится.

— Иван Павлович, объясни свое решение, — приказала Нора.

— Либо вы мне доверяете, либо нет, — сухо сказал я, — если моего честного слова вам недостаточно, то получается, вы считаете меня лгуном. Никакие исследования в таком случае не помогут. Они не важны. Главное — ваше личное отношение ко мне.

— Ты идиот! — в сердцах воскликнула Нора.

— Очевидно, да.

— И трус! — подтявкнула Варя. — Раз не идешь к доктору, значит, признаешься, что ты отец. Вот так выходит.

— Завтра в девять! — свирепо гаркнула Нора.

— Нет, — уперся я.

— Ты не выполнишь мой приказ? — возмутилась Элеонора.

— Моя личная жизнь — это моя личная жизнь, — ответил я, — много лет назад, когда вы наняли меня на работу, мы решили не смешивать частное со служебным и до сего момента успешно соблюдали договор.

— Я тебя уволю, — топнула Элеонора, — хватит выжучиваться!

На крысином личике Вари промелькнуло выражение радости, и тут у меня в кармане ожил мобильный.

— Вы разрешите ответить? — спросил я у Норы.

— Иди, — махнула рукой хозяйка, — остуди горячую голову и возвращайся с трезвым решением. Или едешь завтра в лабораторию, или уходи вон! В чем пришел! Помнится, у тебя даже чемодана не было, багаж уместился в портфеле!

Я выскочил в коридор и поднес телефон к уху.

— Алло!

— Вава! — взвизгнула маменька.

— Слушаю.

— Это правда?

— Что?

— Только не вздумай выкручиваться! — заорала Николетта. — Я чувствую! Ощущаю! Вот он, запах большого материнского горя!

— Ты о чем? — окончательно растерялся я. — Сделай одолжение, поясни.

— Вопросы задаю я! — тоном следователя из плохой киноленты об ужасах КГБ заявила маменька. — Молчать и отвечать!

Я сел в кресло, стоявшее возле вешалки. «Молчать и отвечать» — вот вам образчик женской логики, жаль только, что выполнить этот приказ не представляется возможным.

— Ты вчера был в аптеке? — спросила Николетта.

— Не помню, — изумился я, — а в чем дело?

— Напрягись и вспомни!

— Какая разница? — продолжал недоумевать я. — Что за странный интерес.

— Немедленно перечисли все места, куда ты заглядывал накануне, — потребовала маменька.

Я попытался сосредоточиться.

— Утром я ездил по делам фонда «Милосердие», около двух решил перекусить, заглянул в кафе, мне позвонила Нора и велела купить ей книги, поэтому я поехал по магазинам. Одно издание нашел в букинистическом отделе «Москвы», другое обнаружил в «Молодой гвардии». На дорогах были сплошные пробки, да еще внезапно началась жара. У меня заболела голова. О! Точно! Я заходил в аптеку!

— Уже лучше, — всхлипнула Николетта, — когда человек признает свои ошибки, это первый шаг к их исправлению.

— Объясни, пожалуйста, что ты имеешь в виду, — попросил я.

— Что ты купил у провизора? Не смей лгать!

— Таблетки.

— Какие?

— Ну... не помню, вроде белые, круглые.

— Вава!!! Не разрывай мое сердце! Тебя видела Мака, — завопила Николетта, — господи, все пошло прахом! Жизнь рухнула в один миг! Где мой маленький мальчик, которого я водила гулять за руку?

— Ты о ком говоришь? — уточнил я.

— Вава! Не смей хамить, — пошла вразнос маменька.

— Извини, — пробормотал я.

Если честно, то я не могу припомнить момента, когда мы с Николеттой ходили вместе «гулять за руку». В детстве мною занималась Тася, та самая женщина, которая нынче служит у маменьки домработницей. Появление Николетты в детской было столь же редким событием, как полярное сияние над Москвой. «Тише, мама спит», — предостерегала няня маленького Ваню, когда он собирался в школу. «Тише, мама принимает ванну», — говорила Тася, когда я возвращался домой с уроков. «Тише, мама уезжает на спектакль, — восклицала она около шести вечера, — лучше не высовывайся в коридор». Да я и сам бы, без Тасиного предупреждения, не пошел в прихожую, потому что лет с трех твердо усвоил: маменька, уносясь в театр, где ей предстояло выйти на сцену с коронными словами «Кушать подано», находится на взводе и способна отпустить сыну затрещину. Новый год, Седьмое ноября, Первое мая, уж не помню, какие еще праздники были в советские времена, но все их я отмечал в компании с Тасей, Николетта вместе с мужем веселилась в Центральном доме литераторов, писательском клубе, недоступном рядовому москвичу, меня с собой родители никогда не брали.

— Мака там была! — причитала Николетта. — Она наблюдала, как ты, потеряв стыд, выпрашиваешь лекарство!

— Выпрашиваю? — изумленно переспросил я. — Я просто приобрел упаковку! И я не заметил твою подругу! Она точно меня видела? Может, перепутала с кем?

— Жалкая попытка оправдаться! Как только Мака поняла, что ты делаешь, она спряталась за стенд и записала весь разговор на диктофон.

— Чего? — по-детски отреагировал я. — Записала на диктофон? Мака носит при себе этот аппарат и даже способна им пользоваться? И зачем ей прятаться при виде меня? Прости, Николетта, это какой-то бред!

— Слушай, Вава, — отчеканила маменька, — внимание, звук!

В трубке что-то щелкнуло, и я услышал собственный слегка искаженный голос. В свое время, когда я только начал работать детективом, Элеонора вручила мне крохотный карманный магнитофон и велела:

— Ваня, всегда записывай беседы с людьми, иначе при пересказе можно упустить крохотную, но очень важную деталь. А еще мне важно услышать интонацию твоего собеседника.

Я, естественно, выполняю приказ хозяйки, приношу ей запечатленную информацию и частенько слушаю ее вместе с Норой, поэтому мгновенно узнал, кому принадлежит баритон.

— Девушка, сделайте любезность, отпустите моралгин[1].

— Данный препарат отпускается по рецепту, — ответило контральто.

— Да ну? Месяц назад я приобрел его без проблем.

— Моралгин содержит большую дозу кодеина, он занесен в список «Б» и не подлежит свободному отпуску.

— Понимаете, у меня очень голова болит.

— Возьмите растворимый аспирин.

— Он мне не помогает.

— Тогда цитрамон.

— Лучше моралгин.

— Мужчина, я уже сказала: препарат выдается по рецепту!

Очевидно, я посмотрел на беджик, прикрепленный на халате провизора, потому что воскликнул:

— Леночка, ну почему отличное средство от мигрени вдруг попало под строгий учет?

— В нем содержится кодеин, — кокетливо сказала девушка.

— И что же?

— А его используют наркоманы, едят пачками, чтобы кайф поймать.

— Вот глупость-то! Леночка, милая, я не употребляю стимуляторы.

— Ну...

— Посмотрите, разве я похож на наркомана?

— Ну...

— Очень прошу! Если я сейчас не приму моралгин, мигрень разбушуется на неделю! Ладно, давайте

---

[1] Название придумано автором. В продаже имеется лекарство с аналогичными свойствами. Автор не дает его названия из этических соображений.

я оплачу целую упаковку, а вы мне из нее выдадите одну пилюлю!

— Не положено.

— Леночка! Я погибаю.

— Думаю, ваша жена расстроится, услышав о смерти мужа, — хихикнула провизор.

— Я холост.

— Мигрень мешает вам жениться? Или вы не хотите разводиться и платить алименты на деток?

— Леночка, у меня нет детей, и я ни разу не был женат.

— Ну ладно, — сменила гнев на милость девушка, — сто сорок два рубля. Вот ваш моралгин.

— Спасибо! Еще бутылку воды, я сразу проглочу таблетку.

— На фиг вам деньги зря тратить, — заботливо прощебетала Лена, — сейчас стакан с минералкой принесу.

Некоторое время из диктофона доносилось только тихое шипение, потом раздалось:

— Вот.

— Спасибо, душенька!

Громкий щелчок заставил меня вздрогнуть.

— Ну? Слышал? — заорала маменька.

— Да, а что интересного в этой беседе? Обычный разговор покупателя с продавцом.

— Нет, Вава! Ты выклянчивал кодеин! Ты наркоман! Я так этого не оставлю! Я требую, чтобы ты лечился! Я никогда не впущу тебя в мой дом!!!

— Николетта, — я попытался привести маменьку в чувство, — абсурдность твоего заявления...

— Вава! — завизжала она с такой силой, что у меня чуть не лопнули барабанные перепонки. — Выбирай! Или ты сию секунду едешь в наркологический диспансер, или я тебе больше не мать! Ты никогда не переступишь порог моего дома! Вон!!!

Я положил телефон на полку у зеркала. Право, это

уже слишком! Значит, наличие сына-алкоголика больше не вызывает сочувствия окружающих и потребовался более сильный вариант. Что последует за этим? Маменька превратит меня в серийного маньяка?

— Иван Павлович! — прозвучал голос хозяйки. — Незамедлительно иди сюда! Хватит ля-ля разводить! Ну? Ты где? Мы с Варечкой ждем!

Последнее восклицание Элеоноры ножом вонзилось в спину. Норе несвойственно употреблять уменьшительно-ласкательные суффиксы. И то, что сейчас хозяйка вымолвила «Варечка», свидетельствует лишь об одном: решение принято, приговор вынесен, меня считают отцом тщедушной Нины! Думаю, маменька очень обрадуется, узнав, что стала бабушкой.

Вновь запищал телефон, на сей раз стационарный аппарат.

— Да, — сказала Нора, взяв трубку, — привет, Николетта. Ага, ага, ага! С ума сойти! Ты уверена? Негодяй! Мерзавец! Немыслимо! Конечно!

Я вздрогнул. Элеонора считает меня мерзавцем-педофилом, который обесчестил девочку, сделал ей ребенка, а потом спрятался в кусты. Она горит желанием уличить меня в воровстве, ткнуть носом в поддельные счета. Николетта же начинает новый спектакль под названием «Мать наркомана». Мужества тебе, Иван Павлович, терпения и милосердия к окружающим.

— Он твой сын! — громко воскликнула Элеонора. — Но мой служащий! Сейчас я разберусь! Иван Павлович! Сюда! Немедленно!

Неожиданно я ощутил легкость, исчез страх, перестали дрожать колени, спазм, сжимающий горло, пропал.

— Эй, ты где? — бушевала Элеонора. — Иван Павлович! Снова жвачишься! Ноги в руки и в кабинет! Встань по стойке смирно!

У меня за плечами будто развернулись два больших крыла, я увидел их внутренним зрением. Крылья выглядели кожистыми, упругими, серо-розовыми, их не покрывали перья, не было ни малейшего намека даже на пух. Слегка вздрагивая от озноба, я подошел к входной двери, распахнул ее, втиснулся в лифт, спустился на первый этаж и медленно полетел над асфальтом в неизвестном направлении. «Он твой сын, но мой служащий!» Э нет, господин Подушкин самостоятельная личность. И с этой секунды я свободен, я ничей!

Глава 4

Яркий луч света ударил в глаза, я поднял веки и уперся взором в обструганные доски. В первую секунду душу обуял ужас: меня похоронили живым, я лежу в гробу, но через секунду я понял: это не может быть крышкой домовины, потому что доски высоко, а из них торчит висящая на шнуре электролампочка.

— Че ворочаешься, — просипел недовольный голос, — спи, еще рано, будильник заорет, тогда и встанем.

Я вздрогнул и повернулся на звук. Слева, на замызганной подушке без наволочки, покоилась женская голова с длинными, спутанными волосами. Кудри почти полностью закрывали лицо, был виден лишь длинный острый нос, покрытый веснушками, и один блестящий карий глаз.

— Не копошись, — прозвучал приказ, — хорош вертеться, разбудишь Энди, он тебе плюх надает!

— Энди? — повторил я. — Это кто?

— Тама, у окна, — ответила голова, — дрыхнет.

— А вы кто? — ошарашенно поинтересовался я.

— Мара, — кашлянула башка.

— Господи, где я?

— Кто я? Как меня зовут? Которое столетие на дворе? — захихикала Мара. — Бухать надо меньше.

— Заткнитесь, ублюдки, — прошипели справа, — хотите, чтоб Энди встал?

В ужасе я посмотрел в другую сторону, там обнаружилась еще одна голова, на этот раз коротко стриженная, она покоилась затылком ко мне, поэтому лица незнакомца я не видел.

Как у всякого мужчины, у меня пару раз случались загулы. Не следует считать меня черствым сухарем или роботом, запрограммированным только на выполнение служебных обязанностей. Нет, я очень люблю жизнь во всех ее проявлениях и в молодые годы мог играть в покер до утра. Я не чураюсь женщин, способен выпить фужер-другой коньяка, но, поверьте, никогда не просыпался, не зная, с кем заснул. Я не из тех мужчин, которые нежно мурлыкают любовнице «зайка» или «рыбка». Кстати, если к вам обращаются подобным образом, не радуйтесь, кавалер вовсе не хочет проявить нежность, он просто не запомнил ваше имя и боится перепутать вас с другой бабой. Назовешь Лену Катей и не оберешься неприятностей, а «солнышко» или «котик» абсолютно обезличенно, поэтому удобно и безопасно. Так вот, я не из стаи охотников за дамами. Всегда общаюсь только с одной женщиной, а когда отношения исчерпывают себя, завершаю их без скандала. Я не забываю, как зовут любовницу, знаю ее фамилию, телефон. Мне не нравится пользоваться услугами проституток, я никогда не поеду невесть с кем не зная куда. Так где я нахожусь сейчас?

Очевидно, последнюю фразу я произнес вслух, потому что Мара села, обнажилась спина, покрытая татуировкой: сине-зеленый дракон, из пасти которого вырывается огонь.

— Вот надоел! — в сердцах произнесла она. — Блин, как спать-то хочется.

В дальнем углу кровати зашевелилось одеяло, из-под него вылезло нечто непонятное, темно-коричневое, оно стало интенсивно чесаться.

— А это кто? — прошептал я.

— Мими, — зевнула Мара, — фу, перестань чухаться! Опять блох подцепила? Вечером вымою тебя дезинфекцией.

— Она человек? — осторожно уточнил я.

Мара встала, она оказалась абсолютно голой, спина переходила в маленькую, мускулистую «пятую точку». Если честно, то ее фигура не вызывала особых желаний, она была какая-то несексуальная.

Мара повернулась ко мне лицом.

— Ты мужчина! — закричал я.

— Ну ваще, — хмыкнул парень, — чего орешь-то?

— Извини, — я попытался прийти в себя, — думал, я лежу с женщиной.

— Прикольно, — усмехнулся Мара, — и че? Я мужик, а Мими обезьяна. Во блин! Котом воняет! Дура! Ты его с собой принесла? Сколько раз говорил, у Энди аллергия. Ща нам мало не покажется!

От окна раздалось громовое «апчхи». Со скоростью звука Мара шмыгнул назад под одеяло и дернул меня за руку.

— Тс! Мы спим!

Я почему-то послушался, упал на подушку и засопел, глаза, правда, не закрыл. Обезьяна тоже рухнула в койку, воцарилась тишина.

— Апчхи! — понеслось по комнате.

— Ах ты господи, — еле слышно прошептал Мара, — спаси и сохрани!

— Апчхи! Кто припер кошку, вашу мать! — раздался крик, похожий на рев динозавра.

— Это не я, — хором ответили Мара и голова справа.

— Значит, он, — констатировал бас, и я увидел,

что свет померк, его заслонила чудовищно огромная фигура.

— Нет, нет, — запели парни, — Энди, тебе кажется.

— А че там за морда!

— Ваня, — велел Мара, — покажись!

Отметив вскользь, что паренек знает мое имя, я сел и, уставившись на необъятного великана, сказал:

— Разрешите представиться, Иван Павлович Подушкин.

Гора мышц чихнула, затем почти нежно поинтересовалась:

— Коверный?

— Что? — не понял я.

— Клоун, блин?

— Кто? — ошарашенно поинтересовался я.

— Я, наверное, — хрюкнул гигант, — ты, конечно! Рыжий? Белый?

Я попытался сообразить, что происходит. Может, я попал в сумасшедший дом?

— Ну? — промычал Энди и сжал кулаки.

— Ваня, отвечай, — откровенно испугался Мара, — не зли Энди!

— Я брюнет, — ляпнул я, — не совсем чистый, нечто вроде шатена, но уж точно не рыжий. Кстати, кого вы имели в виду, говоря — белый? Альбиноса?

— Чувырла, — засмеялся мастодонт.

— Энди, ты нанял его шпрехшталмейстером, — пояснил Мара, — у Вани рост два метра, в костюме он хорош, лучше Себастьяна! Ну, помнишь, Ваню тебе Боба порекомендовал, он его приятель, ведь так? Вань, подтверди?

На маленьком веснушчатом личике Мары появилось умоляющее выражение.

— Ага, — неожиданно для самого себя солгал я, — мы с Бобой прошли огонь, воду и медные трубы.

— Это меняет дело, — помягчел Энди, — вставайте, парни! Апчхи! Чую кота! Где он?

— Может, на кухне сидит? Небось соседская девчонка принесла! — предположила голова.

— Пойду гляну, — прогудел Энди и с неожиданной для самосвала скоростью ринулся вон из спальни.

— Пронесло, — радостно воскликнул Мара, — Антонио, ты как?

— Супер, — заявила голова. — Мими, сука, вылезай.

Обезьяна высунула морду и издала тихий звук, похожий на птичий щебет.

— Да ушел он, — махнул рукой Антонио, — не дрожи.

На лице Мими появилось выражение счастья.

— Где Леонардо? — спросил Мара.

Мими порылась в одеяле и вытащила угольно-черного котенка.

— Ох и дура же ты! — возмутился Антонио. — Больше не приноси его! Энди ваще озвереет.

Мими кивнула, схватила кота, прижала его к себе и начала искать блох.

— Мими идиотка, — пояснил Мара, — а еще она в карты мухлюет, не садись с ней за один стол, в момент обштопает.

— Обезьяна умеет играть в карты? — усомнился я.

— А то! — воскликнул Антонио. — Такая зараза! Пальцы ловкие, тасует колоду как зверь, швырк, швырк, швырк, себе пять тузов, нам сплошную мелочь! Вечно у нее флеш-рояль[1] выходит. Как ни старались, мы ее поймать не смогли.

— В колоде всего четыре туза, — напомнил я.

---

[1] Каре-рояль, одна из выигрышных комбинаций в покере.

— Ага, — подхватил Мара, — а у Мими пять, и она ими всеми пользуется.

Макака презрительно фыркнула, встала и демонстративно положила котенка на подушку Антонио, затем медленно сложила из корявых пальцев фигу и ткнула Маре под нос.

— Ну не сердись, — дал задний ход парень, — все путем, мы же тебя любим, уважаем, ценим, ты нас кормишь, когда Энди бабок не дает!

Мими хрюкнула, схватила апатичного мурлыку и выскочила в коридор.

— Хорошая девка, — глядя ей вслед, заявил Мара, — никогда не подводит!

Я сел на кровать. Господи, куда я попал? Может, сплю?

Парни переглянулись.

— Ты как? — с неподдельной заботой поинтересовался Антонио. — Пришел в себя?

— Говорил же, не пей коктейль, Боба хрен знает из чего его смешивает, — подхватил Мара.

— Рецепт он в секрете держит, — крякнул Антонио, — лично мне подозрительно: почему? Если че приличное готовишь, зачем скрывать!

Я хлопал глазами.

— Слышь, Антонио, — засмеялся Мара, — он того, прифигелый.

— Эй, Ваня, не помнишь ничего?

— Нет, — ответил я.

— Ща расскажем, — захихикал Антонио, — кто начнет?

— Я, конечно, — заявил Мара.

— А че ты завсегда первый? — обиделся Антонио.

— Потому что я умный, — выдвинул железный аргумент Мара, — я сколько в школу ходил? То-то! Целых семь классов за плечами, а у тебя и трех не наберется!

Очевидно, Мара не раз пользовался этой козырной картой, потому что Антонио покорно кивнул:

— Лады!

Мара начал рассказывать, через пять минут у меня подкосились ноги, я, как ни старался, не мог вспомнить вчерашний вечер, словно чья-то рука ластиком стерла хранящуюся в мозгу информацию. По словам Мары, дело обстояло так.

Где-то около полуночи он и Антонио отдыхали в крохотном кафе, которым владеет личность по имени Боба. Чтобы вам до конца стала ясна ситуация, мне придется почти полностью привести рассказ циркача.

Мара, Антонио и Энди гимнасты, они работают на перше — это длинная, гибкая, очень прочная палка. Энди так называемый «нижний», он выходит на арену, запрокидывает голову, ставит себе на лоб перш, потом из-за кулис выскакивает Антонио и, вскарабкавшись до середины шеста, начинает выделывать всякие акробатические трюки. Следом появляется Мара, он очень легкий, поэтому его место на самом верху. Гимнасты на перше — традиционный номер, его исполняет не одно поколение циркачей. Энди, Мара и Антонио братья, они на арене с младенчества и, как почти все цирковые дети, не получили порядочного образования. Шапито, в котором служили их родители, переезжало из города в город, мальчишки сменили столько школ, что и вспомнить невозможно, да и папа с мамой не стремились дать детям знания по русскому языку, математике, литературе и прочей там географии. В цирке ценится не умение решать уравнения и писать сочинения, там нужны иные качества, а если ты способен расписываться — уже Ломоносов. Лет до тридцати пяти гимнасты выступают с номерами, а уж дальше как повезет. Одни пытаются переквалифицироваться в клоунов, или, как говорят на арене, в коверных, другие выступают с дрессированными животными, третьи — работают в униформе. Вы бывали когда-нибудь на цирковых представлениях? Помните, как они начинаются? Раздается бравурная музыка, раздвигается блестящий занавес, из кулис выходит несколько мужчин, одетых в яркие, чаще всего красные костюмы с золотыми пуговицами, и выстраиваются у края арены. Следом появляется осанистый господин во фраке, это ведущий, по-цирковому он называется шпрехшталмейстер, а парни в мундирах — это униформа. Только не надо считать их кем-то вроде уборщиц. Униформа — это одни из самых опытных сотрудников цирка. Да, они делают «черную» работу, раскатывают ковер, покрывающий арену, держат страховочную веревку-лонжу, подают всякий инвентарь. Вот только без должного умения ковер не уложить, тут много хитростей, и опилки, по которым скачут лошади, должны быть насыпаны правильно, и особо прочный трос, пристегнутый к поясу воздушного гимнаста, не доверят дураку с улицы. Но вернемся к братьям.

Энди из них самый старший и наиболее сильный, он ухитрился после кончины родителей создать собственный коллектив, который называется «Морелли на колесах». Морелли — фамилия братьев, настоящая, не псевдоним. У них есть автобус, в котором коллектив разъезжает по провинции. Циркачи сродни цыганам: где легли спать, там и дом. Личное имущество братьев, нижнее белье и джинсы, умещается в одной сумке, они не женаты, детей не имеют и пока не очень переживают по этому поводу. Энди восемнадцать лет, Антонио на год моложе, а Маре вроде пятнадцать, точный возраст он не знает, потому что мама посеяла его метрику. Родители их погибли три года назад, когда в шапито случился пожар, мальчишкам удалось спастись. Мара ухитрился вытащить из огня шестимесячную малышку Мими. С тех пор мартышка живет при братьях, она комическая часть представле-

ния, выскакивает на арену с тросточкой и пародирует
их номер. Успех обезьянке всегда обеспечен.

Раз в году, в конце весны, Морелли прибывают в
Москву. Цирк на Цветном бульваре и коллектив, который работает на Ленинских горах, отправляются на
гастроли. И Морелли получают возможность выступать в столице. Естественно, они не могут конкури-
ровать с элитой циркового мира и не претендуют на
лучшие площадки мегаполиса. Морелли работают в
парках, обслуживают корпоративные мероприятия,
кроме того, летом многие подмосковные населенные
пункты отмечают День города, и Морелли являются
украшением праздников. Избалованные вниманием
как российского, так и зарубежного зрителя столич-
ные акробаты, клоуны и фокусники не поедут в какой-нибудь Козьегорск[1], расположенный на границе
с Тульской областью, чтобы выступить на дне рождения фабрики, выпускающей клизмы, а Морелли тут
как тут, у них все по-взрослому: акробаты, дрессировщик с медведем, девочка-каучук, короче, полный набор удовольствий. Неискушенный зритель отбивает
себе ладони, билеты стоят недорого, костюмы артистов издали выглядят шикарно, медведь пугает пуб-
лику здоровенными зубами, девочка гнется, словно
пластилиновая. Простые люди не заглядывают за кулисы и поэтому не знают правды. На самом деле красивые купальники и трико давным-давно не новые,
медведь ленив, а девочке подкатывает к тридцатнику,
просто она щуплая и поэтому сходит за ребенка.

В Москве Энди снимает несколько комнат в бараке. Хоромы не шикарные, но циркачи не избалованы.
Дождь на голову не льет? Это же отлично. В столице у
Морелли много друзей, один из них Боба, хозяин бара, расположенного в ста метрах от того места, где

---

[1] Название придумано автором.

обычно селится коллектив. Вчера после концерта Мара и Антонио пошли к Бобе, им хотелось выпить чайку и съесть вкусную пиццу. Внимание Мары привлек высокий, симпатичный, хорошо одетый мужчина, сидевший за стойкой с самым несчастным видом.

— Это кто? — спросил младший Морелли у бармена.

Боба пожал плечами.

— Уже три часа кукует! Говорит, идти некуда! Вроде он не в себе, не из ваших и не из наших, я его впервые вижу, уже пятый коктейль скушал, платит исправно, не буянит.

Мара подсел к дядьке, а тот неожиданно рассказал ему свою жизнь, начиная чуть ли не с рождения и заканчивая уходом из дома хозяйки.

— Жить мне негде, — мрачно констатировал мужик, назвавшийся Иваном Павловичем, — денег нет, документов тоже. Ушел в чем был и назад не вернусь!

Для начала Антонио и Мара угостили бедолагу водкой, а потом стали думать, как ему помочь. Может, Морелли и не знают таблицу умножения, но человека в беде они никогда не оставят. У циркачей так заведено — они всегда протягивают руку помощи тому, кому плохо.

И тут в бар заявился Энди в самом дурном настроении.

— Наш шпрех убежал, подался на сторону, — мрачно заявил он. — Где нового искать?

Шпрех — это шпрехшталмейстер, человек, который объявляет номера, так сказать, хозяин арены, а еще он часто выступает партнером для клоуна. Шпрех — лицо программы, поэтому он должен быть высоким, осанистым, плечистым, обладать красивым и громким голосом и уметь носить фрак. Найти такого сразу практически невозможно! Поэтому Энди был зол на весь белый свет.

— За что мне это? — спрашивал он. — Без шпреха фигово! Кто встанет на занавес? Мими, блин?

И тут Мару осенило, он ткнул в меня пальцем и заорал:

— Он! Внешне супер, говорит красиво, ни работы, ни денег не имеет, документы посеял. А еще его рекомендует Боба.

— Ну да, — кивнул бармен, — вроде приличный клиент.

И судьба Ивана Павловича решилась без его участия. Увы, я был к тому моменту мертвецки пьян и не мог выразить своего отношения к происходящему.

Глава 5

— Господи, — перепугался я, выслушав рассказ, — мне не справиться с работой в цирке.

— Ерунда, — утешил Антонио, — насчет костюма не беспокойся, подберем!

— Я никогда не выступал на публике и, если честно, даже не хочу пробовать, актерство не моя стезя, я принадлежу к людям интравертного склада и не обладаю энергетикой, необходимой для подпитки зрителей, — отбивался я.

— Как он говорит! — восхитился Антонио. — Настоящий шпрех! Здорово! Выезжаем в шесть! Сегодня нам свезло, никуда тащиться не надо! В соседнем доме работаем. Во, Ваня, это ты удачу принес! Мы давно в простое, а когда с тобой в баре сидели, Энди мужик позвонил, у ихней конторы сегодня юбилей, он коллегам сюрпрайз сделать хочет. Да еще идти всего через двор! Энди сказал: «Этот Ваня, похоже, из фартовых».

— Не волнуйся, — хлопнул меня по плечу Мара, — ты шикарно выступишь!

— Нет, нет, ничего не получится, — затряс я головой.

— Откуда ты знаешь, если не пробовал? — засмеялся Мара. — Я тоже боялся фляк крутить, когда начинал. Знаешь, как наш отец говорил: «Отключи глупость, тело умней головы, само все сделает, главное, не мешай ему!»

Я уставился на Мару. В принципе, парнишка прав. Если не откусить от яблока, то и не узнаешь, каково оно на вкус, а ведь зеленый плод, вопреки ожиданиям, может оказаться восхитительно сладким.

— Давай, Ваня, выручай нас, — поддержал его Антонио, — поверь, ты родился шпрехом! Вот на перш тебя не зовем, ты с него гробанешься, и на канат не ставим, не твое там место!

— Кураж поймаешь, и покатит, — потер руки Мара.

Неожиданно для самого себя я вдруг сказал:

— Но у меня даже нет чистой рубашки!

Мара засмеялся и открыл большой шкаф.

— Во, держи, голубая, тебе пойдет!

Я машинально взял вешалку и удивился.

— Это же сорочка милиционера, форменная, на плечах штрипки для погон.

— Носи на здоровье, — махнул рукой Антонио. — Она новая, никто ни разу не надевал.

— Чегой-то я не помню, как эта рубаха к нам попала, — протянул Мара. — Так как, Ваня?

Лишь временным умопомешательством можно объяснить мое дальнейшее поведение, я не только натянул на себя чужую одежду, кстати, идеально подошедшую по размеру, но и бойко воскликнул:

— Хорошо. Попробую себя в роли этого шпреха.

— Во! Супер! — подпрыгнул Антонио.

Братья, как по команде, развернулись и вышли из комнаты.

Я остался один и попытался оценить ситуацию. До сих пор мне в голову никогда не приходила мысль сбежать из дома. Я всегда, даже в подростковые годы, смирялся с обстоятельствами, съеживался и ждал, пока буря успокоится. Бунтовать и размахивать шашкой — это не в моем характере. Но вчера случилось нечто, так и не могу понять, что именно, заставившее меня поступить вопреки здравому смыслу. И что теперь делать? Поблагодарить простых сердечных парней, решивших помочь абсолютно незнакомому мужчине, и вернуться домой? Увидеть Нору, которая поверила коварной Варваре и решила подвергнуть секретаря унизительному анализу на установление отцовства? Впрочем, ничего позорного в процедуре нет, возьмут ватную палочку, поскребут ею по внутренней стороне щеки и через некоторое время выдадут вердикт: господин Подушкин не имеет ни малейшего отношения к больной Нине. Отчего бы мне не согласиться на это и не снять с себя подозрения? Боюсь, вам трудно понять меня, вопрос не в малышке, а в Элеоноре, не поверившей человеку, который много лет работает на нее. Неужели моего слова оказалось не достаточно? Или хозяйка в глубине души всегда считала меня непорядочным? Я не смогу более служить ей, это не истерика, а обдуманное решение, увы, я способен поддерживать отношения лишь с теми... Внезапно мысли сделали резкий крен в сторону. А деньги? Нора ни секунды не сомневалась: ее секретарь выписывал поддельные счета! Это же настоящий плевок мне в душу! На этом фоне чушь с наркотиками, которую выдумала Николетта, выглядит невинной шуткой!

Нет, я никогда не вернусь назад. Я подошел к засаленному креслу и опустился на продавленную подушку. И куда деваться? Ни документов, ни денег. Впрочем, имей я паспорт, все равно не смог бы им воспользоваться. Очень хорошо знаю Нору, она сейчас крайне зла и уже начала искать посмевшего взбунтоваться секретаря. При обширных связях моей бывшей хозяйки она легко обнаружит любое мое убежище.

Внезапно мне вспомнился старый анекдот про глубоко религиозного Семена, который тонул в реке. Он изо всех сил молотил руками по воде и просил: «Боже, спаси меня». Вдруг мимо поплыло бревно, но Семен не схватился за него, он продолжал молиться: «Господи, помоги!» Тут около него очутилась лодка, но тонущий не обратил на нее внимания, утроил просьбы к небу и... утонул. Представ перед престолом Господним, Семен с обидой сказал:

— Я жил праведно! Почему ты не помог мне?

— Я послал тебе бревно, потом лодку, — изумился Бог, — но ты не отреагировал. Неужели ждал, что я сам прыгну в реку?

Мораль: всякому человеку дается шанс, надо просто его использовать.

Бродячий цирк — последнее место, где Нора станет искать сбежавшего секретаря. Может, Мара прав и у меня талант этого, как его там, шпреха?

Я вскочил на ноги. Представление дают по вечерам, значит, утро и день у меня свободны. Иван Павлович, очнись! Твое доброе имя замарано грязью, необходимо отмыть его. Я знаю, что никогда не прикасался пальцем к Варваре! Я даже не знаком с ней, но она заявилась к Норе и звонила до этого мне по телефону. Следовательно, некто решил опорочить меня. Почему? Кто он, мой Яго?[1] Я непременно найду негодяя, заставлю его рассказать Норе правду и... и... никогда не вернусь к ней. Вот только смыть черное пятно с репутации необходимо. И как действовать? Я ничего не знаю о Варваре, ни адреса, ни телефона. Детская поликлиника! Очень хорошо помню, что на обложке истории болезни тщедушной Нины стоял

[1] Яго — герой трагедии Шекспира «Отелло», оклеветавший невинную Дездемону.

штамп «Клиника имени академика Кладо». Сейчас узнаю адрес сего заведения, съезжу туда и выясню, где живет девочка Нина Чижова. Так, куда я положил ключи от машины?

Я ринулся к скомканному пиджаку и тут же сообразил, что автомобиля-то нет!

— Эй, Ваня, — всунулся в комнату Мара, — тебе какое имя больше по вкусу: Вова или Серега?

— Абсолютно без разницы, а почему ты спрашиваешь? — удивился я.

— Ты ж без документов, — пожал плечами парнишка. — У Энди есть два паспорта, один на Владимира, другой на Сергея, выбирай!

— Откуда у него чужие удостоверения личности? — поразился я.

— Не парься, — отмахнулся Мара, — ксивы настоящие, с московской пропиской. Я бы на твоем месте стал Вовкой, и фамилия у него красивая. О, глянь!

Улыбаясь, акробат сунул мне бордовую книжечку, я машинально уставился на страницу. Следует признать, мужик на фото слегка похож на меня, простое русское лицо, без особых примет. Ну-ка, достаньте свой паспорт и внимательно изучите снимок, думаю, он вам не очень понравится. Я всегда удивлялся, ну коим образом представитель власти, глянув на черно-белое изображение десятилетней давности, может опознать меня? Кстати, отсутствие сходства фото с оригиналом легко объяснить: пополнел, сменил прическу, обзавелся очками. Так, год рождения тоже не совпадает, я на шесть лет старше, но все говорят, что выгляжу моложе. И как теперь мне следует представляться? Владимир Тарасович Задуйхвост. Ну и ну, Мара прав, фамилия редкостной красоты. Внезапно на душе стало легко. Пусть Нора обломает зубы, разыскивая Ивана Павловича Подушкина, а тем временем Владимир Тарасович Задуйхвост спокойно займется расследованием, обнаружит мерзкую девчонку Варвару и серьезно поговорит с ней.

— Понравилось? — прищурился Мара. — Клево!

— Извини, пожалуйста, но я хотел уточнить по поводу оплаты, не дадут ли мне небольшой аванс, — тихо сказал я, — видишь ли, у меня нет ни копейки. Вчера я спустил всю наличность в баре.

— Деньги выдает Энди, — пояснил Мара, — раз в месяц, получка завтра.

— Мне сейчас надо съездить по делам... э... не мог бы ты... одолжить чуть-чуть?

Мара помотал головой.

— Не, у меня ваще ни копейки. Антонио!

— Че? — ответил голос из коридора.

— Бабки есть?

— Пусто, — сообщил средний брат.

— Жозефина! — завопил Мара.

— Ну? — долетел издалека женский голос.

— Дай сотняшку.

— Пошел вон.

— Очень надо!

— Кому?

— Мне.

— Тебе не дам.

— Это почему? — обиделся Мара.

— По кочану, — отрезала невидимая Жозефина.

— Вот пакость! — обозлился акробат. — Погоди, Ваня! Мими! Поди сюда!

В комнату влетела макака.

— Слышь, — заискивающе попросил парень, — дай пенендзов.

Обезьянка сложила фигу и повертела ею перед носом Мары.

— Это ему надо, — пояснил акробат, показывая на меня.

Мими кивнула, подошла к шкафу, вытащила темно-синюю спортивную сумку, порылась в ней, выудила ярко-красное портмоне, достала оттуда купюру в пятьсот рублей и протянула мне.

Я ошарашенно взял ассигнацию.

— Спасибо, Мимиша, — обрадовался Мара, — ты настоящий друг!

Макака улыбнулась, издала пару резких звуков и ушла.

— У обезьяны есть деньги? — отмер я.

— Мими очень хозяйственная, — с завистью заметил акробат, — и экономить умеет.

— Здорово, — только и сумел сказать я.

— Ксива при тебе, бабки тоже, — подвел итог парень. — О! Мобила! Значитца, так! Иди к Бобе, в бар за углом, он поможет, скажешь ему: «Работаю сегодня у Морелли, нужна труба».

— Сейчас семь утра, — напомнил я, — питейное заведение закрыто.

— В окно постучи, — зевнул Мара, — Боба там спит, в задней комнате.

Через сорок минут после разговора с младшим Морелли я влез в маршрутное такси и устроился на удобном месте у окна. В кармане лежали паспорт, деньги и сильно поцарапанный сотовый, явно принадлежавший ранее маленькой девочке. Отчего мне пришла в голову такая мысль? Мобильный был ядовито-розового цвета, а его заднюю панель украшали многочисленные наклейки в виде кошечек.

— Пристегните ремни, взлетаем, — заорал шофер маршрутки, — извиняйте, хавки и выпивки не будет, полет пройдет на сверхзвуковой скорости, просьба не писаться, а то выброшу на ходу!

Взвизгнув колесами, «Газель» ракетой понеслась прямо по тротуару. Я зажмурился: сейчас врежемся в один из многочисленных ларьков у метро. Через пару секунд глаза открылись. Никто из пассажиров не выказывал ни страха, ни возмущения. Две девушки с наушниками на голове мирно внимали любимым мелодиям, толстый парень играл на телефоне в тетрис, пожилая дама вязала крючком, остальные читали. Очевидно, слалом между торговыми точками и мат, который изрыгал шофер, ловко огибая будки с газетами и овощами, были для всех будничной ситуацией.

Я прижался лбом к стеклу. В Москве существует несколько реальностей, и они практически не пересекаются. Иван Павлович, сын популярного писателя и столичной актрисы, с детства жил в роскошной квартире, окончил престижный вуз, спустя некоторое время попал на службу к Элеоноре и снова обитал в роскошных апартаментах, в личной комнате, не заботясь о быте. Проблем, связанных с уборкой, стиркой, глажкой и готовкой, у него не было. Домашнее хозяйство у Норы ведет домработница Ленка, ленивое, косорукое создание. Я просто бросал рубашку в бачок и вынимал из шкафа свежую. У меня имелась машина, недорогая, но вполне приличная, и Элеонора исправно платила мне причитающееся жалованье. Я посещал консерваторию, старался не пропускать театральные премьеры, покупал книги и был твердо уверен: в спальню ко мне никто не войдет без стука.

Теперь же я очутился в ином мире, где несколько человек спят в одной комнате, можно купить в семь утра у хозяина сомнительного бара явно краденый мобильный, выступать на арене цирка, носить имя Владимир Задуйхвост и брать деньги в долг у обезьяны. Скажи мне кто-нибудь неделю назад, что я окажусь в подобной ситуации, я бы воскликнул: «Помилуйте, господа, это по меньшей мере неприлично».

А сейчас я трясусь в маршрутке, страшно довольный тем, что удобно устроился у окошка. Кстати! Надо приобрести Мими небольшой подарочек. Интересно, она любит пирожные? Обезьянка была со мной очень мила, поделилась заначкой, надо ее отблагодарить.

Глава 6

На ресепшн в клинике имени Кладо сидела симпатичная женщина лет сорока. Быстро отметив, что у нее на пальце нет обручального кольца, я расцвел самой нежной улыбкой:

— Доброе утро!

— Здравствуйте, — профессионально вежливо ответила дама.

— Не могли бы вы мне помочь?

— Если сумею.

— Посмотрите, состоит ли здесь на учете Нина Чижова, ей едва исполнился год.

Женщина нахмурилась.

— Сведений о пациентах мы не даем.

Я постарался изобразить смущение.

— Да, конечно, но... видите ли... э... понимаете... ладно, буду откровенен. Я работаю помощником у очень влиятельного и богатого человека, он влюблен в девушку, Варвару Чижову, на мой взгляд, малопривлекательную юную дурочку.

— Вы настроены против молодых женщин? — начала кокетничать бабенка.

— Конечно, нет! Наоборот, мне очень нравятся двадцатипятилетние красавицы, такие, как вы, — лихо польстил я начинающей увядать матроне.

— Представляю, что думает по этому поводу ваша жена, — прозвучало в ответ.

— Я холост, но не обо мне речь.

Тетка за стойкой поправила волосы и заулыбалась, я быстро продолжил:

— Так вот. Варваре Чижовой нет еще и восемнадцати, хозяин просто ошалел, только о ней и думает, забросил дела, скупает бриллианты килограммами.

— Повезло ей, — завистливо вздохнула собеседница.

— Только не моему патрону, — живо изобразил я

возмущение. — Эта Варвара! Пробу ставить негде! Корчит из себя невинную школьницу, а у самой есть младенец, он наблюдается в вашем заведении.

— Ну и ну! — покачала головой дама. — Современная молодежь абсолютно беспринципна!

— Вот-вот, я, как узнал про обман, сразу сюда и примчался, дайте справку про Нину! — подхватил я.

— Что вы! — испугалась дама. — Меня за такое уволят!

Я нахмурился, потом снова улыбнулся.

— Давайте сделаем так! Вы смотрели компьютер, искали в нем данные о, допустим, Чижовой Наташе, а я случайно увидел слова «Чижова Нина» и в тот момент, когда вы отвернулись, записал ее домашний адрес. Понимаете? Вы, врач, не виноваты, искали некую Наталью.

Дама рассмеялась.

— Я не врач и даже не медсестра, а простой администратор. Сейчас, секундочку, Чижова Нина, адрес по прописке: улица Фарфоровый Завод, дом сто.

— В Москве есть такая? — изумился я.

— Да, — кивнула женщина, — она здесь неподалеку. Выйдете из клиники, повернете направо, и перед вами Фарфоровая. Только вот странность! Как, вы говорите, зовут малолетнюю обманщицу, которая задумала выйти замуж за вашего шефа?

— Варвара, — ответил я.

— Мать Нины зовут Елена Петровна, — пожала плечами администратор, — так в компьютере записано.

— А другой Чижовой нет?

— Чижевская Юлия не подходит?

— Мне нужна Чижова Нина.

— Ну тогда это она.

— Может, малышку оформила на себя бабушка, — пробормотал я, — порой случается такое, когда не хотят портить биографию слишком юной мамаши. Огромное вам спасибо, я непременно разберусь.

— Это все? — с легким разочарованием осведомилась собеседница.

Мне не хотелось обижать милую женщину, которая решила пококетничать с холостяком, поэтому, понизив голос, я спросил:

— Как вас зовут?

— Роза, — ответила администратор.

— А я Ва... Володя. Не будете возражать, если на днях я загляну сюда еще разок?

— Я работаю сменами, — зарделась Роза, — сутки тут, двое дома.

— Увы, я тоже имею напряженный служебный график, — грустно сообщил я, — но, может, наши выходные совпадут?

— Буду ждать, — улыбнулась Роза.

Я помахал ей и живо выскочил за дверь. Если кто-то из вас счел мое поведение отвратительным, он не прав. Я вовсе не собирался обманывать Розу и, естественно, более не явлюсь в клинику, но у перезрелой дамы возникло ощущение, что она понравилась посетителю, значит, еще не вышла в тираж. А такие мысли очень положительно влияют на всех представительниц женского пола в возрасте от пяти до ста лет.

Нужный дом оказался красивым, недавно построенным зданием из светло-серого кирпича. Я открыл добротную дверь и наткнулся на консьержа, скорее даже охранника, одетого в черную форму.

— К кому идете? — сухо осведомился он.

— К Чижовой Елене Петровне, — в тон ему ответил я, понимая, что, скорей всего, направляюсь не туда.

Если Варвара живет в здании, где квартиры стоят не меньше миллиона долларов, то у нее нет необходимости выклянчивать алименты у небогатого Ивана Павловича.

— Третий этаж, — сказал парень, — вот лифт.

Кабина была отделана панелями из красного дерева, а когда я вознесся на нужную высоту и вышел из подъемника, то увидел белый ковер, устилавший пол, и единственную дверь на площадке. Интересно, сколько денег местная администрация тратит на химчистку? Или за нее платят жильцы? Нет, я определенно ошибся. Варвара совершенно не похожа на девочку из обеспеченной семьи. Но все же следует поговорить с этой Еленой Петровной, другой-то Нины Чижовой в клинике имени Кладо нет. Я ткнул в звонок.

— Кто там? — незамедлительно донеслось из домофона.

Подавив желание ответить: «Почтальон Печкин», я громко воскликнул:

— Откройте, пожалуйста, это по поводу Нины!

Дверь распахнулась, на пороге появилась рослая девушка в полупрозрачном пеньюаре, ее глаза спокойно смотрели на меня.

— Нина? О ком идет речь?

— Сделайте одолжение, позовите Елену Петровну Чижову, — попросил я.

— Слушаю.

— Это вы?

— Да, — кратко ответила хозяйка.

— Вашу дочь зовут Ниной?

— У меня нет детей.

— Нина Чижова, годовалый младенец, — попытался объяснить я.

Елена помотала головой.

— Вы ошибаетесь. Я только неделю назад вышла замуж и никак не могла успеть родить. Понимаете, беременность у женщины длится девять месяцев!

Несмотря на то что последнюю фразу девица произнесла вежливо, мне стало ясно: она откровенно издевается над незваным гостем.

— Некоторые особы, выйдя из загса, торопятся к

детской коляске, которую качает нянька или бабушка, — пошел я в атаку, — невинность невесты в наше время скорее исключение.

— Вы осмелитесь повторить это в лицо моему супругу? — усмехнулась Елена. — Сразу предупреждаю, он долгие годы занимался боксом.

— Простите, если я показался вам грубияном, — живо сменил я линию поведения, — разрешите представиться... э... Владимир Оборвихвост.

Елена засмеялась и тут же сказала:

— Простите, наверное, вас обижает такая реакция на вашу фамилию?

Я развел руками.

— Давно привык! У меня она очень редкая!

Причем настолько, что я ухитрился забыть, что написано у меня в паспорте. Кажется, я перепутал, не Оборвихвост, а Вырвихвост, но этого госпоже Чижовой лучше не знать.

— Однако не в фамилии дело, я секретарь общества «Добрая душа», мы помогаем больным детям, собираем для них деньги, — продолжал я.

— Понимаю, — кивнула Елена, — но финансами в нашей семье ведает муж. Майкл вернется с работы около девяти вечера, если спешно не улетит в командировку, его бизнес требует постоянного присутствия. Вам следует обратиться к моему супругу. Впрочем, если вас устроит сто долларов, я охотно дам их для несчастных инвалидов, но вам придется оставить чек или квитанцию.

— Вы неправильно меня поняли! Я пришел не просить деньги, а дать их!

Брови Елены поползли вверх.

— Да?

Я кивнул.

— Наше общество, как я уже говорил, оказывает помощь больным, нуждающимся в деньгах на лечение. Некоторое время назад в «Добрую душу» обратилась мать Нины Чижовой, она представила выписку из истории болезни, девочка наблюдается в клинике имени Кладо и, увы, находится в тяжелом состоянии.

— Клиника, — неожиданно воскликнула Елена и сделала шаг назад, — жесть! На карточке стоял штамп!

— Вы вспомнили Нину? — насторожился я.

Елена схватила меня за руку, втащила в прихожую, захлопнула дверь и сердито сказала:

— Какого черта ты сюда приперся?

— Девочка серьезно больна, а у Варвары нет денег на лечение, вот мы и решили выделить дотацию.

— Что за Варвара? — нервно перебила меня Елена.

— Юная девушка, школьница, она назвалась матерью девочки.

— Ерунда, — зашипела Елена, — убирайтесь прочь! Не говорите глупости!

— Может, ваш муж в курсе дела? — нажал я на болевую точку. — Я приду попозже, около десяти вечера, ок?

— Не смейте даже приближаться к нашей квартире! — воскликнула Елена.

Голос молодой женщины звучал уверенно, в нем слышалось справедливое негодование, но в глазах мадам Чижовой явственно читался страх.

— Хорошо, — мирно согласился я, — поеду к нему на работу, дайте адрес офиса.

— Офигел, дурак? — Девица вмиг выпала из образа добропорядочной жены.

— Я обязан выполнить свою работу.

Елена схватила со столика изящную сумочку, вынула из нее кошелек, достала несколько ассигнаций, протянула их мне.

— Держи и уходи.

— Не могу! Просьба о помощи зарегистрирована, сумма выделена, я должен ее вручить.

— Вас обманули!

— Нет, мы тщательно проверяем бумаги! Нина больна!

— И что, эта Варвара указала адрес по улице Фарфоровый Завод? — взвилась Елена.

Я торжествующе улыбнулся.

— Она предъявила медицинскую карту и сказала, что сама явится за средствами, дескать, дома дед алкоголик, он отнимет у нее деньги и пропьет. Нам показалось подозрительным ее поведение, поэтому я поехал в лечебницу и удостоверился: Нина Чижова состоит у них на учете, девочка больна. Варвара не солгала. И адрес я взял из документов медицинского учреждения. Вот только маленькая деталь: матерью девочки там записана не Варя, а Елена Петровна. Правда, странно?

Хозяйка села в кресло, потом вдруг спросила:

— Сколько тебе дать, чтобы ты ушел и больше не появлялся? Тысячи баксов хватит? Впрочем, я удвою сумму, если ты успокоишь идиотов-благотворителей, скажешь им: «Ок! Чижова бабки получила!» Соглашайся, это выгодное предложение, ты получишь две штуки от меня и те, что на Нинку выписали!

— Ничего не получится! — воскликнул я. — У нас строгий учет! Требуется подписать бумаги.

— Вытаскивай ведомость, — кивнула Елена, — оформим в наилучшем виде.

Я без приглашения опустился на диван.

— Леночка, насколько я понимаю, Нина ваша дочь?

— Не твое дело! Забирай лавэ и отваливай, — обрела истинное лицо красавица.

— Очень глупое поведение! И уж ни в коем случае вам нельзя оставлять автограф на документах, — укоризненно сказал я. — Предлагаю бартерную сделку: вы рассказываете, где Варвара, а я молчу про Нину. Ваш муж ведь не знает про девочку? Кстати, еще один совет: если вы стали жертвой шантажиста, никогда не платите денег, мерзавец не успокоится, будет постоянно выкачивать из вас средства. А мне не нужны деньги!

— Чего же ты хочешь? — спросила Елена.

Я закинул ногу на ногу.

— Адрес Варвары. Она заявила, что я являюсь отцом ее ребенка, Нины Чижовой.

— Ты кто? — на этот раз с искренним удивлением поинтересовалась Елена.

— Сейчас объясню, — ответил я и рассказал ей почти всю правду, вернее, в моем повествовании не было лжи, просто я был не до конца откровенен, не назвал свое настоящее имя и не упомянул о Норе.

— Не знаю никакой Варвары, — вздохнула Елена, когда мой рассказ иссяк.

— Леночка, вы обманщица, — мягко укорил я.

— Честное слово, никогда не слышала о ней.

— И о Нине тоже?

Чижова встала и начала ходить по холлу.

— Ну ладно, — решилась она, — это дурацкая история, но я в нее вляпалась. Понимаешь, мой отец был истово верующий человек. Прямо псих с иконой! Дома пост держали постоянно, даже на Пасху и Рождество отец нас в еде ограничивал. Детство у меня было, слов нет, жесть! Подъем в пять утра, час на молитву, потом уборка квартиры и в школу. Все девочки в коротких платьях, я подолом пол мету, на голове платок. Ни о каких там спортивных секциях или театральных кружках даже заикаться нельзя, в них «беса тешат». Уроки отсидела — и домой! Телевизора, радио, магнитофона у нас не было, даже телефон отец срезал, потому что это «адское изобретение». Ванная комната у нас запиралась на ключ, в душ пускали лишь по четвергам.

— Почему? — изумился я.

— Каждый день моются только блудницы, — горько улыбнулась Елена.

— Похоже, ваш отец мало общего имел с истинно верующим человеком, — покачал я головой.

— Фанатик, — кивнула хозяйка, — в самом ужасном его проявлении. Маму он мучил еще больше, чем меня, и в конце концов мы сбежали, насыпали ему в воду снотворное и деру! Прямиком на вокзал кинулись, сели в поезд и в Москву подались, решили, здесь он нас не найдет.

Елена перевела дух и продолжила:

— И точно! Больше я папашу не видела, через год узнали — он умер. Первое время нам с мамой туго пришлось, затем она пристроилась пиццу на дом развозить, а я работала в магазине продавщицей. Ну и произошла с мамой потрясная история, она вышла замуж за американца, вернее, он из наших, укатил в семидесятых в Атланту, бизнес поднял, разбогател. Короче, мать сейчас в шоколаде: собственный дом, несколько машин, счет в банке.

— А вас она кинула?

— Нет, конечно, с собой звала.

— Почему же вы не поехали?

Елена поманила меня пальцем.

— Пошли на балкон, я дома не курю. По какой причине я решила в Москве остаться? Влюбилась. Думала, всю жизнь вместе проведем, забеременела, ребеночка родила, Нинку, а он...

Девушка оперлась на перила лоджии и замолчала.

— Бросил вас, — завершил я за нее фразу.

— Ага, — по-детски шмыгнула носом Елена, — я маме про беременность ничего не сообщала, думала, она ругаться станет, кричать: «Штампа в паспорте нет, а в постель с мужчиной легла». Толик мне твердо пообещал: появится ребенок — женюсь. Но он даже в родильный дом ни разу не приехал! Исчез! Я сюда одна вернулась, вернее, с Ниной. А через некоторое время звонок из Атланты: Олег, отчим, на проводе, мило так попросил: «Элен, приюти на время сына моих друзей, Майкла. Он тоже этнический русский, едет в Москву по делам бизнеса, открывает в России сеть магазинов!»

Отказать Олегу я не могла! И дико испугалась! Этот Майкл увидит Нинку, расскажет своему отцу, тот насплетничает другу, Олег, ясное дело, пристанет к маме с вопросами, вот правда наружу и вылезет!

— Вы молчали о дочери? — изумился я.

Елена кивнула.

— Но почему?

— Боялась, — тихо ответила девушка, — папино воспитание сработало, думаю, в нем все дело. Ну чего стыдного в ребенке?

— Ничего, — пожал я плечами.

Елена скрестила руки на груди.

— Так все запуталось! Эту квартиру мне Олег подарил, сказал: «Живи счастливо, ни о чем не думай, учись в институте». А меня любовь закрутила, я учебу забросила, родила невесть от кого.

— Ясно, — сказал я.

— Ничего тебе не ясно, — обозлилась Елена, — все из-за отчима случилось! Он хотел как лучше!

— А вышло как всегда, — процитировал я культовое выражение.

Глава 7

Елена кивнула:

— Ну да! Олег с мамой не знали про мою любовь. Я мотивировала свое желание остаться в Москве другой причиной: дескать, хочу получить образование в МГУ. Отчим попытался меня отговорить, начал перечислять американские колледжи, объяснял: «Детка, в Штатах не самые худшие профессора».

— Да только дело было не в дипломе, — перебил я ее.

Елена развела руками.

— Любовь, блин! Я обманула всех! Так глупо вышло! Окончательно во вранье запуталась! Пришлось маме и Олегу сказать: поступила на первый курс, приехать к вам в гости не могу, иначе учеба прахом пойдет. Я боялась беременной на самолете туда-сюда летать. Срок был маленький, но, говорят, от перелета выкидыш бывает!

Я внимательно слушал Лену. Ее отец перегнул палку, воспитывая дочь в излишней строгости, и вот вам результат: эффект маятника. Если на ребенка слишком давить, скорей всего, получите не то, что ожидаете. Гиря сначала пойдет вправо, но затем метнется в обратную сторону. Чем сильней крикнешь, тем громче эхо, из плотно заткнутой бутылки пробка вылетает с очень громким хлопком, а у слишком туго завернутого винта срывает резьбу.

Елена упорно лгала маме и отчиму и получала от них достаточно денег. Олег и Катя полагали, что девушка овладевает знаниями, а она думала лишь о предстоящей свадьбе, а потом осталась одна с малышкой. Неизвестно, как бы развивались события дальше, но тут заботливому отчиму пришла в голову гениальная идея, как заставить Лену переехать в Атланту. Он решил влюбить ее в американца, у Олега имелась замечательная кандидатура на роль жениха: Майкл, сын его ближайшего приятеля. Воодушевившись этой идеей, Олег отправился к товарищу, и они решили судьбу детей.

Майклу сказали, что отец доверяет ему изучить российский рынок на предмет открытия там магазинов, жить в московской гостинице опасно, поэтому он поселится у Лены.

Понимаете, как перепугалась Чижова, узнав, что через пару недель к ней приедет молодой человек? Необходимо спрятать Нину! И Лена отдала девочку в чужие руки.

— Ничего себе, — возмутился я, — вы избавились
от малышки!

Елена дернула плечом.

— Я не хотела ребенка!

— Зачем же рожали? В России разрешены аборты.

— Грех убивать дитя!

— Ты сейчас говоришь всерьез? — не выдержал
я. — А вышвырнуть его вон хорошо?

Лена сказала:

— Если бы меня Толя не обманул и повел в загс, я
воспитывала бы дочь. Но он смылся, а девочка без
мужа мне не нужна, я хотела быть не с ней, а с Анато-
лием.

— Замечательно, — пробормотал я, — и где ребенок?

— Мы с Майклом полюбили друг друга, — Лена
попыталась повернуть разговор в иное русло, — с
первого взгляда. Через пару месяцев мы уезжаем, я
уже отослала документы в университет в Атланте.

— Восхитительно!

— Олег очень рад, что роль свахи удалась ему в
полной мере.

— Где Нина? — бесцеремонно перебил я Чижову.

— Не могу сказать.

— Почему?

— Это не моя тайна!

— Получается, что секрет известен многим, —
безжалостно заявил я.

— Вы о чем? — удивилась Лена.

— Девушка, в руки которой попала ваша дочь,
весьма непорядочно себя ведет. Варвара пытается по-
весить на меня отцовство. А я, как вы понимаете, не
намерен служить мальчиком для битья и непременно
отыщу нахалку.

— Боже! — заломила руки Елена. — Никакой Варвары нет! Нину забрала милейшая Анечка... у нее... о

господи! Все так сложно! Ну прямо сил нет! Я не сумею объяснить!

— Думаю, вам следует попытаться это сделать, — обозлился я.

Лена прижала руки к груди.

— Поймите, я жертва обстоятельств! Уже рассказывала вам о своем ужасном детстве!

— Давайте вернемся к Нине!

— Ее отдали в другую семью.

— Кому?

— Ну... Понимаете, иногда у людей нет детей, а они хотят наследника.

— Дайте телефон женщины, которая забрала Нину!

— У меня его нет.

— Адрес?

— Не знаю!

— Как же вы оформляли документы?

— Э... никак, — растерянно заявила Лена, — мы встретились у Центра, и все! Я отдала ей Нину! Она в короб не влезла! Из-за толстого одеяла.

На секунду я онемел и растерялся. О каком коробе ведет речь Лена? Потом я возмутился:

— Даже котенка не сплавляют невесть кому! А вы! Взрослый человек, погубили малышку!

— Почему погубила? — дрожащим голосом возразила Елена. — Аня была хорошо одета, с обручальным кольцом, она очень достойно выглядела и обещала, что будет заботиться о дочке. Ей найдут семью. Чего еще желать?

— И кто вас познакомил?

— Никто.

— Вы ходили по улицам и кричали: «Отдаю девочку в хорошие руки!»?

— Скажете тоже! — фыркнула Лена. — Нет, конечно! В Интернете есть сайт, вот там мы и сговорились.

— Где? — устало переспросил я.

Елена забегала глазами по сторонам, потом подошла к компьютеру.

— Сейчас покажу.

Елена оказалась активным пользователем, ее тонкие пальчики уверенно нажимали на кнопки клавиатуры, и в конце концов перед моим взором открылась страница «Помощь. ru.»[1].

— Где оно, — забормотала Лена, — во! Читайте. В самом низу объявление.

«Если у вас должен появиться нежеланный ребенок или вы уже стали матерью, но не хотите ею быть, не губите дитя, не берите грех на душу. Позвоните по телефону, и мы устроим младенца в хорошую семью. Не убивайте новорожденных, Бог вам этого не простит. Мы также берем на воспитание детей любого возраста. Центр «Мария».

Я перевел глаза на Лену.

— И вы обратились к людям из этой организации?

— Ну да, — закивала Елена, — они очень внимательные, добрые. Сначала говорили со мной по телефону, а затем я встретилась с Аней.

— Как же это произошло?

— Обычно, — улыбнулась Лена, — меня попросили приехать, я хотела сначала Нину вместе с документами передать, но она не поместилась в короб, пришлось звонить, вышла женщина, назвалась Аней и забрала девчонку. Ну и все!

— Вы даже телефона этой Анны не взяли!

— В Центре предупредили: главное — анонимность. Новые родители не желают светиться. Вполне вероятно, что Аню зовут иначе, — разоткровенничалась Лена.

Я потряс головой: более дикой истории в своей жизни не слышал!

---

[1] Сайт придуман автором, любые совпадения случайны.

— Лена! А каким образом в клинике имени Кладо оказалась история болезни вашей дочери?

— Я отдала Ане медкарту.

— Минуточку. Давайте по порядку. Если вы не хотели воспитывать ребенка, то зачем поставили его на учет в медицинском учреждении?

Лена откинулась на спинку стула.

— Вы тупой и непонятливый! Говорила же! Меня обманул Толя! Сначала сказал: «Обязательно рожай, как только появится младенец, сразу поженимся!» Ну я и легла в роддом, выбрала хороший, платный. А у него договор с клиникой Кладо, она здесь неподалеку, буквально за углом. Вы рожаете ребенка, и его сразу ставят на учет, первый месяц вы обслуживаетесь бесплатно, это бонус от роддома, потом уже за деньги. Я никуда не ходила, Нину не прописывала, в загсе ее не регистрировала. Когда Аня бумаги забирала, я ей карту младенца из роддома отдала, и все! Мы никогда в клинику не ходили, Нине три месяца исполнилось, когда Майкл в Москву приехал.

Лена замолчала, а я попытался сосредоточиться. Очень хорошо помню, что Варвара ткнула Норе под нос довольно толстую тетрадь, на обложке которой была надпись «Нина Чижова», а сверху штамп клиники.

— Знаешь что, — вдруг оживилась Елена, — я только сейчас сообразила! Никаких доказательств того, что я родила Нину, нет! Свидетельство о рождении я не оформляла! Можешь даже не пытаться меня шантажировать!

— Я уже говорил, что озабочен собственной проблемой, — ответил я, — кстати, следы всегда остаются! Вы же рожали не в одиночестве? Есть врач, акушерка, педиатр, который осматривал новорожденную, думаю, в роддоме хранится история, так сказать, вашей болезни. Опять же клиника Кладо, там имя Нины занесено в компьютер. Хотя очень странно...

Если вы не оформили на девочку метрику, то почему ее записали Ниной?

— Я так велела, — пояснила Лена. — В палату пришла медсестра и говорит: «Мы дарим вам месяц бесплатного обслуживания в детской клинике. На кого оформим карточку? Можете назвать имя? Если потом зарегистрируете ребенка по-другому, то там просто исправят». Ну я и сказала: «Нина». Не терять же подарок! Поймите, я не знала, что Толик не придет за нами и вообще исчезнет! Думала, мы поженимся, строила планы! Ребенку ведь врач нужен! А тут еще и бесплатно!

— Я перепишу телефон с сайта?

— Да, пожалуйста, — милостиво разрешила Лена, — он же не секретный, любой найти может!

Оказавшись на улице, я сделал пару глубоких вдохов, слегка успокоил возмущенные нервы и вернулся в детскую клинику.

— Владимир! — заулыбалась Роза. — Вы вернулись! Но сейчас я не смогу отойти!

— Понимаю, — кивнул я, — работа прежде всего. Скажите, Роза, это медицинское учреждение хорошее?

Администратор быстро посмотрела по сторонам и, понизив голос, ответила:

— Своим не посоветую.

— Врачи плохие?

— Специалисты нормальные, но уж очень здесь пафосно и цены головокружительные, — зашептала Роза, — лучше найти лечебницу без ковров на полу, дешевле встанет. Но некоторые готовы оплачивать интерьер.

— Странно, что клиника подобного уровня до сих пор пользуется обычными историями болезни.

— Все врачи непременно оформляют документы!

— От руки? Человечество давно изобрело компьютер.

Роза заложила за ухо прядь волос.

— Наши доктора имеют ноутбуки, в больнице полный прогресс. Педиатр заполняет лист посещения, потом, опля, и он у нас в регистратуре.

— Да ну? Значит, все посещения Нины Чижовой запротоколированы?

— Само собой.

— А можно посмотреть, чем болела малышка?

— Нельзя, — улыбнулась Роза, — но для вас, Володечка, я пойду на должностное преступление. Айн, цвай, драй! Ха! Она у нас не бывала! Это очень странно! Ни разочка мать не заглянула и патронажную медсестру в дом не пустила.

— Вы уверены?

— А вот пометка, — охотно пояснила Роза, — понимаете, у нас договор с роддомом. Всем мамочкам мы предоставляем бесплатный месяц, а там уж кто как пожелает. Многие, кстати, остаются. Это наша главврач Елизавета Михайловна придумала. Знаете, люди обожают халяву! Во время бесплатного месяца всех врачей пройдут, по три раза у специалистов побывают, анализы на дармовщинку сдадут. А Нину не приносили! Наверное, родители ее сразу в другую лечебницу пристроились. А завтра я свободна! Могу пойти в кино!

— Увы, у меня обратная ситуация, я вынужден тосковать на службе, — заулыбался я, — но жизнь-то завтра не заканчивается! Непременно загляну в свободную минуту!

Роза покраснела, а я быстро ретировался, добежал до метро, сел на скамейку в маленьком скверике и вытащил новый розовый мобильный. В конце концов, наплевать, каков внешний вид у аппарата, к тому же мне не нужны новомодные штучки, вроде фотоаппарата, видеокамеры и выхода в Интернет, а вот удобные большие кнопки радуют. Я легко набрал номер.

— Центр «Мария», — ответил нежный женский голос.

— Здравствуйте.

— Добрый день.

— Э... понимаете... ну...

— У вас проблема? — участливо спросили на том конце провода.

— Да!

— Нужна помощь?

— Очень.

— Приезжайте!

— В смысле? — удивился я.

— Наш адрес улица Первоприходная, мы работаем круглосуточно.

— Простите, не понял. Я могу явиться в Центр?

— Естественно.

— Вот так, с улицы?

— Мы не спрашиваем рекомендаций, нас не волнует ваша регистрация, гражданство и прочие бюрократические крючки.

— Вы занимаетесь детьми?

— Мы помогаем женщинам, которые попали в тяжелые обстоятельства.

— Но я мужчина!

— И что? Мы не отказываем никому из расовых, половых или религиозных предубеждений, — мягко заметила собеседница, — раз вы набрали номер Центра, следовательно, попали в сложную ситуацию.

— До которого часа вы работаете?

— Круглосуточно.

— Сколько стоит прием?

— Помощь оказывается бесплатно.

— А кого спросить, когда я приеду?

— Любого сотрудника.

— Хорошо, — промямлил я.

— Как вас зовут? — вдруг спросила дама.

— Ва... Володя, — ответил я.

— Очень приятно, Ната, — представилась собеседница, — конечно, вы сами примете решение о целесообразности появления у нас, просто скажу: некоторые мужчины, оставшись одни с ребенком, теряются. Это не признак слабости, ничего стыдного в том нет. Не совершайте непоправимого поступка, не губите младенца, он будет счастлив в хорошей семье. Понимаете?

— Более чем, — ответил я, — непременно приеду! Но только завтра. Вы будете на работе?

— Нет, — сказала Ната, — в шесть утра я уйду домой, но у нас все сотрудники нацелены на решение ваших проблем. Очень вас ждем.

— Спасибо.

— Помните, мы любим вас, — тихо произнесла Ната, — чужого горя не бывает.

Из трубки полетели гудки, я сунул мобильный в карман. Это розыгрыш? Шутка? Невозможно поверить, что в столице существует подобный Центр. Кто его содержит? Религиозная секта? От последних слов Наты про любовь пахнуло чем-то потусторонним. Буддисты? Кришнаиты? Адвентисты седьмого дня? Свидетели Иеговы?

Я встал и пошел в сторону толпы, штурмовавшей вход в метро. Кто бы ни была женщина с вкрадчивым голосом, она знает, как найти Аню, взявшую Нину Чижову. Но мне придется временно отложить поиски младенца и подлой Варвары, пора приступать к исполнению роли шпрехшталмейстера.

Глава 8

— Молодец, — похвалил меня Мара, — не опоздал, потопали! Ну и свезло нам сегодня, только двор перейти. Такое редко случается, обычно приходится в автобусе париться. Тебя укачивает?

— Не замечал, — ответил я.

— Еще не вечер, — оптимистично заметил Мара, — через пару часов на колесах любого уконтрапупит. Во, нам сюда.

— Постой, — притормозил я шебутного парня, — смотри, центральный вход слева, а ты направо повернул.

Мара засмеялся.

— Так то главная дверь, для зрителей, они билеты купили, или им начальство праздник устроило. А мы, артисты, прём через задний вход. Ищи самую обшарпанную створку, желательно около мусорного бачка, нам стопудово туда. Во! Оно самое!

Мара пнул покореженную, местами ржавую железную дверь, за ней открылась узкая крутая лестница.

— Плиз, — хохотнул парень, — старик Станиславский чегой-то попутал с вешалкой! Для нас усё начинается с помойки![1]

Мы поднялись по узким ступенькам и наткнулись на медведя. Топтыгин выглядел очень несчастным, он стоял у стены, закрыв глаза, и казался спящей плюшевой игрушкой. Моя рука машинально потянулась к мишке. В ту же минуту Мара крикнул:

— Эй, чего ты хочешь?

— Мишку погладить, — пояснил я.

Акробат быстро отпихнул меня в сторону.

— Дурак, не подходи к нему!

---

[1] Станиславский (Алексеев) К.С. (1863—1938) — режиссер, актер, педагог, теоретик театра. Ему приписывают фразу: «Театр начинается с вешалки».

— Он же дрессированный, — возразил я, — значит, любит людей.

— Ошибаешься, — протянул Мара, — Тихон всех ненавидит. Медведь самое опасное цирковое животное, лучше с тигром в одной клетке оказаться, чем с мишенькой. Живо руку отгрызет. Непредсказуемый. Небось ты русские народные сказки в детстве читал? Так они врут! Даже не приближайся к Тихону, хуже его у нас только Энди, он пьяных ненавидит, если учует запах спиртного, звереет, а еще, блин, весь в блохах! Такие заразы, на людей перескакивают, потом чешешься до крови!

— Почему Энди их не выведет? — растерянно спросил я, мигом вспомнив, как старший Морелли утром безостановочно скреб голову пальцами.

— На фиг Энди с паразитами бороться, — зевнул Мара, — у него такая густая шерсть! Это просто невозможно.

— Не заметил у твоего брата повышенной волосатости! Где же у него блохи живут? — поразился я.

— В шкуре, — пояснил Мара и ткнул пальцем в сторону мишки, — во, позырь, он на ковер похож.

— Так ты о медведе толкуешь! — с запозданием дошло до меня.

— Ну да! У кого еще стока волос? Не у Энди же, он башку под шапку бреет!

— Зачем? — совсем запутался я.

Мара вздохнул.

— Похоже, ты не знаешь ничего из того, что известно даже детям. Перш не поставишь на кудри, он соскользнет, поэтому нижний натягивает на башку клизму.

— Резиновую?

— Нет, железную, — заржал Мара, — клизма — это шапка, облегающая череп, а уж на нее водружается перш! А шевелюра мешает. Просек?

Внезапно мне стало обидно.

— Спорю, что ты никогда не читал поэта Буало?

Мара спокойно кивнул:

— Точно. Не люблю книги, в какой-то из школ меня заставили «Муму» пролистать, я весь обревелся, больше не хочу. И глаза болят от мелкого шрифта.

— А я отлично знаю литературу, не только отечественную, но и зарубежную, — хвастливо заявил я, — интеллигентный человек обязан прочесть Чехова, Достоевского, Куприна, Золя, Бальзака...

Запал кончился, воздух в легких тоже. Мара чихнул и мирно ответил:

— Я кручу сальто с места. Ты так умеешь?

— Нет, а что?

— Каждому свое, — философски сказал Мара, — один слишком умный, а мышцы как веревки, другой писать не умеет, но легко стойку на пальцах делает. Ферштейн? Эй, эй, Тихон, зитцен!

Зашевелившийся было мишка вновь впал в кому.

— Он понимает команды на немецком языке? — поразился я.

Мара склонил голову набок.

— Ты словно с луны свалился. А на каком наречии с ним болтать?

— Ну... Тиша же наш, российский медведь!

Мара захихикал:

— Эх, Ваня, умрешь с тобой. Во всех цирках мира арена одного диаметра, и общаются наши по-немецки, это из-за трюков и животных. Сделают номер, отработают, и как его на другой площадке показывать?

— Театр же выступает на любых подмостках.

— Че, там акробаты есть, у которых расчет по сантиметрам? — шмыгнул носом Мара. — Не допрыгнул и маковкой в ковер впечатался! А звери! Они же из вагона не выйдут, если команду не поймут! Немецкий для них как эсперанто. Тихон, нихт эссен![1]

---

[1] Н и х т э с с е н — вероятно, nicht essen, искаженная фраза на немецком языке — «не есть».

Медведь, явно собравшийся погрызть подоконник, зло посмотрел на парня.

— У него намордник, — напомнил я.

— Знаю Тихона как облупленного, — фыркнул акробат, — он...

Договорить Мара не успел, из глубины здания полетел вопль, похожий на рев раненого бизона:

— Суки! Гады! Ну покажу ему!

— Облом! — с горечью щелкнул языком Мара. — Вот, блин, уже третий раз!

— Что? — не понял я.

В воздухе повеяло ароматом детского мыла, вслед за запахом появилась девушка в джинсах.

— Кирдык, — сказала она.

— Вау! — погрустнел Мара.

— Трофимов урод! — продолжала незнакомка.

— Этта точно, — согласился Мара.

— Энди денег сегодня не даст!

— Понятно!

— И завтра хрен получим!

— Угу!

— А это кто с тобой? — проявила любопытство девушка.

— Шпрех, — коротко ответил Мара.

— Жозефина, — представилась незнакомка, — ну, покедова.

— Пошли, — повернулся ко мне акробат, — отмена! Не работаем.

— Почему? — впал я в изумление.

Мара схватил меня за руку и потащил вниз.

— Запомни. Если случился косяк, главное — не попасть под руку Энди, убьет не глядя. Он дико сильный, Тихона щелчком уложит! Мы же не одни с программой, другие коллективы есть. В принципе, особой конкуренции нет, но вот Трофимов! Это он крысятничает! Назло нам делает!

— Это как?

— Ну смотри. Энди договорился о выступлении, обозначил сумму. А потом прикатывает Трофимов и заявляет организаторам: «Наша программа лучше, и возьмем мы дешевле». Врет не моргнув. У него отребье в команде, заднее сальто не скрутят! И четыре дряхлых пуделя в юбках! Да только зрителю это по фигу. Он че понимает? Допустим, трио Банкин. Два мужика и баба. Парни выходят, берут в руки две палки, а девка начинает на них этюд отрабатывать, туда-сюда вертится. Сначала они с двумя балансами работают, потом, опля, одну дубину очень эффектно отбрасывают, и партнерша дальше хреначит. Народ ревет от восторга! Им, дуракам, кажется, что на одной палке трудно стоять. Ну как, Ваня? Ты согласен про один баланс?

— Да, — осторожно ответил я.

— Дурак, — констатировал Мара, — одной палкой они свою бабу всегда поймают, а вот с двумя очень сложно. Все наоборот! Только народ не в теме. Поэтому трофимовские на ура проходят. Сегодня они нас опять обштопали! И денег фиг!

— А неустойка? — возмутился я.

— Чего? — скривился Мара.

— Вы договор подписываете? Директор есть? Кто занимается организацией концертов? — попытался я разобраться в ситуации.

— Энди у нас за главного, — вздохнул Мара, — он умный, хорошо читает, разговаривать умеет. Не как ты, конечно, слов таких сильно умных не знает, но тоже может впечатление произвести.

— Денег нет, — заявил материализовавшийся из ниоткуда Антонио.

— Слышали, — кивнул Мара, — и че? Лично мне жрать охота! А ты, Вань, как насчет кусалова?

— Если предложат большой бифштекс и гору жареной картошки, не откажусь, — вздохнул я.

— Мими! — заорал Мара. — Ты где?

Из-за спины Антонио выглянула обезьянка.

— Денег нет! — сообщил младший Морелли.

Макака закивала.

— Работаем? — прищурился Мара.

Мими ухватила меня за руку.

— С ним? — удивился Антонио.

Обезьянка заулыбалась и полезла в свою спортивную сумку. Я разинул рот. Мартышка вытащила платье, парик из светлых длинных волос и начала быстро превращаться в женщину.

— Ваня, ты в покер играешь? — осведомился Мара.

— На уровне примитивного любителя, — пояснил я.

— Сойдет, — обрадовался Антонио, — значитца, так! Слушай внимательно!

Узнав, что предстоит делать, я откровенно испугался.

— Не сумею достойно разыграть спектакль, испорчу все дело.

— Не дергайся, — успокоил меня Мара, — если в одном месте не получится, в другое направимся. В конце концов все станцуется.

— В самом худшем варианте пятак начистят, — весело заявил Мара, — Ваня, ты трус?

Я вздохнул и честно ответил:

— Да!

— Мы тоже, — на полном серьезе констатировал Антонио, — но жрать охота. Ладно, хватит бухтеть, работаем. — И объяснил мне, что делать. — Ваня, запомнил роль?

И что мне оставалось? Только соглашаться. Внезапно Мара обнял меня за плечи.

— Спокуха. Первое правило арены: ничего не бойся и верь в себя. Второе: жизнь — игра, мы получаем от нее удовольствие. Третье: не планируй неприятности, иначе утонешь в них! Четвертое...

— Пришли, — оборвал брата Антонио, — я, соответственно, начинаю! Мара, ты на дверях. Мими, солнышко, вперед! Ваня! Где кураж? Представь, что там арена, зритель. Ну! Айн, цвай! Через пять минут твой выход, готовь антре!

Я глубоко вдохнул, выдохнул, вдохнул, выдохнул и вошел в небольшой бар, набитый мужчинами.

Мими уже сидела за столиком у стены. Я, изображая благородное негодование, воскликнул:

— Вот ты где! Опять в карты режешься!

Макака опустила голову. Если не знать, что Мими обезьяна, то легко примешь ее за женщину. Тело ее скрывало широкое платье с длинными рукавами, ноги обуты в ботинки, на голове парик из длинных светлых волос, а лицо закрывают огромные очки. Губы, накрашенные ярко-красной помадой, завершали образ.

— Это невозможно! — вопил я.

Бармен опустил стакан, который тщательно протирал салфеткой, и спросил:

— Чего орешь?

— Много она проиграла?

— С обеда сидит, — меланхолично отозвался успевший войти в помещение Антонио, — денег у бабы лом! Ща моя очередь с ней партийку раскинуть.

— Нет! — замахал я руками. — Милая, пошли домой!

— Не лезь! — занервничал Антонио. — Уговор дороже денег. Мужики, кто хочет в покер сесть? Тут баба в компании!

— Я! — воскликнули сразу три идиота.

— Вы уж там сами договоритесь, — фыркнул средний Морелли, — да поживей. Я у ней тридцать две тысячи отжал, еще охотца.

— Мы вместе! — кинулись к столику мужчины.

— Э нет! — отмер я. — Сам сяду! Моя жена дура! Хочу ей помочь! Только объясните побыстрей правила. Это вроде дурака? С подкидными картами?

Бармен заржал:

— Вау! Сладкая парочка! Семья великих игроков! Матч века! Чемпионат по покеру!

— Замолчите, — велел я, — сделайте одолжение, не вмешивайтесь!

— Уже сижу! — воскликнул один из посетителей и плюхнулся на свободный стул. — Давайте хоть познакомимся, Сеня.

— Антон, — представился Антонио, — а тя как кликать?

— Вовчик, — заявил я.

— А бабу?

— Кассандра, — ляпнул я.

И сам поразился, ну при чем тут дочь Приама, царя Трои, получившая пророческий дар от самого Аполлона?

— Значитца, Кася, — подвел итог Сеня, — кто сдает?

Антонио вынул из кармана большой портсигар, положил его на стол и галантно предложил:

— Пусть дама мечет!

Морщинистые лапы Мими начали быстро тасовать колоду.

— Можно курево взять? — спросил Антонио и указал на ярко начищенный серебряный портсигар, лежащий около макаки.

Обезьянка кивнула.

— Чегой-то руки у нее странные, — протянул Сеня.

— Артрит, — пояснил я, — в детстве работала... э... на рисовой плантации. Она сирота, родители рано умерли, воспитывалась дядей, вот он и заставил девочку в воде сутками возиться.

— Сволочь! — покачал головой Сеня. — А че она молчит?

— Так немая, — нашелся я, — тот же дядя в детстве ее по голове ударил и речь отшиб, хорошо хоть слух остался!

— Убивать таких извергов надо, — с чувством произнес Сеня и взял карты.

Первая игра сложилась быстро, Сене перла удача, у меня не составилось даже завалященькой пары, а Мими ошиблась, она гордо выложила супернабор: десятка, валет, дама, король, туз. Вот только в нем перемешались пики с трефами.

— Ну попутала масти, — довольно засмеялся Сеня, сгребая купюры, — с кем не бывает! Сдавай, голуба, у тебя шикарно получается.

Стоит ли упоминать, что и вторую игру тоже легко выиграл Семен.

На третьей сдаче ко мне пришли две десятки. Я с недоумением взглянул на Мими. Этак мы проиграемся в пух и прах. Кстати, откуда у макаки деньги? Антонио чихнул, я посмотрел на него, он быстро указал глазами на портсигар. Сеня, расслабленный двумя победами, не замечал ничего вокруг. Я посмотрел туда, куда велел средний Морелли, ахнул и начал кашлять, маскируя свое удивление. Мими так держала карты, что они отражались в блестящей крышке портсигара. Судя по увиденной картине, выигрыш нам не светил. У обезьяны была одна мелочовка.

Я приуныл, и тут Мими, изображая крайнюю нервозность, начала постукивать картами по столу. У меня, внимательно наблюдавшего за происходящим посредством портсигара, парализовало лицевые мышцы. Шестерка червей превратилась в туза той же масти, семерка треф преобразилась в самую старшую карту. Через пару секунд у Мими в лапах оказалось пять тузов. Решив, что это слишком, макака лихо «перекроила» один из них в короля, и эту игру мы взяли легко!

Через двадцать минут Сеня был раздет почти до трусов. Антонио и я, впав в раж, изо всех сил изображали негодование.

— Как ей прет! — орал акробат.

— Прямо волшебное везение, — вторил ему я.

В конце концов Мими сгребла колоду и сунула ее в сумку.

— Последний раз, — заныл Сеня.

— Нам пора, — быстро сказал я, — уже поздно.

— Еще девяти нет, — уперся мужик.

— У тебя деньги тю-тю, — напомнил Антонио.

— Ха! — выкрикнул Семен и швырнул на столешницу пару купюр. — Во!

Мими кивнула и вновь раскидала карты. На этот раз макака, очевидно, устав, решила не церемониться, она сразу сдала себе флеш-рояль, тут же открыла его, заграбастала купюры, мы с Антонио поднялись, и тут Сеня заорал:

— Стойте! Хрень получается!

Антонио кинулся к двери, Мими схватила меня за руку и дернула, но я, заинтригованный Семеном, глянул на карты, которые он бросил на стол. Два туза! И четыре у Мими! Обезьянка ошиблась, или что-то не сработало в хитрой колоде.

— Жулики! — ошарашенно выдохнул Сеня. — Каталы!

В ту же секунду он схватил стул и швырнул в меня. Я, проявив чудеса ловкости, успел присесть за секунду до того, как сиденье с четырьмя ножками просвистело над моей головой.

— Суки! — взревел Сеня, и тут в баре погас свет.

Глава 9

Пользуясь суматохой, мы с Мими ринулись к выходу. Вернее, нерастерявшаяся обезьянка, скорей всего уже бывавшая не раз в подобных переделках, уцепила меня за руку и поволокла к двери. В кафе творилось нечто невообразимое. Семен матерился во весь голос, остальные посетители орали, бармен повторял на одной ноте:

— Перестаньте, ща включат электричество. Тут рядом дом строят, из-за него вырубили, уже третий раз за вечер!

— Всем заткнуться! — завопил грубый голос, я так и не понял, кому он принадлежит, потому что мы с Мими уже успели выскочить наружу.

Макака, продолжая держать меня за руку, быстро шла вперед, ни Мары, ни Антонио рядом не наблюдалось. Через пять минут меня перестала бить дрожь. Слава богу, успели унести ноги.

— Эй, стойте! — донеслось с проезжей части.

Я повернулся и оцепенел, к нам подъезжала патрульная машина, из окна высовывался Сеня.

— Это он! — торжествующе объявил мужик. — Со своей женой-шулершей. Ща вам мало не покажется.

— Документы покажь, — велел один из ментов, выходя на тротуар.

Я беспомощно посмотрел на Мими и онемел от зрелища. Пока Семен и патрульные смотрели на вашего покорного слугу, макака, проявив чудеса ловкости, стащила с себя одежду, парик и стояла в, так сказать, естественном виде, то есть в чем мать родила. Она успела освободиться даже от ботинок! И уж совсем непонятно было, куда Мими спрятала шмотки, ведь никаких тряпок рядом с нами не валялось.

— Ваши документы! — сурово повторил другой мент, с кряхтением выкарабкиваясь из машины.

— Немедленно арестуйте его, — зашипел Сеня, — они с женой меня обжулили! У них карты крапленые! С шестью тузами! Еще с ними один парень был! Здоровенный такой!

Пальцы Мими сжали мою ладонь, из груди макаки вырвалось тихое, странное шуршание, нечто вроде укоризненного покашливания, такое издавал мой отец, когда видел на своем столе дневник сына с очередной двойкой по алгебре. Родитель никогда не ругал меня, не произносил гневных слов, но этот звук! Я искоса бросил взгляд на макаку, та моргнула раз, другой, третий. Внезапно меня охватил азарт. Черт побери, как недавно говорил Мара? Ничего не бойся, верь в себя, жизнь — игра, мы ею наслаждаемся!

— Вот паспорт, — улыбнулся я.

— Владимир Задуйхвост, — протянул сержант, — регистрация есть?

— Пролистните дальше, я москвич.

— А че фамилия такая?

Я пожал плечами:

— От прадедов досталась.

— Вы тут ерундой не занимайтесь, — начал злиться Сеня, — везите их в отделение.

— Момент, господа, — расцвел я в улыбке, — на дворе не тридцать седьмой год! Где санкция прокурора? В чем меня обвиняют? Просто так схватить человека нельзя.

— Этта ты ошибаешься, — хмуро сказал водитель, — для выяснения личности имеем право.

— Я показал паспорт!

— Хорош трендеть! — окончательно вышел из себя Сеня. — Вы с женой жулики.

— Тут какая-то ошибка, еще раз проверьте мои документы, — твердо ответил я, — я убежденный холостяк!

— Значит, она тебе любовница, — завопил Сеня.

— Кто? — усмехнулся я.

— Да вон же! Сзади прячется! — пошел он вразнос.

Я обернулся и сказал:

— Мими? Помилуйте, господа, она же обезьяна!

Воцарилась тишина, потом водитель хихикнул.

— Прикольно! Слышь, Андрюха, наши не поверят!

— Она точно с хвостом, — в полном восторге отозвался Андрей, — ваще, Колька! Эй, вы уверены, что именно эта пара вас в карты обчистила?

Последний вопрос относился к Семену.

— Да! — заорал тот. — Она баба! Просто переоделась!

— Похоже, вы что-то путаете, — прищурился Андрей.

— Я руки ее запомнил, — пер напролом Сеня, — ейный муж сказал: жена в детстве на поле работала, гречку в воде собирала!

— Ну это ты не прав, — фамильярно заявил Николай, — гречиха нормально растет, вот рис в воде живет, нам в школе рассказывали, я хорошо помню.

— Так он про рис и говорил! — заголосил Сеня.

— Вы уж определитесь, — с сочувствием вклинился я в беседу, — чем там занималась в младенчестве моя супруга-макака, какую крупу собирала. Впрочем, думаю, что Мими рвала в Африке бананы. И потом, я что, зоофил? Ну как можно жениться на животном!

— Ты ее своей бабой называл! — затопал ногами Сеня. — Говорил, она все-все до копейки проигрывает! И за карты сел, чтобы дуре помочь! Сказал, что покер — это подкидной дурак! Я решил, что вы с картами обращаться не умеете! Потом два раза выиграл и поверил: идиоты за столом, утроил ставки, и тут ей как поперло!

Я посмотрел на Андрея:

— Понимаете, что он говорит? Задумал обмануть каких-то простаков за игральным столом, и ничего не вышло!

Мент крякнул, но промолчал, и тут из-за угла вырулил Мара.

— Сеня! — заорал он. — Слава богу, ты нашелся!

— Вы кто? — попятился тот.

— Твой шурин, — ответил Мара, — рули домой, Лена волнуется. Че, он опять у кого-то кошелек спер? Отпустите его, ребята, Семен больной на голову.

— С ума сойти! — завопил Сеня. — Я тебя не знаю.

— Успокойся, — нежно закурлыкал Мара, — скажи, тебя ведь Семеном зовут?

— Ну да, — опрометчиво согласился вконец одураченный мужик.

— И откуда мне известно твое имя? — вопросил коварный Мара.

Сеня захлопнул рот, акробат посмотрел на патрульных:

— Ребят, мы сами разберемся. Я этому, с макакой, заплачу! Сколько хотите, молодой человек? — спросил у меня акробат.

— Ну уж нет! — взвыл Сеня и кинулся на Мару. — Ща те мало не покажется, ты с ними заодно! Обезьяна была в платье! И с волосами на голове! Блондинка! Она баба! Он парень! Муж не умел играть!

Николай с Андреем переглянулись.

— Может, психушку вызвать? — с явным сочувствием к нам спросил первый.

— Не, спасибо, он не опасный, — ответил Мара, легко скручивая Сеню, — просто с закидонами! Вчера он кошке наших соседей предложение руки и сердца сделал! Явился с букетом! Глючит его на животных! Вы идите, молодой человек, я уж с ним сам разберусь!

Мими потянула меня в сторону, я повиновался и через короткое время очутился в бараке. Утром я проснулся около семи и увидел Антонио, мрачно сидевшего у стола.

— Слушай, Ваня, а у тебя деньги есть? — спросил он.

— Нет, — помотал я головой, — все были у тебя и у Мары. А что случилось?

Антонио почесал затылок:

— Ну... мы того... выпили чуток! Утром проснулись, всего три тысячи рублей в кармане, а ведь сняли несколько кусков в долларах. Смутно помню скока, вроде пять или шесть тысяч!

— Вы пропили такую огромную сумму! — ахнул я. — Всю?!

— Похоже на то, — смутился Антонио.

— Где?

— Не помню!

— Вернулись в бар?

— Это навряд ли.

— Так где спустили выигрыш?

— Ерунда, ща Мара пожрать принесет, — зачастил Антонио.

— Пойду умоюсь, — сказал я и отправился в ванную, провел там четверть часа, вернулся в спальню и увидел, что акробаты уже накрыли на стол.

— Давай, Ваня, — потер руки Мара, — налетай: колбаска, сыр!

— Хорошо, что в баре внезапно погас свет, — вздохнул я, — иначе приключение могло плохо завершиться.

Антонио засмеялся:

— Наивняк! Это подстава. Бармен уже получил свою долю!

— Ну, Ваня, ты влился в коллектив, — засмеялся Мара, — здорово вышло! Если завтра не дадут денег, мы опять игранем.

— Нет, — твердо сказал я, — нельзя заниматься жульничеством. Рано или поздно всех нас поймают и посадят! Я более не участвую в подобных представлениях и вам не советую. Тем более что вы потом напиваетесь до амнезии!

Мара замер с куском у рта, Мими странно хрюкнула, Антонио же грустно сказал:

— Вань, ты не понимаешь! У нас, того, кирдык! Совсем плохо! И денег нет! Мы их пропили!

— Не надо прибедняться, — перебил я акробата, — недавно мне в руки попался журнал, где сообщались гонорары наших певцов. Честно говоря, я испытал удивление: поп-звезды получают по двадцать тысяч долларов за несколько песен!

Мара грустно рассмеялся:

— Эх, Ваня, таких единицы! Остальные за сто баксов неделю поют и пляшут. А цирковые, даже суперпупер, о таких деньжищах и не слышали. Мы давно в пролете! Че имеем, на коллектив тратим. Тихона кормить надо?

Я кивнул, Мара поднял палец:

— О! Костюмы обновить, бензин для автобуса, квартиру оплатить. Это только начало. Хорошо, если в ноль выходим, а то и минус получается! И еще у нас регулярный облом с площадками!

— Другие артисты ведь выживают? — вырвалось у меня. — Почему же у вас концерты отменяются?

Мара и Антонио переглянулись.

— Жозефину видел? — спросили они хором.

— Да, — кивнул я.

— Она каучук делает, — пояснил Мара, — а ее муж, Федор Трофимов, был у нас импресарио, это типа продюсер.

— Ох, — вздохнул Антонио, — Федька такой ловкий! Из-под земли клиентов находил, и его, как Энди, не кидали. Мы в шоколаде были. По два выступления в день! Даже в Германию ездили. А потом усе лопнуло!

— По какой причине? — удивился я.

— Федька Жозефину в койке с Энди поймал, — шепотом объяснил Мара, — ну и ушел, набрал свой коллектив. Теперь там кассу делает, а нам гадит. Нарочно кислород перекрывает, уже полгода фанерой над Парижем летаем! Федька старается.

— Что же Энди? — возмутился я.

Антонио запихнул в рот кусок колбасы.

— Знаешь, — еле слышно произнес Мара, — Энди суперский акробат, он и нижним может, и верхним, если кто его, конечно, выдержит. Вот только импресарио из него хреновый!

— С людьми договариваться не умеет, — подхватил Антонио.

— Еще орет все время, — дополнил Мара.

— Это от нервов, — оправдал брата Антонио.

— Ваще ему плохо!

— От нас уж четверо ребят убежало! Клоун, наездники и фокусник.

— К Трофимову ушли!

— Остались мы, Костя с медведем и Жозефина!

— Ее Федька не переманит!

— Точно!

— Так и с голоду подохнуть можно!

— Потому мы и химичим в карты.

Братья замолчали, Мими села на кровать, обняла голову лапами и принялась раскачиваться из стороны в сторону.

— Хорошо, родители не дожили, — вздохнул Антонио, — отец бы с ума сошел: Морелли каюк приходит. Одна радость осталась: выпить и забыться!

Я подошел к столу, взял кусок сыра, положил его на хлеб и сказал:

— Спокойно! Никаких бутылок с водкой. Если очень постараться, то вполне можно переломить хребет неудаче. Где Энди? У меня появился гениальный план!

Около десяти утра я приехал по нужному адресу и позвонил в домофон.

— Кто там? — прошуршал из пластиковой коробочки женский голос.

— Вчера я беседовал с Натой, — ответил я, — она обещала мне помощь.

— Сейчас открою, — ответили изнутри, но характерного щелчка не послышалось.

Я продолжал стоять на небольшом крылечке. Вход в Центр помощи «Мария» выглядел немного странно. Створка была цельнометаллической, без всякого намека на ручку. Зато сбоку, в стене, имелось наглухо закрытое окошко, перед ним зачем-то был прикреплен лоток. Ожидание затянулось, я опять потянулся к звонку, и тут дверь распахнулась.

— Вы к нам? — настороженно поинтересовалась пожилая дама в белом халате. — Чем могу служить?

— Вчера ваша сотрудница пригласила меня приехать, — ответил я, — у меня проблема, знаете ли!

Лицо женщины разгладилось.

— Входите, сюда, налево.

На пути вновь возникла створка, на этот раз с матовым стеклом и ручкой. Я повернул бронзовый кругляш и очутился в неком симбиозе уютной гостиной и кабинета врача. За письменным столом сидела женщина лет пятидесяти, увидев меня, она приветливо улыбнулась:

— Здравствуйте, я Эвелина, садитесь. Что случилось?

— Насколько я понял, вы помогаете женщинам, попавшим в беду? — с места в карьер начал я.

Эвелина покачала головой:

— Не совсем так! Мы подставляем плечо всем, независимо от пола, вероисповедания, расы и возраста. Как вас величать? Если не хотите называть свое настоящее имя, скажите любое, документов я не потребую, но надо же как-то к вам обращаться!

— Майкл, — ответил я.

— Очень приятно. Вы можете спокойно изложить свою проблему, ничто из сказанного не просочится из этого кабинета наружу, — пообещала Эвелина, — я не буду делать никаких записей, просто выслушаю вас, а потом решим, как лучше поступить.

— Не так давно я женился на очаровательной Леночке Чижовой.

— Поздравляю, — кивнула Эвелина, — хорошая семья — это главное для человека.

— Спасибо. Вы правы, — согласился я. — На самом деле я живу в Америке, здесь нахожусь временно, по делам бизнеса. Через некоторое время мы с супругой планируем перебраться в Атланту.

— Человек ищет, где лучше!

— Справедливо. Но возникла одна проблема.

— Какая?

— Э... ну... боюсь, что вы плохо подумаете о Лене.

— Наш принцип никогда не осуждать людей, — мягко сказала Эвелина, — чаще всего человека в угол загоняют жестокие обстоятельства, не следует бросать в него камень.

— Понимаете, до меня у Лены была связь с другим мужчиной. Она забеременела и родила ребенка. Любовник обещал на ней жениться, сказал: «Как только младенец появится на свет, мы распишемся». Я не понимаю, почему Анатолий не отправил Лену на аборт, но факт остается фактом: родилась девочка Нина, а кавалер сбежал. Он даже не пришел в клинику встретить молодую мать.

— Если бы вы знали, сколько подобных историй я слышу в этом кабинете, — горестно вздохнула Эвелина, — непорядочным мужчинам, как правило, попадаются на пути наивные девочки.

— Лена стала растить младенца и познакомилась со мной. Еще раз прошу, не осуждайте мою супругу, но она испугалась. Решила: ребенок станет помехой для ее личного счастья — и отнесла его к вам вместе с медкартой.

Эвелина перебила меня:

— Мы помогаем женщинам, попавшим в тупиковую ситуацию.

— Позавчера я, совершенно случайно, от ближайшей подруги жены узнал правду. Ниночка была отдана в руки некой Ане. И теперь...

— Дорогой Майкл, — перебила меня женщина, — очень часто так называемые подружки врут, завидуют чужому счастью, хотят его разрушить. Скорей всего, ваша Лена оклеветана.

— Нет, нет, — возразил я, — я нашел дневник жены и, каюсь, прочитал его, там есть подробности!

— И зачем вы пришли к нам? — резко погасила улыбку собеседница. — Хотите развестись с женой? Вам нужны доказательства существования малышки? Ничем не могу вам помочь!

— Вы не поняли, не надо торопиться с выводами, — укорил я Эвелину, — лучше разрешите мне спокойно договорить до конца! Лена очень мучается, я вижу, как ей тяжело, она плохо спит, не ест, часто плачет. Вот я и решил: найду Нину, верну ее Лене, и мы заживем одной семьей. Я очень люблю жену и приму ее ребенка.

Эвелина откинулась на спинку стула.

— В наш Центр практически не приходят мужчины, — призналась она, — а с такой просьбой и вовсе обратились впервые. Боюсь только, вы явились зря!

— Почему? Дайте мне координаты этой Ани!

Эвелина вынула из ящика стола сигареты.

— Сейчас попробую объяснить. Наше учреждение уникально, подобного ему в России нет. Мы существуем на деньги человека, который пережил в детстве трагедию. Подробностей я не знаю, но Иван Павлович...

Я вздрогнул.

— Что?

— Иван Павлович, так зовут нашего основателя, — пояснила Эвелина, — вырос, выучился, поднял бизнес, нынче очень богат и милосерден. Иван Павлович не хочет, чтобы кто-то повторил его детство, поэтому и построил Центр. Мы пытаемся спасти многих детей. Конечно, судьба тех, кто попал в приюты, незавидна, но, Майкл, вы даже не представляете, какое количество женщин убивает младенцев! Мы даем объявления в бесплатных газетах, создали сайт в Интернете, просим мамаш: если вы хотите избавиться от новорожденного, отдайте его нам! Мы работаем круглосуточно, можно прийти, положить сверток с ребенком в приемник на стене, позвонить и уйти, не дожидаясь нашего сотрудника.

— Короб, — вырвалось у меня, — вот о чем вела речь Елена, когда говорила, что Нина не поместилась в некий ящик из-за толстого одеяла! Моя жена имела дело с вашей сотрудницей Аней, очевидно, вызвала ее звонком. Можно мне побеседовать с этой женщиной?

— Нет, — возразила Эвелина.

— Но почему?

— В Центре нет человека с именем Анна, — пояснила дама, — следовательно, Лена обращалась не к нам. Сюда не поступала Нина Чижова!

— Только что вы сказали, такой Центр в России один.

— Да, — согласилась Эвелина, — попробуйте понять, мы не требуем документов, если женщина оставляет ребенка, она его более никогда не увидит. В большинстве случаев сюда подкидывают малышей, рожденных тайно. Но иногда при ребенке есть записка с именем или какой-нибудь документ, ну, допустим, медкарта. И тогда мы регистрируем подопечного под его именем, нового не придумываем. Если крошку забирают в семью, приемные родители дают ей свою фамилию и, как правило, другое имя. Если вы утверждаете, что при девочке имелась медкарта с указанием, что ее зовут Нина Чижова, мы бы ее так и внесли в список. Но таких подкидышей нет и не было. У нас строго соблюдают правила. Господин Подушкин немедленно выгонит тех, кто непорядочен.

— Кто? — севшим голосом поинтересовался я.

— К сожалению, в Центр иногда приходят на службу не очень добросовестные...

— Нет, нет, кто их выгоняет? — невежливо перебил я даму. — Вы только что назвали фамилию.

— Ах да, — смутилась Эвелина, — это моя оплошность, наш основатель, Иван Павлович Подушкин, очень скромен! Он настоятельно просил не упоминать его имени! Как у меня это вылетело? Могу оправдаться только изумлением от вашего прихода! Поверьте, вы первый мужчина, пожелавший вернуть в семью ребенка от первого брака!

— Как его зовут? — тупо переспросил я. — Сообщите имя отца-основателя.

— Иван Павлович Подушкин, — нехотя повторила Эвелина.

Глава 10

— Это имя кажется мне хорошо знакомым, — пробормотал я.

Эвелина окинула меня оценивающим взглядом:

— Сомневаюсь, что вы встречались! Иван Павлович, как я поняла, ведет крайне замкнутый образ жизни.

— Значит, Подушкин, — я попытался прийти в себя, — да еще Иван Павлович, удивительное совпадение.

— С кем? — заморгала Эвелина.

Я кашлянул и, напустив на себя равнодушный вид, сказал:

— В свое время вместе со мной в Литературном институте учился Ваня Подушкин, между нами говоря, абсолютно бесполезное существо, сын писателя, крайне избалованный, несамостоятельный парнишка. Я подумал было, что это он основал ваш Центр, и даже захотел встретиться с бывшим одногруппником. Жизнь нас раскидала, после получения диплома мы не виделись. Но сейчас я понимаю — ошибся, тот мажор никак не походил на будущего бизнесмена!

Эвелина откинулась на спинку кресла.

— Я здесь работаю меньше года и никогда не виделась с Иваном Павловичем, краем уха слышала, что он давно живет за границей.

Я закинул ногу на ногу.

— Понимаете, тут такое обстоятельство: меня в детстве рано лишили родителей, я воспитывался в чужой семье. Ничего плохого об опекунах не скажу, ужасов я не испытал: меня не били, не морили голодом, но у них было еще трое детей, родных, кровных.

— Понимаю, — сочувственно кивнула Эвелина.

Я обхватил руками колено и полетел на борзом коне лжи через овраги и колдобины беседы.

— Именно учитывая свой детский опыт, я и захотел отыскать Нину. Личное страдание делает нас более чуткими к переживаниям других людей. Но сейчас я послушал вас и понял — помогать надо глобально. Признаюсь, я не бедный человек, просто не считаю нужным демонстрировать материальный достаток, никогда, например, не надену часы за сто тысяч долларов, удовлетворюсь скромными за умеренную сумму. В Атланте у меня хорошо налаженный бизнес, и я давно уже подумывал о благотворительности. Но, извините меня, недолюбливаю всяческие фонды. Они берут у людей деньги, строят для себя офисы, нанимают кучу сотрудников, и возникает странная ситуация: помощь оказывается не больным или бездомным, а самой структуре на поддержание ее функционирования. Пожертвования превращаются в зарплату для тех, кто должен заботиться о несчастных, но вот последним-то перепадают крохи.

— У нас все не так! — возмутилась Эвелина. — Мы не имеем шикарного здания и не ставим дело на поток. Для нужд Центра переоборудовано помещение старого типового детского сада, ранее тут было ведомственное учреждение, от какого-то тихо умершего предприятия. В одном крыле у нас палаты для новорожденных, иногда в них пусто, иногда густо! Наплыв детей случается в марте—апреле, в этом году даже места не хватило, поставили две кроватки в моем кабинете, хоть это против всяких правил.

— Почему именно весенние месяцы? — поразился я. — Разве дети не появляются на свет в течение всего года?

Эвелина грустно улыбнулась:

— Те, кто родился в марте, были зачаты в июне — лето, отпуск, море, случайный роман. Ясно?

Я кивнул.

— Обычно мы знаем, куда уйдет малыш, — продолжала Эвелина, — есть лист ожидания. Но иногда малютка задерживается, поверьте, уход за ними наилучший, здесь работают педиатры и медсестры сменно, круглосуточно. А во втором крыле у нас семейный детский дом, там живут взрослые ребятки, их тут сейчас восемь, самого разного возраста, младшему пять, старшей шестнадцать. Кроме того, оборудовано несколько комнат для женщин, терпящих насилие в семье. Конечно, это капля в море, если учесть размеры Москвы, но все лучше, чем ничего! Знаете, сколько в столице добрых людей? Нам многие помогают бескорыстно, спонтанно становятся друзьями, даже в милиции есть сердобольные сотрудники! И мы никогда не берем деньги в конвертах! Договариваемся с благотворителями иначе. Одна фабрика шьет нам белье для новорожденных, другая регулярно поставляет одежду старшим детям, а наших школьников приняли в отличную гимназию, тут недалеко. Абсолютно бесплатно.

— Вы даете приют новорожденным, а потом подыскиваете им новую семью?

— Верно, — кивнула Эвелина.

— Откуда тогда школьники? Неужели их тоже приводят одинокие матери?

— У каждого своя история, — вздохнула женщина, — и мы стараемся помочь всем, ищем приемных родителей.

— Я готов встретиться с Иваном Павловичем Подушкиным и обговорить с ним размер моей материальной помощи, — воскликнул я.

— Спасибо, — кивнула Эвелина, — но господин Подушкин ни с кем не встречается, я могу через пару дней сказать, что нам сейчас нужнее всего. Вы купите и пришлете. Как я уже говорила — никаких денег!

— Наверное, у вас есть и юристы? — Я решил заехать с другой стороны.

— Конечно, — согласилась Эвелина, — все действия осуществляются по закону, никаких трений ни с Уголовным кодексом, ни с налоговой. Кстати, в нашей районной инспекции работают замечательные женщины, столько добра для Центра сделали. Напомните, как зовут девочку вашей жены?

— Нина Чижова, — быстро сказал я.

Эвелина протянула руку, взяла «мышку» и спустя пару минут сообщила:

— Нет, такой не было. Абсолютно точно. Хоть я и полагаюсь на свою память, но все же проверила!

— Не может быть, — упорствовал я, — у Елены в дневнике четко указан ваш телефон и имя сотрудницы — Аня.

Эвелина оторвала взгляд от экрана.

— Либо ваша жена что-то перепутала, либо ее обманули, кто-то прикинулся работником Центра. Вопиющий факт!

— Я готов отдать большую сумму за адрес семьи, в которой проживает Нина, — гнул я свою линию. — И очень хотелось бы потолковать с Иваном Павловичем Подушкиным, чем больше о нем думаю, тем яснее понимаю — это мой студенческий приятель.

Эвелина развела руками:

— Увы! Никаких контактов с ним я не имею. От него через банк на наш счет поступает определенная сумма. Кстати, вы назвали только свое имя, вдруг представится возможность передать Ивану Павловичу сведения, как вас тогда представить? И оставьте свой номер телефона!

Я на секунду испытал замешательство, но тут же отыскал достойный ответ:

— Записывайте номер и скажите, что приходил Слон.

— Слон? — удивленно повторила Эвелина.

— Это фамилия, — улыбнулся я, — до эмиграции меня звали Слон Владимир Сергеевич, в Америке я стал Майклом для простоты общения с коренным населением.

— Хорошо, — кивнула Эвелина.

Я вышел на улицу, постоял пару секунд в раздумье, потом решительно двинулся в сторону забегаловки с забавным названием «Цып-цып». Неделю назад мне бы и в голову не пришло заглянуть туда, где, вероятно, подают разогретые в СВЧ-печке бургеры из мяса неизвестного происхождения. Но в прошлый вторник я был Иваном Павловичем Подушкиным, интеллигентным мужчиной, секретарем общества «Милосердие» и частным детективом с приличным окладом, кредиткой и машиной. А сейчас перед вами Володя Задуйхвост, лицо без определенных занятий, обитающее в одной комнате с неудачливыми акробатами и занимающееся шулерством в компании с обезьяной. Для такого типа «Цып-цып» самое подходящее место.

Я вошел в забегаловку, с опаской купил стакан кофе с молоком и сэндвич «Улыбка курицы». Еда оказалась на удивление вкусной, столик чистым, а посетители выглядели опрятно. Я расслабился, вытащил свой ужасающе розовый телефон и набрал номер Слона. Не следует думать, что я обладаю феноменальной памятью и способен держать в уме целую записную книжку. Я не могу запомнить и двух номеров. Но Вова Слон после начала перестройки ушел в торговлю, начисто забросил поэзию, перестал строчить стихи гекзаметром и стал заниматься продажей пирожных и тортов. Не скажу, что он в этом преуспел, но с голоду не умер. Володя настойчив, накануне праздников он обзванивает всех своих знакомых и патетически заявляет:

— Все сладкое одинаково! Неужели ты купишь торт к столу у постороннего человека? Надо поддержать приятеля!

У меня никогда не хватает окаянства честно ответить ему:

— Слон, я не хочу угощаться бисквитом с жирным кремом.

Отчего-то я испытываю перед Владимиром чувство вины и всегда восклицаю:

— Да, да, конечно. Оставь мне самый большой набор пирожных!

Дабы его клиенты не испытывали никаких трудностей, желая с ним соединиться, Слон купил себе «красивый» номер мобильного, он состоит из одних единиц и нулей, и даже я его помню.

В трубке послышалась тихая приятная музыка, потом нежный девичий голос с придыханием произнес:

— Вы позвонили в компанию «Слон и сыновья», к сожалению, сейчас все операторы заняты. Пожалуйста, оставайтесь на линии, ваш звонок очень важен для нас.

Снова зазвучала мелодия, я усмехнулся. У Володи нет сыновей, впрочем, и дочерей тоже, Слон никогда не был женат. А его «компания» состоит из трех человек. Трюк с занятыми операторами приятель выдумал в порыве вдохновения, это запись. Сейчас Слон возьмет трубку и скажет...

— Начальник отдела продаж слушает, — слегка неуверенно донеслось из наушника.

Я насторожился, похоже, Володя пьян. Вот она, причина, по которой мой бывший однокашник не смог поднять бизнес на высокую ступень. Увы, Слон подвержен заразной российской инфекции — алкоголизму.

— Здравствуй, Вова, — начал я беседу.

— Привет, это кто? — уже бойко спросил Слон.

— Ваня Подушкин тебя беспокоит, — ответил я, — ты как себя чувствуешь?

— А как мне ощущать себя летом? — фыркнул Вова. — Начинается штиль в продажах. Чего ты хочешь? Торт? Пирожные?

— Нет, совсем иное.

— Чего? — удивился Слон.

Я понял, что ошибся, он трезв, вероятно, в отсутствие клиентов Слон спал, и я попытался ввести его в курс дела.

— Мне нужна твоя помощь!

— Говори!

Спустя десять минут Владимир со смаком чихнул и воскликнул:

— Значитца, так! Меня зовут Майкл!

— Верно.

— Я приходил в Центр искать дочь своей жены.

— Умница.

— Если ко мне обратится баба по имени Эвелина, надо говорить с ней как с хорошей знакомой и сразу звякнуть тебе.

— Вова, вероятность звонка практически равна нулю. Я предупредил тебя на всякий случай. Извини, что воспользовался твоим именем, но ситуация так сложилась!

— Ерунда, — засмеялся Слон, — звонком меньше, звонком больше. Не боись! Не забуду! У меня память как у слона! Ха-ха-ха!

Поблагодарив приятеля, я вынул из проволочной корзинки газету бесплатных объявлений и начал ее листать. Если не взять инициативу в свои руки, семья Морелли либо умрет с голоду, либо окажется за решеткой, и тогда Мими придется кататься по зонам с сумками харчей в лапах. Ага, вот они, родимыя! Начнем с этого. «Коллектив фабрики швейно-булочных изделий отмечает свой юбилей. Просим отозваться ветеранов». Меня смутило название предприятия «швейно-булочное», с другой стороны, в наши времена еще не то встретишь, вон в соседней колонке красуется совершенно замечательное предложение: «Любая резьба по дереву, быстро, красиво, качественно. Дятел». Интересно, это фамилия? Прозвище? Или в артели и в самом деле вкалывают птицы? Но мне нельзя отвлекаться на ерунду. Иван Павлович, не зевай, набирай номер, под лежачий камень вода не течет!

— Фабрика! — проорал дискант.

— Вы давали объявление о юбилее? — нежно прокурлыкал я.

— Год!

— Простите?

— Когда ты работал?

— Я у вас не служил.

Из трубки полетели гудки.

Вот досада, связь подвела, ну ничего, повторю попытку.

— Фабрика!

— Я прочитал в газете о юбилее.

— Год работы?

— Не понял.

— Когда вы к нам пришли?

— Понимаете, я никогда не был вашим сотрудником.

Ту-ту-ту.

Я сделал глубокий вдох. Наверное, мой мобильный слишком старый, вот и не выдерживает долгих бесед. Итак, в третий раз мне должно повезти.

— Фабрика!!!

— Я уже звонил вам.

— Фабрика!!!

— Да понял я, — потерял я терпение, — у вас праздник?

— Ваши годы работы?

— Стойте! Дайте договорить. Я не ваш ветеран!

— Ты дятел? — внезапно спросили на том конце провода.

— Нет, — растерялся я, вспомнив глупое объявление про резьбу по дереву.

— А кто?

— Человек.

— Тады перестань трезвонить! Русским языком написано: «для ветеранов». Им подарки! Ты тут при чем? Два раза его отсоединили, так он в третий пристает!

— Хотите концерт? — закричал я. — Вам понравится!

— Еще и пугает! — возмутился собеседник. — Ща в ментовку звякну, устроят тебе балет с консерваторией! — Понеслись короткие гудки.

Я схватил пластиковый стакан с остывшим чаем, осушил его и занялся следующим объявлением. На этот раз ответила женщина:

— Бюро «Изолятор».

Я откашлялся:

— Вас беспокоят из агентства «Морелли и сыновья».

— Слушаю.

— Мы знаем о предстоящем празднике, разрешите вас поздравить.

— Спасибо, очень приятно.

— Мы можем устроить концерт. Весьма оригинальный, несколько эксклюзивных номеров, приведем дрессированного медведя.

— О! Здорово! — обрадовалась дама. — Приходите завтра, к семи. Я вас встречу.

— Могу я сейчас приехать?

— Зачем? Торжество завтра.

— Надо посмотреть сцену.

— А-а-а! Ладно.

— И договориться об оплате.

— О чем?

— О нашем гонораре, — заспешил я, — мы берем недорого, работаем на совесть.

— Так вы за деньги? — протянула баба. — Я думала, так развлекаете! Без концерта обойдемся, караоке споем!

Трубка противно запищала. Я положил ее на стол. Нет предела человеческой глупости! Ну с какой стати бюро «Изолятор» решило, что «Морелли и сыновья» станут веселить их коллектив задаром? Так, главное, не сдаваться! Ни у кого ничего не получилось сразу. Только терпение и труд приносят успех! Читаем следующее дацзыбао и корректируем свое поведение. Я потянулся к трубке.

— Это вы искали Нину Чижову? — прошептал кто-то снизу.

Я вздрогнул и посмотрел в сторону звука.

Глава 11

В шаге от столика виднелась фигура старушки, облаченной, несмотря на теплый июнь, в меховую душегрейку.

— Добрый день, — заговорщицки подмигнула она, — не узнаете меня?

— Здравствуйте, — вежливо ответил я, — извините, никак не припомню, где мы встречались?

— Софья Борисовна, — представилась бабуся и выжидательно замолчала.

— Владимир, — улыбнулся я.

— А по батюшке?

— Я еще не дорос до отчества, — быстро ответил я, начисто забыв, что указано у Задуйхвоста в паспорте. Вроде Олегович! Нет, Осипович! Или Тарасович?

— Софья Борисовна, — повторила старушка. — Теперь вы освежили память?

— Нет.

— Я же вам писала!

Улыбка стала сползать с моего лица, я усилием воли удержал ее на губах. К сожалению, в мегаполисе, подобном Москве, много неадекватных, да просто сумасшедших личностей. Остается лишь удивляться беспечности родственников, отпустивших без сопровождения на улицу спятившую бабулю. Ну как я могу узнать человека, который направил мне послание! Хотя в конверт можно положить фото.

— Я сразу поняла, что сигнал возымел действие, — ликовала пенсионерка, — но вы, к сожалению, опоздали, Нина умерла!

Я вздрогнул.

— Кто?

— Нынешняя молодежь туга на ум, — насупилась Софья Борисовна. — Чижова! Я же о ней предупреждала и обо всех нарушениях! Вы расплатились?

— Да, — кивнул я.

— Тогда пошли ко мне, — приказала Софья Борисовна, — я живу в двух шагах отсюда! Расскажу вам такое! Волосы, прости, господи, за сравнение, дыбом встанут.

— Может, здесь побеседуем? Угощу вас бутербродом.

— Тут? — с ужасом переспросила старушка.

— Курица вполне свежая, — попытался я ее соблазнить, — и кофе хорош!

— Враг не дремлет, — прошептала Софья Борисовна, — идем.

Очевидно, на моем лице отразилось некое колебание, поэтому пенсионерка сказала:

— Я всегда служила государству и сейчас в строю. Кто вам отправил сигнал? Умершая Чижова лишь верхушка айсберга! У этих, из Центра, повсюду уши! И в ресторане тоже!

Я поднялся.

— Я в вашем распоряжении.

В конце концов, если бабуля окажется шизофреничкой, я всегда смогу уйти. Но пока она говорит более-менее внятно и упоминает Нину Чижову.

— Не маячь телеграфным столбом! — гаркнула Софья Борисовна и посеменила к выходу.

Квартира старушки и впрямь оказалась в соседнем доме, мы поднялись на пятый этаж по лестнице, лифта в здании не было. Я запыхался, а дыхание Софьи Борисовны совершенно не сбилось.

— Заходи, — велела она, — ботинки снимай, ставь на половичок и ступай в комнату.

Я кивнул, покорно выполнил указания и, сев у круглого стола, покрытого самовязаной скатертью, начал осматриваться.

Комната была многофункциональной. В части, служившей спальней, стояла кровать, накрытая серо-голубым гобеленовым покрывалом. Стену около нее занимал ковер, образчик ручного искусства годов этак 50-х, неизвестная рука выткала на нем лебедей, пруд и плакучую иву.

Далее шел буфет, заставленный посудой, у окна маячил письменный стол, где стопками лежали конверты и возвышалась чернильница — Софья Борисовна не терпела шариковых ручек и пользовалась «вечным пером». Судя по стулу с вышитой подушкой на сиденье и валиком, которому предписывалось поддерживать спину, бабушка писала охотно и много. Но самое сильное впечатление производили две стены, от потолка до пола завешанные дипломами в рамках.

«Детский сад «Золушка» награждается за победу в конкурсе рисунка «Я и мой папа», «Первое место в состязаниях по игре в веревочку», «Победителю районной олимпиады танцев»...

Софья Борисовна заметила интерес гостя.

— Когда нас расформировали, — грустно сказала она, — я забрала с собой награды, их бы все равно выбросили! Мой садик был лучшим в столице, и вот что с ним стало! Здание захватили непорядочные люди.

Софья Борисовна начала повествование, я, мерно кивая, очень скоро разобрался в сути вещей.

Увы, многие педагоги лишены нормальной семейной жизни. Все их усилия уходят на чужих детей, для своих не остается ни времени, ни сил. Софья Борисовна никогда не была замужем, сначала ей казалось, что рано, потом выяснилось — слишком поздно. Но заведующая детским садом не испытывала никаких комплексов, ведь на самом деле у нее имелась огромная замечательная семья — ее сад. Учреждение было ведомственным, существовало при так называемом «почтовом ящике», попасть туда с улицы было практически невозможно, хотя рвались многие. Софья Борисовна обожала детей, в коллективе царила дружеская атмосфера, чего еще желать?

Потом настали темные времена, НИИ тихо захирел и сдал большую часть своего здания невесть кому. Софью Борисовну передергивало от отвращения, когда она поднималась на пятый, директорский этаж.

Раньше в большой дом ходили по пропускам, везде царила чистота, стояли цветы в кадках, висели доски почета, а туалеты запирались. Желаешь воспользоваться кабиной — возьми ключ на вахте. Еще были столовая и библиотека. А теперь? Повсюду шляются коробейники, санузлы — моральный Чернобыль, в книгохранилище поселился видеосалон с неприличными кинолентами, а в столовой продают символы капитализма: колу и пиццу. Софья Борисовна ощущала себя осколком империи, но совсем плохо стало, когда ликвидировали садик. Здание сначала продали, а потом открыли в нем приют для подкидышей.

Прорыдав три месяца, бывшая заведующая детсадом пошла к новым хозяевам и предложила свои услуги. Ну не могла Софья Борисовна спокойно смотреть на то, как погибает дело всей ее жизни.

Естественно, опытную женщину взяли на место воспитательницы. И тут Софья Борисовна совершила распространенную ошибку: она не учла, как изменилось ее положение, и начала активно наводить порядок в учреждении. Через месяц ей объявили об увольнении. Пенсионерка помчалась к руководству и выслушала о себе массу нелицеприятного.

— Увы, — перечисляла новая заведующая, — вы слишком авторитарны, лезете не в свое дело, проверяете еду на кухне.

— Но как детям дать кашу без пробы? — воскликнула Софья.

— На то имеется диетсестра, — возразила начальница, — а бельем следует заниматься кастелянше! И что вы там говорили о памперсах, которые нам подарили? Припомните слова, после которых благотворитель сразу забрал столь нужное нам средство и отдал в другое место?

— Я чистую правду говорила! — гордо вскинула голову старушка. — Ребяток нельзя сутками держать в мокрой бумаге, в особенности мальчиков! Возникает эффект парника, он грозит бесплодием.

— Отлично, — потерла руки заведующая, — мы не сработались, прощайте!

— Меня увольняют? — ахнула Софья.

— Да, — равнодушно подтвердило начальство.

— Меня?

— Именно вас!

— Но это невозможно! Садик ведь мой!

— Теперь уже не ваш, прощайте, — кивнула нахалка, восседавшая на законном месте Софьи Борисовны.

Представляете силу удара?

Через полгода Софья Борисовна узнала об уходе со службы своей обидчицы и вновь попросилась на работу. Ее взяли на должность... уборщицы, и с тех пор пенсионерка моет полы.

— С вами поступили жестоко, — кивнул я, — но почему Центр не захотел использовать ваши опыт и талант?

Старуха выпрямила спину.

— Им не нужны честные люди! Там творится зло! Его следует вырвать с корнем. Да только я поумнела, на рожон не полезла, собрала сведения и стала писать сигналы!

— Куда? — уточнил я.

Она начала загибать пальцы.

— ЦК КПСС, горком партии, райком, райисполком. Никто не ответил. Спасибо, хоть милиция отреагировала, и вас прислали! Вы очень умно действуете, прикинулись посетителем. Меня искали, да? А кто вам рассказал про Чижову?

Я в смятении слушал Софью Борисовну. Сначала бабуля показалась мне вполне адекватной, но сейчас, после перечисления инстанций, куда она строчила «сигналы», вновь возникли сомнения в ее нормаль-

ности. «ЦК КПСС, горком, райком!» Такое ощущение, будто она провела последние годы в анабиозе!

— Главное — не спугнуть их! — продолжала старушка.

Я встряхнул головой и спросил:

— В приюте есть девочка Нина Чижова?

— Была, но она умерла, Эвелина оформляла документы о смерти. Знаете, как она работает? Пристраи-
вает детей.

— Это очень благородно.

— Любая может младенца оставить. Бумаг у ку-
кушки не спросят! Это поощряет развратное поведение, — разозлилась бабка.

— Наверное, лучше очутиться в приюте, чем в могиле, — парировал я.

— А потом малышей отдают в чужие руки!

— Устраивают чье-то счастье!

— Но некоторые дети возвращаются, поживут в
семье — и назад! А потом опять к новым родителям!
Прямо как переходящее красное знамя!

— Странно.

— Вот! И я так полагаю!

— И с Чижовой так же случилось?

— Нет. Ее отдали в приют, девочка некоторое время провела в Центре, а потом, слышу, Эвелина медсестре говорит: «Только тихо! Мы вроде как ни при чем.
Болезнь крови — это фатально. Главное — без шума!
Нина умерла в больнице имени Рычагова, тело кре-
мируют».

— Невероятно! — покачал я головой.

— Вот! — подняла указательный палец Софья Борисовна. — Это проверить надо! А еще эту! Из детской части моего садика! Еремина ушла, потом, бах,
вернулась, но уже не она!

— Извините, вы о чем? — поразился я.

Софья объяснила:

— Там есть сироты, мальчики и девочки, живут

вместе, вроде в семье, нынче такое модно! Воспитывают их приемные родители, Геннадий и Неля. Вот только...

Софья Борисовна на секунду отвернулась к окну, потом сказала:

— Мне у них девочка Ирочка понравилась, очень милая, тихая, вежливая, совсем на детдомовку не похожа. Те привыкли кулаками счастье отбивать, а Ирина интеллигентная, это редкость в интернате.

— Да?

— Ну сами подумайте, из каких семей ребята в приюте? — пригорюнилась Софья Борисовна. — Кто от детей отказывается? Академики с артистами? Или писатели? А может, простые непьющие люди? Шваль всякая интернаты пополняет! Генетика страшное дело! В Центре дети все с дефектом. Злые, грубые, чуть что — огрызаются. Знаете, я думаю, им успокоительное дают, тайком в кефир бром льют, как в армии.

— Почему вы так решили? — спросил я.

Софья Борисовна тяжело вздохнула:

— Сейчас объясню. Эта Ирочка, милое создание, очень книжки любила, всю библиотеку в Центре перечитала, из школьного хранилища литературу таскала. Знаете, как мы с ней сдружились?

Я покачал головой, бабуля скрестила руки на груди.

— Вечером, после десяти, я мыла пол в коридоре, не в центральном, у кабинета директора, а на отшибе, у кухни. Вдруг вижу, из чулана, где всякая утварь хранится, полоска света пробивается.

Софья Борисовна не испугалась, вору красть здесь нечего, разве что разжиться детским питанием и памперсами, просто рассердилась на безответственных сотрудников, забывших выключить электричество, распахнула дверь и вскрикнула:

— О господи!

На перевернутом ведре с книжкой на коленях сидела рыженькая девочка.

— Простите, — тихо сказала она.

— Ты что здесь делаешь? — налетела на нее Софья Борисовна. — Как узнала о проходе?

Софья Борисовна не случайно задала странный вопрос. Некогда полноправная хозяйка садика сразу сообразила, как девочка попала в чулан. В свое время, делая ремонт, новый владелец четко разлелил здание на две неравные части. В первой, большой, организовали приют для новорожденных, а во второй — семейный детдом, куда «папа» Геннадий и «мама» Неля не пускали никого из сотрудников Центра «Мария». Вход в малокомплектный детдом находился во дворе, но во время реконструкции детсада строители не замуровали дверь, через которую можно было легко попасть из одной части здания в другую. Почему это произошло, Софья Борисовна не знала. В ее времена в чулане хранились игрушки, с которыми дети развлекались на улице, и несколько входов в комнатку было сделано для удобства воспитателей. Потом одну дверь заперли, в чулан с тряпками и ведрами заглядывала лишь уборщица, заведующие менялись часто, наверное, нынешняя даже не знала о проходе. Очевидно, девочка искала укромный уголок, уединиться с книгой, обнаружила дверь, которую сумела открыть, и решила, что чулан можно превратить в личную «читальню».

— Я Ирина Еремина из семейного детдома, — ответила школьница, — тише, пожалуйста. Милая бабулечка, не ругайте меня! Очень до конца дочитать хочется, а у нас свет в девять гасят!

— Что же интересного в книге? — сменила гнев на милость Софья Борисовна.

— Там один мужчина... ой, сразу не пересказать, — оживилась Ирина, — он такой подлый. «Два капитана» называется, автор Каверин!

— Хорошая вещь, — одобрила Софья Борисовна, — я ее тоже читала, правда, уже взрослой.

— Понравилось? — обрадовалась Ира.

Вот так и началась их дружба. Почти каждый вечер, когда из Центра уходили все сотрудники, а дежурный педиатр мирно отправлялся смотреть телик, Софья Борисовна и Ирочка встречались в кладовке. Иногда старуха приносила конфеты или пряники, но Ира всегда отказывалась.

— У вас пенсия маленькая, а я не голодна.

Один раз Софья Борисовна купила девочке глянцевый журнал для подростков, бывшая заведующая не одобряла подобные издания, но ей очень хотелось порадовать Ирину. Девочка, вежливо поблагодарив, взяла презент, но Софья Борисовна поняла, что она не в восторге. Ереминой явно больше нравились книги.

— Не читаешь такое? — напрямую спросила Софья.

— Нет, — честно призналась Ирина, — совсем не нравится, очень глупый текст.

Недели три назад Ира сказала Софье Борисовне:

— Завтра я не приду.

— Значит, теперь три дня не увидимся, — расстроилась старушка, — моя смена только во вторник.

Ирочка пригорюнилась.

— Нет, мы совсем не встретимся, никогда!

— Что ты такое говоришь? — испугалась Софья Борисовна.

— Меня отдают, — почти шепотом ответила Ира, — но это тайна. Бабулечка, миленькая, не проговорись! Иначе мне плохо будет. Никто не знает, что мы встречались! Это не разрешается!

Ирочка замолчала, Софья Борисовна испугалась еще больше и потребовала:

— Немедленно объясни, что происходит.

Девочка заколебалась, потом пробормотала:

— Лучше ведь быть в семье, да? Мама обо мне позаботится, да и папа, наверное, полюбит!

— Тебе нашли приемных родителей! — обрадовалась Софья Борисовна. — Отлично!

— Ага, — грустно кивнула Ира, — наверное.

— Тебе повезло.

— Ну да!

— Редко кто удочерит девочку тринадцати лет!

— Точно!

— Я за тебя рада, — ликовала старушка, — а какая семья?

— Нормальная, — без особых эмоций сообщила Ирочка, — ну... ой, бабулечка, у меня предчувствие нехорошее! А еще я очень боюсь пирсинг делать!

Софья Борисовна растерянно заморгала.

— Пирсинг? Это какие-то спортивные занятия? Вроде йоги? Господи, напридумывали глупостей! Лучше обычной физкультуры ничего нет!

Ирочка засмеялась:

— Бабулечка, пирсинг — это дырки в теле. Очень многие уши прокалывают, нос, пупок, бровь, язык, а потом серьги вставляют!

Софья Борисовна всплеснула руками:

— Зачем?

Ира обняла ее.

— Считается, что это красиво. Мне завтра пупок и ноздрю проколют. Геннадий сюда мастера приведет из тату-салона!

— Ира, — строго сказала Софья Борисовна, — ты уже взрослая и должна понимать всю глупость этой затеи! Еще инфекцию занесут! И потом, я видела на улицах, с позволения сказать, девушек с этим, как его...

— Пирсингом, — подсказала Еремина.

— Ну да, — кивнула старуха, — это выглядит ужасно! Завтра с утра подойди к маме Неле и откажись от дурацкой забавы.

— Мне самой не хочется, — прошептала Ира.

— Тогда в чем дело? — изумилась бывшая заведующая.

Ирочка прижалась к ней.

— У меня были мама, папа и братик, — сказала она. — Тут все ребята из плохих семей, их били, голодом морили, им здесь праздник, у каждого своя комната, постельное белье, игрушки. Только я дома жила в отдельной комнате. Знаете, какая у папы библиотека была! Книг тысячи! Мне у Нели очень плохо, она как замороженная, лишний раз слова не скажет!

— Как же ты в приюте очутилась? — спросила Софья Борисовна.

Глава 12

Ира опустила голову.

— Вы только папу не осуждайте! Он очень хороший был, но самонадеянный. Всегда говорил: лучше меня никто ничего не сделает, я доктор наук, профессор. Мама с ним соглашалась и мне велела поддакивать, но на самом деле мы знали: папа хвост распускает, не способен человек все знать!

Софья Борисовна кивнула:

— Верно, чем человек умнее, тем охотнее он признается в своей некомпетентности, а вот всезнайка глуп. Академик-физик не понимает, как связать свитер, а женщина, вяжущая на продажу трикотажные кофты, совершенно не разбирается в теории относительности, но это не делает их плохими, каждому свое!

— Папа сам чинил машину, — продолжала Ира, — никогда ее в мастерскую не отдавал, говорил: там плохо сделают.

Софья Борисовна молча слушала девочку, ей стало понятно, что она скажет дальше.

— Мы собрались на дачу, — монотонно вещала Ира, — я из школы двойку принесла по матишу, вот мама и решила меня наказать, не взяла с собой. А Леню в машину посадила, он маленький был... ну... и... у них сломалось что-то... колесо на большой скорости оторвалось... Получилось, что мама меня не наказала, а жизнь спасла. Вот только... может, лучше бы мне со всеми... того?

— Твои родители, похоже, были обеспеченными людьми, — воскликнула Софья Борисовна, — неужели не нашлось родственников, которые могли оформить опеку?

Ира пожала плечами.

— Меня сначала тетя взяла, папина сестра, потом устала со мной возиться и в приют сдала! А пару месяцев назад Неля в интернат приехала и говорит: «О, рыженькая! У нас такой нет!»

— Она детей по цвету волос подбирает? — поразилась Софья Борисовна.

Ира грустно улыбнулась:

— Шутила, наверное. И насчет удочерения взрослых детей вы не правы. У Нели ребят иногда новые родители забирают, вот и мне повезло. Хотя страшно и беспокойно, ну как они к чужому ребенку относиться будут! Такой круговорот! Возьмут — вернут!

— Не поняла? — потрясла головой Софья Борисовна. — Ты что имеешь в виду?

Ира замялась, а потом сказала:

— Здесь ребята не плохие, но странные! Я и они будто с разных планет. Речь не о мелких, вроде Ильи Ревусова, которому всего пять, а о моих ровесниках, Сереже и Ларе. Тамара Рагозина младше, Настя старше, Павлик и Костик первоклашки.

— И что странного в них ты заметила? — поинтересовалась Софья Борисовна.

— Они очень в семью хотят и во всем Неле подчиняются, — прошептала Ира, — а она иногда такое от них требует!

— Воспитатель принуждает детей делать гадости! — ахнула Софья Борисовна.

— Нет, — замотала головой Ира, — странности. Три месяца назад забрали Настю, у нее были длинные волосы, красивые, почти до талии. Настя ими гордилась, она не очень красивая, а прическа шикарная. Так Неля ей сказала: «Приемные родители условие поставили: тебе надо сделать стрижку».

— Дикость! — подпрыгнула Софья Борисовна. — И как девочка на это отреагировала?

— Согласилась, конечно, — вздохнула Ира, — ну сами подумайте, где лучше: в приюте или у родителей? Пусть даже приемных! Насте уже пятнадцать стукнуло! Ей кудри отчекрыжили и девочку в семью отдали! Только испытательный срок она не прошла!

— Это еще что такое? — растерялась старушка.

— Родители сначала берут ребенка временно, — пояснила Ира, — смотрят, как он себя ведет, смогут ли вместе жить, а уж потом решают: оставить ли его навсегда! А с нашими вечно глупость приключается. Та же Настя! Сначала ушла, через два дня ее назад привели. У Нели есть правило: если испытательный срок не прошел, она человека в изоляторе селит.

— Почему?

— Не знаю! Но так бывает всегда! И возвращаются оттуда сумасшедшими! Я нескольких видела!

— Это как?

Ира обхватила плечи руками.

— Месяц дети в карантине безвылазно сидят, им туда еду носят, и медсестра с уколами ходит. Потом выползают, но они другие! Внешне похожи, но... не могу объяснить! Настя, например, похудела, и вроде нос у нее изменился! И мы с ней были в хороших отношениях, не дружили, но и не ругались. Неля не разрешает нам ни то, ни другое. Вернее, на дружбу времени нет, у нас все занятия расписаны. Из школы вернешься, и по новой поехало: очень смешные педагоги приходят. Например, Татьяна Ивановна, она учит правильно есть, ну как держать ложку, вилку, нож! Еще логопед! Меня от этих уроков освободили, я дома правильно ела, мама за этим следила, а остальные учились... Так я о Насте! Когда она из бокса выползла, я с ней столкнулась и говорю:

«Привет! Хорошо, что ты вернулась!»

Мне на самом деле все равно было, просто поддержать ее хотелось, а Настька как рявкнет не своим голосом:

«Отвяжись!»

Я рот раскрыла, и тут Неля из кабинета высунулась и приказала:

«Анастасия! Иди сюда!»

Настя голову в плечи вжала и к ней в комнату шмыгнула. Вечером Неля меня позвала и говорит:

«Не трогай Настю, у нее стресс. Она не прошла испытательный срок, это очень тяжелое переживание, она не понравилась приемным родителям, отсюда и немотивированное хамство. Ничего, мы ей скоро другую семью подберем, она учтет свои ошибки. Ты же знаешь, детей часто возвращают, а потом они в другом месте великолепно приживаются».

Ира закашлялась и продолжила:

— Это правда. Были у нас Костя, Лена, Рита, и со всеми одно и то же случалось! Сначала они в одну семью уходили, там жили недолго, больше недели никто не задержался. И назад они вернулись невменяемыми. Костик так плакал! Но он маленький, три года всего, и ему в приемной семье руки сильно обожгли, даже в больницу его водили. Лена с Ритой не ревели, но ни с кем общаться не хотели. Впрочем...

— Что? — поторопила ее Софья Борисовна.

— Неля не любит, когда воспитанники дружат, — пояснила Ира, — мы в одну гимназию ходим, но в разные классы. А дома не пересекаемся. У каждого все свое — комната, телик, игрушки. Вот только книжек мало и свет рано гасят.

— И дети не рассказывают друг другу, почему их выгоняют потенциальные родители? — поинтересовалась Софья Борисовна.

— Не-а, — воскликнула Ира, — думаю, в этом Неля виновата! Она сначала на роль родителей находит идиотов, которые сами не знают, чего хотят! Волосы им отрежь или другую какую феньку сделай. Наверное, и дома черт-те что от наших требовали, придирались! Разве таким угодишь? А вот потом детям нормальные люди попадались. И Костик, и Лена, и Рита навсегда уехали! Настю тоже отдали! Пойду я, баба Соня! А то еще хватятся и накажут! Ты никому о нашем разговоре не говори. Я постараюсь понравиться новой семье. Очень не хочется сюда возвращаться.

— Хорошо, милая, — обняла девочку Софья Борисовна, — мой тебе совет: откажись от дырок в теле! Они точно не придутся по вкусу потенциальным родителям.

Ирочка улыбнулась:

— Это их просьба! Новая мать захотела мне украшения вдеть!

Софья Борисовна умолкла и посмотрела на меня:

— И как вам эта ситуация?

— Странные люди, — кивнул я, — заставлять девочку делать пирсинг! На мой взгляд, им нельзя доверить подростка.

Старуха сердито сдвинула брови.

— Это все, что вы заметили? Вы знакомы с порядками в детских учреждениях?

— Я жил с родителями, — пояснил я, — и никогда не имел друзей из детдома.

Софья Борисовна вздернула брови.

— Тогда поясню. Я ни разу не слышала, чтобы в детдоме, даже так называемого семейного типа, ребята имели личную спальню. Как минимум их будет двое в помещении. У воспитанников есть игровая и гостиная, где все смотрят телевизор. Едят они в столовой. А здесь! И эти странные занятия! Как держать вилку! Кружок мягкой игрушки, лепка, рисование, шитье, вязание — вот стандартный набор. Неле пришлось искать эксклюзивного преподавателя, тратить лишние деньги, а с руководителей интернатов требуют подробный финансовый отчет, по головке за перерасход средств не погладят! Вы понимаете, что там происходит?

— Нет, — честно признался я.

Софья Борисовна резко встала.

— Право, нельзя быть столь глупым. Сначала детей учат хорошим манерам. Если учесть контингент, попадающий в приют, то это необходимо. Ира исключение из правил, остальные, думаю, до детдома ничего не слышали о столовых приборах, не видели постельного белья и вытирали нос кулаком! Сволочи!

— Дети не виноваты!

— Я о воспитателях веду речь! Мерзавцы!

— Думаю, вы зря горячитесь, — попытался я утихомирить бабулю, — Геннадий и Неля стараются, как могут. Что плохого в их желании привить малышам правила хорошего тона? Умение пользоваться ножом пригодится в жизни!

— Вы слишком наивны! — возмутилась старушка. — И не желаете замечать очевидного. Семейный детдом — это бордель! Берут сирот, отмывают их, откармливают и продают педофилам! Вот почему «родители» предъявляют к ним идиотские требования, вроде смены прически и пирсинга. Побалуются с живой игрушкой и возвращают. Бедные ребята настолько шокированы «семейной жизнью», что их приходится некоторое время держать под медицинским наблюдением. Да и потом их психика полностью не приходит в норму! Знаете, что с Ирочкой случилось?

— Ее тоже вернули?

Софья Борисовна кивнула.

— Да. Я очень полюбила девочку, хотела удостовериться, что с ней все в порядке. И выяснила: Ира тоже не выдержала испытательный срок!

Бывшая заведующая села на диван и продолжила:

— Через дверь в чуланчике ночью мне удалось пройти в изолятор, где держали Иру, я ей приготовила пару книг в подарок.

Я сдержал укоризненный возглас. Если Неля и Геннадий никого не допускают к детям, то приносить Ереминой литературу крайне опасно. Воспитатель, войдя утром в комнату, поинтересуется: «Откуда тут книга? Кто принес? Или ты ослушалась и выходила наружу?»

Но Софья Борисовна, только что гневно упрекавшая меня в наивности, сама совершила неосмотрительный поступок.

Старушка просочилась в комнату и зашептала:

— Ира!

Рыжеволосая голова не оторвалась от подушки.

Ирочка слишком крепко спала, похоже, ее одурманили снотворным. Софья Борисовна положила подарок на тумбочку и внимательно осмотрела свою подружку. Девочка слегка поправилась, на лице у нее появилось несколько прыщей, и вообще Ира казалась какой-то другой. Софья Борисовна не могла понять, что изменилось в ее внешности. Но электричество в изоляторе старушка включить побоялась, девочку она разглядывала в лучах полной луны, которая мрачно светила в окно. Предприняв пару безуспешных попыток растолкать Ирочку, Софья Борисовна ушла.

И еще одно: на тумбочке у кровати лежала стопка журналов для подростков, а Софья Борисовна знала, что Ирочка не любит подобную литературу. Конечно, глянцевые издания могла принести больному ребенку Неля. Но отчего-то у старушки защемило сердце.

Глава 13

Софья Борисовна замолчала, потом тихо спросила:

— Вы понимаете? С Ирой что-то случилось! Отчего она так крепко спала? Вероятно, ей ввели наркотики! Вот почему я стала писать письма, пытаясь привлечь внимание к ситуации в Центре. Однако никто не реагировал! Слава богу, вы пришли. Но поздно! Ирину уже убрали из Центра, отдали в семью, она более не возвращалась назад, а закон охраняет тайну удочерения, нам не узнать, что с девочкой.

— Софья Борисовна, почему вы решили, что я из милиции? — спросил я.

Старуха погрозила мне пальцем.

— Может, я и одряхлела телом, но ума не растеряла! Рубашка у вас форменная, вон на плечах такие защипочки, и покрой специфический.

Я невольно потрогал сорочку.

— Мелочь, а знающему человеку заметна, — торжествующе отметила Софья Борисовна, — у меня сосед участковый, у него вся одежда такая! Наблюдательный человек никогда не пропадет!

Я отвел глаза в сторону, хорошо бы к внимательности еще приложить ум и сообразительность. Рубашку форменного типа легко купить в магазине, сейчас свободно продают любую атрибутику: фуражки, одежду, ботинки. В конце концов, сорочку мне мог подарить приятель-милиционер. Есть у меня друг Макс, у которого в шкафу висит форма. Воронов надевает ее от силы пару раз в году. Софья Борисовна очень рисковала, откровенничая с незнакомцем. Хорошо, что она наткнулась на меня, человека без криминальных наклонностей. Сейчас я попытаюсь убедить старуху соблюдать осторожность! Но в одном она права: в Центре творится нечто странное.

— Больше всего меня поражает, что он сын Павла Подушкина, — вдруг сказала Софья Борисовна.

— Кто? — воскликнул я.

Старушка легко вскочила с дивана, подошла к шкафу, распахнула дверки, и я увидел собрание сочинений своего отца.

— Был во времена моей молодости замечательный прозаик, — с восторгом произнесла бывшая заведующая, — Павел Подушкин. Увы, он давно покойный, новых книг не напишет! А какая литература! Захватывающая! Исторические романы! Сцены любви без пошлости! Я была с ним знакома!

— С писателем? — уточнил я.

— Да! — горделиво воскликнула Софья Борисовна. — Не верите? Могу доказать!

Изуродованные артритом пальцы вцепились в корешок самого толстого тома.

— Вот, смотрите, — торжествующе объявила старушка и открыла первую страницу. — Читайте.

Я посмотрел и испытал грусть, перед глазами возник текст, без всякого сомнения написанный рукой отца: «Милой Софочке, моему светлому ангелу, самой преданной читательнице, с неизбывной любовью». Далее шел характерный, взлетающий вверх росчерк.

— Похоже, вы были близко знакомы с литератором, — промямлил я.

Софья Борисовна горько вздохнула:

— Увы, нет! Но когда-то я была молода и красива, а Павел Подушкин еще не был женат и выпустил несколько книг. Я ездила на его творческие вечера, получала автографы. Павел выделял меня из толпы, но лишь как поклонницу, а вот Нюрочка, та пользовалась его особым расположением. Она ничего не рассказывала, но мне кажется, что... М-да! Если честно, я была интересней подруги, сейчас покажу!

Софья Борисовна наклонилась и сняла с полки альбом.

— Где же снимок, — забормотала она, перелистывая картонные страницы, переложенные папиросной бумагой. — А! Вот! Любуйтесь, это я в двадцать лет.

Софья Борисовна попятилась и положила тяжелый альбом на стол.

— Здесь щебетушки-подружки, — весело заявила старуха, — верхняя карточка моя.

Желто-серая бумага не могла скрыть красоты слегка полной на мой вкус девушки. Таких в народе называют кровь с молоком. Круглое лицо, правильной формы нос, темные волосы, широкие брови, сочный рот. Софья Борисовна не обманывалась на свой счет, она была хороша, как пион.

— А это Нюрочка, — сообщила бабуся, — ее уже нет в живых. Скажите, я была привлекательней?

— Несомненно, — вежливо согласился я, покривив душой.

Если Сонечка походила на яркий цветок, то Нюрочка напоминала скромную незабудку. Очень худенькая блондиночка с небольшими светлыми глазами и трогательным ртом. Думаю, Соня затмевала подругу, но я бы выбрал Нюру.

— Я в этой самой квартире всю жизнь провела, а Нюрочка жила в центре, на улице Кирова, — пустилась в воспоминания старушка. — Один раз она прибегает, вся раскрасневшаяся, возбужденная, и говорит: «Сонюшка, мне дали книгу молодого автора, Павла Подушкина. Замечательный роман! Хочешь почитать?»

Вот так мы стали преданными его поклонницами.

А Нюрочка... Она обожала Павла, м-да! Думаю... подозреваю... полагаю, у них был роман!!!

— Не может быть, — прошептал я, внимательно разглядывая снимок.

— Уж поверьте, — заявила старуха, — я такие вещи чувствую.

Софья Борисовна перелистнула еще пару страниц.

— Стойте! — воскликнул я.

— Что такое? — изумилась собеседница.

— Фотография! Слева! Блондинка, платье с оригинальным рисунком, крупные черешни на веточке с листочками, она кто? И что за мужчина рядом с ней?

— Эта? — сморщилась хозяйка.

— Да, да!

— Райка Суворина! Та еще прощелыга, — с презрением ответила старуха, — она здесь с мужем запечатлена, Юрием Кондратьевым, братом Нюрочки. Юра Райку из тмутаракани вывез, деревня называлась смешно — Калоша, я потому и запомнила. Мать Нюрочки была в шоке. Сын институт закончил, по тем временам это элита! Диплом вуза имел огромную ценность! А невестка! От коровы! Деревенщина! Она унитаз только в Москве увидела, но быстро в столичной жизни разобралась! Артистка!

— Артистка, — эхом повторил я, — почему вы так ее называете? Она в театре работала?

Софья Борисовна засмеялась.

— Нет, конечно! Врала ловко, прикидывалась невесть кем. Юра поехал в колхоз «на картошку», раньше такие десанты практиковали. Отправился один, вернулся с Райкой. Вернее, она всем сказала, что ее зовут Антуанетта. Дескать, мать у нее из бывших, ее отселили за непролетарское происхождение в деревню Калоша, ну и тому подобное. Свекровь поверила невестке, тем более что та вела себя по-княжески: до машним хозяйством не занималась, стирать, гладить, готовить не хотела. Зато моментально приобрела «городской» вид, сделала перманент, надела платье «рюмочкой», облилась одеколоном. Работать она не пошла, поступила в театральное училище, а главное, она не хотела родить Юрию ребенка. Вертихвостка! На актерку училась. А потом скандал приключился. К Кондратьевым, словно снег на голову, свалилась толстая мрачная баба в «плюшке»[1], и открылась малоприятная правда. Антуанетта на самом деле Райка Суворина, паспорт с заграничным именем ей вроде смастерил любовник, местный милиционер, которого предприимчивая девица бросила, когда на горизонте появился москвич Юра. Хотя подробностей я не знала! Сейчас повторяю, что люди болтали! У Кондратьевых случился скандал, и красотка испарилась в неизвестном направлении. Больше о ней никто не слышал. Бог с ней, с Райкой, — подвела итог Софья Борисовна и захлопнула альбом, — речь о другом! Знаете, кто основал Центр на месте моего детского сада?

Я лишь покачал головой, боясь заорать в голос.

— Сын Павла Подушкина! — объявила Софья Борисовна. — Родная плоть и кровь писателя!

— Откуда вы знаете? — еле слышно спросил я.

Бывшая заведующая погрустнела.

— Я боролась за свой садик до конца! Стояла насмерть! Много крови тем, кто его отнимал, попортила. А потом меня директор нашего НИИ позвал и сказал: «Соня! Лучше уступи! Все равно проиграешь! Вопрос давно решен, от твоего упрямства может беда случиться. Времена темные, справедливости нет! Пристрелят тебя на улице, и каюк! И не таких, как ты,

---

[1] «П л ю ш к а» — куртка из мягкой ткани, похожей на бархат. Чаще всего черного, редко бордового цвета. Униформа крестьянок, приезжавших в Москву. Были модны до 60-х годов XX века.

убирают! Глупо из-за садика жизни лишиться. На его здание очень богатый человек нацелился!»

Но Софья Борисовна была готова на любые испытания, чтобы не потерять свое детище, поэтому она не испугалась, а ехидно осведомилась:

— Зачем богатому неказистый дом?

— Не знаю, — признался директор, — но он именно его выбрал!

— Кто же теперь хозяином будет? — фыркнула Софья Борисовна.

Директор на секунду замялся, потом ответил:

— Некий Иван Павлович Подушкин, сын известного писателя. Он на отцовы деньги бизнес выше небес поднял! Везде имеет связи! Бороться с ним бесполезно!

Старушка чуть не упала оземь, она была готова ко всему, но не к борьбе с сыном обожаемого литератора!

— А еще я подумала, — призналась сейчас Софья Борисовна, — небось Павел Иванович воспитал замечательного мальчика, добросердечного, умного, другой у него получиться не мог. Пусть владеет моим садиком — и отступилась!

— Вы никогда не видели младшего Подушкина?

— Нет, не довелось!

— А самого Павла?

— Я всегда старалась пойти на встречу с ним, — призналась она, — непременно автограф просила. Он меня сначала узнавал, а потом перестал. Да оно и понятно, время шло, красота поблекла, да и где Павлу всех упомнить. Вот когда у него вначале было мало поклонниц, тогда он каждую выделял, а затем наш клуб распался.

— Что? — остановил я бабулю. — Клуб?

Софья Борисовна покраснела.

— Сейчас бы нас назвали фанатками. Но мы вели себя пристойно, собирались раз в неделю, тут неподалеку на Форсунской улице, в библиотеке, она до сих пор работает, и говорили о Павле. Но мало-помалу общение прекратилось. Даже не знаю, что с кем стало! Нет, вру, Оля Рязанова жива и в библиотеке так и работает, она там всю жизнь, без отрыва.

— А где Нюрочка Кондратьева?

— Умерла давно.

— Ее брат Юрий?

— Тоже покойник, — грустно ответила старушка, — я уже не девочка, а Юра, кажется, на семь лет меня старше. Не возраст вроде, теперь долго живут, но Кондратьев от инфаркта давно ушел, пил крепко, оттого и убрался.

— И вы, узнав о странностях, творимых в Центре, не стали искать Ивана Павловича Подушкина?

— А как его найти, голубчик? — изумилась Софья Борисовна. — Ни адреса, ни телефона я не знаю. Да и не захочет он с кем попало болтать! Нынче богатые люди с охраной в три ряда! Я поступила так, как надо! Когда поняла, что дело нечисто, сигнализировала письмами! И вы пришли, стали тайно разведывать обстановку! Располагайте мной! Чем могу, тем помогу!

Взяв с Софьи Борисовны обещание ничего не предпринимать до следующей встречи со мной, я вышел на улицу и попытался привести мозги в нормальное состояние. Ноги сами собой направились в сторону уличного кафе, я сел за пластиковый столик, получил от простуженной официантки чашечку скверного эспрессо и перестал дрожать, как щенок, попавший под мокрый снег.

Я не подвержен эмоциональным вспышкам и не истерик, более того, сам всегда поражался людям, особенно мужчинам, которые могут сказать: «Я так испереживался, что потерял самоконтроль».

На мой взгляд, сильный пол потому и назван сильным, что он не имеет права быть слабым. Да, я знаю, что мужчина способен заплакать, но какие чувства вызовет у вас рыдающий над разбитой чашкой парень? Как минимум вам станет за него стыдно. А фраза: «Я сделал все, что мог»? Разве она мужская? Вот женщине позволено проявить слабость, а кавалер обязан защищать даму, подставлять ей плечо.

Но сейчас у меня в горле стоял ком. Кто прикидывается Иваном Павловичем? У Павла Подушкина был лишь один сын — я, других детей мой отец не имел! Что за чушь творится в Центре, которым якобы владеет отпрыск писателя, богатый мужик? Вы же не думаете, что это я, у меня есть сбережения в банке, но они отнюдь не велики! С какой стати никогда не виденная мною ранее девочка Варвара надумала объявить меня отцом своей дочки, которая, как выяснилось, появилась на свет у Елены Чижовой? И, оказывается, Нина умерла! Директриса Эвелина соврала мне, она просто не хотела сообщать о смерти малышки. Может, с крошкой в приюте жестоко обращались?

Но самое главное! Помните фото в альбоме Софьи Борисовны? То, где запечатлена непутевая вручья Антуанетта, жена Юрия Кондратьева, брата Нюры? На самом деле ее звали Раиса Суворина, и она родом из деревни Калоша. Так вот, это... моя мать Николетта! И, поверьте, я вовсе не сошел с ума!

Глава 14

В детстве одним из самых любимых развлечений маленького Ванечки было болеть. В особенности я любил поваляться в постели в младшем школьном возрасте. Что может быть лучше, чем проснуться около шести утра, ощутить в горле царапанье, в теле озноб и понять: сегодня не придется скучать на занятиях. Класс будет решать контрольную по математике, а ученик Подушкин проспит до полудня, станет пить

чай с малиновым вареньем и рассматривать альбомы
со старыми фотографиями.

Тася, моя няня, приносила мне вкусности, усаживалась рядом и давала свои комментарии снимкам.
Когда дело доходило до фото, запечатлевшего девушку в платье с необычным узором из черешен, Тася
восхищенно вскрикивала:

— Николетта-то! Красавица! Это ее единственная
фотка из родительского дома! Уж баловали девку родители! Одежу красивую покупали! Где только доставали! Небось больших денег стоила! Свезло ей! И отец
с мамкой золотые были! И мужа отхватила бриллиантового! Эх! А я до шестнадцати лет в одном халате по
навозу плюхала!

На этой стадии разговора Тася замолкала и начинала шмыгать носом. Став постарше, я сообразил:
нянька завидует Николетте, и, терпеливо разглядывая
фото маменьки, ждал, пока Тася успокоится. Мне
Николетта не казалась удивительной красавицей, на
ее лице играла широкая улыбка, а глаза оставались
цепко-напряженными. А может, считать маменьку
принцессой мне мешало знание ее характера? Правда, нянька тоже понимала, что представляет собой
хозяйка, но это не мешало Тасе восхищаться внешностью барыни.

Лет в восемь я вдруг заметил, что одна из рук маменьки как-то странно вывернута, присмотрелся и
воскликнул:

— Тася, смотри, она кого-то держала под руку,
часть изображения отрезали.

— Где? — заволновалась няня. — Странно, я никогда не обращала внимания.

Спустя месяц я снова заболел и стал предаваться
любимому развлечению, долистал до страницы, где
Николетта красовалась в платье с черешнями, и услышал от Таси:

— Ты, Ванечка, очень внимательный, приметил,

что от фотки часть отчекрыжили. Мне Николетта объяснила. Ейные родители дочку после поступления в институт засняли. Вишь, какая она счастливая? Тама в студии всех около картонных фигур артистов ставили, ну, вроде как лично с Любовью Орловой знакома. Николетта потом чужое изображение отрезала, глупо ей показалось рядом с фанерой маячить. А свою фотку оставила, она у нее единственная с тех времен! Память!

Я вполне удовлетворился объяснением, а потом меня перестал занимать семейный альбом, я активно увлекся чтением.

И только сейчас я вдруг задал себе вопрос. Почему Николетта никогда не упоминала о родителях? Вернее, я знал, что мои дед и бабка по материнской линии умерли, но это вся информация. Отец был куда более откровенен. Правда, он объяснил мне, что о дворянских корнях Подушкиных не следует распространяться в школе, в советские времена подобную информацию тщательно скрывали. Но у отца тоже имелся семейный альбом, где со страниц глядели на вас дамы в шляпах и мужчины в офицерских мундирах, мои далекие предки. Я очень хорошо знал, что все Подушкины были рослыми и обладали неким литературным даром. У моего отца талант писателя проявился особенно ярко, а я генетический сбой, являюсь отличным редактором, чувствую текст, но создать собственное произведение категорически не способен. Жизнь отца можно было проследить по фотографиям: вот он толстопуз-младенец, лежащий голеньким на кружевной простынке, вот мальчик лет двух, снятый вместе с мамой, юный школьник с книгой в руке, подросток в странном комбинезоне... ну и так далее. Личных фотоаппаратов у людей в те годы практически не было, народ ходил в студии, самая знаменитая из них находилась в Камергерском переулке. Все запечатлевали знаковые события: день рождения ребенка, начало школьной жизни, семейные торжества, и Подушкины не были исключением.

А вот фотографии Николетты начинались с девушки, одетой в платье с черешнями.

Я облокотился о столик. Что я знаю о прошлом своих родителей? Приходится признать — очень мало. Я не особенно интересовался тем, как жили Николетта и Павел до моего рождения.

Маменька говорила, что фамилия Адилье досталась ей от французского аристократа, офицера армии Наполеона. Он замерзал на Смоленской дороге во время отступления Бонапарта, был подобран русской крестьянкой, и отсюда пошел род Адилье. Фамилия и впрямь не российская. Иногда, чтобы подчеркнуть свою «французскость», маменька начинает слегка гнусавить и говорить с акцентом. Право, это странно, если учесть, что она не знала языка Золя и Бальзака.

Рассказывая о парижском предке, Николетта никогда не упоминала о своих более близких родственниках. Из обрывочных сведений, полученных от отца, я узнал, что Николетта не коренная москвичка, она приехала в столицу, поступила в театральный вуз, встретила его, вышла замуж и родила меня.

Я никогда не сопоставлял даты, Николетта старательно преуменьшает возраст, в свое время отец посмеивался над ней, а маменька злилась и шипела:

— Мне двадцать пять!

Отлично помню, как однажды в злую минуту папа воскликнул:

— Дорогая, где логика? Ваня заканчивает школу, а ты опять празднуешь двадцатипятилетие. Право, это слишком. Возникает вопрос: в каком возрасте ты родила сына?

Скандал, который разразился после этого необдуманного замечания, был столь грандиозен, что несчастный отец съехал временно на дачу. Назад маменька его пустила лишь после получения норковой шубы и алмазных подвесок. Я приехал в самый разгар бури к отцу в Переделкино, и он в сердцах открыл мне страшную семейную тайну, сообщил истинный возраст жены. Конечно, я понимал, что матери тридцать с хвостиком, но не оценивал, насколько велик тот самый хвост. Однако мне никогда не приходило в голову подвергнуть сомнению всю биографию Николетты: родной дом — Москва — институт — встреча с Павлом — появление на свет сына.

Впрочем, так оно и было, весь вопрос в датах! Я родился, когда молодость Николетты давно миновала. Маловероятно, что она приехала штурмовать столицу в зрелом возрасте! У нее была другая жизнь, пока ей на пути не попался мой отец, и я ничего не знаю об этой жизни матери.

У меня закружилась голова. Но ведь и отец вступил в брак далеко не юным! Вдруг до Николетты у него была другая жена? Дети? Сын, названный Иваном? Мальчик вырос, разбогател, основал благотворительный центр, в котором творится чертовщина.

Я тупо уставился на пустую чашку.

— Сергей? — заорал лысый толстяк, сидевший за соседним столиком. — Слава богу, дозвонился.

Я старался не слушать чужой разговор, куда там! Дядька вещал, как взбесившийся радиоприемник. Есть такая категория людей, они орут в трубку, надеясь, что их голос долетит до собеседника прямо так, по воздуху.

— С ума сойти! — орал мужик. — В среду я спросил: «Мы отмечаем юбилей?» Он ответил: «Нет, не хочу». Сегодня подходит и приказывает: «В восемь собрание и концерт, потом фуршет, действуй, Игорь. Кстати, приедет сам Герасим Ильич! Не подведи, иначе уволю!» Серега, оцениваешь засаду? Да нет, со жрачкой элементарно! Но артисты! Умоляю! Помоги! Сегодня! В восемь! Что значит «нереально»? Он меня пинком вытурит! Эй, эй, погоди!

Лысина толстяка из ярко-розовой стала бордовой, он бросил на стол трубку и вытащил из карманов блистеры, набитые таблетками. Я встал, приблизился к его столику и вежливо сказал:

— Не сочтите меня за нахала, но я случайно стал свидетелем вашего разговора. Вы ищете артистов? Хотите организовать концерт? Я продюсер коллектива Морелли. Давайте спокойно обсудим условия.

Мужик замер, потом вскочил, хлопнул меня по плечу, опять сел и заорал:

— Супер! На ловца и зверь! Я Гарик! А тебя как зовут?

— Вова, — после легкого колебания ответил я.

— Слушай! — ажитированно орал Гарик. — Есть один гондон. Профессор, блин, хренью занимается, про астрологию вещает! Денег гребет! Ломовина! Я при нем типа пресс-секретаря, а заодно сопли ему вытираю. Ну ваще, служба, скажу тебе! Мрак! Никогда не работай помощником у хозяина! Вроде договорился переписку его вести и на звонки отвечать, а через пару месяцев уже чешешь барину спину и ночной горшок за ним выливаешь. Ну да ладно! Мой гондон в институте лекции читает, студентов учит. Ё моё! Такие бабки люди за идиотство платят!

— Вы лучше о концерте расскажите, — поторопил я Гарика.

— Че, мы на «вы»? — изумился собеседник. — Брось! Я не из звезданутых! Короче! У моего гондона юбилей! Ему шестьдесят! Сначала он ни в какую отмечать не хотел, жадный очень! А утром ему сверху позвонили и сказали, что сам Герасим Ильич поздравить его хочет.

— Это кто? — спросил я.

— Другой гондон!

— А какое отношение он имеет к вашему?

Гарик захохотал.

— Ёлы-палы! Мой — профессор, а Герасим Ильич — ректор, начальство!

— Понял!

— И теперь астролог хочет устроить фуршет и концерт, — поскучнел Гарик, — чтобы непременно в восемь! Ну колбасы я ему припру, водки с селедкой тоже! Но артисты!

Я вскинул голову.

— Наш коллектив готов лечь на амбразуру. Собравшиеся останутся довольны. Акробаты на першах! Уникальный номер!

— Типа цирк? — насторожился Гарик.

— Да.

— Не подходит!

— Почему?

— Мой гондон и его начальство хотят балет, оперу, Большой театр, «Бориса Годунова». Или этот... ну... «Забыли Фирса! Кирдык вишневому саду».

— Чехов, — вздохнул я, — Антон Павлович.

— Во! — закивал Гарик. — Еще орган подойдет.

— Этот музыкальный инструмент затруднительно принести с собой, — пояснил я, — очень большой!

Гарик схватил со стола салфетку и начал вытирать лысину.

— Че, совсем на части не разбирается? — спросил он. — Один раз я видел эту бандуру, вроде она из трубок состоит, раскатал в минуту, за пять сложил заново.

— С музыкальным инструментом дело обстоит сложнее, — пояснил я, — но если хотите балет с оперой, то мы готовы выступить!

Гарик швырнул салфетку на стол.

— Супер! Скока хотите?

— А на какую сумму вы рассчитываете? — начал я торг.

— Мой гондон на халяву надеется, — заявил Гарик, — но я понимаю, что людям надо платить. Сто баксов!

— Каждому участнику?

— Не! Всем! За концерт!

— Милейший, — засмеялся я, — даже кошка, услышав про такой гонорар, откажется мяукать! Мы коллектив с европейским именем! Морелли!

— Хренелли! — заржал Гарик. — Похоже, накрылась ваша карьерка медным тазом! Иначе че ты, Вова, ко мне бросился? Давай договоримся! Получите сто баксов! Больше твои Дурелли не стоят!

Я ехидно улыбнулся:

— Гарик! Глянь на часы? Сколько на них? Ни за какие коврижки ты не успеешь договориться с Большим театром! Да и за предусмотренные сметой доллары солистов не пригласить. Внимание, вопрос! Что сделает с тобой хозяин?

Гарик опять побагровел.

— У меня больше денег нет!

— Тогда прощай! — сказал я и встал.

— Вова, стой! — взвыл Гарик. — Уно моменто! Есть вариант.

Я сел.

— Предлагай.

— Сто долларов.

— Уже не смешно, — сердито ответил я, — до свиданья.

— Погоди, — взмолился Гарик, — Герасим Ильич, старый хрен, но связей у него лом. Знаешь, кто у него жена? Алина Брин!

— Это кто такая? — ошарашенно спросил я.

— Хорош продюсер, — отметил Гарик. — Звезда! Снимается в телесериалах! Певица она!!! Сечешь?

— Нет!

— Идиот!

— Может, оно и так, но за сто долларов мы не работаем!

— Предлагаю пиар! Раскручу твоих Фонарелли...

— Морелли!

— Один хрен! Алина припрет с Герасимом, ее пресс-секретарь назовет журналюг! Светская хроника даст фотки с концерта, а я позабочусь, чтобы название коллектива вынесли в заголовки. «Горелли потрясли Алину Брин», «Гостей на юбилее развлекали Горелли». Да вас потом на кусочки разорвут, все захотят на свои мероприятия приглашать! Или я ничего не понимаю в тусовке! Вова, ты сечешь перспективу? В данном случае сто баксов явно лишние!

— Нет, — возразил я, — они на бензин пойдут. Ладно, рискну! Говори адрес! Ровно в восемь мы приедем с представлением.

— Классика! — напомнил Гарик. — Никаких дрессированных макак!

— Что ты, — замахал я руками, — балет с оперой! Постараюсь орган притащить! Аванс прошу сюда!

Гарик вытер салфеткой лицо, положил на стол двадцать долларов и погрозил мне пальцем.

— Обманешь — из-под земли достану!

— Если твои папарацци подведут, я заставлю тебя лично по Москве бегать и Морелли дифирамбы петь, — сурово ответил я.

Глава 15

В восемь пятнадцать Гарик влетел за кулисы и нервно спросил:

— Твои неудачники на месте?

— Сидят в чулане, который здесь называют гримеркой, — отбрил я подачу.

— Ща Герасима ведут, — задергался Гарик, — пошли, позырим!

Мы с секретарем припали к занавесу и глянули в щель между полотнищами. Зал полнился народом, в креслах сидели мужчины и женщины, в основном зрелого возраста, где-то за пятьдесят. Внезапно мне стало жутко. Иван Павлович, во что ты ввязался! Никогда ведь не видел Морелли в работе, вдруг они неумехи? Да и времени на подготовку «оперы» у нас не было, процесс «постановки» занял всего один час!

— Во! Тянут его, смотри влево, — пихнул меня кулаком Гарик.

Я скосил глаза. По проходу шествовала живописная группа. Двое парней в черных дешевых костюмах, явно охранники, волокли дряхлого старца, обряженного в дорогую пиджачную пару. На галстуке ходячего трупа ярко сверкала заколка со здоровенным бриллиантом.

— Герасим Ильич, — прошелестело над залом.

Преподаватели начали вставать и аплодировать, но ректор никак не отреагировал на овации, похоже, он был в коме. Зато семенившая чуть сзади блондинка засверкала улыбкой и подняла вверх изящные ручки, унизанные браслетами.

— Алина, Алина, Алина, — заскандировали присутствующие.

Я подавил вздох. Союз денег и молодости, пусть даже и не первой свежести, редко бывает красив. Не знаю, сколь велик певческий талант госпожи Брин, но смотрится она великолепно. Правда, мне никогда не нравилась вульгарность. На Алине были ярко-красное мини-платье и белые сапоги-ботфорты на умопомрачительной шпильке. Тонкую талию подчеркивал широкий лаковый пояс, глубокое декольте открывало пышную грудь, белокурые локоны в продуманном беспорядке лежали на плечах, пухлые губы изгибались стрелой Амура, голубые глаза невинно моргали. На вид Алине было года двадцать три. Но я успел заметить предательскую складку под подбородком и смело накинул еще десяток. Хотя, повторюсь, выглядит мадам Брин роскошно. И это явная победа ботокса и фитнеса над возрастом и разумом.

Охрана сунула Герасима Ильича в кресло, его жена, еще раз озарив присутствующих улыбкой, села рядом и стала перешептываться с поджарым мужиком, нацепившим на себя некую помесь пиджака с курткой и галифе.

— Это мой гондон! — пояснил Гарик.

— Почему он так странно одет? — изумился я.

— Астролог, — пожал плечами помощник, — спасибо, хоть в мантию не закутался, под великого звездочета не закосил!

Зрители начали аплодировать.

— Давай, Вова, — приказал Гарик, — не подведи! Иначе всем плохо будет: меня выпрут, а Горелли потухнут.

— Морелли, — машинально поправил я и дернул рычаг, открывавший занавес.

До сих пор у меня не было опыта выступлений на сцене. Участие во всяких детских утренниках и новогодних постановках не в счет. Но сейчас на моих плечах лежала ответственность за Морелли, поэтому я сконцентрировался, шагнул на авансцену и, не глядя в переполненный зал, завел:

— Добрый вечер, господа! Мы собрались здесь по замечательному поводу! День рождения всеми любимого...

Словесный запас иссяк. Черт побери! Как зовут начальника Гарика? Он величает босса «гондон», но я же не могу повторить с эстрады сие слово! Надо выкручиваться!

— ...глубокоуважаемого, нашего...

Я сделал эффектную паузу, потом развел руки в стороны и выкрикнул:

— Давайте все вместе, хором, поздравим именинника! Ну, раз, два, три.

— Дорогой...

— Шмур-бур-дур-вич! — в едином порыве заорали присутствующие.

— Еще разочек! — велел я, тщетно пытаясь разобрать имя начальника Гарика.

— Шмур-бур-дур-вич! — грянуло в ответ.

Дядька в галифе медленно встал и начал кланяться!

— Здравствуй, Дедушка Мороз! Здравствуйте, ребята! Ты подарки нам принес, педераст проклятый! — тоненько пропищал кто-то из-за кулис.

Я пропустил пошлую частушку мимо ушей, в конце концов у любого успешного артиста всегда найдутся завистники, а я сейчас легко управляюсь с залом.

— Замечательно, прелестно, — зачастил я, — начинаем праздничный спектакль. Перед вами выступит коллектив Морелли, группа артистов — лауреатов международных конкурсов, обладателей золотых медалей, Гран-при и памятников.

Из кулисы донеслось тоненькое хихиканье. На секунду мне стало не по себе. Памятники — это как-то слишком! С другой стороны, если сам себя не похвалишь, то никто другой этого не сделает! Иван Павлович, коли ударишь в грязь лицом, вечером придется в компании с макакой заниматься шулерством! Вперед, мой друг!

— Лучшие сцены мира приглашают Морелли, — заорал я, — но сегодня мы с вами!

— Охренеть! — пропищали из задника.

— Специально для именинника мы покажем уникальный спектакль, — я добавил децибел в голос, — а чтобы вы хорошо поняли действие, я буду его комментировать. Пьеса написана в четырнадцатом веке...

— Гомером, — громко подсказали сзади, — старик напел ее для Краснознаменного ансамбля песни и пляски, и с тех пор ее регулярно поют в пеших походах!

Я отошел в сторону.

— Внимание! Действие первое! Катарина, юная дочь графа Композито, влюблена в красавца Луиджи. Увы, юноша не богат и не знатен. Отец хочет выдать Катарину замуж за старика-горбуна, обладателя несметного состояния. Луиджи ночью приходит на свидание. Катарина заперта в башне, поэтому парень просит друзей ему помочь! Ночь! Сад графа Композито! Спят все, кроме юной пары.

Воцарилась тишина, потом послышался скрип, шорох, тихие ругательства и дискант пропищал:

— Фанеру заело!

По залу понесся кашель, и тут застучала барабанная дробь. Я юркнул за кулисы, вытер пот со лба и уставился на братьев Морелли. Через пару минут дрожь в коленях прошла. Энди, Антонио и Мара работали слаженно и четко. Первый установил на голове длинный шест, второй ловко взобрался на его середину, третий залез до самого верха, сделал несколько акробатических па и замер с вытянутой вперед рукой.

Луч прожектора переместился левее, выхватил из темноты фигуру Жозефины, девочка-каучук открыла рот, и зазвучал женский голос. Я закрыл глаза. Чарующие звуки, великолепное пение, какой диапазон, мощь, страсть и одновременно тоска и нежность.

Зал ахнул, я потряс головой, поднял веки и испытал восторг. Мара и Антонио выполняли акробатический этюд, Жозефина пела, зрители сидели в шоке. Еще бы! Подобного они никогда не видели!

— Слышь, Вова, — зашептал мне в ухо Гарик, — твоя солистка просто чума! Ей надо на большую сцену! Талантище.

Я закивал. Еще бы, это великая Мария Каллас. Жозефине и про чижика-пыжика слабо исполнить, в правой кулисе стоит Костя, дрессировщик медведя, он и включил запись.

Последнее «ля» взметнулось к потолку. Прожектор «отпустил» Жозефину, Мара и Антонио быстро съехали по шесту и замерли возле Энди. Я вновь выскочил вперед и зачастил:

— Второе действие. В Луиджи еще влюблена Мэри, некрасивая дочь трактирщика. Мэри решает разрушить счастье Катарины. Ночь. Площадка перед беседкой.

Я бросился назад за кулисы, краем глаза увидев, что Алина Брин выходит из зала, наверное, звезде стало плохо при виде триумфа другой актрисы.

Мара сделал сальто, Антонио легко встал на руки, Энди на голову, и тут из правой кулисы вышла женская фигура. Зрители захихикали.

— Алина! — вдруг громогласно заявил Герасим Ильич. — Моя дорогая участвует в постановке! Это сюрприз! Браво!

Престарелый ректор резво вскочил и начал аплодировать, зал взорвался овацией. Я вжал голову в плечи: по сцене вышагивала Мими! Увы, судьба сыграла с нами злую шутку: мартышка одета как Алина Брин. Тело обезьянки обтягивает ярко-красное платье, на ногах белые ботфорты, довершает картину парик из завитых белокурых волос.

— Прикольно, — зачирикал уже знакомый противный дискант, — ща Алина сама сюда прикандыбает и мало всем не покажется. Один в один картинка! Неудивительно, что старый пердун от счастья тащится!

Хотелось обернуться и увидеть человека, который комментировал концерт, но мне было не до него. Я начал панически искать выход из идиотского положения.

А ничего не знающие артисты тем временем исполняли предписанные им роли. Энди и Антонио крутили сальто, Мара встал в каноническую позу балетного премьера: правая нога чуть впереди левой, обе руки прижаты к сердцу, голова картинно отклонена назад. Из правой кулисы вынеслась Жозефина и играючи села на шпагат.

Мими уперла лапы в бока. Я зажмурился. Мартышка до отвращения напоминает госпожу Брин! Единственное отличие — длинные белые перчатки, которые я, помня о неудачном пассаже про рисовые плантации, самолично натянул на лапы «Мэри».

— Эх, по Тверской-Ямской! — понеслось над залом. — Да с колокольчиком! То не лед трещит...

Я чуть не рухнул: это конец! Идиот Костя нажал пальцем не ту кнопку на пульте! Вместо заготовленного мной отрывка из оперы «Кармен» сейчас звучит русская народная песня. С какого боку она в истории про графа Композито? Это сокрушительный провал! Морелли закидают тухлыми яйцами. Правда, я надеюсь, что никто из почтенной публики не прихватил их с собой!

— Это ты организатор сего дерьма? — впилось мне в ухо хрипловатое меццо.

Я обернулся и вздрогнул. В сантиметре от моего лица покачивалась маленькая ручка с ярко-фиолетовыми острыми ногтями.

— Сейчас узнаешь, как меня пародировать, — продолжала Алина, — мало не покажется!

— Ма, — зазвенел тот самый дискант, который постоянно комментировал представление, — не тронь его! Прикольно!

Из темноты выступила девочка-подросток в рваных джинсах и ярко-розовой майке с надписью «Putana» на груди.

Брин неожиданно опустила руку.

— Ты так считаешь?

— Ага, — кивнула дочка, — народ плющит. Слышишь, жаба в экстазе! Во! Уши раздень!

Я невольно посмотрел на сцену. Мими выплясывала, высоко вскидывая ноги. Потом обезьянка присела, легко подпрыгнула, сделала двойное сальто и продолжила танец. Жозефина изгибалась в разные стороны, Мара ходил на руках, Антонио и Энди работали с першем, а на заднем плане мерно переминался с лапы на лапу медведь Тихон. В общей суматохе про Топтыгина забыли, но он, истинный циркач, сам нашел дорогу на сцену!

— Все газеты о таком напишут, — уверенно заявила девочка, — шикарный пиар!

— Верно, — протянула Алина.

И тут музыка стихла.

— Милая, — заорал Герасим Ильич, — дорогая! Какой талант! Бас как у Шаляпина!

Не в силах сдержать эмоций, ректор с неожиданной для его возраста и статуса резвостью рванул по боковым ступенькам на сцену. Охрана, явно не ожидавшая от старца молодой прыти, не успела стреножить барина.

Я попытался отклеить от спины прилипшую к ней рубашку. Насчет Шаляпина Герасим Ильич абсолютно прав. Песня «Вдоль по Питерской» прозвучала в исполнении Федора Ивановича. Мими, как вы понимаете, не обладает певческим даром, вот в карты она жульничает лихо и сальто крутит мастерски.

Герасим Ильич обнял Мими, наглая макака не растерялась и обвила лапами в перчатках стан ректора.

— Какая у меня жена! — закричал дедуля.

Зал взвыл.

— Талантливая!

— А-а-а!

— Голос! Роскошный!

— И-и-и!!

— Акробатка!

— О-о-о!!!

Именинник тоже сорвался с места, но охранники успели его перехватить. А тем временем и на сцене, и в зале творилось нечто невообразимое. Тут и там сверкали вспышки фотоаппаратов, откуда ни возьмись выехала камера.

— Дайте занавес, — нервно потребовала Алина, — уберите свою артистку, я буду общаться с прессой. Эй, очнись и действуй! Сколько она хочет за молчание?

— Кто? — не понял я.

— Баба, которая меня изображала, — топнула ногой Брин, — ну?

Она вытащила из сумочки пачку купюр.

— Тыщу евриков и больше ни копейки! — отрезала Алина. — Пусть она заткнется! Навсегда! Сейчас не она пела! Там была я!

Отпихнув меня в сторону, Брин дернула рычаг, пыльная драпировка сомкнулась. Энди, Мара, Мими, Антонио и Жозефина унеслись в правую кулису. Алина выбежала на сцену и вцепилась в Герасима Ильича, который, так ничего и не поняв, продолжал биться в восторге.

— Занавес, козел! — потребовала Брин, я поднял рычаг.

Публика прыгала в проходе, репортеры поднимали над головой фотоаппараты. Я ощутил невероятную гордость. Ваня, ты Станиславский, Петер Штайн и Нина Усатова в одном флаконе! Впрочем, можно смело добавить к этой компании господ Виктюка, Житинкина и замечательного Николая Скорика, он любит мистические постановки! Момент самолюбования быстро закончился, я вышел на авансцену и гаркнул:

— Несравненная Алина Брин в спектакле коллектива «Морелли». У нас звезды только первой величины!

Поняв, что действо завершено, корреспонденты стали нервничать.

— Вы дадите нам интервью?

— Что за коллектив?

— Откуда вы взялись?

— Повернитесь левее, улыбнитесь на камеру!

— Общий снимок с артистами!

— Ваша солистка закончила консерваторию?

Я оглядел подпрыгивающих от возбуждения журналистов и воскликнул:

— Через десять минут, только переоденемся!

— Господа, — вклинился Гарик, — просим в столовую, там фуршет!

Борзописцы развернулись и кинулись к дверям. Охрана влезла на сцену и унесла Герасима Ильича. «Шмурбурдурвич» в полном восторге потирал руки и обнимал Гарика. Алина, исподтишка показав мне кулак, спустилась в зал.

Я вернулся за кулисы, увидел сидящую на брезенте Мими, сдернул с нее парик и сказал:

— Дорогая! Ты была неподражаема! Вытянула на себе все действие! Мы заработали прорву денег! Смотри, здесь тысяча евро от Алины и сто долларов от Гарика. И это благодаря тебе! Вот кто у нас звезда первой величины!

— Прикольно, — затянул дискант, — мамахен изображала обезьяна!

Я шумно выдохнул и поднял голову, из сумрака кулис вышла все та же девочка в драных джинсах и майке с пошлой надписью.

— Ты, типа, кто? — спросила она.

— Иван Павлович, то есть Володя, — живо поправился я.

— Стебно! А я Мила Брин.

— Дочь Алины?

— Угадал! Давай пятьсот евро!

— За что?

— Иначе расскажу мамашке, кто под нее косил! — нагло заявила Мила.

— Вам сколько лет? — улыбнулся я.

— А че?

— Просто так спросил.

— Ну тринадцать!

— Вы еще очень молоды.

— Типа, бабки мне не нужны? — захихикала Мила. — Оставь свою болтовню. Гони лавэ!

— Вы еще очень молоды, и...

— Тебя перемкнуло? Уже слышала про возраст, — скривилась Мила.

— Вы еще очень молоды, — упорно повторил я, — и горячи. Наоборот, это вы должны мне денег!

— Я? — захлопала густо намазанными ресницами Мила. — С какой радости?

— Представляете, какой вой поднимут СМИ, если я сообщу: Алина Брин не принимала участия в спектакле, ее с успехом изобразила макака Мими. И никто, включая мужа, не заметил подмены!

— Герасим идиот, — сообщила Мила.

— Неужели среди публики не нашлось ни одного нормального человека? — мягко спросил я. — Или ваша мама и Мими сестры-близнецы? Подумайте над моими словами, детонька!

— Вова! Ты где? — закричал Гарик.

— Здесь! — отозвался я.

В ту же секунду Мила резко стукнула меня ногой под коленями. Я не ожидал такого от девчонки, поэтому не удержал равновесия и шлепнулся на кучу трепья, наваленного рядом.

— Еще пообщаемся, — злобно пообещала Мила и унеслась.

— Вова, — укоризненно зацокал языком Гарик, — а говорил — не пьешь! Встать можешь? Иди, тебя журналюги ждут! Идиот! Нажрался в самый ответственный момент! Такая реклама твоим Гаделли! Надо есть, пока подали! А ты?!

— Я трезв! Просто упал! — прокряхтел я, вставая.

— Аха! Лапы не держат! Хорош врать, — не успокаивался Гарик.

— Это глупо выглядит, когда взрослый мужик жалуется на ребенка, но меня толкнула Мила.

— Дочь Алины?

— Да.

— Вот стерва! Маленькая негодяйка, — зашипел Гарик, — меня она ненавидит. Я пытался наладить контакт с оторвой, ни хрена не получается!

— К сожалению, многим родителям кажется, что они недодали чаду любви и ласки, поэтому балуют детку донельзя, — вздохнул я. — Алина распустила девочку. В тринадцать лет полезны не конфеты, а розги!

— Брин не виновата, — вдруг сказал Гарик, — у нее трагедия.

— Да? — усомнился я. — И какая? Потеряла серьгу с бриллиантом?

— Зря ты, Вовка, ерничаешь, — посерьезнел Гарик, — мне Брин не нравится, но ей досталось горя полной миской! Пять лет назад она была замужем за приблатненным кадром, Александром Суховым, родила ему девчонку, ну и жили они шоколадно. А потом Сашку убили. Алинка тогда на съемках была, поэтому жива осталась. В загородный дом бандюганы ворвались и в лапшу покрошили хозяина с маленькой девочкой, дочерью Сухова и Брин.

Я содрогнулся.

— Ужасно!

Гарик кивнул:

— Согласен! Алина чуть в психушку не попала, из России уехала. А пару лет назад вынырнула, уже женой Герасима Ильича. Где она его подцепила, никому не ведомо. А еще при ней Милка оказалась. Алинка ее на воспитание взяла, в память о погибшей дочери. Специально не младенца удочерила, дала девочке то же имя, что у убитой, — Людмила. Будто никто у нее не умирал. Ну и балует нахалку, а та чувствует свое особое положение и всем хамит, знает: мамочка глотку любому за нее перегрызет.

— Печальная история, — сказал я, — хотя если Алине так легче переживать горе, то, наверное, это правильно. Не мне осуждать мать, лишившуюся дитяти!

Глава 16

Утром всех разбудил Энди.

— Смотрите, — заорал он, врываясь в спальню, — про нас написала газета!

Мара вскочил с кровати.

— Где?

— Во, — ответил брат, — читай!

— «Юбилей ректора превратился в базар, — озвучил текст акробат, — публика, собравшаяся на концерт, была шокирована антрепризой коллектива «Горелли». В спектакле приняла участие Алина Брин, малоталантливая...» Что? Нас ругают?

— Спокойно, — усмехнулся я, — лучшая реклама — это ругательная заметка в прессе. Отчего-то злобно настроенные журналисты считают, что материал, щедро политый желчью, должен навредить герою публикации. Ан нет, ситуация развивается с точностью до наоборот! Чем злее эпитеты, употребляемые автором, тем больший интерес вызывает объект его критики. Сообщи борзописец, что представление прошло великолепно, актеры талантливы, а пьеса гениальна, и в зале останется половина свободных мест. Но коль писака указал: герой-любовник удрал с зоны, он уголовник со стажем, исполнительница главной роли отбила мужа у сценаристки, а во время действия с нее падает платье, и по этой причине представление не сегодня завтра прикроют, — вот тогда будет полный аншлаг!

— Но нас обозвали Горелли, — обиженно протянул Энди.

— Неприятно, — согласился я, — но хороший

продюсер обратит в плюс любой минус. Сколько мы вчера заработали?

— Имейте в виду, выдали вам только на еду! А то еще решите напиться, как в тот день, когда выигрыш в карты спустили! — запрыгал Мара.

— Нет, нет! Все равно вы получите только на необходимые расходы, — пообещал я и пошел в ванную, оставив Энди, Мару и Антонио перечитывать рецензию.

Встав под душ, я призадумался. Пока что ясно одно: ни к Николетте, ни к Элеоноре я не вернусь. До недавнего времени секретарь общества «Милосердие» мирно жил по правилам, которые в раннем детстве внушил ему отец. Павел Иванович был человеком на редкость благодушным, даже жена-актриса, дама крайне истеричного нрава, не могла похвастать тем, что способна довести мужа до состояния аффекта. Я никогда не задавал отцу вопрос: «Почему ты живешь с моей матерью?»

Как все дети, я был эгоистичен и глуп. Но после смерти отца начал задумываться: а что связывало семью Подушкиных? В отношении Николетты понятно: она не сделала яркой карьеры на сцене, а роль жены писателя в советские годы была престижной. Власть любила литераторов, если те, конечно, не диссидентствовали и не пытались открыть народу глаза. Мой отец никогда не был ни борцом, ни революционером, он писал исторические романы о Древней Руси, этакую смесь из быта, приключений и любви. Хороший язык, крепкая сюжетная канва, яркие характеры. Творчество отца имело успех, жаль, что сейчас оно забыто.

Будучи реализован творчески, в семье Павел Иванович ушел в так называемую внутреннюю эмиграцию. Ему было сложно затевать развод с вздорной женой, да это и не одобрялось тогда. Думаю, немалую роль в сохранении союза с Николеттой сыграло наличие сына, то есть меня. Отец, дворянин в десятом поколении, был озабочен продолжением рода, и он не уставал мне повторять:

— Ваня, иногда обстоятельства бывают сильнее человека, не следует с голыми кулаками идти на танки. Лучше тихо переждать, пока адская колесница, грохоча железом, прокатит мимо. Сохранишь таким образом душевное спокойствие и репутацию.

Под военной машиной отец явно имел в виду Николетту. Если жена начинала летать по дому на реактивной метле, папа незамедлительно покупал ей подарок и обретал временный покой. Но порой Николетта закусывала удила, и тогда отец съезжал на дачу, там он пережидал бурю.

Ну и что же получилось в конце концов? У маменьки возник стойкий рефлекс: если затеять бучу, тебе принесут коробку конфет. Кто виноват в том, что Николетта такова, какова она есть? Генетика? Дурное воспитание? Или позиция мужа, предпочитавшего заткнуть рот истеричке шубой, колье или поездкой в Карловы Вары?

Я взял полотенце, завернулся в него и уставился в облупившееся по краям зеркало. Кто сделал маменьку таковой, какова она есть? Не знаю, но только не я. Хотя ваш покорный слуга тоже внес в это свою лепту: после кончины отца я служил Николетте и кошельком, и мальчиком для битья, и джинном из лампы. Я, как и отец, при первых звуках скандала втягивал голову в плечи, прижимал уши, опускал хвост и полз в магазин за презентом. Шубы, машины, бриллианты я покупать не мог, но приносил конфеты, духи, косметику, чем вызывал на свою голову град упреков в скаредности. Я считал, что такое поведение матери естественно, и никогда не пытался бороться. Ну разве можно идти на танк с голыми руками? Ванечка, памятуя совет отца, отсиживался в кустах, считал трусость и неумение постоять за себя проявлением интеллигентности. А теперь что-то во мне сломалось, я более не хочу приседать и закрывать голову руками.

Внезапно на ум пришло воспоминание из детства. Отец съездил в ГДР и привез мне чудо-машинку, седан, управляемый на расстоянии. Я пару месяцев забавлялся с игрушкой, а потом уронил ее. Машинка не перестала ездить, нет, она по-прежнему бойко носилась по квартире, вот только уже не подчинялась командам с пульта. Если я пытался направить модель вправо, она, будто назло мне, ехала налево.

Похоже, нечто подобное случилось на днях и со мной. Я, может, и хочу вернуться к Элеоноре в свою уютную комнату, к книгам, хорошему коньяку, налаженному быту, приятной работе и достойному окладу, но не могу! Механизм сломался, он более не подчиняется приказам других людей. Странно, что этот казус случился со мной только сейчас, а не много лет назад.

Мне придется остаться у Морелли и начать жизнь с нуля. Личина Владимира Задуйхвоста, наверное, лучшая в такой ситуации. Иван Павлович Подушкин должен исчезнуть, господь с ним, никчемный был человек.

Я попытался уложить мокрые волосы. Хорошо, буду заниматься делами Морелли, посмотрим, удастся ли мне вытащить их из болота на вершину шоу-бизнеса. Теоретически я понимаю, как следует действовать, практически же никогда не пробовал заниматься ничем подобным. Но роль продюсера кажется мне интереснее, чем выполнение поручений Норы под аккомпанемент ее ехидных замечаний вроде: «Не жвачься, Ваня!»

Я еще раз посмотрел в посеребренное стекло и тихо сказал:

— Здравствуй, Володя! Жизнь дала тебе шанс, используй его. Все плохое, что с нами случается, в конечном итоге идет нам же на пользу. Для каждого звучит труба судьбы, но только не всякий слышит ее звук! Ничего не бойся, верь в себя, и непременно добьешься успеха.

— Эй, Ваня! — заорал Мара, всовываясь в ванную. — Ты прямо как Жозефина, целый час марафетишься! Яичницу будешь?

— Да, — кивнул я, — знаешь, зови меня лучше Володей, а то может возникнуть непонимание у посторонних. По паспорту я Владимир!

— Ерунда, — отмахнулся акробат, — если кто удивится, ответишь — это псевдоним.

— Ему ни Ваня, ни Володя не подходят, — вдруг влез в разговор Энди, — не его это имена.

Мне стало интересно.

— А какое же, по-твоему, мне подходит?

— Алан, — заявил он.

— Не, — фыркнул Мара, — Конрад.

— Вы чего, — заржал Антонио, — лучше Герман.

— Супер! — подскочил Энди. — Оно самое!

— Не скажу, что я в восторге, — возразил я.

— Ой, яичница, — спохватился Мара и убежал.

Энди и Антонио потопали за ним. Я кинул взгляд в зеркало. Герман! Ну и ну! Лично мне по вкусу более простые имена вроде Петра или Павла. Я поправил волосы, они неожиданно покорно уложились в желаемую прическу. Мне стало весело.

Говорят, сменив имя, человек меняет свою судьбу. Проверим этот постулат опытным путем. Посмотрим, на что способен Владимир-Герман. Но прежде надо расквитаться по долгам Ивана Павловича Подушкина, я не имею права отправлять его в небытие непорядочным мужиком, обманувшим несовершеннолетнюю девушку. Нет, сначала я размотаю клубок до конца, составлю для Элеоноры отчет, оправдаю себя. Я знаю теперь, что в приюте, который содержит мой полный тезка, творятся странные дела. Маловероятно, что человек, регулярно переводящий деньги на счет заведения, не знает об истинном положении вещей в Центре «Мария». Следовательно, его владелец ведет некую игру. В конце концов, мне было бы глубоко безразлично, чем он занимается, но это самозванец! Он выдает себя за меня. Почему? Кто он? Отчего выбрал для себя роль сына Павла Ивановича? Прежде чем окончательно порвать с прошлым, мне предстоит ответить на все вопросы.

Основательно позавтракав и велев Морелли репетировать свои номера, я вышел из дома и двинулся к метро. В Центр «Мария» ездить опасно. Следует рыть ход с другой стороны. Павел Иванович Подушкин встретился с Николеттой уже в зрелом возрасте. И у отца и у матери была добрачная жизнь, о которой я абсолютно ничего не знаю. Вполне вероятно, что отец имел связь с женщиной, которая родила ему сына, и мальчик получил имя Иван. У Подушкиных оно родовое и чередуется с Павлом. Вот вам Иван Павлович Подушкин. Почему отец назвал и второго сына так же? Вполне вероятно, что он не знал о первом! Мог разорвать отношения с любовницей, а та произвела младенца на свет уже после разрыва!

Я спустился на платформу и стал ждать поезда. Моя версия трещит по всем швам. Ладно, дама вписала в метрику имя — Иван, отчество — Павлович, но фамилия! Если у новорожденного нет отца, его записывают на мать!

Из тоннеля с ревом вылетел состав, двери раздвинулись, толпа людей вывалилась на перрон, меня внесло внутрь и припечатало к толстой, дурно пахнущей тетке.

Да, фамилию просто так в свидетельство о рождении вписать нельзя. Но зарплата у сотрудников загса всегда была невелика, и в советские времена легко можно было найти чиновницу, которая, получив «барашка в бумажке», нарушила инструкции.

Теоретически я могу понять, как мальчик стал моим полным тезкой. Но мне категорически не нравится, что мой отец выглядит в этой истории некрасиво. Он был на редкость порядочен, знай он об отпрыске, непременно бы признал его и поддерживал материально. Отчего же мать моего «брата» ни разу не объявилась? Не позвонила? Не пришла? Не потребовала алименты?

Ответ прост. Она не рожала дитя от Павла Ивановича, ее ребенок самозванец. Он вырос и сейчас занимается неблаговидными делами. Я обязан найти его и тогда получу ответы на все вопросы, оправдаю себя и обелю память отца.

Слава богу, жива Ольга Рязанова, одна из активисток фан-клуба моего отца. О ней рассказала Софья Борисовна, и она же бросила в разговоре фразу:

— Олечка до сих пор работает в той библиотеке, где мы собирались, чтобы поговорить о Павле Ивановиче!

Думаю, эта дама должна знать кое-что о прошлом моего отца!

Книгохранилище помещалось на первом этаже жилого дома. Я вошел в небольшую прихожую, увидел потертую табличку «Выполни инструкцию перед уходом», вытер ноги о половик, повернул направо и оказался в просторном зале, тесно заставленном стеллажами. Чуть поодаль, у стены, громоздилась стойка, за которой сидела старушка в вязаной беретке, она самозабвенно читала газету.

— Добрый день! — сказал я.

Никакой реакции не последовало.

— Здравствуйте! — чуть повысил голос я.

Библиотекарша отложила газету в сторону.

— Не надо кричать, — сурово сказала она, — что вы желаете?

— Мне бы хотелось...

— Читательский билет у вас с собой? — перебила меня старуха.

— Нет, но...

— Ступайте домой и принесите.

— Видите ли...

— Мы обслуживаем только при наличии документа!

— Я не состою у вас на учете и...

— Паспорт! — категорично потребовала бабка.

Я вынул документ и положил на стойку.

— До свидания, — вдруг заявила библиотекарша, перелистывая странички, — вы не из нашего района.

Бесцеремонность пожилой дамы начала меня раздражать.

— Я не собирался брать книги!

— Если хотели купить колбасу, то пришли явно не по адресу, — схамила бабка, — здесь храм литературы.

— Позовите Ольгу Рязанову.

— Ольгу Ивановну?

— Да, — после некоторого колебания подтвердил я.

— Рязанову?

— Верно!

— А зачем она вам? — вдруг поинтересовалась бабка.

Мое сердце екнуло. Наверное, Ольга скончалась. Если она являлась поклонницей отца и встречалась с ним в, так сказать, дониколеттины времена, значит, была очень пожилой!

— Так что за дело у вас к Рязановой? — насупилась старуха.

— Личное, — обтекаемо ответил я.

— Какое?

— Об этом я скажу самой Ольге Ивановне.

— Говорите!

— И не подумаю, — неожиданно резко ответил
я. — Позовите заведующую!

Старуха усмехнулась:

— Она в отпуске.

— Ее заместительницу!

— Это я!

— Очень мило! — пошел я вразнос. — Хорошо же
вы встречаете людей! Понятно, отчего тут никого нет!
Скорей всего, из-за грубости сотрудников библиотеки народ в нее и не торопится.

— Вы не читатель, — отрезала бабка, — а людей
здесь после пяти вечера толпа. Что вы хотите? Скажите конкретно!

— У меня дело к Ольге Рязановой, она на работе?

— Да, излагайте проблему!

— Но почему я должен общаться с вами! Позовите
Ольгу Ивановну!

— Хотите воды? — вдруг проявила заботу бабка.

— Я хочу Ольгу Рязанову!!!

Внезапно она рассмеялась:

— Жаль, что я давно перестала интересоваться
мужчинами, ваша последняя фраза звучит двусмыс-
ленно!

Я потерял дар речи. Эта мумия пытается со мной
кокетничать? Впрочем, я и сам хорош! Иван Павлович Подушкин умел беседовать с пенсионерками, а
Вова Задуйхвост, похоже, стал хамом. Завел одно и то
же. Ладно, начнем сначала!

Я лучезарно улыбнулся:

— Прошу меня извинить! На улице жара, давление скачет, из-за погоды я растерял умение нормально общаться. Разрешите представиться — Владимир,
историк литературы, пишу книгу о писателе Павле
Ивановиче Подушкине. Я исследователь, архивный
червь, человек, пытающийся наиболее полно воссоз-
дать образ великого литератора. Мне стало известно,
что ранее в данной библиотеке работал фан-клуб ро-

маниста. Посему мне хочется побеседовать с Ольгой Рязановой. Надеюсь, она в добром здравии?

Бабуся вскочила со стула:

— Голубчик! Вот нежданная радость! Книга о Павле! Вы пришли к нужному человеку! Я Ольга Ивановна!

Глава 17

— Почему же вы сразу не представились? — ляпнул я и страшно рассердился на самого себя.

Черт возьми, что происходит? Я стремительно начинаю меняться, причем не в лучшую сторону. Еще неделю назад я был полон почтения к престарелым леди и умел беседовать с ними. А сейчас? Ольга Ивановна меня раздражает, я лишился толерантности и терпимости.

Но пожилая библиотекарша не заметила хамства незваного гостя, слишком велика была ее радость.

— Книга, — повторила она, — о Павле! Знаете, наверное, я осталась единственной, кто может рассказать о великом писателе много интересного.

— Меня к вам отправила бывшая заведующая детским садом Софья Борисовна, — улыбнулся я, — вроде она тоже из фанаток Подушкина.

— А, — отмахнулась Ольга Ивановна, — одни разговоры. Соня не увлекалась столь глубоко творчеством Павла. Кстати, очень прошу не употреблять в разговоре со мной отвратительное слово «фанат», мы не имели ничего общего с сумасшедшими девками вроде моей соседки! Вот уж безалаберное создание! Заклеила всю комнату плакатами какого-то жуткого мужика с ярко-красным размалеванным ртом, сделала себе татуировку в виде паука, носит железную цепь на поясе. Вот она фан! А мы были и остаемся поклонницами! Никогда не докучали кумиру! Просто ходили на все его встречи. Боже упаси было проявить личную активность! Нам в голову прийти не могло позвонить писателю по телефону или приехать к нему домой, хотя мы имели и номер, и адрес! Только издали обожали!

Рязанова замолчала.

— Наверное, Павел Иванович знал своих преданных читательниц по именам, — спросил я у Ольги Ивановны.

— Конечно! — оживилась старушка. — Со мной он здоровался, смею надеяться, что выделял из толпы! Впрочем, было за что! Хотите, покажу клубный альбом?

— Очень интересно. — Я потер руки.

Рязанова вскочила.

— Музей в служебном помещении.

Не успел я опомниться, как бабка весьма резво поволокла меня в глубь библиотеки, дотолкала до небольшой комнаты, очевидно кабинета директора, и широким жестом указала на книжный шкаф со стеклянными дверцами.

— Вот, любуйтесь!

Пять полок были тесно уставлены томами. Даже у Николетты нет такого количества произведений Павла Подушкина. В бывшем кабинете отца над диваном была выбита ниша, где без строгого порядка стояли романы отца. Почему «стояли»? Потому что, выйдя замуж за Владимира Ивановича, маменька сделала ремонт, заложила нишу, а книги первого мужа спрятала на антресоли. Меня это расстроило, но ведь жизнь продолжается, Николетта второй раз вышла замуж, а не всякий супруг хочет постоянно иметь перед глазами напоминание о своем предшественнике. Мой отчим богат, он успешный продюсер, но, глядя на книги Павла Подушкина, непременно должен испытывать комплекс неполноценности. Может, мой отец и не был миллионером, но он был невероятно одарен, а талант купить невозможно. Владимир Иванович легко приобретает Николетте шубы, бриллианты и машины. Но когда маменька была женой писателя, она купалась в лучах его славы. Хорошо зная Николетту, думаю, она была счастлива, слыша за спиной шепоток:

— Вон, смотрите, идет жена самого Павла Подушкина!

Маменька обожает быть в центре внимания, и ей нравится чужая зависть, а в далекие годы моего детства это чувство по отношению к ней испытывали многие женщины.

Но сейчас ситуация изменилась, Павел Иванович давно умер, а второй супруг богат и готов окружить свою жену комфортом, так зачем демонстрировать ему книги романиста? Вот почему заделали нишу над диваном.

Посторонний человек, Ольга Ивановна Рязанова более чтит память писателя, чем законная, избалованная им супруга.

— У вас есть очень редкие экземпляры, — отметил я, — вон том, «Княгиня и кинжал». Насколько знаю, рукопись этой книги была сильно сокращена цензурой, Подушкин вообще хотел отказаться от ее издания, но роман появился на свет и был благосклонно принят читателем. Несмотря на восторженные отклики, Павел Иванович не любил «Княгиню и кинжал», этого романа нет даже в его домашнем собрании. А у вас есть! Где вы только его достали?

Ольга Ивановна заулыбалась:

— Купила в магазине. Я в прежние годы очень любила путешествовать, объездила всю страну и отовсюду привозила издания любимого автора. Один раз он был здесь и остался очень доволен! Сказал: «Ну надо же! Полное собрание!» А ведь тогда тут было не столь много книг, Павел Иванович на день своего посещения написал меньшую часть произведений!

— Как же вам удалось заманить в районную библиотеку именитого литератора? — искренне удивился я.

Рязанова засмеялась.

— Раньше при Союзе писателей существовало так называемое Бюро пропаганды, я позвонила туда и сообщила о желании устроить встречу. Нашей библиотеке пришлось долго ждать великого дня, но он все же наступил! Павел Иванович прибыл сюда! Вот!

Ольга Ивановна взяла альбом, раскрыла кожаную обложку, и я увидел своего отца с приклеенной к губам улыбкой. Вокруг стояло человек двадцать женщин, одетых в праздничные платья.

— Это я. — Рязанова указала на худенькую темноволосую женщину.

— Вы настоящая красавица, — восхитился я. — Неужели Павел Иванович не обратил на вас внимания?

Ольга Ивановна машинально поправила прическу.

— Я не надеялась на внимание великого писателя. Наверное, вам трудно нас понять, сегодня люди другие. Павел Иванович — солнце, а разве можно приближаться к светилу?

Вот это правильно! Яркая звезда способна обжечь любого. И я не советую фанатам вступать в тесное общение с кумиром, вблизи предмет обожания окажется совсем не таким, как издали. Вы испытаете глубочайшее разочарование, позиция Ольги Ивановны верна.

Рязанова медленно перелистывала страницы.

— Знаете, — улыбнулась она, — мне пришлось научиться мастерски обращаться с фотоаппаратом, чтобы снимать Павла Ивановича. Вот вы спрашивали, выделял ли он меня из толпы? Не хочу хвастаться, но некоторое время — определенно да! Как-то раз мне не удалось приобрести билет в первый ряд на его выступление, пришлось сесть в десятом. И как сделать снимок? Я вся извертелась, ничего не получалось, ну и решилась встать, приблизилась к сцене, начала наводить объектив, и тут подошел милиционер и говорит: «Гражданочка, сядьте, вы мешаете писателю отвечать на вопросы!» А Павел Иванович услышал его и возразил: «Нет, нет, пусть работает. Она составляет фотолетопись, спасибо, милая, продолжайте спокойно!» Это был знаменательный день! Понимаете?

Я кивнул.

— Скажите, у писателя были дети?

— Сын, — сухо ответила Ольга Ивановна, — назван в честь деда Иваном. Но, если честно, меня никогда не интересовала его личная жизнь: романы, любовницы. Только творчество!

— Значит, у литератора были связи на стороне, — сказал я, — вполне вероятно, что он имел других детей! Сколько раз господин Подушкин женился?

— Один, — коротко обронила Рязанова, — насколько я знаю, он долго жил холостяком.

— Сейчас, как вы верно заметили, иные времена, читателей очень интересуют факты из интимной жизни, моя книга будет без них неполной, — вкрадчиво сказал я.

— Ничего такого я не знаю, — сердито перебила меня Ольга Ивановна.

— А вот Софья Борисовна говорила...

— Она давно выжила из ума! — возмутилась Рязанова. — И, между нами говоря, никогда не являлась его преданной поклонницей! Могла пропустить заседание клуба! Представляете? Один раз Соня взялась за читку!

— Простите? — не понял я.

Ольга Ивановна закрыла шкаф.

— Мы собирались каждую субботу, очень удобный день, впереди выходной, в те годы мы работали шесть дней в неделю. Один из членов клуба зачитывал вслух главу из книги Павла Ивановича, потом говорил, как он понял смысл, мы спорили, разгоралась дискуссия. Ясное дело, выступающий готовился заранее, репетировал дома, оттачивал дикцию. Так вот, один раз предстояло выступить Соне. Все собрались, а ее нет! Семь часов, восемь, мы заволновались, потом люди разошлись.

Ольга Ивановна прождала Софью Борисовну до десяти и решила заглянуть к ней домой, пошла к ее дому и столкнулась с ней на улице. Та спешила в родные пенаты.

— Соня! — воскликнула Ольга. — Что случилось?

— Завтра праздник у малышей, — без малейшего волнения ответила Софья, — мы репетировали сказку.

— Ты забыла про заседание клуба?

— Нет, просто не сумела прийти.

— Но мы ждали чтения главы!

— Кто угодно мог текст произнести, — пожала плечами необязательная поклонница.

Ольга Ивановна возмутилась и на следующем собрании клуба предложила исключить Софью из его рядов.

— Увы, мне это не удалось, — с нескрываемой обидой рассказывала сейчас Рязанова, — мнения разделились. Нюрочка так защищала Соню! Прямо тигрицей на меня накинулась.

— А еще Софья Борисовна говорила, что некая Нюрочка тесно общалась с Павлом Ивановичем! — вспомнил я. — Вы сейчас эту женщину вспомнили? Она была любовницей прозаика?

— Гнусная ложь! — возмутилась Рязанова.

— Вроде у них был роман! — начал я педалировать ситуацию.

— Чушь!

— Нюра была замужем?

— Нет, конечно, кому она нужна, — пошла вразнос Ольга Ивановна, — ни кожи, ни рожи, ни ума!

Меня очень удивляло, что такая женщина любит книги Павла!!!

— Но у Нюры был ребенок? — наугад спросил я и
попал в точку.

— Да, — помрачнела Рязанова.

— От кого?

— Она не рассказывала! — гаркнула старуха.

— Насколько я понял, вы были основателем и
председателем клуба поклонников? — Я нарочно ушел
в сторону от скользкой темы.

— Именно так! — вскинула голову Ольга Ивановна. — У нас, впрочем, работал Совет, проблемы мы
решали сообща! Ну, например, где будем день рождения Павла Ивановича отмечать!

— Но все равно ваше слово было решающим.

— Конечно.

— Почему же вы не выгнали Нюру за спор на собрании?

Рязанова заморгала.

— Ну... за что?

— Она была морально неустойчива, родила малыша вне брака!

— Мы поклонницы Подушкина, — нервно ответила Ольга Ивановна, — и только. Мое личное отношение к Нюре тут ни при чем!

Я кивнул:

— Ясно. У вас великолепный музей, но почему он
помещается не на виду, а в служебном помещении?
Неужели вам не хочется продемонстрировать собрание людям?

Ольга Ивановна покраснела.

— Таково было решение Совета.

— Да?

— Ранее, до ограбления, шкаф размещался в чи-
тальном зале, любой человек мог взять книгу и посмотреть фотографии. Но потом нас обокрали!

— Много книг унесли? В советское время они были дефицитом.

— Фонд не тронули!

— Неужели?

— Взяли только снимки Павла Ивановича.

— Вы, конечно, вызвали милицию?

— Нет, — после легкого колебания ответила Рязанова.

— Но почему? — поразился я. — Налицо был факт кражи! Неужели не хотели поймать грабителя?

Ольга Ивановна нервно теребила край шали, накинутой на плечи: несмотря на теплый летний день, в библиотеке царила прохлада.

— Не хотелось впутывать органы, — в конце концов призналась она, — музей ведь не принадлежал государству, это личное собрание. И потом, нас не погладили бы по головке в отделе культуры. Хотя выставки о писателях поощрялись, но наш клуб возник стихийно. Поэтому я предпочла замять эту историю.

— Вам это удалось! И вот что странно!

— Что? — вздрогнула Ольга Ивановна.

— Вор влез в хранилище ночью?

— Ну не днем же, — улыбнулась Рязанова, — в те годы здесь работало много людей, та же Нюра Кондратьева, к примеру. Всегда змеилась очередь из читателей, а шкаф стоял напротив стойки выдачи книг, незаметно вынуть фотографии невозможно.

— Значит, ночь, — уточнил я. — Вы не запирали дверь?

— Господь с вами! На три замка!

— И включали сигнализацию?

— Естественно! В советские годы библиотеки города были подключены к пульту охраны.

— Я так и думал, поэтому испытал недоумение. Почему же не приехал патруль?

Ольга Ивановна заморгала.

— Патруль? — переспросила она.

Я кивнул.

— Если вор открыл окно или взломал замок, то неминуемо сработал бы сигнал, и спустя считаные минуты сюда ворвалась бы милиция.

— Да, — согласилась Рязанова.

— Но этого не случилось!

— Ну... да!

— А почему?

Ольга Ивановна опустила голову.

— Не знаю.

— Ладно, — махнул я рукой, — ни милиция, ни ваше начальство не узнали о факте проникновения в библиотеку. Но ваш Совет! Его члены небось возмутились, услышав об исчезновении фотографий. Кстати, не помните, что на них было запечатлено?

— Наша встреча с господином Подушкиным, — мрачно сообщила Рязанова, — осталась лишь общая карточка, были еще снимки по отдельности. Павел Иванович был очень любезен, он согласился сняться с каждой из нас!

— Ничего себе! — всплеснул я руками. — Исчезло самое ценное! Очень странно!

Рязанова вздрогнула.

— Не хотела говорить, никому не приятно вспоминать о своих оплошностях. Я в тот день, уходя домой, забыла включить сигнализацию. Не пойму, как это произошло!

— Неправда!

— Вы мне не верите?

— Нет.

— Молодой человек! Как вы смеете!

— Не такой уж я и молодой, — улыбнулся я, — детство, отрочество и большая часть юности прошли при Советах, я работал редактором в журнале «Красный Восток», меня туда устроил отец. Но не это интересно. Помещение нашей редакции тоже было подключено к пульту, а запирал его на ночь и ставил на охрану Леонид Смолин, мой приятель. Я частенько ждал его. Так вот, пару раз, когда Смолин запирал дверь снаружи, изнутри неслись телефонные звонки. Не обычные, прерывистые, а безостановочная трель — туууу! Таким образом сотрудница пульта сообщала: внимание, дверь захлопнута, а сигнализация не включена. В те годы за соблюдением порядка следили истово, на пульте знали, что ровно в семь пятнадцать вечера здание «Красного Востока» должно стать на охрану. Кстати, за рассеянность штрафовали. Думаю, и вам звонили!

Рязанова начала кашлять.

— У вас до сих пор возле гардероба привинчена табличка с надписью: «Выполни инструкцию перед уходом», — сказал я, — и у нас в редакции имелась подобная. Никому не хотелось платить штраф. Неужели члены Совета поверили вашей лжи про кражу?

Глава 18

— Нам не о чем более разговаривать, — печально произнесла Рязанова.

— Наоборот, беседа только начинается. Впрочем, разрешите представиться! Меня зовут...

— Мы уже знакомились, — оборвала меня Ольга Ивановна, — теперь пора прощаться.

— Каюсь, соврал, мое имя не Владимир. Я — Иван Павлович Подушкин, сын Павла Ивановича!

Пару секунд Ольга Ивановна моргала, потом села на продавленный черный кожаный диван и сказала:

— Глупый спектакль! Вы самозванец! Покажите паспорт!

— У меня его нет, вернее, есть, но на имя Владимира Задуйхвоста! И вы видели сей документ!

Рязанова рассмеялась.

— Прощайте, молодой человек!

— Выслушайте меня!

— Не имею ни времени, ни желания!

— Я на самом деле наследник рода Подушкиных.

— С тем же успехом вы могли назваться герцогом Кентерберийским! — отбрила старуха.

— Я не вру!

— До свидания!

— Я не уйду отсюда, пока не объясню ситуацию!

Ольга Ивановна встала с дивана.

— Хорошо, но сначала ответьте на мой вопрос! Если вы родственник Павла Ивановича, то вам это не составит труда!

— Задавайте, — кивнул я.

— У господина Подушкина имелась дача?

— Да, в Переделкине.

— Назовите ее адрес!

— Улица Тренева, дом четыре.

— Дом был на одну семью?

— Нет, на две.

— Помните соседей?

— Конечно! Некто Сытин, кажется, Виктор Николаевич. В имени я уверен, а в отчестве сомневаюсь. Мои родители с Сытиными не общались, у нас были разные входы.

— А кто жил через дорогу?

— Поэт Степан Щипачев. Вы хотели задать один вопрос, а получился масштабный допрос, — улыбнулся я.

— Лучше продолжим! Кто были ваши ближайшие друзья по даче?

— В основном я общался с девочками. Внучка Катаева, Тина, потом Тата Тевекелян, Катя Чаковская, дочь главного редактора «Литгазеты», она, к сожалению, погибла молодой в автокатастрофе, — перечислил я, — остальных плохо помню, я был замкнутым подростком, больше сидел в саду и читал!

Ольга Ивановна посмотрела на меня:

— И последнее! У вас с отцом имелся тайник, куда клали всякие секретные записки. Назовите его!

Я поразился до глубины души.

— А вы откуда знаете?

— Неважно, отвечайте!

— Дача в Переделкине была не личной, ее дал отцу в аренду Литфонд. Пользоваться домом мы могли, пока был жив сам писатель, после его смерти семью выселяли. Подушкины сменили драматурга Ромашова. Отец перед въездом капитально переделал дом. В частности, на свои деньги приобрел котел отопления и повесил батареи. Ромашовы пользовались печами. Павел Иванович хотел сломать здоровенные «голландки» и сделать тем самым комнаты более просторными, но это не удалось. Печи просто вычистили и закрыли. В одной из них, той самой, что стояла у отца в кабинете, мы и оборудовали «почтовый ящик». Это было игрой. Папа клал внутрь письма «таинственного» содержания. Ну, допустим: «Иди до забора, поверни налево, найди куст жасмина». Я выполнял указания и обнаруживал следующую инструкцию. В результате через два-три часа получал новую книгу или модель для склеивания.

Ольга Ивановна прижала кулаки к груди.

— Я вам верю! Ванечка! Что произошло? Отчего вы пришли ко мне? Можно я возьму вас за руку?

Я подсел к Рязановой и обнял ее за плечи.

— Простите за жестокий допрос, но я попал в тяжелую ситуацию, мне никто не поможет, кроме вас.

Ольга Ивановна погладила мою ладонь и вдруг улыбнулась.

— Вы, несомненно, сын Подушкина. У него на указательном пальце тоже была родинка. Павлуша говорил, что это божья отметина, он в нее упирал ручку во время письма.

— Павлуша? Вы были в близких отношениях?

Ольга Ивановна склонила голову.

— Скажите, солнышко, а ваша мать жива?

— Да, спасибо, Николетта находится в добром здравии, недавно вышла замуж.

— Что? — подпрыгнула Ольга Ивановна. — Она ходила в загс? Да ей же сто лет!

— Точный возраст Николетты не известен никому, но думаю, вы ошибаетесь, она моложе!

— Ненамного, — съехидничала Рязанова. — Значит, мадам нынче супруга... кого?

— Владимира Ивановича, хорошего человека.

— Небось новый муж очень богат?

— Небеден.

— Кто бы сомневался! Райка умела откапывать золото!

— Рая? — фальшиво удивился я. — Но моя маменька Николетта Адилье, актриса.

— Насчет артистки это святая правда, спектакли она разыгрывала профессионально, — брякнула Ольга Ивановна. — Вот что, ангел, рассказывай суть проблемы.

— Вы были настолько своим человеком для моего отца, что я считаю вас тетушкой, — галантно отреагировал я.

— Слышу Павлушу, — грустно сказала Ольга Ивановна, — дамский угодник! Ну, начинай.

Когда мой рассказ иссяк, Рязанова встала, дошла до письменного стола, выдвинула ящик, вынула из него коробочку зефира, включила белевший на подоконнике чайник. Потом стала вытаскивать из шкафчика чашки, блюдца, ложки, сахарницу, коробку с заваркой...

Мне было понятно, что пожилая дама собирается с духом, очевидно, ей трудно сразу приступить к рассказу. Наконец Рязанова решилась:

— Очень часто, наделав глупостей в прошлом, человек резко меняет свою жизнь, — тихо произнесла она, — и думает: «Все, никто не знает, чем я занимался в юности». Но, увы, ничего нельзя скрыть, рано или поздно правда вырвется наружу в самый неподходящий момент. Ванечка, ты ведь не осудишь меня?

— Нет, — твердо пообещал я.

Ольга Ивановна села и оперлась грудью о стол.

— Мы были очень молоды, я и Нюрочка. Павлуша наша первая любовь, мы с ней работали вместе в этой библиотеке, только в разных сменах и не всегда пересекались на службе.

Я притих в углу дивана, боясь пропустить даже слово из рассказа библиотекарши.

Девушки обожали писателя сначала издали, потом стали активно ходить на все его встречи, и наконец настал момент, когда прозаик выделил их из толпы. Дело было осенью, Подушкин в тот день отвечал на вопросы поклонников в магазине на улице Кирова, нынешней Мясницкой. Оля и Нюрочка получили автографы и совершенно счастливые пошли домой. Было темно, лил холодный дождь. Нюрочка жила рядом, а Ольге надо было ехать далеко. Девушки жались под одним зонтиком, редкие прохожие неслись по тротуарам не оглядываясь. Один из спешащих мужчин споткнулся и рухнул в лужу.

И Олечка, и Нюра отличались сердобольностью, поэтому они кинулись на помощь потерпевшему бедствие. Незнакомец упал лицом вниз, вдобавок ко всему на нем был модный светло-серый габардиновый плащ, вмиг превратившийся в грязную тряпку.

— Вы ушиблись! — воскликнула Оля.

— Давайте руку, — защебетала Нюрочка.

— Спасибо, девушки, — знакомым голосом ответил потерпевший и ловко вскочил.

Оля и Нюра ахнули, перед ними стоял Павел Подушкин. Писатель тоже узнал поклонниц.

— Это вы! — с явным облегчением воскликнул он. — Я поскользнулся, как дурак, теперь весь в грязи!

— Ой, не надо так себя ругать, — очнулась Нюрочка, — давайте зайдем ко мне, я живу неподалеку, отчищу вашу одежду.

Павел заколебался.

— Быстро высушу и щеткой отряхну, — продолжала Нюра, — а то в таком виде вас в метро контролер не пустит!

— Хорошо, — неожиданно согласился писатель и отправился вместе с поклонницами.

Тот вечер Олечка запомнила на всю жизнь. Нюра жила в многонаселенной коммунальной квартире, у нее была комнатка, примыкающая к ванной. Павел слегка растерялся, увидев длинный полутемный коридор, стены, завешанные велосипедами, корытами и тазами. Оле показалось, что романист пожалел о том, что принял приглашение, но куда ему теперь было деться? Пришлось войти в крохотную каморку и устроиться на продавленном диване. Нюрочка унесла плащ, Оля притащила с кухни чайник, в буфете нашлись карамельки и батон с изюмом. Плащ давно почистили и погладили, но Павел не спешил домой, он веселил поклонниц рассказами о жизни писателей и смешно пародировал их жен. Где-то около десяти вечера Оля вдруг сообразила: и Подушкин, и Нюра ждут, когда она уйдет. Когда девушка поняла, что ее подруга понравилась их кумиру, то испытала сильный укол ревности. Но Олечка была благородна, и она по-настоящему любила Павла и желала ему счастья. Конечно, Оля сама надеялась на роман с ним, но фортуна улыбнулась Нюрочке. Сделав вид, что внезапно вспомнила о каком-то важном деле, Рязанова встала и заявила:

— Ой! Мне домой пора! Заболталась тут с вами!

— А я должен подождать, пока высохнет плащ, —

отозвался Павел, бросив взгляд на абсолютно сухой габардиновый пыльник[1].

Оля откланялась и ушла. С Нюрой она не виделась около месяца. У девушек не совпадали рабочие смены, кроме того, сказавшись нездоровой, Нюра не приходила на собрания клуба поклонников Подушкина. Но потом подружки созвонились. Рязанова, не сумев справиться с любопытством, проявила несвойственную ей бесцеремонность, спросила:

— Что у тебя с Павлом?

— С кем? — прикинулась дурочкой Нюра. — Кого ты имеешь в виду?

— Не поняла? — усмехнулась подруга. — Подушкина. Я видела, как вам не терпелось остаться вдвоем.

— Глупости, — рассердилась Нюрочка, — он ушел через четверть часа после тебя! Более мы с Павлом Ивановичем не виделись.

— Ага, — протянула Рязанова, — ладно. Завтра воскресенье, пойдем в парк?

— Я занята, — ответила коллега, — дел полно, обещала маме помочь!

Через две недели Ольга окончательно уверилась: у Нюры роман с Павлом. Кондратьева теперь практически не общалась с Ольгой, перестала ходить на встречи с Подушкиным. Кстати, романист ушел в подполье, раньше он частенько устраивал в магазинах автограф-сессии, теперь же, похоже, не высовывал нос из дома.

Ну а потом дождем посыпались невероятные события. Нюра старательно избегала встреч с Ольгой. После той встречи с Павлом Нюра, сообщив начальству о проблемах со здоровьем, попросила перевести

---

[1] П ы л ь н и к — слово, практически исчезнувшее из нашей речи, теперь его заменило иностранное — тренч. Примерно до середины 70-х годов XX века пыльником называли тканевые плащи, как мужские, так и женские.

ее в хранилище из читального зала. Ольга удивилась, она знала, что подруга терпеть не может возни с инвентаризацией фонда, Нюра всегда рвалась общаться с читателями. Рязанова хотела побеседовать с Кондратьевой, но ей это не удалось, ее отправили в Ленинград, в командировку, на целый год. Была в советские времена такая практика временного обмена сотрудниками. Оле она нравилась, потому что позволяла бесплатно ездить по стране. Когда же Рязанова вернулась, Нюра уже уволилась. Более того, она съехала со старой квартиры, не оставив никому нового адреса. Ольга обиделась на нее и искать ее не стала. Да и можно ли было теперь считать Кондратьеву подругой? Отношения между девушками прекратились, и охлаждение наступило не по вине Рязановой.

Едва Ольга переварила весть об исчезновении Нюры, как узнала, что Павел Иванович женился на никому не известной актрисе по имени Николетта Адилье.

Здесь следует сделать небольшое отступление, чтобы стала понятна суть дела. В советской стране не было так называемой желтой прессы, где печатали скандальные и светские фото. Новости о любимых артистах, писателях, художниках люди узнавали либо во время творческих встреч, либо от тех, кто был приближен к элите: парикмахеров, портных, официантов и прочих лиц из сферы обслуживания и торговли. К Ольге Ивановне в библиотеку иногда заглядывала страшно болтливая дама Иветта, сестра которой служила в Центральном доме литераторов в буфете.

Едва переступив порог, читательница начинала вываливать на Ольгу гору сплетен, так случилось и в этот раз.

— Слышала? — заголосила Иветта, врываясь в зал. — Подушкин женился!

У Ольги остановилось сердце.

— На актрисульке, — продолжала Иветта, не обращая внимания на вытянувшееся лицо Рязановой, — откуда она взялась — никому не известно! Вроде заканчивает театральный вуз! Не москвичка! Провинциалка! Звать ее Николетта Адилье. Говорят, она из очень хорошей семьи!

Иветта, как всегда, болтала без устали, Ольга с трудом перевела дыхание. Слава богу! Значит, выигрышная карта выпала не Нюре!

После того разговора девушки долго не встречались. Ольга получила повышение по службе, ее назначили заведующей абонементом и приказали сделать перерегистрацию фонда. Рязанова сутками пропадала в хранилище, она забыла обо всех делах, кроме служебных, но нет-нет да мелькала у нее в голове мысль о Нюре. В конце концов Оля решила восстановить прежние отношения и предприняла попытку отыскать подругу.

Глава 19

Для начала Рязанова позвонила брату Нюры, Юрию. Парень не нравился Ольге, он казался ей слишком занудным и сердитым. У него была отвратительная манера устраивать человеку, посмевшему его побеспокоить, форменный допрос, но Олечке очень хотелось узнать, куда же подевалась Нюра.

— Алло, — звонко ответил молодой женский голос.

— Здравствуй, Антуанетта, это Оля, — представилась Рязанова, недолюбливавшая не только Юрия, но и его размалеванную жену.

Девица раздражала ее всем: крашеными волосами, манерой растягивать гласные звуки, идиотским кокетством и шикарными шмотками. Бесило и имя: Антуанетта. Жена Юры не уставала повторять, что является внебрачной дочерью некоего великого артиста. Девушка настолько надоела Рязановой этими разговорами, что однажды на дне рождения у Нюрочки Оля не выдержала и налетела на Антуанетту с вопросом:

— И как звали твоего отца?

— Это секрет! — закатила глаза Антуанетта.

— Даже имя сказать не можешь?

— Нет! У папы другая семья, мама не хочет разрушать его брак, — торжественно заявила Антуанетта.

— Что-то никого из твоих родственников на свадьбе с Юрой не было, — не успокаивалась Оля, — наверное, они слишком знамениты, вот и не захотели с простыми работягами за одним столом сидеть.

Антуанетта начала что-то говорить, но Юрий перебил жену:

— Замолчи! Лучше ешь салат, а ты, Ольга, прикуси язык.

Рязанова вспыхнула и ответила:

— Между прочим, я не с тобой разговариваю.

В результате случилась ссора, понимаете, как «обрадовалась» Оля, нарвавшись на Антуанетту? Рязанова понимала, что та может бросить трубку, поэтому быстро сказала:

— Извини за беспокойство, я ищу Нюрочку, она не у вас?

— Простите, вы кто? — прикинулась беспамятной Антуанетта.

— Ольга Рязанова, — вздохнула библиотекарша, подавив желание заорать: «Хватит кривляться, дура». — Мне нужна Нюра, сестра твоего мужа. Если ты забыла, напомню: его зовут Юрий Кондратьев.

— Вот оно что! — воскликнула собеседница. — Меня зовут Клава. Кондратьевы переехали.

Оля спросила удивленно:

— Куда?

— Ой, не знаю. Квартира-то ведомственная, — Клава охотно пустилась в объяснения, — пока на заводе работаешь — живешь, уволился — освобождай комнаты. Мы с мужем ничего про прежних жильцов не знаем. Вроде у них кто-то умер.

— И давно вы въехали? — пришла в себя Оля.

— Уже два месяца живем, — сообщила Клава и повесила трубку.

Ольга попыталась навести справки о Нюрочке через общих знакомых, но никто не мог сказать, куда она подевалась. В конце концов Рязанова перестала искать словно в воду канувшую подругу.

Прошло некоторое время, увлечение книгами Павла Подушкина стало у Рязановой почти манией. Прозаик набил руку, его произведения поражали мастерством, Ольга с трепетом ожидала выхода новой исторически-любовной саги.

Во время очередной книжной ярмарки Оля пришла на автограф-сессию Павла Ивановича. Народу в павильоне, где происходило мероприятие, толпилось немерено. Рязанова терпеливо отстояла час в очереди, дошла до стола, за которым сидел писатель, положила перед ним только что купленную книгу и попросила:

— Подпишите на добрую память.

— Как вас зовут? — улыбнулся он.

Рязановой стало обидно.

— Неужели я так изменилась, что меня и узнать невозможно? — спросила она.

Павел заморгал.

— Простите, мы встречались?

— Да, и не раз, — кивнула Ольга, — я член клуба ваших поклонников. Вы когда-то упали на улице, запачкали плащ, и мы с Нюрой помогли вам отчистить грязь.

Лицо Подушкина напряглось, и тут в воздухе повеяло дорогими, явно импортными духами, за спиной писателя возникла хрупкая женская фигурка. Дама положила Павлу на плечо узкую ладошку с пальцами,

щедро украшенными кольцами, и нежно прочирикала:

— Милый, если будешь по полчаса беседовать с
каждой, то мы опоздаем на прием в Доме литераторов. Уже четыре часа, а очередь на километр тянется.
А вы, девушка, не задерживайтесь, получили автограф и отходите, другим тоже надо. Не злоупотреб-
ляйте временем моего мужа!

Ольга, сообразив, что судьба столкнула ее с женой
Подушкина, решила получше разглядеть даму, подняла глаза и ахнула:

— Антуанетта!

За спиной Павла Ивановича стояла жена Юрия
Кондратьева. Антуанетта сильно изменилась, ее волосы теперь не были вытравлены перекисью, они имели
оттенок спелой пшеницы, исчез и грубый макияж, на
лице был лишь намек на грим, в ушах у дамы висели
большие бриллиантовые серьги, плечи, несмотря на
жаркий сентябрь, укутывало меховое манто. Но глаза!
Взгляд Антуанетты не изменился, он остался таким,
как прежде: цепким, жестким и одновременно по-
детски беспомощным.

— Антуанетта, — повторила Рязанова, — ну и ну!
Ты жена Павла?!

— Простите, милочка, — процедила супруга прозаика, — вы ко мне обращаетесь?

— У него что, две жены? — усмехнулась Оля. —
Ясное дело, к тебе! Вот это поворот! Не знаешь, как
поживает Нюрочка? Нет ли у тебя ее координат?

Уголки губ Антуанетты опустились вниз.

— Любезная, вы меня с кем-то перепутали!

— Мою жену зовут Николетта, — удивленно сказал Павел.

— Нет, Антуанетта, — уперлась Ольга, — я ее расчудесно знала в прежние годы!

— Девушка, — крикнули из толпы, — хватит болтать, подписали книгу и уходите.

Антуанетта, воспользовавшись тем, что Оля повернула голову в сторону кричавшего, быстро ускользнула.

— Следующий, — протянул руку Подушкин.

— Я подожду, пока вы автографы раздаете, — не сдалась Ольга, — очень хочется побеседовать с Антуанеттой.

Но тут толпа поднаперла, и Рязанову оттеснили в сторону. Оглядев очередь, Оля поняла, что раньше чем через час Подушкин из павильона не уйдет, и отправилась бродить по ярмарке. В конце концов она добралась до стенда издательства «Детство»[1], где шла торговля красиво изданными сказками.

Рязанова протянула руку к яркому тому.

— Простите, он отложен, — сказала одна из сотрудниц стенда и подняла голову.

— Нюра! — подпрыгнула Ольга.

— Вот уж встреча! — совсем не радостно заявила Кондратьева. — Ты что здесь делаешь?

— Книги покупаю, — растерялась Рязанова. — А ты, значит, в «Детстве» служишь?

— Нет, — после некоторого колебания ответила Нюра, — я тут временно подрабатываю на ярмарке.

— Как дела? — завела беседу Оля.

— Нормально.

— Чего не звонишь?

— Некогда.

— Там Подушкин сидит.

— Знаю.

— Он женился!

— Слышала.

— Видела его супругу?

— Нет!

Ольга оперлась о прилавок.

---

[1] Название придумано автором, любые совпадения случайны.

— Сходи погляди! Просто невероятно.

— Мне некогда, — пожала плечами Нюра, — и, если честно, мне даже неинтересно, кто его спутница жизни, я переросла свое увлечение книгами Павла Ивановича.

— Не поверишь, — понизила голос Рязанова, — его жена — Антуанетта!

— Кто? — переспросила Нюра.

— Твоя бывшая невестка! Кстати, где Юра?

— Он давно умер, — мрачно ответила Нюра, — после развода с Антуанеттой запил, и через несколько месяцев его сбила машина. В отношении Антуанетты ты обозналась! Она... Впрочем, это неинтересно!

— Слава богу, я пока отлично вижу, — засмеялась Ольга, — пойдем, глянешь! Тебе, наверное, как участнику ярмарки, разрешат пройти внутрь стенда. Стопроцентно Антуанетта супруга романиста.

— Мама, — пропищал тонкий голос, — ма-ма-ма!

Около Нюрочки, словно из воздуха, возник худенький ребенок, то ли мальчик, то ли девочка, сразу и не понять. На малыше был комбинезончик из клетчатой ткани, белая рубашечка, а стриженую голову прикрывала полотняная кепка.

— Это кто? — изумилась Оля.

Нюра покраснела.

— Извини, мне пора, — сказала она, — рада была видеть тебя.

— Мама, — хныкал малыш, — ма-ма-ма.

— Ты вышла замуж, — не удержалась Ольга, — поздравляю.

— Не с чем, — ответила Нюрочка, — у меня нет супруга.

— Но он твой?! — воскликнула Рязанова.

— Кто? — прищурилась Нюра.

— Мальчик!

— Ах мальчик, — криво усмехнулась бывшая подруга, — пусть будет мальчик!

Ольга не обратила внимания на странную реакцию Нюры, Рязанова была слишком удивлена, чтобы заметить чужое настроение, а еще в ней проснулось невероятное любопытство.

— Откуда у тебя сын? — бестактно спросила она.

Нюра кашлянула и ехидно протянула:

— Ты не знаешь, где женщины берут детей?

Рязанова заморгала, но не успокоилась.

— А как его зовут?

— Ваня, — живо ответила Нюра, — замечательное русское имя. Извини, ребенка пора кормить.

— Дай свой телефон, — попросила Рязанова, — я позвоню на днях, встретимся, поболтаем.

— У меня его нет, и квартира не в центре, — слишком быстро заявила Нюра.

— На стенде тридцать восемь заканчивается встреча с писателем Павлом Подушкиным, — загремело с потолка радио, — кто не успел получить автограф, поторопитесь.

— Пошли скорей, — велела Оля, — там точно Антуанетта, понимаешь?

Нюра прижала к себе мальчика.

— Послушай, — устало сказала она, — я уже объяснила, ты фатально ошибаешься. Антуанетта умерла, мы долго не общались, поэтому ты ничего не знаешь.

— Ой-ой! — подскочила Ольга. — Как же это? Она же совсем молодая! От чего скончалась?

Нюрочка посадила сына к себе на колени.

— Ма-ма-ма, — незамедлительно завел малыш, которому по виду было не более двух лет.

— Иди к Ляле, — велела мать, — она тебя ждет.

Ребенок живо слез с колен Нюры и убежал.

— Хороший какой, — улыбнулась Ольга.

— Ничего, — холодно сказала Нюра. — Давай расскажу об Антуанетте.

Рязановой стало понятно, что бывшая подруга не хочет говорить о ребенке.

— Ты же знаешь, что и я, и мама не любили Антуанетту, — завела Нюра, — да и за что к ней хорошо относиться? Работать не хотела, домашним хозяйством не занималась, зато Юрку постоянно шпыняла, упрекала его в безденежье. Очень жадная была и завистливая. Увидит у соседки новую сумку и не успокоится, пока себе такую же не купит, два раза попользуется ею и отбросит. Конечно, маме такое поведение не нравилось, она часто ругала Антуанетту, а Юрка становился на ее защиту. Он очень любил непутевую жену. А ее привычка над всеми смеяться и давать гадкие клички? Юра всех приятелей растерял, потому что жена им хамила. Да только брат жил словно под гипнозом, Антуанетта его одурманила. Начнем мы с мамой ему глаза открывать, слышим в ответ: «Вы несправедливы к Антуанетте, у нее в жизни было много горя, она росла без родителей, сиротой. Знаете ведь, из какой она семьи? Отец ученый, мать актриса, увы, они скончались, когда дочке едва исполнилось десять лет. Девочку в колхоз к дальней родне отправили. Не трогайте Антуанетту, она от матери талант унаследовала, закончит учебу и будет на сцене играть. Гордиться надо, что к нам райская птичка залетела, а вы жабами квакаете: «Чисть картошку, мой полы». Не для этого Антуанетта на свет родилась. И вообще, не суйтесь в нашу семью».

Юра жалел супругу и верил ей, тем горше было ему узнать правду. Как-то раз к Кондратьевым, словно снег на голову, свалилась самая обычная деревенская баба в плюшевой куртке. Заявилась поздним вечером, когда они укладывались спать. Юра с Антуанеттой жили своей семьей. Кондратьевым повезло с жильем. Нюрочке досталась комната от умершей бабушки, а ее брат жил в служебной квартире, что по советским временам считалось настоящей роскошью.

И надо же было случиться такому казусу! Именно в тот вечер, когда открылось вранье Антуанетты, Нюра осталась ночевать у брата, легла на диванчике в кухне.

Не успела Нюра задремать, как загремел звонок и случились воистину революционные события. В квартире появилась деревенская баба, называющая Антуанетту дочкой. Та сделала большие глаза и попыталась вытолкать тетку вон.

— Сумасшедшая идиотка, — шипела она, — из дурки сбежала.

Но старуха не испугалась, она уперла руки в боки и выдала такое! Нюра только глазами хлопала, слушая бабу. На свет выползла малоприятная правда.

На самом деле Антуанетту звали Райкой Суворnew ной, никакой семьи ученый—актриса не было и в помине. А была деревня с названием Калоша, изба, в которой ютилось десять человек, да огород, с которого кормилась вся орава.

— Вы ошибаетесь, — попытался утихомирить разбушевавшуюся гостью Юра, — мою жену зовут Антуанетта, ее родители умерли, вы никак не можете быть ее матерью!

— Ха! — топнула ножищей в грязном ботинке теща. — Райка брехать горазда! Я ее на свет родила!

— Нет, — повторил Юра, — мою супругу зовут Антуанетта! У нее паспорт на это имя. Вы ошиблись, здесь нет Раисы.

— Тю, — шмыгнула носом баба, — так Райка ищо в пятнадцать лет по рукам пошла. В Калоше не безобразничала, понимание имела. Пристроилась в училище, в Федоровку, там у бабки комнату сняла и давай всем брехать, что родители померли. Мечта у ей была, замуж за богатого выйти, нас с отцом она за быдло считала, в Калошу не приезжала, до нас только слухи о ней долетали. Хоть она и лгала про то, что у ней папка с мамкой из города, а мы с отцом ей дальняя родня, на воспитание, мол, сироту взяли, только все равно это некрасиво. Ее ж кормили, поили, а она удрала от нас! Сначала в Федоровке с начальником почты жила, да он ее послал, затем в Румянцевку перебралась, с завклубом склеилась, он ей про актерский талант напел, только женат был, разводиться не стал, зря с ним Райка время потеряла. Следом она в Ивановку переехала, с мужиком из потребкооперации снюхалась. Годы летят, замуж ее не берут, дурная слава впереди бежит. Хоть она по разным деревням моталась, да народ живо правду просекал. Самый большой куш ей в Елистровке обломился, Федька Рыкин. Думала, он на ей женится. У Федора отец большой начальник, председатель колхоза, мать в магазине у прилавка стоит, старший брат начальник в милиции. Во какая семья! Туда она и нацелилась, но не вышло. Федька с ей поигрался и бросил. Да только Райка пройда, сумела с евойным отцом договориться, он ей документ на имя Антуанетты и выдал! О как! Ей надо в правительстве заседать — такого ума девка, училище еле-еле на тройки закончила, а голова как Дом Советов!

— Прекратите нести чушь! — нервно воскликнул Юрий.

— Да ты слушай, зятек, — заулыбалась во весь беззубый рот теща, — Райка увидела, что ты из Москвы приехал, и просчитала: надо парня окрутить, он ее в столицу свезет, тама хорошая жизнь пойдет, и побежала к Федькиному папке. На испуг его взяла, заявила: «Или документы новые выписываешь, или я заявление в район отвезу, скажу, что твой Федька насильник, а отец с братом его покрывают. Федор на зону отправится, а тебе по шапке дадут!»

Ну председатель и испугался! Понял, зятек? И возраст ейный в паспорте небось другой, и имя не свое!

— Вы брешете, — растерял всю интеллигентность Юра, — Антуанетта до нашей встречи была невинной девушкой. Я ее первый мужчина, ей только-только исполнилось восемнадцать!

Глава 20

Баба засмеялась:

— Ишо десять лет прибавь, и будет правильно! Мужика обмануть недолго, Райка актерка, ей сбрехать, как мне стакан воды выпить, никакого труда не составит, сплошное удовольствие. Все равно не веришь? Так у меня ейный настоящий паспорт припасен, о!

Гостья полезла за пазуху, вытащила оттуда тонкую серую книжечку[1] и протянула Юре:

— Глянь-ка!

Кондратьев машинально взял документ.

Антуанетта молнией метнулась к нему:

— Отдай!

Но мать оказалась проворнее дочери, она ловко выхватила из пальцев оторопевшего Юры удостоверение личности и, сунув его за пазуху, с торжеством заявила:

— Ты думала, что Николай, Федькин брательник, его сжег? Не! Приберег для случая, и вот он настал. Уж больно тебя Николаша ненавидит, потому и сказал мне: «Кати, Никитишна, в город!»

— Зачем приперлась? — заорала Антуанетта. — Не звали в гости тебя, суку!

Юра и Нюра, поняв, что баба говорила правду, в ужасе схватили друг друга за руки.

— Изба сгорела, — горестно сказала Никитишна, — живем из милости в клубе. Ты хорошо устрои-

---

[1] В советские времена, до обмена паспортов, паспорт имел невзрачную серую обложку.

лась в городе, с богатым. Вон квартира какая! Небось и газ есть, и за водой к колодцу не надо бегать. Дай мамке денег на обзаведение хатой, а иначе всем правду раструблю, в милицию пойду, расскажу, что фальшивым паспортом пользуешься!

Раиса схватила стул и бросилась на мать, Юрий кинулся разнимать женщин, а Нюра, забыв плащ, убежала прочь, ей было стыдно и противно. Естественно, наутро Нюрочка рассказала маме эту историю в подробностях.

Юрий разошелся с Антуанеттой, стал сильно закладывать за воротник и однажды пьяным попал под машину. Мама Неля ненадолго пережила сына, Нюрочка осталась одна. Где-то через год после смерти брата ей позвонили из больницы и сказали:

— К нам в очень тяжелом состоянии поступила Антуанетта Кондратьева. Знаете такую?

— Да, — сердито ответила Нюра.

— Можете приехать?

— Не хочу, — отрезала Нюра и швырнула трубку.

Через день ей снова позвонили из клиники с сообщением:

— Антуанетта Кондратьева скончалась, забирайте тело.

— С какой стати? — возмутилась Нюра. — Она мне никто.

— Значит, ее зароют в общей могиле, — вздохнули на том конце провода.

Нюра неожиданно ощутила укол совести. Антуанетта была неприятным человеком и стала косвенной причиной смерти Юрия. Но, с другой стороны, никто не заставлял его пить водку.

— Заберу покойную, — сказала Нюра...

— И ты ее похоронила! — воскликнула Ольга.

— Да, — кивнула подруга.

— Ну и ну! Ты не ошиблась? В морге точно Антуанетта была?

— Абсолютно, — заверила ее Нюра.

— Аня, Валя, — прокричала высокая женщина, высовываясь из служебного помещения, — если уж привозите на работу детей, то следует следить за ними! Безобразие! Развели грязь, термос опрокинули!

Нюрочка и еще одна симпатичная женщина, торговавшая книгами, кинулись на вопль.

А Ольга быстро пошла назад, к Подушкину. Ее терзали сомнения. С одной стороны, она читала о существовании двойников, с другой — Николетта была так похожа на Антуанетту! Ольге захотелось еще раз увидеть жену писателя. Но на стенде за столом сидела полная тетка, автор брошюр по консервированию, чета Подушкиных успела уйти...

Ольга Ивановна замолчала, а я постарался собраться с мыслями.

Значит, был мальчик! Почему Нюра не захотела возобновить дружеские отношения с Рязановой? Отчего она не дала Ольге свой номер телефона? Впрочем, может, она не солгала, жила в отдаленном районе, дом был не подключен к станции. Но ведь она могла сама соединиться с подругой. И что подвигло Нюру на смену места жительства? Ранее ведь она жила в центре, до Кремля буквально рукой подать! Похоже, у Нюрочки случился бурный роман с Павлом, вот почему она порвала со всеми.

— У вас есть адрес Нюры? — спросил я у Рязановой.

— Нет, она же не захотела со мной общаться! — резонно ответила старуха.

— Но отношения вы поддерживали!

— Абсолютно никаких!

— Однако вы знали о ее кончине.

— Да, — кивнула Ольга Ивановна, — Эсфирь Марковна мне сообщила.

— Это кто?

— Наша сотрудница, — пояснила Рязанова, — из читального зала. Я ушла в отпуск, вернулась, а она мне и говорит: «Знаешь, Олечка, наша Нюра, ну та, из клуба поклонников, скончалась».

— Значит, Эсфирь Марковна поддерживала связь с Нюрочкой?

— Наверное, — пожала плечами Ольга.

— Вы не знали об их дружбе?

— Нет! Даже не предполагала, что они общаются!

— Дайте, пожалуйста, мне координаты Эсфири Марковны.

— Господь с вами, она давным-давно умерла, по возрасту годилась мне в матери! — воскликнула Рязанова.

— Ясно, — разочарованно протянул я, — как полное имя Нюрочки?

— Анна Николаевна Кондратьева.

— Год рождения?

— Ой, я не знаю, ну она меня чуть младше или старше, — забормотала Ольга Ивановна.

— Значит, из Кондратьевых никого не осталось? — резюмировал я.

— Нет, все на том свете.

Я замолчал, отвернулся к окну и постарался унять сердцебиение. Рязанова ошибается. Есть еще мальчик, и он, вероятно, мой сводный брат!

Закончив беседу с Рязановой, я вышел на улицу, постоял пару минут в раздумье, потом пошел к метро. У меня большой опыт работы детективом, я знаю, куда следует обратиться.

Чтобы попасть в подземку, требовалось перейти дорогу, я остановился у края тротуара.

— Ванечка, ну-ка скажи, на какой свет можно идти через улицу? — послышалось сбоку.

Я невольно вздрогнул и повернул голову, в паре шагов от меня стояла молодая женщина с мальчиком, по виду первоклассником.

— Ванюша, — вновь окликнула его мать, — ну, отвечай!

— На зеленый, — живо заявил он.

— А сейчас у нас какой горит?

— Красный!

— Значит, надо стоять?

— Да, — согласился мальчик.

— Молодец, — похвалила его мама, — твердо запомни: дорогу переходят только на зеленый! А теперь вперед бежим, пока нет машин!

Схватив крошку за руку, мамаша поволокла его через мостовую, не обращая внимания на ярко-красный сигнал.

Вот вам замечательная сценка из жизни! Сначала мадам рассказывает о правилах перехода улицы, внушает сыну, что можно идти только при зеленом свете, а затем преспокойненько нарушает инструкцию. Какие семена она посеяла в душе у ребенка? Думаю, самые злые, наглядно дала понять отпрыску: закон существует, но им легко можно пренебречь. А потом будет удивляться и восклицать:

— Ну почему мой Ваня вырос двуличным? Говорит одно, а делает прямо противоположное!

Да потому, матушка, что ты сама его этому научила! Вот мой отец был другим!

Я втиснулся в вагон и прижался спиной к двери. Еще вчера я считал отца идеалом и испытывал определенный душевный дискомфорт оттого, что я сам, как бы это поэлегантнее выразиться, слегка не преуспел. Мне не досталось ни таланта, ни безграничной терпимости, ни трудолюбия отца, я бываю раздражителен и, признаюсь, очень ленив. Не имей я суровой необходимости зарабатывать на жизнь, пролежал бы всю жизнь, как Обломов, на диване. Но, оказывается, я плохо знал отца. Он никогда не рассказывал о своей добрачной жизни, впрочем, станет ли взрослый успешный человек делиться своими интимными переживаниями с сыном? Что я знаю о нем? Очень мало, мне известно то же, что и его читателям: писал книги, имел семью. Ладно, я владею более полной информацией, знаю, как он относился к браку, в курсе его проблем с Николеттой.

Вдруг в памяти всплыла фамилия Севрюгов. Я невольно улыбнулся. В детстве она меня веселила: Севрюгов! Вот имя ближайшего друга отца я слегка подзабыл, оно было архаичным, вроде Пимен или Нестор, нет! Никита! Никита Севрюгов! Лучший приятель отца никогда не бывал у нас дома, он не выбирался из своей квартиры, был инвалидом, передвигался в коляске. А вот папа частенько навещал друга. Когда я подрос, то понял: поругавшись с маменькой, отец кидался к Севрюгову и реанимировался у него. Меня он никогда с собой не брал. Я не знаю, что сталось с Севрюговым после смерти Павла Ивановича, Николетта не общалась с инвалидом. Ну и что еще я знал об отце? Не ошибался, заваривая для него чай: две ложечки на кружку и никакого сахара. Но это все. Чего он боялся? Над чем кручинился? О каких ошибках сожалел? И как он жил до встречи с Николеттой?

Увы, сейчас отца уже не спросишь, интересоваться его внутренним миром следовало намного раньше, но я, как все дети, был эгоистом. Не надо меня осуждать, вы сами-то хорошо знаете своих родителей? Умеете заваривать для них чаек? Ну-ка ответьте на другие вопросы: в школьные годы ваша мама комфортно чувствовала себя в среде одноклассников? Как звали ее первую любовь? Кем она мечтала стать в жизни? Что или кто помешал осуществить ее мечты? Ну и как? Справились с задачей? То-то и оно, не очень-то мы интересуемся жизнью предков. О бабушках и дедушках вы практически ничего не расскажете, а ведь и у них были свои папа с мамой, вам же достался генетический набор от пращуров!

Я вышел на улицу и попытался вынырнуть из мрачных мыслей. У каждого человека в шкафу имеется скелет. Вот сейчас тот, который принадлежал Пав-

лу Ивановичу Подушкину, внезапно ожил и пытается
схватить меня костлявой рукой. Интересно, отец не
догадывался, что Нюра родила ему сына, или предпо-
читал этого не знать?

Руки потянули тяжелую створку. Хватит тратить
время на пустые размышления, мне необходимо найти своего сводного брата и задать ему пару нелице-
приятных вопросов.

— Значит, Иван Павлович Подушкин? — уточнила сотрудница адресного бюро, быстро пряча полученную ассигнацию.

— Да, — кивнул я.

— Точная дата и год рождения?

— Увы, не знаю.

— Предполагаемое место жительства?

— Город Москва.

— А поточнее?

— Не скажу, — вздохнул я.

— Поиск по неполным данным может не дать ре-
зультата, — предупредила женщина, — деньги потра-
тите, а ничего не выясните.

— Давайте попробуем, фамилия не самая распространенная.

— Осуществляем полный поиск?

— Простите, не понял?

— Ищем только среди живых?

— Нет, везде.

— Хорошо, — кивнула сотрудница и уткнулась в
компьютер.

Спустя минут десять дама радостно воскликнула:

— Есть. Иван Павлович Подушкин, прописан по
адресу...

Я молча выслушал свои данные, потом поинтересовался:

— Этот Иван Павлович один?

— Да.

— То есть в столице нет других людей с таким именем, отчеством и фамилией?

Служащая оторвала взгляд от экрана.

— Вот здесь ничем не могу помочь. Вполне вероятно, что есть личность, живущая анонимно.

— Нет, он вроде москвич. Может, умер?

— Среди скончавшихся есть Павел Иванович Подушкин. Вы ничего не перепутали? Может, вам он нужен?

— Я ищу Ивана Павловича.

— Еще есть Андрей Сергеевич и Леонид Петрович.

— Спасибо, но они не подходят.

— Значит, я вам не помогла, — явно расстроилась дама.

— Не беда. Посмотрите еще Анну Николаевну Кондратьеву, возраст пожилой, скорей всего, ей хорошо за семьдесят.

— Снова по неполным данным?

— Да.

— Молодой человек, Кондратьевы слишком распространенная фамилия.

— И все же давайте попытаемся.

— Это дорого, — решила остановить меня служащая.

— Ничего, начинайте, — не дрогнул я.

На сей раз процесс затянулся, в конце концов в моих руках оказался листок со столбцом фамилий. Против семи из них стояли крестики, дамы числились среди умерших, остальные были живы.

Я наградил милую служащую новыми купюрами, вышел на улицу и впал в кому. Сколько времени понадобится, чтобы обойти всех? Придется метаться по всему необъятному мегаполису. Вот, допустим, покойная Анна Николаевна Кондратьева, проживала на неизвестной мне улице с восхитительным названием

Павлиний переулок. Интересно, есть ли он сейчас в нашем городе? Сохранился ли там дом номер два и кто нынче обитает в пятнадцатой квартире? Хорошо, если там живет родня усопшей, а если нет? Вдруг здание давно снесено, а на его месте красуется торговый центр?

Я аккуратно сложил листок, сунул его в портмоне и медленно пошел к метро. Внезапно заныла правая нога, я отвык ходить пешком, мне более комфортно нажимать на газ в автомобиле, но альтернативы нет. Придется посетить все адреса, попытаюсь выйти на след брата. Вот только обрадуется ли он, узнав о моем существовании? Вполне вероятно, что мать не открыла ему правду о его происхождении. Понравится ли мне Иван Павлович-2? Похоже, он не очень разборчив в связях, раз уложил в свою постель школьницу Варвару. И мой сводный брат богат, он содержит Центр помощи «Мария», еще решит, что мне нужны деньги. Однако удивительно: посторонним он дает средства, а бывшую любовницу не захотел поддержать. Что-то тут непонятно и, если уж совсем честно, неприятно. И как мне поступить?

Глава 21

Так и не приняв решения, я ощутил, как в кармане затрясся мобильный, на том конце провода оказалась женщина с капризно-властным голосом.

— Але! Владимир? — рявкнула она.

Я чуть было не сказал: «Не туда попали», но вовремя вспомнил, что меня зовут Володя Задуйхвост, и спокойно ответил:

— Слушаю.

— Сто евро, больше вы не стоите, и не просите, не дам! — заявила незнакомка. — Хотя и этого бессовестно много за бесплатный пиар! Это самая тиражная газета России!

— Простите, не понимаю.

— Ясным языком говорю! Сто евро!

— Кто вы?

— Как? Вы не поняли?

— Извините, нет!

— Пресс-секретарь Михаил Горчаков, — ответил мужик с бабьим голосом.

— Очень приятно. Кого вы представляете?

— Чего?

— На кого вы работаете? Газета, журнал, фирма?

— Неужели вы не в курсе?

— До сегодняшнего дня я не слышал вашу фамилию.

— Надо же! — искренне удивился он. — Меня знают все!

Я не нашелся что ответить собеседнику на это заявление, а тот продолжил:

— Алина Брин делает вам шикарное предложение!

Вот тут я растерялся и воскликнул:

— Мне?

— Вашей передвижной артели, — ответил Михаил, — кабаре-шантану, клоунам и барабанщикам, не знаю, кто там еще на сцене кривляется.

— Вы предлагаете нам концерт! — обрадовался я.

— Ну да, — после некоторого колебания ответил Михаил. — Хотите раскрутиться?

— Очень! — воскликнул я. — Понимаете, наш цирк уникален. Номер на першах, он... э... э...

Аргументы у меня закончились.

Михаил заржал.

— Ладно, сладкие песни будешь клиентам петь, мне не надо ля-ля исполнять. Слушай внимательно. Сегодня, вернее, через три часа газета «Треп» празднует день своего рождения. Сообразил, какой шанс?

— Нельзя ли более конкретно? — попросил я.

Горчаков издал странный фыркающий звук.

— Алину позвали на торжество! Она звезда! Самая яркая на нашей эстраде!

Я постарался не рассмеяться. Конечно, я практически незнаком с современными исполнителями, но иногда смотрю телевизор. Новостные программы и сериалы не для меня, так называемые полнометражные фильмы не увлекают, а документальные ленты кажутся мне, как бы это помягче выразиться, не очень правдивыми, слишком пристрастными, необъективными. Не радует и канал культуры, он грешит менторством пополам с занудством. Посему не сочтите меня дураком, но я в минуту усталости ищу какой-нибудь концерт с песнями-плясками и пялюсь в экран. Так вот, актриса Алина Брин мне не попадалась. То ли она выпала из обоймы по возрасту, то ли никогда не была примой первой категории.

— Госпожа Брин не только талантлива, — вещал Горчаков, — она еще очень, очень и очень добра! Потому и делает вам шикарное предложение! Пиар и деньги! Алина удивительная личность, она исключение в нашем шоу-бизнесе!

Манера Михаила болтать много, но не сказать ничего конкретного начала меня утомлять. Я понимаю, что демагогия — это особый вид искусства, пока ему не обучишься, шанс стать, допустим, политиком равен нулю, но у меня просто нет времени на переливание из пустого в порожнее.

— Насколько я понял, вы пресс-секретарь Алины Брин, — перебил я болтуна.

— И ее тоже! — бойко ответил Горчаков. — Я работаю со многими звездами.

— И что от меня надо певице?

— Алина делает вам шикарное предложение.

— Короче! — потеряв терпение, приказал я и вызвал новый фонтан восторгов в адрес стареющей дивы. С огромным трудом мне удалось сориентироваться в словесной чехарде и сообразить, что к чему.

Издание «Треп» сегодня празднует юбилей. Журналисты жадны, поэтому тратиться на организацию тусовки не хотят. На мой взгляд, если не желаешь угощать гостей, то не стоит затевать день рождения, но тут важен элемент престижа. Печатному органу, дабы показать свою значимость и крутость, необходимо изредка устраивать суаре, иначе и доброжелатели, и недруги решат, что у газеты дела идут из рук вон плохо.

Уж не знаю, кто взял на себя угощение, а вот с концертом писаки поступили просто. Разослали всем так называемым «випам» приглашения. Расчет был банален: певцы приедут и споют даром, исполняемая мелодия будет их подарком, юмористы прочтут рассказы, актеры выдадут байки, замечательный концертик получится! А «Треп» потом, в качестве благодарности, занесет тех, кто не пожалел дорогого времени, в «золотой» список и станет хвалить их на своих страницах. Ясное дело, паяцам, отказавшимся участвовать в шабаше, выдадут «черную» метку и начнут мочить, возможностей у крупнотиражной желтой газеты масса, лучше с ней не ссориться.

Учитывая последнее соображение, звезды, матерясь сквозь зубы, прикатят на вечеринку. И если члены топ-списка не особо довольны бесплатным выступлением, то для ушедших в тираж див или тех, кто только начинает восхождение к вершине Олимпа, подобное мероприятие редкий шанс, поэтому они клянчат приглашения и, всеми правдами-неправдами получив его, думают, как удивить борзописцев. Журналисты избалованы и о какой-нибудь Афродите Пупкиной, спешей на вечере великий зонг «Твоя навеки, мы летим сквозь звезды к счастью», могут и не упомянуть на страницах своего издания.

Вот Алина Брин и придумала гениальный ход.

Она увидела выступление цирка Морелли и живо сообразила: в окружении акробатов, мартышки и медведя она будет смотреться замечательно. Публика, разинув рот, станет следить за тем, как Энди, Антонио и Мара крутят сальто, а угрюмый мишка вызовет бурю положительных эмоций. Еще великий Чарли Чаплин говорил: «Поместите в кадр младенца, который, сидя в ванночке, ловит кусок мыла, или дайте крупным кадром танцующую на задних лапах собаку, и будьте уверены: фильму обеспечен головокружительный успех».

Алина может пускать «петуха», публика отобьет себе в восторге ладони.

А группе Морелли заплатят за выступление сто евро.

— Маловато будет, — решил я поторговаться.

— Не жадничай, — оборвал меня Михаил, — подумай о раскрутке. Вас зовут на тусовку в «Треп».

— Хорошо, — согласился я, — по рукам, куда ехать?

Ровно в шесть вечера мы высадились около кинотеатра с названием «Небо»[1] и пошлепали к черному, так называемому актерскому входу.

— Эй, стоять! — заорал шкафообразный секьюрити. — Куда прете?

— На концерт, — ответил я.

— Фамилия?

— Подуш... Задуйветер, — быстро поправился я.

— Такого в списке нет, вали отсюда!

— Посмотрите на Морелли, — ожил Энди.

— Не фига! Топайте отсюда.

Акробаты уставились на меня, я растерялся, и тут

---

[1] Название придумано автором, любые совпадения случайны.

из черноты коридора вырулила женщина, одетая в красно-синюю клетчатую юбку, черную майку и парчовые сапоги на платформе. Я невольно раскрыл рот. Дама смотрелась как... увы, подобрать эпитет не могу. Очень сильное впечатление производила картинка на ее майке: два ежа занимаются самовоспроизводством, а вокруг вышитые розы, щедро украшенные стразами.

— Чего стоим? Кого ждем? — спросила мадам знакомым голосом.

— Вы распорядитель концерта? — обрадовался я. — Нас нет в списках. Цирк Морелли прибыл на выступление, а пройти за кулисы не может!

— Вовка, привет! — Баба помахала мне рукой. — Алина уже тут. Опаздываете! Эй, там, на воротах, пропустите! Прибыла подтанцовка великой певицы Брин. Чего глаза вылупили? Я ее пресс-секретарь Михаил Горчаков.

Моя челюсть уехала вправо. Возможно ли, чтобы женщину звали Михаил Горчаков? Впрочем, существует имя Мишель, у «Битлз», кстати, есть песня «Мишел, май белл...». Но тогда она Горчакова! Но почему он-она в юбке и высоких матерчатых сапогах до колен? Бриллиантовые серьги в ушах меня не смущают, нынче драгоценности в мочках смело носят представители обоих полов, но обувь?!

— Да хоть ты у дьявола служи, без пропуска не пущу, — рявкнул секьюрити, — их нет здеся! Не напечатана фамилия.

— Дай сюда бумагу, — взвизгнул Михаил, — идиот! Вот же написано: Горелли! Ослеп?

— Они сказали «Морелли», — справедливо уперся охранник.

— Перепутали, — топнул ногой Михаил, — немедленно впускай! Где беджик? Шевелись!

Парень в черной форме вытащил из картонной

коробки кучу карточек, вверху каждой имелось отверстие, через которое были продернуты тесемки.

— Нажрутся, нанюхаются и не помнят, как их зовут, — с презрением заметил охранник.

— Ну, нате!

Мара, Антонио, Энди, Жозефина, Мими и я без проблем миновали контроль, сложности возникли с Тихоном.

— Этта кто? — с легким удивлением осведомился охранник, разглядывая апатичного косолапого.

— Медведь, — ответил дрессировщик Костя.

— Не пущу!

— С какой стати? — занервничал Михаил. — Он часть программы!

— На него беджа нет, — отрезал секьюрити.

Я покосился на Мими, хорошо, что макака, как все особи женского пола, обожает наряжаться, сейчас на ней миленькое красное платье в белый горошек и черная шляпка, вот служба безопасности и пропустила человекообразное без проблем, небось приняла ее за вокалистку. Правда, Мими без обуви, но эта деталь не смутила охранника. А вот Тихон явился во всей своей медвежьей красе и теперь останется за воротами.

— Пусть уходит, — велел парень у двери.

— У вас полно беджей, — указал я на коробку, — дайте один Тихону.

— Который? — скривился охранник. — Артист? Так он не человек. «Организатор»? Или, может, ему подойдет «Пресса»? На медведей пропусков нету!

— А ну посторонись! — заорали с улицы.

Дверь распахнулась, пахнуло крепким ароматом дорогого парфюма, в узкое пространство перед охранником втиснулось огромное количество народу. Впереди вышагивал молодой мужчина с длинными, почти белыми волосами. Одет он был в ярко-фиолетовый балахон, расшитый пайетками, из v-образного выреза торчала крепкая шея, на которой болталось штук десять цепочек с медальонами, подвесками и амулетами.

— Привет, — любезно сказал он охранникам.

Секьюрити ахнули.

— Здрассти!

Мужчина в шлафроке абсолютно беспрепятственно, не взяв беджа, прошел в глубь кинотеатра. За ним понеслась толпа с чемоданами, портпледами, корзинками и пакетами.

— Здрассти, здрассти, здрассти, — ошалело кланялся парень в форме.

— Это кто? — тихо спросил я у Мары.

— Суперстар Марсель, — почти шепотом ответил акробат, — из телика не вылазит!

Мими дернула Тихона за лапу и поволокла вперед. Макака оказалась самой умной из нас, она сообразила, что в группе сопровождающих Марселя людей косолапый беспрепятственно просочится за кулисы.

— Вот уроды, — громко возмущался Михаил, когда мы, миновав все препоны, шли по узкому коридору. — Где гримерки? Здесь!

Горчаков рванул на себя дверь, открылась комната, до отказа набитая полуголыми девицами.

Мара, Энди, Антонио и Жозефина преспокойно вошли внутрь, раздетые девушки, к моему удивлению, не стали ни визжать, ни возражать, более того, они проявили редкостное благодушие.

— Хай! — весело сказала одна.

— Мальчики, вам колготки не помешают? — спросила другая.

— Там диван пустой, — сообщила третья, натягивая корсет.

— Супер, — сказал Энди и принялся расстегивать рубашку.

Я ощутил дискомфорт. Ну и порядки тут! Они что,

переодеваются в одном помещении? Все вместе? Мужчины вперемешку с дамами? Впрочем, вероятно, Морелли знакомы с красавицами.

Я поманил пальцем Мару, успевшего стянуть брюки.

— Чего тебе? — спросил акробат.

— Кто это?

— Где?

— Девушки в комнате.

— Понятия не имею.

— Вы не встречались раньше?

— Не-а, — равнодушно протянул Мара, — а че?

— Так просто, — оторопело ответил я, наблюдая, как одна из красавиц, легко задрав правую ногу выше головы, поправляет парик.

Мара вытащил из чемодана трико.

— И зачем она так стоит? — вырвалось у меня.

— Как? — удивился акробат.

— Ну, подняв конечность.

— Растяжку бодрит, — улыбнулся Мара, — она, подлая, сразу исчезает, если слабину дать.

Дверь распахнулась, в комнату вплыл Марсель, облаченный в махровый белый халат.

— Девочки, — ласково сказал он, — давайте живенько отработаем и забудем об этом позоре. Катюха, ты где задницу измазала?

Высокая белокурая танцовщица изогнулась змеей.

— Где? Вау! Во что я села?

— Не дергайся, — успокоил балерину Марсель, — времени полно! Мы, как всегда, хедлайнеры! Снимай костюм, Ленка застирает!

— За фигом мы сюда к началу приперлись, — вздохнула брюнеточка, продолжая стоять в вертикальном шпагате, — лучше б дома отдохнули.

— Ну уж нет, — нахмурился Марсель, — нам после этой байды в Киев надо улететь! Еще опоздает кто!

Катька, вылазь из грязи! Лена, Лена, Лена! Где эта дрянь! Куда подевалась, падла!

Очевидно, балет привык к воплям певца, танцовщицы спокойно продолжали заниматься своим делом. Мара, Энди и Антонио тоже не нервничали, Мими вскарабкалась на диван, свернулась клубочком, надвинула шляпу на морду и вроде заснула.

— Ленка! Сволочь! — надрывался Марсель. — Урою!

— Она заболела, — равнодушно ответила брюнеточка и поменяла ноги, теперь вместо правой она задрала левую. — Костюмов нет, одели кто че нашел. Катька трико снять не может, там молния полетела, мы ей спину намертво зашили! Раздирать нельзя, ниток больше нет!

— Ага, — грустно подтвердила Катя, — теперь не пописать!

— Она же не может с красными пятнами на жопе работать! — взвился Марсель. — Че народ подумает? Кисы, это газета «Треп»! Мигом дерьма нальют! Мы не в Мухосранске лабаем! Ну почему я должен сам обо всем думать? Плачу бабки куче дармоедов! Чего стоишь?

Палец певца, украшенный огромным перстнем, уткнулся в меня.

— Эй, — продолжал Марсель, — как тебя зовут?

— Ив... Владимир, — поклонился я, — рад знакомству!

Танцовщицы засмеялись, певец закатил глаза.

— Надоели! Шутнички фиговы! Бери Катьку! Пошли!

— Куда? — капризно протянула девушка.

— Туда, — заорал Марсель, — где здесь сортир?

— Направо, — ответила рыжеволосая девица, — но у них там бэээ!

— Как всегда, — вздохнула Катя и поежилась.

— Топаем, — приказал Марсель, — эй, Виктор, чего стоишь.

— Меня зовут Владимир, — поправил я.

— Шагай вперед, — не смутился певец.

Не знаю, по какой причине, но я повиновался и двинулся за парочкой.

— Ужасно, — причитал Марсель, летя по коридору, — тьма нахлебников! И все я должен делать сам! За что дармоедам плачу? Как работать, так никого! Стоять! Это тут.

Глава 22

Певец пинком распахнул дверь, я чуть не задохнулся.

— Жесть, — заныла Катя.

— Молчать, — приказал суперстар, — видишь раковину? Садись в нее и мой костюм. Если он не снимается, на себе постираешь, потом высохнешь!

— И как я, по-твоему, туда залезу? — захныкала танцовщица. — Ну ваще!

— Спокуха! — гаркнул Марсель. — Я придумал. Видишь табуретку? В углу стоит?

— И че? — насторожилась девушка.

Марсель потер руки.

— Встань на нее ногами и слегка присядь, Володька тебя за руки подержит, задница у крана окажется, а я водой твою жопу оболью. Делов-то на пять минут! Все сам! Никаких помощников! Дармоеды! Уволю! Звезда должна Катьку мыть! Где это видано! Ну? Тащи табурет! Какого хрена застыли? Меня ща стошнит от вони!

Через пару секунд мы приступили к осуществлению замысла Марселя. Держа Катю за маленькие мозолистые ладошки, я очень надеялся, что никому из заказчиков концерта не придет в голову воспользоваться сортиром, потому что со стороны мы смотрелись волшебно. Кстати, горячей воды в кинотеатре не было, то ли она тут не предусмотрена, то ли отключена в связи с летней профилактикой.

Катя, филейную часть которой безостановочно матерящийся Марсель поливал ледяной водой, визжала, бедняжка явно не испытывала никакого удовольствия от процедуры.

— Да заткнись ты! — легко переорал певец танцовщицу и открутил кран до упора.

Тугая струя ударила Кате в поясницу, веер брызг взлетел над ее головой, холодные капли попали мне в лицо. Я зажмурился и на секунду потерял бдительность, танцовщица дернулась, ее ладони выскользнули из моих рук.

Дальнейшее заняло секунды. Катя, лишенная поддержки, шлепнулась в раковину. Девушка весила чуть больше кошки, но то ли крепления, на которых покоился умывальник, окончательно сгнили, то ли сила притяжения оказалась излишне велика, только фаянсовая конструкция с грохотом обвалилась на пол, Катерина оказалась у моих ног вся в белых осколках. Вместо того чтобы помочь девушке, я по-бабьи взвизгнул и спрятался за выступ стены. Сам удивился, вообще-то мне не свойственны такие реакции.

— Чтоб тебя разорвало, — накинулся на несчастную балерину Марсель, — вечно дрянь устраиваешь! Кого в Воронеже током дернуло?

— Меня, — простонала Катя, пытаясь встать.

— А кто на гвоздь в Самаре напоролся? — бушевал певец.

Бедняжка, на голову которой изливался гнев звезды, открыла было рот, но не осмелилась произнести ничего в свое оправдание.

— Молчать! — завизжал Марсель.

В ту же секунду пояс его халата развязался и упал на Катю. Я зажмурился, певец забыл надеть нижнее белье. Хотя чего я так перетрусил? Великолепно знаю, как выглядит обнаженный мужчина, Марсель, кстати, совсем обычен, ничего выдающегося, простите за идиотский каламбур.

И тут в туалет, громыхая допотопным оцинкованным ведром, вошла уборщица.

— От мерзавцы! — закричала она. — Чем вы тут занимаетесь! Мужик с бабой! Раковину расхреначили! Ни стыда, ни совести! Артисты проклятые! Чтоб у вас все отвалилось и полопалось! Сколько денег зарабатываете, в золотых машинах раскатываете! А я за умывалку плати! Суки!

— Не ори, — сурово заявил Марсель, поворачиваясь к старухе, — заткнись! Скока тебе надо? Ща отсыплю.

— Ах, ох, ах, ох! — запричитала бабулька. — Марсель! Вы! Сам! Тут! У нас! В сортире! О-о-о! С девкой! Голый! А мне говорили, что вы пидор!

Меня разобрал смех, суперстар закашлял, потом гаркнул:

— Вовка!!!

— Тут! — высунулся я из-за угла.

— Дай ей бабла! — приказал Марсель.

— Всем теперь расскажу, что он в нашем отхожем месте с бабой был, — ликовала уборщица, — врут газеты!

— Реши проблему, — приказал Марсель и, схватив умирающую от хохота Катю, выволок ее в коридор.

— Здорово, — повернулась ко мне тетка, — он не пидарас!

Оставалось лишь удивляться незамутненному восторгу уборщицы, ну какая ей разница, с кем спит звезда! Ладно бы тетка была молода, красива и могла надеяться на некие отношения с кумиром, но эта баба-яга со шваброй не имеет даже намека на шанс стать любовницей вип-персоны.

— Бабло неси! — приказала поломойка. — Или нет, я с тобой пойду!

Дверь снова распахнулась, на этот раз в разгромленный туалет влетела вертлявая девчонка с фотоаппаратом.

— Че случилось? — жадно поинтересовалась она. — Я пресса!

— Ой! — затараторила старушка. — Марсель-то! В туалете! С этим! Он не пидор!

Вспыхнул яркий свет, я зажмурился и быстро закрыл лицо рукой.

— Ты кто? — живо спросила девчонка. — Имя, фамилия?

— Не, не, — замахала руками поломойка, — Марсель тут с бабой того, вона раковину разбили. Вхожу: он голый, она в осколках!

— А не ври-ка, — хихикнула репортер, — Марселю столько не выпить, чтобы он к женщине полез!

— Я сама видела! — закрестилась бабка. — Вот здесь! Он ее лично! Свидетелем была! Марсель не пидарас!

— Имя, фамилия? — налетела корреспондентка на уборщицу. — Рассказывай давай.

— А за сколько? — не растерялась бабулька.

— Сто рублей, — предложила девчонка.

— Тысячу! — задрала цену старуха.

— Ну и пошла вон, — фыркнула журналистка.

— Хорошо, хорошо, давай стольник.

— Фигу! Сначала стулья, потом деньги.

— Тута одна табуретка, — растерялась уборщица, незнакомая с культовым романом Ильфа и Петрова.

Пока парочка торговалась, я мелкими шажками, по стеночке, пробирался к выходу и в тот момент, когда корреспондентка воскликнула:

— Говори, не тяни! — выскочил в коридор и перевел дух.

Вот как рождаются сенсации! Теперь желтая пресса несколько недель будет обсасывать животрепещущую тему: с какой целью Марсель и балерина отправились вместе в сортир. Думаю, если рассказать правду про испорченный костюм, никто не поверит. Истина слишком банальна.

— Вов! Не видел Тихона? — спросил Костя, когда я вошел в абсолютно пустую гримерку.

— Ты потерял медведя? — испугался я.

— Ну, не совсем, — закатил глаза Костя, — лучше скажем иначе: он ушел.

— Может, в буфет подался? — сглупил я.

— У Тихона рублей нет, — на полном серьезе ответил Костя и икнул.

По комнате поплыл крепкий запах алкоголя.

— Ты пьян! — возмутился я.

И откуда только мерзавец взял деньги? Неужели в коллективе все ханурики? Мигом вспомнилось, как братья Морелли распорядились выигрышем в карты.

— Ерунда! Я даже не нюхал водочку, — возразил дрессировщик, — чуток пивка хлебнул.

— Надо немедленно найти Тихона, — задергался я. — А где остальные?

— На сцене, — бормотнул Костя, — работают!

В следующую секунду глаза алкоголика закрылись, и он отчаянно захрапел!

Что может быть страшнее хищника, пусть даже и дрессированного, который свободно разгуливает среди людей? К тому же Мара понарассказывал мне массу историй о редкостной хитрости и злобности Тихона, поэтому я в тревоге выбежал в коридор и прислушался. Вроде никто не кричит в ужасе: «Спасите, Топтыгин!»

С другой стороны, я уже понял: артисты — это особый вид людей, их медведем из седла не вышибить. Пока Тихон не откусит какой-нибудь балеринке голову, они даже не вздрогнут!

Мимо, весело щебеча, пробежали четыре девочки,

одетые в прозрачные платьица. Лица показались мне знакомыми, я явно видел их по телевизору, но сейчас меня волновало другое.

— Эй, подвинься, — приказали два техника, с трудом тащившие какой-то железный ящик.

Где-то вдали играла бравурная музыка, я пошел на звук и уткнулся в сцену. Морелли как раз заканчивали номер, Алина Брин носилась на переднем плане с микрофоном в руке. Я вытер пот со лба, слава богу, хоть тут все нормально, акробаты не подвели, да и Мими с Жозефиной в ударе, осталось лишь отыскать Тихона — и можно жить спокойно!

— Мальчики, мальчики, — зашипел кто-то, — выстроились! Сейчас эти в левую кулису, а вы из правой.

Я обернулся. Чуть поодаль, засунув руки в карманы, стояли три парня, одетые в джинсы и слегка мятые рубашки. Вот их я узнал сразу: группа «Зонг»[1], модные восходящие звезды.

— Где Леша? — нервно поинтересовался лысый толстый мужик, явно продюсер коллектива.

— Хрен его знает, — прозвучало в ответ.

— Он когда-нибудь приходит вовремя? — побагровел толстяк. — Надоел, блин! Ща ему звездопад устрою!

Со стороны зала донеслись бурные аплодисменты и крики.

— Это кто там? — насторожился продюсер.

— Старперка какая-то, — пожал плечами темноволосый солист, — не дергайся, Марик.

— Хорошо принимают, — протянул импресарио.

— Брин цирк приперла, — захихикал блондин, — во дура! Че тока не придумают, лишь бы на пенсию не уйти. За фигом после тридцатки петь? В могилу пора!

Я закашлял.

---

[1] Название выдумано автором, любые совпадения случайны.

— Сейчас и у нас цирк получится, если Леша не приехал, — буркнул Марик.

— «Зонг» на месте? — подлетела к парням растрепанная девочка с беджем «Организатор». — Ну! Вперед! Давайте, у вас диск ща пойдет.

— Леха! Скот! — взвился Марик. — Урою! Гад! Втроем выйти нельзя!

— Этта почему? — хмыкнул брюнет.

— Вас четверо в группе! — в полном отчаянии заявил Марик.

— Никто не заметит, — пожал плечами блондин, — или... вот чего, пошли с нами!

— Офигел? — подскочил продюсер.

— Нормально, прокатит!

— Хочешь сказать, что я похож на Лешу? — возмутился Марик.

— Бейсболку натянешь, и проканает, — засмеялся брюнет.

— Лешка мелкий, — простонал Марик.

— Ниче, скажем, забеременел, — хохотнул блондин. — Валим, ребята, где микрофон? Петька, звук сделай!

Вразвалочку «Зонг» в не полном составе отправился на сцену, Марик застонал, и тут мимо нас на страшной скорости пронеслась темная фигура, мне в нос ударил неприятный, резкий запах.

— Леха, — выдохнул Марик и привалился к какому-то деревянному ящику, — успел. Нет, я так больше не могу! Звездецы мерзотные! Вот раньше актеры были! Я Лещенко помню! Уж какой успех имел! Шквал! И что? За час до начала концерта прибывал, распевался, костюм концертный привозил, вот где уважение и к администратору, и к зрителю. А Кобзон? Его по часу бисировать просили. Так если на ботинках пылинка, Иосиф Давидович очень переживал! Да у него такие рубашки были, крахмальные! Запонки роскошные! Галстук! А голос! Баритон волшебный!

А эти! В чем спали, в том на сцену и поперли! И им без фанеры хана! За что мне это? А? И чем только Леха облился? Дерьмом? Ну и смэл[1] от него!!!

Марик сел на ящик, я искренне пожалел уже немолодого мужчину и хотел сказать ему: «Зонг» талантливые ребята, пафос у них от глупой молодости», но тут в зале стало твориться нечто невероятное. Зрители заорали, затопали ногами, было понятно, что народ впал в эйфорию.

Марик поднял голову.

— Слышь, чего там?

— Ваши поют, — ответил я, — хит про глаза, как звезды.

— Да? — удивился продюсер. — Странно! Публика здесь не наша, им «Зонг» до фонаря. Надо поглядеть!

Марик вскочил, подбежал к кулисе и ахнул.

— Ах ты перекись марганцевая! Не может быть! Это не Леха на сцене.

— А кто? — удивился я. — Слышу четыре голоса.

— Это фанера воет, — промямлил продюсер, — а там, там, там...

Потеряв дар речи, Марик начал тыкать пальцем в сторону подмостков, я подошел к нему и, пробормотав:

— Не надо волноваться, зрители в восторге, — посмотрел туда, где в свете софитов делала вид, что поет, группа «Зонг».

— Офигеть! — вырвалось у меня непроизвольно.

Посреди ярко освещенного квадрата трясли длинными волосами три парня, брюнет, шатен и блондин. По логике, непунктуальный Леха должен быть рыжим! Но четвертый солист, топтавшийся позади троицы, имел волосы темно-коричневого цвета. Через

---

[1] С м э л — запах (*искаж. англ.*).

секунду я сообразил, что растительность покрывает его с головы до пят. Это была шерсть! Четвертым выступал Тихон.

Будучи с младенчества цирковым артистом, Топтыгин не испытывал никакого дискомфорта, более того, по-моему, косолапый был сейчас просто счастлив. Сначала он переминался с лапы на лапу под музыку, потом прижал передние лапы к груди и попытался подражать ребятам из «Зонга». Публика завыла от восторга, из партера полетели крики:

— Браво!

— Бис!

— Круто!

— Очуметь!

— Эй, скачи, пока молодой, танцен, танцен!

Разноволосые парни перестали изображать певцов и растерялись. Нет, они, конечно, искренне считали себя звездами, но ведь не до такой же степени! Думаю, аудитория «Зонга» состоит из школьниц максимум седьмого класса, а сейчас в зале находятся журналисты, вип-гости, редко испытывающие восторг от чужого творчества, циничные, если не сказать злые люди. И такой баснословный успех!

Фонограмма тем временем звучала дальше, а Тихону надоела роль бэк-вокалиста, он решил продемонстрировать все свои таланты, вышел на авансцену и начал кувыркаться.

— Я люблю тебя, люблю-ю, к звездам тихо заберу-у, улетим мы навсегда-а, только зачем ты меня кинула-а, — летело над сценой.

Медведь сделал стойку на передних лапах, а юноши из «Зонга» с громкими воплями ринулись прочь со сцены. От ужаса они перепутали кулисы, бросились в правую, но там уже готовилась к выходу ничего не знавшая певица в обтягивающем комбинезоне, ее музыканты оттолкнули «звезд», началась драка.

— Дай мне любить тебя всегда-а, — стонала «фанера», — уйдут навек от нас года-а, и вот...

Музыка, всхлипнув, оборвалась. «Зонг», которому не удалось в честной битве победить других исполнителей, на четвереньках полз через сцену. Тихон затеял кланяться, делал он это мастерски, бился мордой об пол и приседал.

— Мне плохо! — прошептал Марик, серея.

Я подхватил продюсера, посадил его на стоящий рядом ящик и сказал:

— Спокойно! Успех у «Зонга» оглушительный! Не переживай, слышишь, чего кричат?

Марик замотал головой.

— Нет, — в изнеможении прошептал он.

Послышалось тихое сопение, певцы на четвереньках наконец добрались до служебного помещения.

— Ребята, что это было? — выдохнул брюнет.

— Не знаю, — икнул блондин.

— Медведь, — прозаикался шатен, — я чуть не обосрался! Он живой! А где Леха?

— Его Топтыгин съел, — вдруг заявил Марик, — ам — и нету. С вами тоже так случится, если звезду жечь продолжите.

— Он гонит? — с надеждой поинтересовался брюнет.

И тут началось!

В пространство предсценья влетела куча народу с камерами и диктофонами на изготовку. Журналисты обступили Марика и, пытаясь перекричать друг друга, стали задавать вопросы:

— Вы издевались над шоу-бизом?

— Это специальный подарок для газеты «Треп»?

— Солисты долго привыкали к медведю?

— Кто его дрессировал?

Я попытался выбраться из толпы, надо поймать Тихона! Но как? Со мной он не пойдет, да я и не испытываю ни малейшего желания тесно общаться с исконно русским животным.

— Мерзавец, — прозвучало у меня за спиной, потом кто-то с силой ущипнул меня за бок.

— Ой! — взвизгнул я. — Больно! Здравствуйте, Алина, рад встрече!

— Сукин сын! — не успокаивалась актриса, теперь она тыкала в меня острым кулаком. — Мы договорились на сто евро! И что? Со мной кретинские акробаты выжучивались! А для «Зонга» ты медведя припас, урод!

— Простите, Алина. — Я попытался успокоить обозленную Брин. — Я не узнал вас! Сегодня вы кажетесь моложе своей дочери! Вам безумно идет розовый цвет.

— Идиот! — Брин пнула меня острым каблуком. — Засунь свои комплименты поглубже в задницу! Мы договаривались на мой пиар! Почему медведь достался «Зонгу», а? Отвечай! Это у меня должны сейчас брать интервью, а не у воющих идиотов! Чья была идея позвать этих из цирка, а? Ты вообще кто такой! Говори!

— Иван Павлович Подушкин, секретарь общества «Милосердие», — машинально представился я и прикусил язык.

Ну и дурака я свалял. Слабым оправданием мне служит лишь то, что я совершенно не переношу крик, в особенности женский. Если дама начинает с воплями наскакивать на меня, то я практически лишаюсь ума. Сейчас Алина Брин решит, что продюсер Морелли издевается над ней, и устроит фейерверк, надо спешно исправить положение. Я разинул рот и хотел сказать: «Надеюсь, вы правильно меня поняли? Морелли ждет на своей вечеринке Иван Павлович Подушкин. Мы очень торопимся», но не успел.

Глава 23

Лицо Брин стало землистым, сохранить нежно-розовый оттенок кожи не помог даже мощный слой тонального крема и румян. Глаза Алины изменили цвет, губы посерели. Дрожащими руками она расстегнула сумочку, вытащила портмоне и сунула его мне.

— Держи!

— Зачем мне ваш кошелек? — изумился я.

— Понятно, — еле слышно пробормотала Брин, — хорошо, вот, минуту... Кольцо! Хочешь? Поверь, оно очень дорогое, это подарок мужа, он знает толк в украшениях. Сейчас сниму, черт, застряло! Надо в туалет зайти, с мылом живо соскочит.

Я уставился на явно помешавшуюся Алину. Что случилось? Дама больна? Она подвержена психическим припадкам? Сначала злится, орет, потом в секунду меняется в лице и хочет подарить мне шикарный перстень. Может, у Брин маниакально-депрессивный психоз и на моих глазах одна стадия болезни сменила другую?

— Как вы меня нашли? — шептала Алина, продолжая вертеть кольцо на пальце. — Мы договоримся, умоляю, прошу, никому ни слова!

— Успокойтесь, — я попытался привести певицу в чувство, — если вы так расстроились из-за медведя, то, право, не стоит. Тихон попал на сцену случайно.

Брин подняла голову и замерла. Я, обрадованный тем, что она начала приходить в себя, продолжил:

— Дрессировщик Константин напился и упустил животное. Тихон выступает в цирке, у него сработал рефлекс: раз его привели за кулисы, надо топать на сцену, и он пошел искать подмостки. Действо заранее не задумывалось, все произошло стихийно. Понимаете?

Алина кивнула, я воспрянул духом и решил закрепить успех.

— Вы же не одна пришли?

Брин помотала головой.

— Давайте поищем ваших сопровождающих, — предложил я. — Дочка с вами? Милая девочка! Красавица! Очень на вас похожа!

Певица вздрогнула и вновь побледнела. Я сообразил, что сморозил глупость: Мила ведь ее приемная дочь, не следовало говорить об их сходстве, сейчас у певицы опять начнется истерика. Пришлось бесцеремонно схватить Алину за руку, ее ладонь на ощупь напоминала дохлую рыбу, такая была холодная и влажная.

— Дорогая Алиночка, — засюсюкал я, бросая взгляды по сторонам, — я готов абсолютно бесплатно предоставить вам акробатов на следующее выступление. Впрочем, хотите Тихона? Мне не жаль, пусть медведь спляшет, ему, дураку, кривляться в радость!

Алина затряслась, а я окончательно сдрейфил. Ну и ну, Брин совершенно точно нездорова, где ее администратор, пресс-секретарь, или как там называется должность Михаила Горчакова? Почему он не следит за своей невменяемой хозяйкой? Терпение, надо продолжать разговор с милой улыбкой, следует «уболтать» Брин.

— Впрочем, медведь — это уже неактуально, — трещал я, — он уже засветился у «Зонга». Вот... э... бегемот! Отличная идея! Давайте я раздобуду для вас это животное! Бегемоты никогда не работали с артистами на эстраде!

Продолжая нести неимоверную чушь, я надеялся, что в кулисе появится хоть один человек, но, как назло, вокруг не было ни души.

— Бегемот, — несло меня, — как вы относитесь к бегемотам? Несмотря на свои размеры, они очень милые. Это как люди! Иногда огромного человека зовут бегемотом, и думают: вот толстокожее чудище, а на самом деле внутри он тонкий, нежный, трепетный.

У меня в свое время был приятель, его дразнили бегемотом, но, представьте, Андрей сочинял пронзительные стихи!..

— Нет, — прошептала Алина, — да! Отдам! Только не мучайте меня! Все! Хорошо! Нет! Да!

— Мама, — завизжал противный голосок, — сколько можно тебя ждать? Ты обещала в магазин со мной съездить!

Я не сдержал вздоха облегчения, слава богу, явилась Мила, избалованная доченька эстрадной дивы.

— Ваша девочка сюда идет, — радостно возвестил я, — думаю, она вам поможет. А по поводу бегемота мы непременно побеседуем позднее.

— Нет, она здесь ни при чем, ей мало лет, она... нет... она, — почти в обмороке лепетала Брин, и тут в другом конце коридора появился Мара.

— Володя! — заорал он. — Ну ваще! Рули сюда! Там журналисты хотят всех снять! Эй, Вовка!

— Володя? — вдруг оживилась Брин. — Как тебя зовут? Скажи немедленно? Ну?

Я открыл было рот, и тут Мара воскликнул:

— Владимир. Он наш продюсер. Если вы по поводу выступлений, то это к нему. Владимир Задуйхвост. Легко запомнить.

В ту же секунду мне в руки будто иглы вонзились, от боли я взвизгнул.

— Подонок, — тихо сказала Алина, — ты еще пожалеешь! Запомни: меня шантажировать нельзя. Подушкин он! Ишь! Ну погоди! Лучше дуй сейчас на вокзал и садись в первый поезд! Иначе головы лишишься! Я не шучу! Мразь!

— Мама, — капризно загундосила Мила, — ну мама-а! Скока можно ждать!

— Бегу, солнышко, — нежно протянула Алина, сильно пихнула меня в грудь, вырвала из пальцев свое портмоне и пошла к дочери.

— Вау! — заморгал Мара. — Глянь, у тебя на ладони кровь!

— У Брин когти как у кошки, — поморщился я, — больно-то как! Надо срочно найти йод, думаю, царапины будут зарастать долго.

— Ну и дура! — покачал головой Мара. — Че она, офигела? Ладно, рванули скорей, нас снять хотят.

Я потащился за младшим Морелли, циркачам пиар пойдет на пользу.

— Главное — не праздновать победу! Помнишь, как вы пропили выигрыш в карты? — спросил я.

— Ну, Ваня, — заныл Мара, — с кем не случается! Не до конца жизни же нас упрекать!

Я прикусил язык — ладно, замолчу, но глаз с парней не спущу.

— Эй, Вовка, — хлопнул меня по плечу Горчаков, — где Алина? Не видел ее?

— Они с дочерью в магазин собрались, — ответил я, — во всяком случае, так утверждала Мила.

— Вот черт, — расстроился Горчаков, — упустил! Отвлекся ненадолго, приятеля встретил, пока мы болтали, Алина смылась. Всегда одно и то же: как мне зарплату давать, уносится прочь. Я, честно говоря, рассчитывал сегодня на бабки.

— Может, у нее финансовые проблемы, — предположил я, — потому и оттягивает момент расплаты.

Михаил потер рукой затылок.

— Голова раскалывается, — пожаловался он, — наверное, давление скакнуло. У Алины денег нет, все у Герасима Ильича. Это он мне платит. Понимаешь, народ вокруг Герасиму завидует, как же, жена певица! Ему это нравится, вот он и вкладывает бабки в Брин. Везет ей: то ее Бегемот содержал, теперь Герасим.

— Постой, — попросил я, — какой бегемот?

Михаил вынул из кармана блистер, выщелкнул из него одну таблетку, отправил ее в рот и сказал:

— Алина была женой Александра Сухова, слыхал про такого?

— Нет, — ответил я, — вернее, вчера Гарик его упоминал.

— Сис транси глориа монди, — заявил Горчаков и засмеялся.

— Насколько понимаю, ты сейчас вспомнил латинское выражение: «Так проходит мирская слава», — блеснул я образованием, — правда, наш институтский преподаватель латыни слегка по-иному произносил слова.

— Да как ни говори, суть одна, — заявил Михаил, — не так много лет прошло, а Сухова все забыли. Думаю, ему бы это не понравилось, он хотел остаться в веках! Интересно, памятник ему стоит или его порушили? Представляешь, он себе при жизни монумент заказал и в своем поместье поставил! Жесть!

— Кто он такой, этот Сухов? И при чем здесь бегемоты?

— Бандюган он, — пояснил Михаил, — хотя Алина его бизнесменом называет, отморозок полнейший. Подробностей не знаю, я у нее тогда не работал. Вроде Сухов общак держал и свою супругу на сцену пристроил, хотел иметь жену-звезду. Алина в прежние годы из каждого утюга пела. Помнишь хит «Печенье с молоком»?

— Нет.

— Ну как же! «Я сидела у тебя, ля-ля-ля, и хотела я тебя, ля-ля-ля. А ты ел печенье с молоком и глядел с холодком, ля-ля-ля», — прогнусавил Михаил, — вся страна от него тащилась!

— Так при чем здесь бегемот? — Я решил вернуть Горчакова к интересующей меня теме.

— Ох, — вздохнул Михаил, — жуткая история! Алина никогда о тех событиях не вспоминает. Знаешь, она, конечно, сука. Работать с ней тяжело, да и сошла уже с дистанции, но силы воли у бабы не отнять. Другая, потеряв ребенка, мужа и карьеру, живо бухать начнет, а Брин девочку удочерила, Герасима округлила и теперь уже на *его* деньги подняться пытается. Железная леди! Я ее за это уважаю!

— Наверное, в свое время газеты писали о смерти Сухова, — предположил я.

— Конечно, — улыбнулся Горчаков, — такая новость! Убийство Бегемота — сенсация! Кликуха у Сухова была Бегемот, уж не знаю, почему он такое погоняло получил, но явно не за красоту.

...На следующий день, около одиннадцати утра, я, получив в зале периодики кипу подшивок, отнес их к столу. Слава богу, в Москве есть библиотека, в которой хранится почти вся пресса, начиная от листка с бойким названием «Хрень» и заканчивая солидными научными журналами[1]. Да, сенсация живет недолго, а сегодняшняя газета завтра никому не нужна, но ничто не исчезает бесследно. Кстати, чтение периодики прошлых лет увлекательнейшее занятие. Будь я министром просвещения, велел бы детям изучать печатные издания двадцатого века, ей-богу, так лучше узнаешь историю.

Я осторожно перелистывал пожелтевшие, пахнущие пылью газеты. Вот! Нашел!

«Очередное убийство в Москве. Сегодня, около шести утра, в своем доме в поселке Зубакино был убит Александр Сухов, безработный. По нашим сведениям, Сухов являлся лидером преступной зубакинской группировки, не только ее вождем, но и бухгалтером. Именно Сухов хранил деньги банды. Зубакинцы контролируют автомобильный бизнес, им принадлежит несколько профильных магазинов и большая

---

[1] Очевидно, Иван Павлович поехал в Российскую государственную библиотеку.

сеть ремонтных мастерских. С Суховым связывают дела о краже автомобилей. Бегемот — под такой кличкой Александр Сухов известен в криминальных кругах — славился своей жестокостью и непомерным тщеславием. Во дворе дома он установил свою скульптуру, выполненную скульптором Рыбаковым. Сухов был женат на известной певице Алине Брин, имел дочь Людмилу».

Я перевернул страницы.

«Подробности об убийстве Сухова. Как стало известно нашему корреспонденту, оперативная бригада обнаружила на месте преступления смертельно раненную семилетнюю Людмилу Сухову. Девочка была доставлена в больницу имени Рычагова. Несмотря на то что операцию ей проводил замечательный хирург Петр Мясоедов, Люмила скончалась, не приходя в сознание».

«Доколе в России будут убивать бизнесменов? Вчера очередной жертвой стал крупный предприниматель Александр Сухов, 1949 года рождения. Некоторые газеты называют его безработным и бандитом, Сухову приписывают связь с криминальным миром. Кому надо пачкать доброе имя человека, который честно работал на благо общества? Сухов продавал машины простым людям, он не торговал «Мерседесами», обеспечивал колесами нас с вами, имел прямой контакт с заводом-изготовителем, что позволяло удерживать низкие цены. Ясное дело, нежелание Александра наживаться на простых людях вызывало гнев у нечистых на руку торговцев. Убийц Сухова следует искать в среде дилеров элитных тачек. Это они решили убрать конкурента. Не пачкайте грязью светлое имя Александра Сухова. Выражаем соболезнование великой певице Алине Брин в связи с кончиной мужа и дочери».

Я невольно покачал головой. Попытка обелить убитого бандита выглядит нелепо, а приведенный в последнем материале аргумент относительно виновности других спекулянтов машинами крайне нелогичен: если Сухов занимался только автомобилями для народа, дешевыми марками, то он никак не мог составить конкуренцию продавцам иномарок! Ладно, почитаем дальше, что у меня здесь? Интервью Алины Брин!

«— Как ваше самочувствие?

— Я тяжело переживаю утрату семьи.

— Почему в то роковое утро вас не оказалось дома?

— Мой коллектив совершал гастрольную поездку по Сибири и Дальнему Востоку. Концерты планировались заранее, я уехала неделю назад. Это обычная рутина для эстрадной певицы, мы зарабатываем деньги «чесом» и редко сидим в Москве.

— Ваш муж обладал большим состоянием?

— Все средства Александр вкладывал в дело.

— Зачем жене успешного бизнесмена «чесать» по провинции?

— Я певица и должна радовать своего слушателя. Кстати, моя песня «Небо в звездах» заняла первое место в хит-парадах практически всех радиостанций России. Диски продаются миллионными тиражами. Сейчас я снимаю сразу три клипа. Со мной работает большой коллектив, это танцоры, музыканты, я не имею права предаваться скорби — люди останутся без денег, а им надо кормить свои семьи.

— Вы очень мужественный человек.

— Нет. Горе легче утопить в работе. Если я осяду дома, то сойду с ума, лучше петь без остановки.

— Мы соболезнуем вам.

— Спасибо.

— Как вы думаете, кто убил ваших родных?

— У меня нет ни малейших соображений по этому поводу. Вероятно, в дом влез вор.

— Говорят, Александр при жизни заказал себе памятник.

— Глупости! Не повторяйте дурацкие сплетни! Наш друг скульптор подарил Саше на день рождения свою работу, мы установили ее во дворе дома. Понятия не имею, кто первый написал эту чушь, но газеты подхватили и растиражировали ее!»

Я отодвинул подшивку. Да уж, воистину железная леди! У нее погибли муж и дочь, а она совершенно спокойно раздает интервью. Более того, ловко использует интерес журналистов к собственной персоне для пиара своих дисков, песен и клипов. Ладно, пусть Алина не любила мужа, может, даже боялась его и не испытала ни малейшей горечи при известии о его кончине. Но дочь?! Хотя, может, я не прав? Наверное, Алина не та женщина, которая трубит о своем горе, она взяла на воспитание сироту, дала ей имя Людмила и нещадно балует подростка. Я видел, с какой нежностью она смотрела на девочку, слышал, как у Алины изменяется голос, когда она обращается к Миле. Надо быть удивительной актрисой, чтобы так играть. Нет, певица души не чает в приемной дочери.

Я сдал газеты, вышел из библиотеки и медленно побрел к станции метро. Годы работы с Элеонорой приучили меня к подозрительности, я не верю в странные совпадения. Ну посудите сами, у Алины Брин убили дочь, и она берет ребенка из приюта. Вроде ничего необычного, правда, люди предпочитают брать младенцев и тщательно скрывают факт усыновления. Но Брин приголубила девочку семи лет, именно столько было погибшей Людмиле. Алина, наверное, честно сказала малышке: «Ты должна заменить мне Милу, стать ею». Вот сиротка и постаралась. Опять ничего особенного. Едем дальше. На свете живет Иван Павлович, мой полный тезка и, похоже, сводный брат, рожденный от писателя Подушкина его преданной поклонницей Нюрочкой. Почему брат не прописан в столице? Ладно, проблема не в его регистрации, может, он проживает в Питере, а в столице просто снимает квартиру. Интересно другое. Иван Павлович-2 щедрый благотворитель, он создал приют для подкидышей, помогает женщинам, попавшим в беду, а некие Неля и Геннадий из детдома находят несчастным детям новые семьи. Так... Алина Брин удочерила девочку. Но почему певица чуть не лишилась чувств, услышав фразу: «Разрешите представиться, Иван Павлович Подушкин, секретарь общества «Милосердие»?

Отчего сунула мне кошелек, а затем попыталась снять с пальца дорогущий перстень? И Брин едва устояла на ногах, когда я сдуру предложил привести на ее концерт бегемота!

Если учесть, что кличка Сухова была Бегемот, и вспомнить слова Алины про шантаж, прибавить к этому ужас, охвативший ее при фамилии Подушкин, то... то... вероятнее всего, Алина удочерила девочку из приюта при Центре «Мария», и дело здесь не совсем чисто.

Я сел в поезд метро и, пока состав с грохотом мчался сквозь тьму, составил план действий. Из людей, которые близко знали Нюрочку, похоже, никого, кроме Ольги Ивановны Рязановой, не осталось в живых. Но почтенная библиотекарша не в курсе, где жила в последние годы ее бывшая подружка. И я абсолютно уверен: мой отец не предполагал о существовании второго, вернее, первого сына. Папу отличала крайняя порядочность, он бы непременно участвовал в воспитании ребенка и никогда бы не нарек меня Иваном. Значит, он умер, не зная, что стал отцом дважды.

Единственный путь выйти на сводного брата — это расспросить Алину Брин. Она, наверное, беседовала с ним по телефону или общалась через посредника, но лично не знакома, иначе не приняла бы меня за владельца Центра «Мария». Итак, я узнаю, что́ нечисто с удочерением девочки, свяжусь с Алиной Брин и предложу ей свое молчание в обмен на контакт с Подушкиным-2. Некрасиво шантажировать даму? Но Алина — это нить к человеку, который не только позорит честное имя Подушкиных, но и хотел обвинить меня в педофилии. Я не могу этого допустить, а в борьбе все средства хороши. Естественно, узнав правду об удочерении, я никому ее не расскажу, истина не выплывет наружу. Я хочу только добраться до братца.

Глава 24

Софья Борисовна оказалась дома.

— Что случилось? — удивилась она, увидев меня на пороге.

— Вам знакома фамилия Брин? — спросил я без церемоний.

Бывшая заведующая нахмурилась:

— Брин? Кто это такая? Работала у меня в садике? Или она из родителей?

— Алина Брин, эстрадная певица, взяла в Центре «Мария» девочку на воспитание. Кстати, разве можно дать относительно взрослому ребенку новое имя?

— Да, — кивнула Софья Борисовна, — легко. Я же говорила при нашей первой встрече: многие так делают. Когда забирают дитя, оно получает другую фамилию, если хотите сменить имя, никто возражать не станет.

— Ясно, — сказал я, — так что с Алиной?

— Это очень важно?

— Да.

— Сколько лет назад произошло удочерение?

— Около пяти.

— Минуточку, — сказала Софья Борисовна, села на небольшой диванчик, открыла прикрепленный к нему сбоку шкафчик, вытащила растрепанную телефонную книжку, перелистнула странички и схватила трубку.

Я замер в ожидании.

— Мурочка, здравствуй, — защебетала пенсионерка, — это Софа. Как ты там? Спасибо, скриплю потихоньку, мазь от артрита, которую посоветовал Леня, идеальна! Передай ему огромное спасибо. А Фира, она как? Да что ты! Когда? Вот радость! Да, да, непременно приеду. Мурочка, у меня к тебе вопрос. Полагаюсь на твою феноменальную память. Знакома ли тебе Алина Брин? Точно! Вот теперь и я вспомнила! Мурочка, я тебе завидую! Такая ясная голова! Ты полагаешь? Ха-ха! Спасибо, солнышко! Фирочке привет! Непременно, созвонимся предварительно.

Софья Борисовна вернула телефонную трубку на место.

— Мура необычайно умна! — воскликнула старуха. — В ее памяти совершенно нет пробелов, а я многое забываю, но, если дать толчок, непременно вспомню. Значит, у меня еще не все так страшно, к слову, в нашем доме живет Татьяна Ивановна, вот та не сообразит, что к чему, даже если ей все «разжевать», недавно она родного зятя не признала. Хотя он пить бросил, пришел трезвый, принес ей кефир, тут любая, даже Мурочка, от потрясения ум потеряла бы!

— Так что с Брин? — спросил я бесцеремонно.

— Женщину звали Алина, — бойко завела старуха, — когда она обратилась в Центр «Мария», там директорствовала Мурочка. Вот уж превосходный человек! Жаль, она недолго хозяйничала, сын упросил Муру сидеть с внучками!

Я уселся поглубже в кресло. Торопить Софью Борисовну неблагодарное дело, пожилой человек, как правило, подробен в деталях и медлителен. Пусть говорит сколько хочет.

Когда Алина Брин появилась в приюте, посмотреть на звезду эстрады сбежались все сотрудники, даже Софья Борисовна решила разглядеть диву в деталях. От стихийной автограф-сессии работников удержало лишь знание о трагедии, которую недавно пережила посетительница: у нее убили мужа и дочь.

— Удивительной силы воли женщина, — восхищалась Мура, рассказывая Софье Борисовне некоторые детали своей беседы с Брин, — говорила спокойно, ни слезинки не уронила. Знаешь, кого она хочет забрать?

— Нет, — помотала головой бывшая заведующая.

— Ларису, — ответила Мура, — надеюсь, в этой семье бедняжке будет хорошо!

— Ларису? — удивилась Софья Борисовна. — Но она же ее не видела, девочка в больнице!

— Мы снимки посмотрели, — пояснила Мура, — и Алина воскликнула: «Вот эта девочка мне идеально подходит».

— Ты объяснила ей проблему? — спросила Софья. Мура кивнула.

— Конечно. Естественно, я с этого начала, сказала: «Лара из семьи потомственных алкоголиков, у девочки проблемы с речью, она плохо говорит. Вам придется потратить много сил, да и денег тоже, чтобы Лариса догнала своих сверстников в развитии. К тому же после неудачи с первым удочерением девочка попала в клинику, правда, в одну из лучших, к отличному врачу, но о полном выздоровлении речь пока не идет.

Обратите внимание на Таню, очень положительный ребенок, в дошкольном возрасте она уже умеет читать, писать, считать, обладает ярко выраженным музыкальным дарованием, здоровье отличное, и она из очень хорошей семьи, родители погибли на море, во время отдыха».

Но Брин отмахнулась от предложения директрисы.

— Эту Таню любой возьмет, — сказала она, — а Лариса никого не заинтересует. Удочерю ее, девочка невероятно похожа на мою погибшую Милочку, просто одно лицо.

Муре оставалось лишь развести руками, Таня осталась в приюте, кстати, ее вскоре забрали в семью, а Алина Брин оформила удочерение Ларисы. Певица пожертвовала семейному детдому приличную сумму денег, пообещала помогать и исчезла. Более она никогда в Центр «Мария» не заглядывала. Софью Борисовну поведение Брин не удивило. Люди, которые берут детей на воспитание, часто обещают поддерживать связь с приютом, но, выйдя за порог с сыном или дочкой, мгновенно забывают о своих словах.

— Вы говорили о каком-то неудачном удочерении? — напомнил я Софье Борисовне.

Старушка закивала:

— Да. Хотя я употребила неправильное слово. Понимаете, когда человек берет чужого ребенка, он рискует. Мало ли каким может оказаться малыш. В приюте, даже в хорошем, где ребят не бьют, не унижают, все равно тоскливо. Поэтому каждый воспитанник надеется: придет мама и заберет его. Увы, с возрастом наступает понимание, что везет не каждому, а лет в двенадцать подросток осознает: ему придется жить одному. Правда, бывают счастливые исключения, но в основном семью находят крошки, пеленочные младенцы. Так вот, если люди решились на воспитание детдомовца, то они не забирают его сразу. Сначала приглашают на прогулку, проводят вместе пару часов, затем едут, допустим, за город на целый день, привыкают друг к другу. И становится ясно, возможно ли совместное проживание.

Ларису присмотрела бездетная, хорошо обеспеченная пара. Мура сразу предупредила, что у девочки проблемы с речью, но будущая мать ответила:

— Ничего. Мой муж наполовину грек, а я татарка. Нам не хочется, чтобы посторонние люди удивлялись, почему у кареглазых, темноволосых людей родилась девочка-блондинка. Лариса здесь единственная, кто похож на нас внешне.

Мура не стала спорить, лишь предложила:

— Не принимайте скоропалительного решения, познакомьтесь с девочкой поближе.

— Естественно, — кивнула кандидатка в мамы, — не сервиз покупаем, ребенка берем.

Сначала Лариса уходила с будущей родительницей на пару часов, потом уехала на субботу и воскресенье.

Мура не испытывала никакой тревоги, когда девочка села в автомобиль. Наоборот, у директрисы было радостно на душе. Похоже, дефект речи никак не отпугнул потенциальную мамочку. Ларе сказочно повезло: российские люди, в отличие от иностранцев, не любят заботиться о больных детях.

— Слава богу, — сказала Мура Софье Борисовне, когда машина с весело машущей рукой Ларой выкатилась со двора. — Ларочке нужны понимающие родители.

— Пристроили деточку в хорошие руки, — обрадовалась Софья Борисовна, — дай бог ей удачи, натерпелся ребенок с рождения.

Как же ошибались обе женщины! В понедельник в приют приехала потенциальная мать Лары. Опустив голову, она шмыгнула в кабинет Муры, пробыла там с полчаса, а потом быстро уехала.

Софья Борисовна, не сумев сдержать любопытства, тут же побежала к своей начальнице.

— Что случилось? — спросила она.

— Сглазили мы с тобой Лару, — грустно ответила Мура, — ее не возьмут в семью.

— Почему? — ахнула Софья. — Все так хорошо начиналось!

Мура вздохнула.

— Удочерители решили устроить детский праздник, задумали порадовать Лару, пригласили семейную пару с близнецами, тоже девочками. Лариса поскучнела, забилась в угол, ее речь стала совершенно невнятной.

— Ой-ой, — напряглась Софья, — это похоже на сильный стресс!

— Дальше — больше, — хмуро продолжала директриса, — когда мать взяла на колени одну из близняшек, Лариса схватила со стола нож и кинулась на ни в чем не повинного ребенка.

— Ревность!

— Слава богу, она никого не поранила, только оцарапала, — протянула Мурочка.

— Ларису спровоцировали, — Софья принялась горячо защищать сироту, — маленький ребенок не всегда способен справиться с бурными эмоциями. Тем более Лара. Для нее вид другого малыша на коленях женщины, которую девочка уже считала мамой, был нестерпим. Приемная семья совершила ошибку, не следовало созывать гостей. Лариса не виновата, ответственность за произошедшее несут взрослые.

— Близнецов спешно увезли, — продолжала Мура, — а с Ларой случился нервный припадок. Испуганная пара отправила девочку в больницу, где она сейчас и находится.

— С ума сойти! — подскочила Софья. — Сами себе устроили кавардак.

Мура погрустнела.

— Женщина понимает, что виновата, и готова воспитывать Лару, но ее муж категорически против. Он заявил супруге: «Девочка сумасшедшая. Надумаешь ее оставить, я уйду. Если она в детстве на сверстников с ножом кидается, то что с ней в четырнадцать будет». Короче говоря, они оплатили месячное пребывание Лары в больнице, врачи сказали, что за меньший срок малышку не реабилитируют, более того, готовы дать денег на санаторное лечение и логопеда, но в семью ее не возьмут. Точка.

— Печальная история, — кивнул я, — бедная малышка. Вам не приходило в голову, что не каждый человек может быть родителем? Одного физического здоровья произвести на свет ребенка мало, необходимы и определенные психологические качества.

— Конечно, — согласилась Софья Борисовна, — мне было до слез жаль Ларису. Думаю, Господь тоже пролил слезу, потому и направил к нам Алину Брин.

— Сделайте одолжение, дайте мне координаты Муры. Кстати, как полностью зовут даму?

— Марьям Абрамовна, — пояснила старушка. — А почему вы ею заинтересовались?

— Не могу разглашать служебную тайну, — ответил я.

— Еще в первый ваш визит я сказала: в Центре «Мария» творятся безобразия! — воскликнула Софья Борисовна. — К такому выводу я пришла постепенно. Сейчас удивляюсь своей невнимательности. Ведь истории с детьми, которые возвращались назад приемными родителями, случались уже давно. Вот как с Ларисой, например. Документов не оформляли, но уже объявили себя мамой с папой, а потом отказ. Но я не считала это странным, только после истории с Ирочкой забеспокоилась! Чем я могу оправдать собственную беспечность? Лишь тем, что Неля Самойленкова, мать семейного детдома, о своих делах не рассказывала никому, кроме заведующих, а они в Центре меняются очень быстро! Не успеешь глазом моргнуть — хоп, уже другое начальство. Бывают приятные люди, вот Мурочка, к примеру. А встречаются такие дряни!

Нынешняя-то, Эвелина, пройда окаянная! Вы уж узнайте, что там к чему! Может, когда все раскроете, эту «Марию» прикроют и заработает мой садик? Я готова вновь руководить детским учреждением.

До квартиры Муры я добирался около двух часов, сначала трясся в метро, потом пересел на трамвай, следом пришлось воспользоваться маршруткой, а на закуску еще брести пешком с полкилометра. Конечно, тоскливо стоять в пробках, но все же это намного лучше, чем галоп по муниципальному транспорту. Я устал за эти часы, как бегун-марафонец. Наверное, я изнежен и капризен, но в подземке отвратительно пахнет, и там душно. Да и в трамвае не лучше, а шофер маршрутки врубил на полную мощность запись восточных напевов, и у меня начала раскалываться голова.

К дому Муры я доплелся, ощущая себя немощным дряхлым старцем, и с ужасом понял: дама живет в ветхой пятиэтажке без лифта, мне предстоит подниматься по лестнице на своих двоих. Еле-еле сдерживая сердцебиение, я влез на самый верх и нажал на звонок.

— Вам кого? — запищал с той стороны детский голосок.

— Марьям Абрамовну, — стараясь дышать ровно, ответил я.

— Ба-абу-у-ушка-а! — заорал ребенок. — Слесарь пришел!

Загремел замок, и я увидел симпатичную худенькую пожилую даму в цветастом фартуке, сзади маячила фигура девочки, она была в два раза выше и шире Муры.

— Вы ко мне? — прищурилась Марьям Абрамовна.

— Да, — улыбнулся я.

— Навряд ли вы слесарь, — вздохнула Мура.

— Я прибыл от Софьи Борисовны, — расшаркался я, — разрешите представиться, Владимир!

Чужое имя вылетело легко, и я обрадовался, что привык к новой личине.

— Ах, конечно, — обрадовалась Мура, — Софочка предупредила, она только не сказала, по какой причине вы интересуетесь Брин. Софья обожает таинственность, так загадочно прошептала: «Я обязана молчать, он сам все расскажет». Проходите в гостиную, извините, дети вещи разбросали. Хотите чаю? Или кофе? Может, пообедаете?

Под аккомпанемент болтовни хозяйки мы вошли в просторное помещение. Продолжая говорить, Мура стала носиться по комнате, собирая со стульев наваленную одежду и поднимая с пола глянцевые журналы и рекламные листовки. Если бы не лицо, которое сразу выдавало истинный возраст дамы, Мура легко могла сойти за тридцатилетнюю женщину. Фигура у нее была девичья, движения спорые, голос звонкий, и она легко наклонялась, не сгибая при этом коленей.

— Так зачем вам Алина? — спросила Мура, сев наконец на диван.

— Я пишу книгу о ее судьбе, — мигом солгал я, — вернее, мемуары издадут под фамилией Брин, я всего лишь нанятый издательством «литературный негр», вот хочу собрать побольше материала для работы.

Глава 25

— Боюсь только, я не знаю ничего интересного о певице, — вздохнула Мура, — мы встречались всего один раз.

— А почему Брин пришла именно в ваш приют? — поинтересовался я.

Мура пожала плечами.

— Ее привела в мой кабинет Нелечка.

— Кто?

— Мама семейного детдома, Неля Самойленкова, — зачастила Мура, — великолепный специалист, педиатр от бога, ранее она работала в клинике, заведовала отделением, а затем ушла в приют. Замечательная женщина, вот она и сообщила мне про Алину. У певицы случилось несчастье, погибли муж с дочерью, Брин захотела взять ребенка. Я, естественно, обрадовалась, хорошо, когда дети находят семью. Мы договорились о встрече. А уж кто рассказал госпоже Брин про наше заведение, не знаю.

Софья Борисовна оказалась права: Марьям Абрамовна обладала цепкой памятью и сейчас говорила без остановки.

Накануне визита Алины Мура слегка волновалась. В приют до тех пор никогда не заглядывали столь известные люди. Как вести себя со звездой? Стоит ли ей предлагать чай-кофе? Не обидится ли эстрадная дива, если заведующая нальет ей растворимый напиток? Наверное, необходимо достать парадный сервиз, из которого угощают представителей налоговой инспекции и других проверяющих! Навряд ли Алина придет в восторг при виде пластикового стаканчика. Всякая ерунда лезла в голову Муре, она откровенно боялась скандала, об Алине Брин газеты писали всякое!

Но когда певица вошла в кабинет, Марьям Абрамовна была сражена ее скромным видом и приятным поведением. Никакой звездности, пафосности или истеричности, более того — Алина приехала без толпы сопровождающих и, отказавшись от чая и кофе, мгновенно завела разговор об удочерении.

Мура показала посетительнице альбом, и Брин без колебаний выбрала девочку. Заведующей вариант показался не лучшим, она сказала:

— Лариса сейчас в детской клинике, у нее нервное расстройство. Лучше еще раз изучить снимки.

Могу посоветовать Аню Клепикову, это абсолютно здоровая девочка, психически стабильная, с ней не должно возникнуть проблем. Или вот Танечка! Замечательное создание!

— Нет, — твердо отрезала Алина, — только Лариса! Я сразу поняла: это она!

Мура попыталась переубедить певицу, но наткнулась на глухую стену.

— Либо Лариса, либо никого не надо, — заявила Брин, а потом вдруг добавила: — Если вы мне откажете, я найду людей, которые сумеют вас переубедить!

Мура испугалась, газеты рассказывали не только о редкостной вздорности певицы, но и о ее покойном муже — криминальном авторитете.

— Я только рада найти для Лары хорошую семью, — быстро ответила заведующая, — но обязана предупредить вас о подводных камнях. Вот документы девочки, изучайте.

— Где Лара? — спросила Брин, даже не открыв медицинскую карту. — Я хочу увидеть ее.

— Я же говорила, девочка в больнице, — напомнила Мура.

— Скажите мне адрес, — приказала Алина, — я немедленно туда поеду.

Больше Мура с Брин не встречалась, дальнейшие вопросы решал адвокат.

— Вот странно! — удивился я. — Так всегда бывает? Люди столь скоропалительны в принятии судьбоносных решений?

Мура пожала плечами.

— Я не так долго работала в заведующих, согласилась на хлопотную должность из-за хорошего оклада, но потом выяснилось, что загруженность чрезмерно большая, а тут внук родился. Вот я и ушла, на моей памяти, кроме Лары, забрали всего двух деток.

— И люди моментально хватали малышей?

Мура улыбнулась:

— Знаете, народ разный. Одни ходят месяцами, присматриваются, требуют детального медицинского обследования. Однажды прикатила пара, фамилию их не помню, такие оба толстые, некрасивые и уже в почтенном возрасте. Представляете, муж с порога заявил: «Мы мечтаем быть родителями балерины. Дайте нам такую девочку, чтобы стала победительницей всех конкурсов». «Если обманете, вернем бездарность назад», — добавила жена.

— Оригинально, — улыбнулся я.

— Чудаков хватает, — кивнула Мура, — Брин натура творческая, эмоциональная, отсюда и быстрота решений.

— Еще вопрос. Насколько я знаю, одинокой женщине невозможно взять ребенка на воспитание, каким образом Алине удалось обойти закон?

Бывшая заведующая кашлянула.

— Слышали поговорку: закон что дышло, куда повернешь, так и вышло? Любую проблему можно решить, было бы желание.

— Наверное, Иван Павлович вам помог, — воскликнул я.

— Кто? — удивилась Мура.

— Ваш патрон, Иван Павлович Подушкин. Кстати, не дадите мне его координаты? Очень хочется упомянуть в своей книге об этом замечательном человеке!

Мура покачала головой:

— Я не знакома с господином Подушкиным, он щедрый человек, в мою бытность он давал большое количество денег на содержание приюта, но никогда там не показывался, просто наш банковский счет регулярно пополнялся.

— Странно, что Иван Павлович скрывается!

— Думаю, он просто не желает распространяться о своей благотворительной деятельности, — спокойно пояснила Мура, — не всем приятна шумиха.

— Возможно, — согласился я, — но в наше время мало людей, которые делают добро тихо, обычно передача крохотного телевизора сиротам сопровождается фейерверком газетных статей о щедром меценате. Я пишу книги от имени звезд, на данном этапе, как вы уже знаете, работаю над биографией Алины Брин. Но вот побеседовал с вами и понял: предложу издательству книжку об Иване Павловиче Подушкине. Не знаете, как на него выйти?

Мура развела руками:

— Понятия не имею! Никакого общения у нас не было.

Я опять наткнулся на стену.

— И кто привел Алину Брин в приют — тоже неизвестно? — закручинился я.

Мура расправила ладонью скатерть.

— Насколько мне помнится, Неля, заведя беседу о Брин, обронила, что сама с певицей не знакома, как и я, увидит ее впервые, а вот по телефону с Алиной она беседовала. Наш номер дала звезде Зина.

— Это кто такая? — спросил я.

— Карташова Зинаида Семеновна — старшая медсестра, — пояснила Мура, — вернее, она была ею, когда я служила заведующей. Сейчас попытаюсь разыскать ее телефон.

— Сделайте одолжение, — обрадовался я.

Мура встала, выдвинула ящик письменного стола и принялась рыться в нем, приговаривая:

— Моя старая книжка, отлично помню, здесь лежала! О! Вот она! Надеюсь, Зинаида Семеновна живет в прежней квартире. Да и зачем бы ей перебираться в другое место? Ну-ка... триста семьдесят пять... Алло! Добрый день! Будьте любезны Зинаиду Семеновну! Ее коллега по работе. Вернее, я служила в Центре «Мария», а Зинаида Семеновна... О господи! Когда? Не может быть! Какой ужас! Бога ради, простите! Я не знала. Примите мои соболезнования и еще раз извините!

Мура положила трубку на стол и растерянно посмотрела на меня.

— Она умерла.

— Жаль, — вздохнул я, — от возраста или по болезни?

Мура села в кресло.

— Ужасное положение! Наверное, я своим звонком доставила ее мужу неприятные переживания. Зинаида Семеновна была моложе меня. Супруг сказал, она пару месяцев назад попала под машину, переходила дорогу в неположенном месте.

— Очень грустно, — согласился я. — Как вы думаете, муж знал приятельниц Зины?

Мура схватила со стола газету и начала ею обмахиваться.

— Наверное. У супругов, как правило, нет тайн друг от друга.

— Дайте мне телефон покойной.

Марьям Абрамовна исподлобья посмотрела на меня.

— Ну хорошо, — с сомнением сказала она, — только очень прошу, если супруг Зинаиды Семеновны спросит, где вы взяли номер, не говорите обо мне.

— Можете не сомневаться, — заверил я ее.

Мура вновь потянулась к растрепанной книжке.

— Так, записывайте. Улица Закревского, дом четырнадцать, квартира один.

— Спасибо, но я хотел иметь номер телефона.

— Господи, я совсем ума лишилась, — воскликнула Мура, — так перенервничала, услышав про трагедию с Зинаидой Семеновной. Триста семьдесят пять...

Я тщательно запротоколировал сведения и решил задать последний вопрос:

— Как зовут мужа погибшей?

Мура собрала лоб морщинами.

— Константин! Нет, Кирилл!

— Ладно, — быстро сказал я, — огромное вам спасибо.

— Не за что, — грустно ответила Марьям Абрамовна, — жизнь хрупкая штука. Ходишь, строишь планы, расстраиваешься по пустякам, суетишься, потом бах, из-за угла выскакивает пьяный шофер на грузовике, и все заканчивается.

...Покинув квартиру бывшей заведующей, я внезапно ощутил сильный голод и отправился искать кафе. Попавшийся по дороге вагончик с шаурмой миновал не оглядываясь, хотя из него растекались умопомрачительные запахи. А заведение с надписью «Курочка от бабушки» показалось мне вполне симпатичным, на окнах висели полосатые маркизы, у двери был расстелен ярко-зеленый ковер.

Глубоко вздохнув, я вошел в зал, оглянулся и немного успокоился. Интерьер не вызывал отвращения: с десяток аккуратных пластиковых столиков, несколько вполне трезвых, скромно, но чисто одетых посетителей, и никаких неприятных запахов, а за стойкой с кассами весело улыбались совсем юные девушки, наверное, студентки, подрабатывающие в свободное время.

Не успел я получить кофе и куриную грудку, как внезапно ожил мобильный.

— Ваня! — пророкотал не совсем трезвый голос. — Это Слон!

Я моментально вспомнил детские стихи: «У меня зазвонил телефон. «Кто говорит?» — «Слон!»

— Вы откуда? — машинально спросил я. — От верблюда?

— Нажрался? — с укоризной осведомился бас. — Попытка номер два, тебя беспокоит Владимир Слон.

Ты же мне сам на днях звякал, просил прикинуться Майклом.

— Привет, Вова, — обрадовался я, отхлебывая кофе, — извини, я глупо пошутил насчет верблюда.

— Ниче, — благодушно отреагировал бывший однокурсник, — это ты меня прости.

— За что?

— Похоже, я подвел тебя, — проскрипел приятель, — ваще у меня с памятью не очень в последнее время, голова дырявая стала, типа решето.

— Просто ритм жизни в Москве бешеный, поэтому жители находятся в постоянном стрессе, — дипломатично ответил я.

— Глупо получилось, — бубнил Слон, — позвонила тетка и говорит: «Позовите Майкла». Ну я и ответил: «Ошибка вышла, номер неверно набрали. Никаких Майклов здесь нету». Не успел отсоединиться, а она снова трезвонит. «Пригласите Майкла, хочу задать ему пару вопросов о Нине, дочери его жены». Я обозлился и заорал: «Сказано уже, нема таких! Не занимайте телефон, он в основном для клиентов!»

— Понятно, — вздохнул я. — Дама представилась?

— Нет, — удрученно ответил приятель, — она замялась, а потом спросила: «Слон Владимир Сергеевич, он же Майкл, разве его по этому номеру нет?»

— И как ты отреагировал?

— Объяснил бабе, что я тот самый Слон, но никогда не был Майклом, — грустно ответил бывший однокурсник. — И только когда она отсоединилась, вспомнил, о чем ты меня просил! Ну прости, Вань! Я очень тебя подвел?

— Ерунда, — бодро заявил я, — забудь, надеюсь, более тебя не побеспокоят.

— Хочешь эксклюзивный торт? — предложил Слон. — Есть чумовой рецепт! Исполняю только для олигархов! Стоит бешеные бабки, но тебе бесплатно сгоношу.

— Спасибо, не стоит.

— Ты обиделся!

— Ни на секунду.

— Но отказываешься от сладкого! — в отчаянии воскликнул Слон и громко икнул.

Я сообразил, что Владимир пьян сильнее, чем мне показалось, и быстро сказал:

— Просто я занят и не могу созвать гостей. Торт же, наверное, огромный?

— Д-д-десять кило, — прозаикался Слон.

— Вот видишь! Одному мне не съесть! Пропадет кондитерский шедевр. Давай поступим так: я звякну тебе накануне дня, когда затею вечеринку, и получу в подарок многоэтажный бисквит.

— Заметано, — повеселел Слон и бросил трубку.

Я посмотрел на курицу, аппетит пропал. Я не смогу прийти в Центр «Мария», если возникнет такая необходимость. Черт бы побрал глупого Слона, ведь просил его помочь! Всего-то требовалось сказать: «Да, Майкл слушает. Кто говорит? Разрешите, перезвоню вам через пару минут, только выйду из зала совещаний в коридор». И после этого звякнуть мне! Неужели это сложно? Но Слон провалил задание, и у директрисы Центра «Мария» возникли подозрения. Хотя я сам виноват! Сначала прикинулся человеком, который хочет забрать малютку Нину, дочь жены от любовника, чем удивил директора Центра Эвелину почти до остолбенения, а потом еще дал ей телефон Слона. Глупее и не придумаешь. Я же знаю, что Володя любит клюкнуть, так почему понадеялся на него? Представляю, как поражена Эвелина. Хотя... Едва Слон начал разговаривать со мной, как я понял: приятель нетрезв. У меня остается на крайний случай шанс. Могу разыграть перед заведующей изумление: «Вы мне звонили? Абсолютно ничего не помню. Знаете, иногда я люблю расслабиться!»

Может, Эвелина подумает, что Майкл алкоголик? У пьяниц бывают приступы амнезии.

Я расплатился и вышел на улицу. Нет уж, без крайней необходимости в Центр «Мария» соваться не следует, впрочем, мне туда не надо. Сначала поеду к мужу Зинаиды Семеновны. Или лучше ему позвонить? Зачем мне супруг покойной медсестры? Если Зинаида посоветовала Алине Брин обратиться в Центр «Мария», значит, она была в хороших отношениях с певицей. Сомневаюсь, что у Зинаиды имелись обширные связи в шоу-бизе, наверное, Брин единственная ее подруга из мира кулис. С другой стороны, Мура никогда не видела Подушкина-2, думаю, что Неля, «мамочка» детдома, тоже не пила с «Подушкиным» чай. Но Алина явно слышала про Ивана Павловича, она его боится до жути. И кто мог устроить им беседу? Может, Зинаида Семеновна? Она же работала в Центре «Мария». Женщины редко умеют держать рот на замке, вероятно, Зина рассказывала мужу о службе, супруги сплетничали о Брин. Нет, мне необходимо покалякать с этим Кириллом. Других ниточек я не имею, потяну за ту, чей кончик торчит перед носом.

Я сел на лавочку в небольшом сквере и набрал номер.

— Да! — ответил мужской голос.

— Мне нужен Кирилл, извините, отчества не знаю.

— Я слушаю!

— Так как вас величать по батюшке?

— Константинович.

— Очень приятно, я Владимир.

— Здравствуйте, чем обязан?

— Вы ведь муж Зинаиды Семеновны?

— Она скончалась.

— Я знаю, примите мои соболезнования.

— Спасибо.

— Видите ли, меня берут на место вашей жены.

Из трубки не донеслось ни слова в ответ.

— Мне очень хочется с вами посоветоваться.

— Со мной? — отмер Кирилл.

— Да, да.

— Зачем?

— Вы же знали Алину Брин, можете меня сориентировать, что она за человек? Стоит ли с ней связываться?

— Извините, я ничего не знаю, — промямлил Кирилл.

— Как? А мне сказали, что ваша жена работала у Алины Брин! Слышали имя этой певицы? Звезда шоу-биза! Она дала мне ваш телефон.

— Нет, — прошептал Кирилл, — Зина служила в больнице имени Рычагова, была у них пресс-секретарем. Может, когда-то она и имела дело с Брин, но ни с кем из звезд моя жена не дружила. Не понимаю, откуда эта Трын знает наш номер.

— В больнице Рычагова? — переспросил я.

— Да.

— Зачем лечебнице человек, отвечающий за связи со СМИ? — поразился я.

— Не знаю, — промямлил Кирилл, — но ей там хорошо платили.

— Нет ли у вас координат некоего Подушкина?

— Нет.

— Может, посмотрите в книжке?

— Она в телефоне.

— Замечательно, откройте ее.

— Хорошо, — покорно согласился Кирилл, — но у меня точно этих номеров нет. Впервые слышу о Крын и о Подушкине.

— Я веду речь о сотовом вашей жены.

— Он разбился во время несчастного случая, — еле слышно вымолвил Кирилл, — ничем не могу вам помочь. Извините, я учитель математики, у меня сейчас ребенок занимается, перезвоните через два часа.

Хотя зачем? Зина никогда ничего не рассказывала о своей работе.

— Ясно, — вздохнул я.

Отчего я сразу поверил Кириллу? Была у меня когда-то интимная связь с Олей Карабановой. Ее муж Федор был математиком, умнейшим человеком, он заслужил все возможные научные звания, являлся профессором доброго десятка иностранных университетов, обладателем самых престижных премий. Написанные Федором книги составляли целую библиотеку. Но в быту ученый был неадекватен, иногда он называл жену Машенькой и абсолютно не интересовался тем, что происходит дома. Часто к нему в гости приходили приятели, такие же безумные «Эйнштейны», и аспиранты, которые могли целый день решать задачи, напрочь забыв о еде и питье. Очевидно, Кирилл птенец из той же стаи.

— Простите, вы хотели устроить ребенка в больницу имени Рычагова? — внезапно оживился собеседник.

Я мысленно усмехнулся: значит, я не ошибся в своих предположениях относительно учителя. Ведь только что я соврал ему о своем устройстве на работу к Брин, и вот вам вопрос про клинику.

— Зиночка уже не сумеет помочь, — не дожидаясь моего ответа, сказал Кирилл, — но, думаю, вам окажет содействие Петр Мясоедов.

Фамилия отчего-то показалась мне знакомой, от кого-то я ее слышал, причем совсем недавно!

— Обратитесь к профессору, — вещал Кирилл, — он сердобольный человек, никому не отказывает. Зиночка называла его святым с золотыми руками. Хотя, конечно, он не бог, всех спасти не способен.

И тут моя память проснулась. Петр Мясоедов! Его имя упоминалось в газетной заметке, посвященной убийству Александра Сухова. Это он оперировал родную дочь Алины Брин.

Глава 26

Больница имени Рычагова оказалась не новомодным заведением, скорей всего, конгломерат одинаковых, желто-серых корпусов был возведен в начале 60-х годов прошлого века. Тогда в Москве земля не ценилась на вес золота, и клиники для детей окружали роскошным парком. В принципе, это правильно, маленьким пациентам требуется много места для прогулок, свежий воздух сродни лекарству.

Дойдя до хирургического корпуса, я сделал несколько быстрых дыхательных упражнений. Предстояла тяжелая беседа, надо быть на высоте. Многие нити тянутся к этой клинике. Ну-ка, вспомним! Раненую дочь Алины Брин привезли именно сюда, и здесь девочка скончалась. Пресс-секретарем клиники работала Зинаида Семеновна, которая отправила певичку в детдом. А Эвелина, директор Центра «Мария», в разговоре со мной утверждала, что никакой Нины Чижовой в их учреждении не было, да и сотрудниц по имени Аня тоже. Но бдительная Софья Борисовна слышала чужой разговор, Эвелина сказала: «Чижова умерла в больнице имени Рычагова, тело кремировали».

Обратите внимание, снова то же медицинское учреждение!

Я потянул на себя тяжелую дверь и столкнулся с парнем в черной форме.

— Бахилки платные, — сказал он, — в уличной обуви не пускаем.

Я безропотно приобрел пару голубых «калош», натянул их поверх штиблет, выпрямился и увидел на столе, возле которого громоздился охранник, газету. Через всю первую полосу шел жирный заголовок «Алина Брин — реанимация музыкального трупа. Группа «Зонг» собрала все аплодисменты. Кто стоит за успехом аутсайдеров?»

— Это вы читаете? — спросил я.

— И че? — с вызовом поинтересовался охранник. — Нам не запрещено.

— Я не хотел вас обидеть! Разрешите глянуть на статейку? — попросил я, не отрывая глаз от фото, которое помещалось чуть ниже аршинных букв.

— Купи свою и зырь, — мужик не пошел на контакт, — я за «Треп» деньги платил, бесплатно не дали!

— Это вы из газеты? — спросил женский голос. — Петр Федорович попросил меня встретить журналиста.

С трудом оторвавшись от бульварного листка, я повернулся к худенькой медсестре в безукоризненно белом халате.

— Лика, — представилась она. — Я не ошиблась? Вы корреспондент?

— Остается поражаться вашей проницательности, — ответил я, — вокруг столько людей, но вы безошибочно выбрали меня!

Лика засмеялась:

— Посетители в основном женщины, папочки редко к деткам приходят. И потом, у родителей пакеты с вещами и едой, а у вас пустые руки. Кто же в клинику так идет? Даже посторонний человек больному хоть банан принесет. Пойдемте, у нас тут легко запутаться! А вы будете про Петра Федоровича писать? Ой, он гений, просто бог, замечательный, добрее не бывает, самый лучший, просто потрясающий!

Продолжая нахваливать профессора, Лика уверенно шагала по бесконечным коридорам, мы то спускались на этаж, то поднимались вверх, без сопровождающего я бы точно запутался. В больнице неприятно пахло лекарствами, дезинфекцией и чем-то кислым, у меня внезапно заболела голова, да еще Лика не закрывала рта.

— Петр Федорович детей с того света вытаскивает! И никогда различий между ними не делает! Вот вчера побродяжку с вокзала притащили! Ужас! Кому он нужен! А профессор около мальчика четыре часа провел! Про еду забыл! Он такой ответственный, про себя не помнит! Не поест вовремя, чаю не попьет!

— Видно, вы его любите, — пытаясь справиться с мигренью, сказал я.

— Очень! — с жаром воскликнула Лика, потом добавила: — Только глупости не подумайте! Петра Федоровича весь персонал обожает, он уже старый, тут ничего личного, понимаете?

— Да, — стараясь не дышать, ответил я. — И Зинаида его тоже любила?

— Кто? — чуть сбавила шаг Лика.

— Пресс-секретарь больницы, — пояснил я. — Это она меня в клинику зазвала, к сожалению, женщина недавно погибла.

— Вы о ком? — поразилась медсестра.

— О Зинаиде Семеновне, — терпеливо повторил я, — вашей сотруднице, она представляла журналистам больницу. Увы, не так давно пресс-секретарь попала под машину.

— Первый раз о ней слышу, — затрясла головой Лика. — Хотя у нас хирургия, может, эта ваша Зинаида в административном корпусе сидела? Знаете, тут много нахлебников, ни фига не делают, а зарплату получают!

— В больнице есть лентяи?

Лика оглянулась.

— Вы же напишете правду?

— Постараюсь.

— Петр Федорович ее не скажет!

— Он лжец?

— Ой! Нет, конечно, — возразила Лика, — Мясоедов святой!

— Так уж прямо и без недостатков! — подначил я девушку.

— Абсолютно! — с жаром воскликнула та. — Ну разве что...

— Что? — улыбнулся я.

Лика засмеялась:

— Петр Федорович ребенок, он ничего не выбрасывает, даже конфетные фантики. Угостит его кто, он съест шоколадку, а обертку в коробочку прячет! Все хранит! У него кабинет на музей похож! Один раз Неля у него прибрать решила. Мясоедов в отпуск ушел, а Самойленкова часть его, как ей показалось, ненужных бумажек выбросила. Представляете, он это заметил! Так расстроился.

Фамилия Самойленкова показалась мне знакомой, но Ликино тарахтение мешало сосредоточиться.

— Петр Федорович Неле ничего не сказал, но было понятно, как он расстроен. Он никогда людей не ругает, если по работе не накосячили, и не понимает, что кое-кто его использует. Есть у нас такие кадры! Ничего не соображают, аппендицит от туберкулеза не отличат. Такие перцы! Та же Неля. Я вам о ней потом расскажу! Ловко она спецпалатами рулит! Мясоедова обманывает!

— Какими палатами? — переспросил я.

Лика округлила глаза.

— Я вас покараулю и все-все объясню! Напишите правду про Нельку, ее от нас уберут! Ишь устроилась! Два дня тут консультирует, а всех строит! Мы пришли, вам сюда.

Лика распахнула большую, неожиданно темную для больницы дверь и заорала, как глашатай на базарной площади в воскресный день:

— Петр Федорович! Я привела журналиста!

Полный мужчина, сидевший за большим письменным столом, уронил очки, потом вежливо сказал:

— Спасибо, Лика, попроси, пожалуйста, чтобы нам принесли чаю, или вы желаете пообедать? Только скажите, еду доставят из столовой, у нас хороший повар.

— Благодарю, но я не голоден, — улыбнулся я, — вот от чая не откажусь.

— Присаживайтесь, — радушно предложил Петр Федорович, — устраивайтесь, где поудобней. У меня тут слегка захламлено, надо бы порядок навести, но выбросить ничего не могу, это же память.

Я сел в кресло и невольно вздохнул. Рабочая комната Мясоедова похожа на жилище Плюшкина. И если присутствие огромного количества книг на полках и фотографий пациентов с благодарственными надписями, развешанных на стенах, вполне оправданно, то как объяснить наличие катушек ниток, аккуратно сложенных пластиковых пакетов, поломанных чайных ложек, спичечных коробков, разномастных пачек сигарет, тупых карандашей, гор ластиков. А вот и коробочка, заполненная фантиками!

— Ну, голубчик, — потер руки Мясоедов, — ваш редактор звонил мне, просил незамедлительно встретиться с корреспондентом, который хочет писать материал о нашей клинике.

Я кивнул. Каюсь, я прикинулся редакционным начальством и был немало удивлен, когда Мясоедов согласился на интервью.

— Через три месяца клиника отметит свое пятидесятилетие, — сказал Петр Федорович, — конечно, хочется, чтобы пресса сообщила о наших людях!

Удивление прошло. Вот в чем дело! Впереди юбилей! Теперь понятно, отчего Петр Федорович сразу решил принять журналиста!

— Мы тут подготовили для корреспондентов справочку, — сказал хирург, — вот, держите. Здесь все: цифры, достижения, имена сотрудников. Полная информация!

— Спасибо, но хочется услышать еще несколько

историй, — решил я хватать быка за рога, — и не все у вас, наверное, прекрасно!

— Вы о чем? — заморгал Мясоедов.

— Иногда ведь больные умирают?

— Увы, — развел руками хирург, — но не всегда в летальном исходе виноват врач. Вот свежий пример. Позавчера привезли школьника с перитонитом, операция шла шесть часов! Не спасли! Отец мальчика пообещал в суд подать, обозвал нас «убийцами в белых халатах». Но обвинение несправедливо! Мать несчастного ребенка фактически убила его! Представляете, сын жалуется на боль в эпигастрии, а родительница вместо того, чтобы немедленно идти к врачу, начинает сама лечить мальчика. Она поставила ему клизму, положила на область живота горячую грелку и трое суток кормила коктейлем из аспирина, анальгина да ношпы. Решила: у ребенка желудочный грипп.

— Вы, конечно, рассказали эту историю отцу умершего? — поинтересовался я.

— Нет, — ответил Мясоедов, — если семья обратится в суд, тогда, конечно, придется. Но пока я промолчал. Им жить дальше, а как быть с пониманием того, что жена практически убийца?

Я покосился на Петра Федоровича. С одной стороны, его позиция христиански милосердна, несчастного парнишку все равно не вернуть. С другой — вдруг у мамаши-идиотки есть другие дети и у них тоже случится аппендицит? Похоже, болтливая Лика права: профессор абсолютно неконфликтен.

— А в случае с Людмилой Брин нашли виновного? — спросил я в лоб.

— Это кто? — заморгал Мясоедов.

— Несколько лет назад вы пытались спасти дочь эстрадной певицы Алины Брин. Ее ранил киллер, убивший отца девочки, Александра Сухова.

— Вспомнил! — воскликнул Петр Федорович. — Ужасная история! На бизнесмена напали в его собственном доме и застрелили. Предположим, он кому-то насолил и с ним решили расправиться. Но ребенок! С какой стати лишать жизни крошку?

— Может, она видела исполнителя? — предположил я.

— Девочка спала в своей кроватке, помнится, меня еще удивила человеческая жестокость. Стрелять в мирно спящего ребенка! Это кем надо быть? А их нянька? Знаете, меня так поразил тот случай, что, когда у моей дочери родился Слава, я категорически запретил нанимать постороннюю женщину в дом. Детей обязана воспитывать мать! Хотя если вспомнить погибшего от аппендицита ребенка...

— А что там было с нянькой? — заинтересовался я.

Мясоедов подпер подбородок кулаком.

— Несчастье случилось в воскресенье, — начал он, — меня вызвали из дома, Неля звонила, она сказала: «В клинику везут дочь очень известных людей, крупного бизнесмена и популярной певицы. Предположительно у девочки несколько ранений, одно в грудь, другое в голову. Стреляли наверняка, хотели убить, но она пока жива».

Я весь превратился в слух, а Петр Федорович подробно описывал случай.

Когда Мясоедов прибыл в операционную, там уже стояла бригада нейрохирургов. Специалисты предприняли отчаянные попытки спасти несчастную Милу, но не сумели.

Надо было сообщить близким ужасную весть. Мясоедов вышел в коридор и увидел молодую женщину, трясущуюся в ознобе.

— Она жива? — закричала дама, кидаясь к врачу. — Скорей ответьте!

— Увы, нет, — сказал Петр Федорович и с удивлением понял: незнакомка этому обрадовалась.

В глазах женщины появилось явное облегчение,

потом она попыталась изобразить горе, именно изобразить, но, как ни старалась, как ни терла платком нос, слезы так и не появились.

— Вы мать? — уточнил Мясоедов.

— Нет, Алина мчится в Москву из Владивостока, — прохныкала женщина, — я няня, Виктория. А когда отдадут тело?

— Это будем решать мы, — сказал мужчина, сидевший чуть поодаль на кожаном диване. — Сначала с покойной поработают наши эксперты.

— Нет! — закричала Виктория. — Не надо! Не трогайте бедную девочку, ей и так досталось!

Мужчина встал и представился:

— Майор Логинов, Георгий Олегович. Почему вы так боитесь вскрытия?

— Я? — дрожащим голосом спросила Вика. — Вовсе нет! Просто я слышала, что мертвые могут чувствовать боль, вот только ни сказать о своих ощущениях, ни пошевелиться они не способны!

— Бред! — фыркнул Петр Федорович.

— Милочку нельзя вскрывать, — зарыдала Вика.

И тут Логинов вцепился в няньку, как злой терьер в крысу. Мясоедов, незнакомый с техникой допроса, вжался в угол, а майор буквально за пару минут расколол няньку и выяснил чудовищную вещь.

Виктория не живет у хозяев, у нее есть свой ребенок, чуть постарше Милы, поэтому женщина всегда ночует в своем доме. Жилищные условия няни и ее сына оставляют желать лучшего, они ютятся в бараке, где, кроме них, проживают еще двадцать соседей. Но когда Алина уезжает на гастроли, Вика обязана оставаться с Милой. Отец не занимается с ребенком, он любит дочь, но издали, целует малышку раз в неделю. Сухов даже не заглядывает в мансарду, где расположена детская. Его раздражают крик и топот, а Мила избалованная, шумная девочка, она кое-как слушается одну Алину. Если же мать уезжает, у малышки окончательно срывает резьбу.

В день трагедии Сухов прибыл домой очень усталый и сразу лег спать. Шофер и два охранника, плотно поев из хозяйского холодильника, уехали к своим семьям. Вика хотела уложить Милу, но та разошлась и начала с воплями бегать по особняку. В результате она разбудила отца.

— Если не утихомиришь ее, — грозно заорал хозяин, — уволю!

Виктория испугалась: потерять работу ей никак нельзя, а в Милу словно бес вселился. И тогда нянюшка дала воспитаннице кефир со снотворным. Девочка выпила его и через десять минут крепко заснула.

Не успела Вика вздохнуть с облегчением, как ей позвонил сын, он плакал взахлеб. Он пошел в туалет, запер, как велела мама, комнату, а теперь не может найти ключ. Виктории стало очень горько. Ну что это за жизнь такая? Она должна пасти чужую противную девочку, а родная кровиночка ночует в одиночестве, да еще мальчику сегодня придется куковать перед закрытой дверью.

— Не плачь, солнышко, — воскликнула Вика, — сейчас примчусь и отопру замок своим ключом.

Нянька рассудила так: хозяин крепко спит, Мила, одурманенная лекарством, не проснется до утра, Вика быстро смотается туда-сюда, никто не заметит ее отсутствия.

Но когда воспитательница вернулась, к особняку подъехала милиция, ее вызвали соседи, которые увидели, как из окна дома Сухова выскакивает человек в черном. В суматохе при осмотре места происшествия Викторию не успели допросить, и она придумала, что сказать ментам. На вопрос: «А где были вы в момент убийства?» — няня собиралась ответить: «Убедилась, что девочка спит, и пошла в супермаркет, купить ей йогурт к завтраку».

Но, узнав, что тело Милы будут вскрывать и непременно найдут следы снотворного, Виктория перепугалась, и Логинов легко выжал из нее правду.

Глава 27

— Ужасно! — сказал я, когда Петр Федорович перевел дух. — Вы не знаете, что потом случилось с няней?

— Понятия не имею, — вздохнул хирург, — наверное, Алина Брин нашла способ наказать воспитательницу. Может, если бы малышка не спала столь крепко, она сумела бы спрятаться от убийцы. Хотя девочку уже не вернуть. Певица железная женщина, она удочерила чужого ребенка.

— Вы дружите с Алиной?

— Нет, конечно.

— Откуда тогда знаете о приемной малышке?

— Неля, наш консультант, помогала певице, — протянул Петр Федорович, — в ее ведении спецпалаты, в одной, насколько я помню, помещалась девочка из детдома. Неля заметила удивительное сходство между ней и умершей в соседней палате Милой. Да пусть она вам сама расскажет!

Хирург ткнул пальцем в звонок.

— Слушаю? — заглянула в кабинет Лика.

— Позови Нелю, — велел врач.

— А ее сегодня нет, — со злорадством напомнила медсестра, — Самойленко у нас консультант, живет по своему графику! Сами знаете, она бывает тут два раза в неделю, и то не полный день!

— М-да, — крякнул Мясоедов.

Голова Лики исчезла.

— Трудно с женщинами, — заявил врач, — не любят друг друга без всяких на то причин. Наверное, причины имеются, но я их не знаю!

— Людям свойственна зависть, — улыбнулся я, — практически никто не лишен этого порока, но у женщин это чувство может вспыхнуть из-за ерунды. Одна увидит у другой новую сумочку, и начнется война. Похоже, Лика недолюбливает Нелю из-за свободного графика работы. Насколько я понял, Самойленкова работает по особому расписанию?

Мясоедов заморгал:

— Неля ведает спецпалатами, она не лечащий врач, хотя и имеет медицинское образование.

— Кем же она тут работает? — изумился я.

Петр Федорович протяжно вздохнул:

— Мы не частное заведение, поэтому постоянно ищем способы выживания. Знаете, сколько отличных специалистов ушли от нас в коммерческие структуры? Осуждать людей трудно, зарплата медика ничтожно мала, а ответственность очень велика. Возьмем хотя бы хирурга: если на операционном столе случится нечто форс-мажорное, то никто человеку со скальпелем не поможет! Жизнь пациента напрямую зависит от действий врача.

— А при чем тут спецпалаты? — вернулся я к интересующей меня теме.

— Деньги, — развел руками Мясоедов, — мы оборудовали несколько люкс-помещений для тех, кто готов платить за содержание своих детей в элитных условиях. Понимаете, мы имеем великолепных врачей, отличных медсестер, но больница возводилась давно, больные лежат по шесть-восемь человек в палате. Родителям не разрешаем находиться вместе с малышами. Во-первых, если честно, от мамочек мало толку, только мешают медицинскому персоналу, а во-вторых, где им проводить ночи? На одной койке с больным? А вот в платных комнатах другие условия.

— Понятно, — улыбнулся я, — а еще говорят, что здоровье не купить!

Петр Федорович нахмурился.

— Лечим мы всех одинаково, в медикаментах и процедурах никому не отказываем, речь идет только о бытовых условиях. Неля нам находит состоятельных людей, Самойленкова крайне сострадательная женщина и занимается благотворительностью. С виду Неля сурова, неразговорчива, этакая бука, но душа у нее золотая. Кстати, вот о ком вам надо написать! Слушайте! Неля работает в нескольких местах, я вам их не назову, просто я не в курсе. У нас она не на окладе, а на проценте, понимаете?

— Да, получает определенную сумму от тех денег, которые больнице платят богатые родители.

— Верно, — кивнул Мясоедов, — это очень удобно, все довольны. Кстати, обеспеченные люди порой оказывают клинике помощь, вот буквально на днях отец Сережи Кирпичникова преподнес нам аппарат для... ох, долго объяснять.

— Я понимаю. Так какой благотворительностью занимается Неля?

— Она абсолютно бескорыстно помогает приюту, — воскликнул Мясоедов, — увы, там частенько болеют дети, некоторым требуется медицинская помощь. И тогда Неля находит спонсоров, которые оплачивают пребывание малышей в спецпалатах. Оцените благородство ее характера!

— Нину Чижову тоже Самойленкова сюда пристроила? — спросил я.

— Чижова? — вздернул брови Петр Федорович. — Я помню только тех, кого оперировал сам, но могу уточнить.

— Сделайте одолжение, — попросил я.

Хирург снова ткнул пальцем в звонок.

Лика влетела в кабинет.

— Слушаю!

— Наведи справки о Нине Чижовой.

— Когда она поступила? — деловито осведомилась Лика.

Мясоедов посмотрел на меня.

— Недавно, — уточнил я, — думаю, в этом месяце.

— Йес, — кивнула Лика и исчезла.

— Наверное, Неле очень помогала в работе Зинаида Семеновна? — продолжил я разговор.

Ей-богу, теперь я еще больше хочу встретиться с коллегами погибшей дамы и побеседовать с ними. Не знаю, обратили ли вы внимание на маленькую шероховатость, но мне она моментально бросилась в глаза. Мура, рассказывая о визите Алины Брин в Центр, сказала, что певица тогда пролистала альбом с фотографиями воспитанников и сразу выбрала Ларису. Своего мнения звезда не изменила, даже услышав рассказ Муры о проблемах сиротки, воскликнула: «Она очень похожа на Милочку».

А Петр Федорович между делом сказал:

— Неля помогла Брин, она заметила, что девочка из спецпалаты копия погибшей дочери Алины.

И Мура, и Мясоедов не похожи на людей, способных лгать из корыстных побуждений. Так кто из них говорит правду? А еще Мура сообщила, будто Алине посоветовала обратиться в Центр «Мария» Зинаида Семеновна. Значит, она была знакома с Брин. Кстати, если Александра Сухова убили, а Алина находилась во Владивостоке, то кто велел привезти смертельно раненную Милу в больницу имени Рычагова? Хотя ответ прост: бригада «Скорой помощи». И снова «но». За палату, в которой умерла несчастная, надо платить! Кто внес деньги? Отец погиб, мать на гастролях. Неля заплатила?

— Кто? — изумился профессор. — Какая Зинаида Семеновна?

— Пресс-секретарь клиники, — сказал я, — думаю, информацию, собранную в преддверии юбилея для журналистов, готовила она.

— Нет, — растерянно ответил Мясоедов, — это моя жена, Вера Павловна, поработала. Ее идея была, она сказала: «Налетят корреспонденты, начнут все одни и те же вопросы задавать, потом переврут твои слова, давай я подготовлю справочный материал».

— Мне бы хотелось побеседовать с Зинаидой Семеновной. — Я прикинулся дурачком, который плохо понимает человеческую речь. — Нельзя ли попросить ее зайти к вам сейчас или, если она отсутствует, познакомить меня с ее коллегами?

Петр Федорович задумался и нажал пальцем на кнопку селектора.

— Слушаю, — раздался из пластмассовой коробки искаженный женский голос.

— Машенька, это я.

— Здрасссти, Петр Федорович.

— У меня в кабинете представитель СМИ, он хочет встретиться с Зинаидой Семеновной.

— Это кто такая?

— Пресс-секретарь.

— Чей?

— Вроде наш.

Невидимая сотрудница издала странный звук, то ли кашель, то ли смех, а потом сообщила:

— У нас такой должности нет.

— Но сотрудница по имени Зинаида Семеновна есть? — живо поинтересовался я.

— Машенька, проверь по списку, — велел Мясоедов.

— Сейчас, момент. Карташова Зинаида Семеновна. Она?

— Да, — возликовал я.

— Уволена в связи со смертью, под машину попала. Только Карташова была не пресс-секретарем! Она на ставке санитарки числилась! Кстати, у вас в отделении.

— Спасибо, — поблагодарил Петр Федорович, — видите, все разъяснилось!

— Наоборот, еще больше запуталось, — вздохнул я. — Если Зинаида мыла тут полы, то зачем она сказала своему мужу, будто является пресс-секретарем? Да и на прежнюю работу ту же информацию сообщила?

Мясоедов откинулся на спинку кресла.

— Ну это понятно, она не хотела рассказывать, что работает простой санитаркой.

— Но она оформлена в хирургическом отделении, а вы даже не слышали о ней!

Петр Федорович взял со стола скрепку и принялся ее разгибать.

— Нам постоянно не хватает технического персонала, — пояснил он, — санитарки оформляются в одно отделение, потом работают в трех, четырех, как договорятся. Их официально берут туда, где есть свободное место, а фактически они работают там, куда позовут. Эта Зинаида Семеновна могла числиться у нас, а полы мыла, допустим, в урологии.

— Санитарки свободно перемещаются по всем корпусам?

— У нас же не тюрьма! — возмутился Мясоедов. — Мы ограничиваем только посетителей, для них есть определенные часы, а персонал абсолютно свободен!

— Белый халат купить нетрудно, — покачал я головой, — его любой приобретет, наденет и начнет разгуливать по клинике.

Мясоедов выдвинул ящик стола, достал оттуда беджик с прищепкой и сказал:

— У нас система беджей, их выдают в отделе кадров. Видите — имя, фамилия, отчество, должность и фото. Но, самое главное, таким пропуском можно открыть двери в отделения и лаборатории. Надо только приложить его к считывающему устройству. Даже если человек и наденет белый халат, его остановит секьюрити на центральном входе. Если же каким-то образом посетитель минует охрану, то в отделение он не войдет. У нас очень строго следят за мерами безопасности. Посещения разрешены с шестнадцати до восемнадцати, в остальные часы вход запрещен.

— Значит, сотрудник с беджем может проникнуть везде?

— Да.

— Днем и ночью?

— Больница никогда не спит, — отметил Петр Федорович.

— Разрешите? — Лика всунула голову в кабинет. — Я узнала про Чижову.

— Говори, — обрадовался Мясоедов.

— Была такая, но не у нас, а в гематологии. Умерла недавно, — отрапортовала Лика.

— Вы, случайно, не узнали адрес родителей девочки? — поинтересовался я. — Где прописана мать?

Лика ответила.

— Не-а, малышка из детдома.

— Петр Федорович, — влетела в комнату еще одна девушка в форме медсестры, — Корчагины пришли!

Хирург быстро встал.

— Я вынужден откланяться!

— Скажите, как связаться с Нелей? — спросил я.

Но Мясоедов, очевидно, не услышав вопроса, быстро пошел к выходу.

— Петр Федорович, — попытался я остановить хирурга, — одну секундочку.

— Не могу, голубчик, — на ходу бросил врач, — поговорите с Ликой, она ответит почти на все ваши вопросы.

— Вам о Неле рассказать? — с горящими глазами завела Лика. — Она себя не утруждает! Появляется редко, зато денег гребет! Вон там спецпалаты! Знаете, сколько они в день стоят? Офигенных бабок! Думаю, немалая их часть прилипает к лапам Самойленковой.

— Петр Федорович говорил, что она помогает детям из приюта. — Я решил еще сильнее разозлить Лику.

Девушка оглянулась, схватила меня за рукав и потащила по коридору.

— Ох уж этот детдом, — с чувством воскликнула она, когда мы очутились на лестнице, — не так часто ребята из него сюда попадают. Вы можете написать правду?

— Постараюсь, — кивнул я, — а что?

Лика села на подоконник.

— Неля очень хитрая. Петра Федоровича даже младенец вокруг пальца обведет! Мясоедов Самойленкову идеальной считает. Ну да, она сюда платных больных заманивает, процент с каждого имеет. Да еще сиротам помогает.

— Очень благородно, наверное, Неля любит детей!

— Как собака палку, — вспылила Лика, — она ими торгует.

— Воспитанниками интерната? — поразился я. — Кто же их покупает?

— Люди, — загадочно закатила глаза медсестра. — Знаете, как трудно здорового ребеночка найти! Я давно за Нелей слежу! Между прочим, я пашу тут уже десять лет, когда пришла, Самойленкова вовсю в отделении работала, платные палаты здесь с незапамятных времен, еще когда их открывать было нельзя.

— Я думал, вам двадцать лет, — абсолютно искренне сказал я.

— Спасибо за комплимент, — усмехнулась Лика, — в прошлом месяце мне четверть века стукнуло.

— И откуда десятилетний стаж?

— Я пришла к Мясоедову на практику из медучилища, сначала по вечерам техничкой подрабатывала, потом меня средним персоналом оформили. Да только речь не обо мне. Я поняла, как Неля действует! Смотрите. Она привозит ребенка из детдома, как правило, здорового. Физически он вполне нормальный, видно, их там хорошо кормят, да и одевают неплохо. Но психически — беда. Все в истерике! Совсем маленькие — спят. Думаю, она их снотворным накачивает, те, что постарше, угрюмые, или плачут, или тупо молчат. В палаты к ним ходят только два врача, есть у нас дико противные бабы. И что интересно — никаких медсестер. Доктора сами уколы ставят.

— Странно, — согласился я.

— Ну прям ваще, — закивала Лика, — за фигом таких детей в хирургии держать? Их надо в другое место класть. Но не это самое интересное! Через два-три дня к сироткам приемные родители приходят. Во! Поняли?

— Не совсем.

— Ну нельзя же быть таким тупым! — возмутилась Лика. — На здоровых сирот очередь стоит! Вокруг много бесплодных пар, но никто не желает с инвалидами возиться, ждут нормального ребенка, без дефектов, а такого можно годами искать. Ну кто в приют попадает? Какая у малышей генетика? Алкоголики, наркоманы, проститутки — разве от них хороший ребеночек родится? Вот Нелька и прочуяла малину! Никакая она не благодетельница. Служит и у нас, и в приюте. И если в интернат нормальный кто попадает, живо его сюда привозит. Устроит на койке, в истории болезни ужасов понапишет и звонит клиенту, небось говорит: «Есть здоровый ребенок. Платите и забирайте!» Крутой бизнес!

— В ваших рассуждениях отсутствует логика, — отметил я. — Зачем здоровых детей привозить в клинику? Намного проще отдать их приемным родителям прямо в Центре.

Лика спрыгнула с подоконника.

— Ну вы даете! А очередь из усыновителей? Люди ж следят! Узнают, что здоровый ребенок в обход их кому-то достался, такой кипеж поднимут. Не, она ловко все придумала. Малыш в клинике, в его карте жуть черная, а по сути он здоров. Деньги на бочку — и гуляйте с сынишкой, никто не возникнет, потому что на инвалида желающих нет. Напишите правду, но только меня не упоминайте!

— Как можно связаться с Самойленковой?

Лика наморщила лоб.

— Она тут бывает наскоками, когда придет, никто не знает.

— А телефон ее имеется?

— У меня нет.

— Попробуете достать?

— Попытаюсь, — неохотно ответила Лика, — хотя, если честно, не хочу! Вы лучше у Петра Федоровича спросите. Мясоедов с родителями Корчагина поговорит и освободится.

— Хорошо, — согласился я, — отведите меня пока в гематологию.

— Ладно, — кивнула Лика, — пошли, нам на пятый этаж.

Глава 28

Мне не хотелось, чтобы любопытная Лика присутствовала при моем разговоре с сотрудниками отделения гематологии, поэтому я постарался отделаться от медсестры, и, что самое удивительное, мне это удалось.

— Приходи через час, — по-свойски «тыкнула» мне Лика, убегая прочь, — Петр Федорович с Корчагиными долго провозится, там дело серьезное.

Я кивнул и пошел по протертому от частого мытья линолеуму к ресепшн. За стойкой заполняла какие-то бумаги хрупкая девушка. Лица медсестры я не видел, взгляд уперся в голубую шапочку, кокетливо сидящую на рыжих волосах. Юная особа не заметила посетителя, мне пришлось кашлянуть и сказать:

— Добрый день.

— Добрый день, — эхом отозвалась девочка и подняла голову.

Я ахнул, передо мной сидела... Варвара, та самая наглая малолетка, утверждавшая, что господин Подушкин лишил ее невинности и бросил умирать с голоду вместе с больной дочерью.

Варвара тоже узнала меня, ее глаза потемнели, рот приоткрылся, над губой выступила испарина. Вранья вскочила на ноги, но я оказался проворнее, успел схватить нахалку за плечо и прошипел:

— Даже не пытайся удрать!

— Как вы меня нашли? — хрипло спросила девчонка.

— Не важно! Надо поговорить!

— Здесь? — жалобно проблеяла Варвара. — Только не тут!

— Место тебе не нравится? По-моему, замечательное.

— Нам не разрешают болтать на службе! — плачущим голосом заявила безобразница. — Давайте я отпрошусь и пойдем в кафе. Через дорогу есть приличное. Вы туда ступайте, а я подбегу через четверть часа.

Мне стало смешно.

— Деточка, я похож на идиота?

Варвара понурила голову и промолчала.

— Значит, так, — заявил я, — начнем сначала. Как тебя зовут?

— Варя!

— Это легко проверить, мне нужно всего лишь заглянуть к заведующей отделением.

— Ой, не надо! Меня выгонят отсюда! И из медучилища тоже!

— Ладно, попытаемся еще раз! Как тебя зовут?

— Варвара! Честное слово!

— Хорошо. Но Нина не твоя дочь?

— Нет!

— Так какого черта ты устроила спектакль в кабинете у Элеоноры? — не удержался я от гневного крика.

— Ой, дяденька, миленький, — взмолилась Варя, — не шумите! Я ж не думала, что так получится. Это все из-за Людки, я ей денег должна, пришлось отрабатывать. И ужас получился. Вы только молчите! Я расскажу правду! Я не виновата! Меня Людка заставила! Кто знал, что младенец помрет? Она нормально выглядела, я думала, никто не заметит, родителей нет, ну вроде как на томограф ее повезли! Я карточку на кровать повесила! Танька меня прикрыть обещала, я ее с Леонидом Петровичем отмазала. Теперь ейный черед настал!

— Что за Танька? Какой Леонид Петрович? — не успокаивался я.

— Селезнева, — неожиданно хихикнула Варвара, — а он невропатолог, они в ординаторской ночью устроились, во время дежурства, ну, типа... того... самого... понимаете? А я на шухере тут сидела. Вдруг кто из капризуль проснется, плакать начнет, вечно им после отбоя плохо! Нарочно, что ли? Неужто нельзя днем отреветься!

Выпалив все единым духом, девчонка остановилась, я оперся локтями о стойку и уточнил:

— Значит, врач Леонид Петрович и твоя коллега Татьяна решили использовать служебное время для удовлетворения основных инстинктов. А ты тут дежурила, присматривала, чтобы никто из посторонних не полез в комнату, где устроилась парочка. Капризулями ты называешь больных детей, так?

Варвара молча кивнула.

— Меня не волнует, чем занимаются на рабочем месте сотрудники, — отчеканил я, — речь идет обо мне! Живо отвечай, зачем приехала к Элеоноре, да еще вместе с больным ребенком. Вернее, «зачем» — я великолепно понимаю, хотела меня опорочить. Почему ты затеяла эту идиотскую историю?

Варя беспомощно огляделась по сторонам и вдруг крикнула:

— Зойка!

Из двери с надписью «Посторонним не входить» выглянула хрупкая девочка в белом халатике.

— Чего тебе? — быстро спросила она.

— Посиди, а? — умоляюще протянула Варя. — Ко мне дядька пришел, брат отца, помочь ему надо.

— Ступай, — милостиво согласилась коллега.

Варя встала, сделала шаг, но я был начеку и моментально схватил нахалку под руку, крепко прижал ее к себе и сказал:

— Ну, дорогая племянница, пошли. Где у вас перекусить можно?

— На первом этаже, — простонала Варя, — там кафе открыто. Ой, не держи меня так, вцепился клещом, больно же!

— Ничего, деточка, — злорадно улыбнулся я, ведя мерзавку к лифту, — то ли еще будет. Если пытаешься меня обмануть, надену наручники.

Варвара испуганно притихла, с нее слетели наглость и грубость, без всякого сопротивления она спустилась в большой холл, заставленный ларьками, и внезапно радостно вздохнула. Я сообразил, что в голове у юной медсестры созрел некий план, и заявил:

— Если ты собралась кричать: «Помогите, на меня напал сексуальный маньяк», то можешь не стараться. Теперь я знаю, где ты служишь, и элементарно вычислю твой домашний адрес. Давай без глупостей. Где кафе?

— Слева, — угрюмо сказала Варя, — за газетами.

Я повернул голову и увидел вывеску «Кафе «Последний ужин». Если учесть, что заведение работает при больнице, то его название звучит зловеще. Но внутри оказался вполне приличный интерьер и никаких посетителей. Отчего-то люди не спешили в трактир. Заказав чай, я велел Варе:

— Ну, давай по порядку!

Девчонка заморгала и принялась гундосить, похоже, у нее разбушевался насморк, случилась аллергия на фоне стресса.

Варвару никак нельзя было назвать красноречивой, но я сумел разобраться в корявых фразах, щедро пересыпанных словами-паразитами.

Вкратце дело обстояло так.

Варвара учится на медсестру, ей осталось несколько месяцев до диплома, теоретические знания получены в полном объеме, а практических нет. Чтобы научить будущих медсестер обращаться с пациентами, их отправляют на практику. Варя попала в клинику имени Рычагова. Ничего серьезного неумехе делать не разрешают, она, по существу, санитарка, исполняет всякие поручения опытных коллег, моет палаты, держит таз во время процедур, возит больных на рентген, сидит на ресепшн, переписывая всяческие бумажки. Никакой радости от выбранной профессии Варвара не испытывает, несчастные дети вызывают у нее брезгливость, а их родители — презрение. Чего так убиваться из-за какого-то лейкоза? Его же можно вылечить, ну а если не получится, то надо родить другого ребенка, авось здоровым выйдет. Хотя, по мнению Вари, жить лучше без детей, от них одни неприятности.

У Вари есть подруга, Людка Воронко. Девочки живут в одном дворе и, пока мать не заставила Варю пойти в медучилище, учились в одной школе.

Люда любит повеселиться, но развернуться в полную мощь ей не дает бабушка, Феодосия Ивановна. Глупой старухе втемяшилось в голову непременно дать внучке высшее образование, и она требует от нее отличных отметок.

Некоторое время назад Люда прибежала к Варваре в слезах и рассказала ей, что более не сможет пойти даже в кино. Бабушка обозлилась на нее до такой степени, что, несмотря на непростое финансовое положение, обратилась к соседу, бывшему менту, и наняла его, чтобы тот водил Люду в школу и на дополнительные занятия. Мало того, что Воронко теперь постоянно будет находиться под «колпаком», Люде еще и не светят никакие обновки. Бабка строго сказала:

— Денег нет. Весь мой заработок уйдет на охрану и наше весьма скромное питание. Бесполезно клянчить туфли, одежду, косметику и прочую ерунду. Есть чем наготу прикрыть — и хорошо. Цель моей жизни — довести тебя до диплома о высшем образовании. Получишь его — делай что хочешь. И не вздумай сопротивляться, у охранника большие полномочия, ему разрешено применять розги.

— Вот сволочь! — возмутилась Варвара. — Давай ей дерьма навалим.

— Это Подушкин виноват, — захныкала Люда, — Иван Павлович! Ему отомстить надо!

Когда Варвара добралась до этого места в своем повествовании, я изумился. Я никогда не был знаком с Людой Воронко. Правда, слышал от кого-то это имя и фамилию, но абсолютно не помню, в какой связи. Я уже хотел выразить свое негодование, но воздержался.

Наверное, Люда имела в виду не меня, а первого сына Павла Ивановича! Это он каким-то образом повлиял на бабушку безалаберной девицы и, может, даже дал денег для найма охранника. Дело за малым, я внимательно выслушаю Варвару, спрошу у нее адрес Люды, побеседую с девочкой и таким образом выйду на Ивана Павловича. Моя злость на медсестру-практикантку мигом испарилась.

А Варя тем временем продолжала каяться.

Подруги начали строить планы, и в конце концов Варваре в голову пришла гениальная мысль.

— У нас в отделении есть девчонка из детдома, — воскликнула она, — ее никто не хватится, родителей нет. Возьму ее и съезжу к мужику домой, скажу, что родила от него! Пусть повертится!

Сказано — сделано! Девчонки решили, что месть — это такое блюдо, которое подают холодным, и не торопясь разведали кучу сведений об Иване Павловиче: он холост, живет в доме хозяйки, получает от нее зарплату.

— Супер, — ликовала Люда, — еще надо его начальнице на воровство намекнуть. Пусть он будет не только педофил, но и тырщик бабок! Такого быстро выгонят.

Мало-помалу написался сценарий, и в конце концов Варвара начала действовать. Она сказала медсестре Тане:

— Помоги мне, иначе всем расскажу, чем ты с Леонидом по ночам занимаешься!

Татьяна испугалась, а Варя взяла Нину, прихватила для пущей убедительности ее медкарту и поехала к Подушкину. Предварительно оборотистая девчонка сделала несколько звонков самому Ивану Павловичу и Элеоноре. Варвара хотела, чтобы парочка ждала ее визита.

— Постой, — я прервал ее покаянную речь, — если ты взяла документы Нины из детской больницы, то почему на истории болезни стоял штамп «Поликлиника имени академика Кладо»?

Варя усмехнулась:

— Эта Нина ваще больная была! Всю жизнь по больницам валялась, вона как в детдоме-то дела обстоят! Это ее тама покалечили!

— Не понимаю, — насторожился я, — как покалечили?

Варвара взяла чашку, залпом выпила и равнодушно продолжила:

— Наша заведующая, Олеся Евстигнеевна, до правды докопалась. Нинку из приюта приволокли, ну, типа помирает совсем, а ихний местный врач разобраться не сумела. В больнице нормальные спецы, живо определили: с кровью у нее что-то, я не поняла чего, иммунитет рухнул. Олеся Евстигнеевна стала разбираться, ну и выяснилось! Этой Нинке сделали очередную прививку, вроде корь-дифтерит-скарлатина. Всем известно, что ее только совсем здоровым колют, если даже крохотный насморк есть, могут жуткие осложнения начаться! И даже у здоровых малышей иногда разная хрень случается. У нас тут пол-отделения после прививок оказалось. И это домашние дети, там мамы в сто глаз глядят, а чего хотеть от приюта? Никто девчонке даже температуру не померил, вкатили укол, и ей плохо стало, ну и началось! «Скорая», больница. Олеся Евстигнеевна затребовала все меддокументы, случай тяжелый, ежели Нинка помрет — на больничной статистике появится пятно. Ну, ихняя заведующая и приперла карточку, сказала: «Девчонку нам подбросили, имени матери я не знаю, вот только карта есть, почти пустая, в поликлинику младенца не возили, здесь записи лишь из роддома».

Олеся Евстигнеевна карточку оставила, она ее выбросить не имела права, нашу завела и в ту вложила, так по правилам положено: документы, старые и новые, вместе сшивают. Врач должен их все видеть, ну а потом родителям отдают.

— Ясно, — кивнул я, — разобрались с бумагами, едем дальше!

— Танька навесила на кровать табличку «Ребенок на процедурах», — зачастила Варя, — так всегда поступают, чтобы малыша не искали, а я с Нинкой к вам поехала и разыграла потеху. Круто вышло! Вы сразу убежали! Правда, старуха Элеонора потом в меня собакой вцепилась! Хотела у себя оставить, ну не отпускала! Знаете, че я придумала?

— Даже боюсь предположить, — процедил я.

Варвара довольно захихикала.

— Согласилась переночевать! Бабка обрадовалась, велела домработнице меня накормить, а я пожрала на дармовщинку, выждала удобный момент и смылась! Ищи ветра в поле! Ха!

— И что случилось с Ниной? — тихо спросил я.

— Померла, — равнодушно отмахнулась Варвара, — я вернула ее в клинику, а наутро плаксы не стало.

— И тебе не жаль девочку? — возмутился я. — Ты схватила больного ребенка, тащила его в метро, он не принял вовремя лекарства. Похоже, ты поспособствовала кончине малышки!

— Не, — испугалась Варя, — это не так! Ей все равно помирать было! Доктора так говорили: необратимые явления в крови из-за неправильно сделанной прививки. И директриса из детдома это расчудесно знала. Она живо тело забрала и кремировала, чтобы концы в воду. Объясняй потом всем про свои ошибки. Нет трупа — нет проблем.

— И никто не обеспокоился?

— Кому сирота нужна? — протянула Варя. — Мать от нее отказалась, а в приюте всем по барабану, одним меньше — одним больше.

Я вздохнул. Бедная Ниночка! Сначала Елена родила ее для того, чтобы привязать к себе Анатолия. А потом, когда отец ребенка исчез, испугалась ответственности за дитя, поняла: пришел конец ее веселой жизни, нужно заботиться о младенце, отказывая себе во сне и развлечениях. Наверное, в тот момент Лена и задумалась об отказе от малышки. А потом отчим сообщил ей о приезде Майкла, и Нина отправилась в приют. Лена снабдила малышку медицинской картой, в которой было указано имя несчастной. Елена хорошо изучила в Интернете информацию о приюте, она знала, что мать подкидыша никто искать не станет. Сотрудники Центра «Мария» не устают повторять:

— Не убивайте малыша, отдайте его нам, новорожденный получит других родителей. А вас никто никогда не побеспокоит.

Ясно теперь и почему девочку оставили Ниной Чижовой. Мне ведь объяснили: если при подкидыше нет документов, ему в приюте придумывают имя. Но тут была медкарта со всеми данными. Не удивляет теперь и позиция директрисы Эвелины, которая поспешила заявить: «Никакой Чижовой я не знаю!»

Ясное дело, она боялась, что неожиданно приехавший в Центр «Майкл» узнает о кончине девочки и поднимет бучу! Никаких документов ему Эвелина не обязана была показывать, вот она и предпочла сплавить настырного мужика, попыталась его уверить, что он ошибся: где Нина Чижова — никто в Центре «Мария» понятия не имеет. Кстати, я не удивлюсь, если узнаю: в приюте случился потоп, вода залила все документы, в их числе пострадали и бумаги крошки Чижовой. Думаю, Эвелина позаботилась скрыть следы халатности своих сотрудников.

Глава 29

— Я только хотела за Людку отомстить, — ныла Варвара, — Нинка сама по себе померла!

— Послушай, — устало перебил я девочку, — хватит прикидываться деревенщиной и разговаривать на сленге уличного подростка. В принципе, ты хорошо играешь роль, но я отлично помню, как малокультурная девочка при разговоре с Элеонорой вспомнила Нострадамуса и царя Ирода. Ты не такая уж тупая, какой хочешь казаться. Кстати, идея прикинуться маникюршей из салона в Теплом Стане была ошибкой, я практически никогда не бываю в том районе!

Варвара перестала корчить рожи и улыбнулась.

— Но Элеонора-то мне поверила! Я хочу в ГИ-ТИС поступать, а мама уперлась, она врач в третьем поколении и уверена, что дочь обязана продолжать династию. Но меня тошнит при виде больницы, я талантливая актриса! Скажите, я хорошо сыграла роль? Ваще, блин, круто изобразила такую всю прям при делах, а?

— Круче некуда, — кивнул я, — если б не оговорки про того же Нострадамуса, можно было и поверить. Следующий вопрос! Каким образом к тебе попал медальон с надписью «Корнелия», который я купил для своей знакомой?

Варя засмеялась.

— Мы с Людой следили за вами. Несколько недель подряд, но вы нас не замечали. И увидели подвеску, когда вы ее у ювелира забирали. Хотите совет? Никогда не кладите ничего в карман пиджака, вытащить пара пустяков. Я споткнулась и стала падать, вы меня подхватили, еще спросили: «Ушиблась? Надо осторожнее на каблуках!» Не помните?

— Нет, — растерянно ответил я, — бытовая ситуация, такие не откладываются в памяти.

— Мы на это и рассчитывали, — кивнула Варя. — Пока я вставала и охала, Людка из вашего кармана коробочку вытащила. Воронко ловкая, быстрая на руку!

— Лихо, — покачал я головой.

— Да, — с гордостью воскликнула Варя, — мы такие! Нам нельзя гадости делать! Отомстим по полной программе! Кулон вашу хозяйку окончательно убедил!

— И как же вы нашли мой адрес?

— Он у Люды был, — усмехнулась Варвара, — общество «Милосердие», вы же его секретарь! И телефон, и название улицы, и номер дома!

Я попытался причесать мысли.

— Постой, ты хочешь сказать, что охота шла на МЕНЯ?

— А на кого же? — вытаращила бесстыжие глаза собеседница.

— На другого Ивана Павловича, — промямлил я и тут же понял, что брякнул глупость.

Девчонки шпионили за господином Подушкиным, ходили по пятам, значит, в первый же день «охоты» обязаны были сообразить, что имеют дело не с тем объектом!

— Вы загоняли меня, — изумленно повторил я, — но почему?

Варвара прищурилась:

— Не следует гадить людям, некоторые из них способны отомстить! Вы думали, Люда молча утрется? Так вам и надо!

— Да что я ей сделал? — растерялся я. — Деточка, пойми, я незнаком с Людой Воронко!

— Он еще и врет! — подскочила Варвара.

— Ей-богу, я никогда не встречал твою подругу!

Варя стукнула кулачком по столу, чашки на блюдцах подскочили и жалобно зазвенели.

— Ах, никогда не встречал, — с яростью воскликнула девочка, — а кто приперся к Феодосии Ивановне домой с расспросами о материальном положении? От кого бабка узнала, что Люда не ходила к репетитору, а деньги на себя потратила?

— Людмила Воронко! — осенило меня. — Школьница, нагло обманувшая свою бабушку! Та мечтала пристроить нерадивую внучку в институт, а она прокутила собранные с трудом деньги и надумала с помощью общества «Милосердие» решить свои поблемы!

— Вспомнили?! Супер! Не надо прикидываться идиотом с амнезией! — заявила Варя. — Вы первый начали! Приехали, все разболтали! Бабка потом Люду чуть не убила и охранника ей наняла. Да еще моей матери нажаловалась, заявила: «Вы должны мне хорошую сумму, Людмила не одна деньги тратила, а в компании с Варей».

Теперь мать мою зарплату отбирает и бабке Людкиной отдает! Красиво сделали? А мы вам отомстили!

Я потерял дар речи. Варвара воспользовалась моим замешательством, живо вскочила и кинулась к выходу из кафе. Я не стал преследовать маленькую пакостницу, никуда она теперь не денется, ее легко найти через больницу, к тому же годы работы на Нору приучили меня всегда записывать беседы, вот и сейчас в моем кармане работал диктофон.

Я поманил официантку. Можно прямо сейчас поехать к Норе и дать ей прослушать наш с Варварой разговор, вот только меня перестало волновать мнение хозяйки о секретаре. Я не испытываю никакого желания возвращаться в прежнее стойло.

Я направился к двери. Как ни странно, но я испытывал к гадким девчонкам Варваре и Людмиле чувство, отдаленно напоминавшее благодарность. Не приди им в голову мысль о мщении, я бы не отправился на поиски Чижовой, не вышел бы на Лену, не поехал в Центр «Мария» и не узнал о том, что в столице живет еще один Иван Павлович Подушкин, то ли самозванец, то ли в самом деле мой сводный брат. Похоже, он занимается странными делами. Я пока не могу сказать какими, но обязан отыскать этого человека, потому что не хочу, чтобы добрая память о моем отце была замарана!

Внезапно мне стало душно. С огромным трудом я выбрался в холл, продышался, сел на диванчик около ларька с прессой и увидел «Треп», тот самый, что привлек мое внимание при входе в клинику. Именно этот выпуск лежал на столе у охранника.

— Дайте газету, — попросил я у продавщицы.

Та молча взяла деньги и протянула мне бульварный листок. Я начал разглядывать большое фото, украшавшее первую полосу. Слава богу, моего лица не видно, я успел прикрыть физиономию рукой. Зато Антонио, Энди и Мара получились великолепно. Морелли сняты в выигрышный момент, Михаил Горчаков не обманул, «Треп» начал отрабатывать праздничный концерт, и случайно первая статья оказалась о нас. Ну-те-с, почитаем!

«Как ни стараются наши поп-исполнители, их пение не делается лучше, а уж кое-кому и вовсе не следует лезть на сцену! О ком ведем речь? Да о певице Алине Брин, которая, как стратегическая тушенка, не меняется внешне с годами, остается вечно молодой. Правда, нам кажется, что нынче Алине для поддержания красоты требуется все больше и больше денег, она растратила весь капитал на ботокс, липосакции и подтяжки. Иначе по какой причине мумия музыкального мира вновь материализовалась на эстраде и схватила рукой, покрытой старческими пигментными пятнами, микрофон? Алине нужны деньги для оплаты услуг пластического хирурга, поэтому она вновь с нами! Ура! Да здравствует бабушка-весна!!! Впрочем, смеяться над старостью некрасиво, и мы бы никогда не позволили себе такое, если б не одно, крайне удивившее весь «Треп» обстоятельство. Пять лет назад в жизни Брин случилась подлинная трагедия, и мы писали о происшествии, сейчас напомним подробности. Муж Алины, лидер криминальной группировки, держатель общака, бизнесмен Сухов был убит в собственном доме. «Треп» еще тогда высказывал предположение, что дело нечисто, одно время мы были уверены: покушение на Сухова организовала сама супруга, очень удачно за пару дней до убийства укатившая на гастроли. Что заставило нас заподозрить Алину? Для «Трепа» нет никаких преград, ради своих читателей мы кинемся в огонь и воду, поэтому сумели подобраться к одному из сотрудников уголовного розыска, который заявил:

— Доказать не могу, но чую — баба его заказала!

«Треп» тогда заинтересовался этой ситуацией и нарыл пикантную деталь: пять лет назад Алина пользовалась популярностью, брала за концерт хорошие баксы и ездила на гастроли только по крупным городам. Ее тур-менеджер даже не смотрел в сторону тех, кто предлагал им «чесать» в «урюпинсках». Но за неделю до трагической гибели мужа Алина укатила во Владивосток. Что тут странного, скажете вы. Гигантский город — лакомый кусочек для певички. О нет, ребята! Во Владике Брин так и не увидели, она чирикала под «фанеру» в небольших местечках, типа колхоз, и, по абсолютно точным данным газеты, захапала своими жадными лапками жалкие копейки. И почему звезда согласилась на тур? Не иначе как Алина хотела смыться из столицы. Мы написали об этом, поделились с вами своими соображениями, потребовали, чтобы следствие проводилось тщательно. Мы не любим уголовников и держателей общака, но еще больше мы не любим убийц! Закон одинаков для всех, и, если ты звезда, это не значит, что ты имеешь в кармане лицензию на отстрел мужа. Почему же «Треп» перестал тогда копать глубже? Ребята, мы поняли: Брин не виновата! Одновременно с Суховым в доме находилась дочь супругов, крошка Мила. Киллер напал и на ребенка. Сначала «Треп» предполагал, что кончина девочки всего лишь инсценировка, Милу вынесли из дома на носилках так, чтобы никто из журналистов не смог сделать фото раненой. Но как мы ошибались! Мила умерла в больнице, не приходя в сознание. И тогда мы поняли: Алина здесь ни при чем, ни одна мать не станет нанимать убийцу для любимой дочери, мы даже извинились перед певицей, а когда она вскоре после трагедии взяла на воспитание девочку из приюта, написали о ее благородном поступке, восхищаясь ее мужеством.

Вчера на концерте, посвященном юбилею «Трепа», мы еще раз испытали сильные эмоции при взгляде на Алину. Дело в том, что именно вчера была годовщина смерти Сухова и маленькой девочки. И как провела скорбный день вдова и мать? Она молилась в церкви? Заперлась и плакала в уединении? Нет, Алина скакала по сцене в окружении неловких акробатов с благозвучной фамилией Гаделли, кувыркавшихся на нелепой толстой палке. Как мы ни старались, так и не смогли увидеть на лице ветеранки сцены хоть половину слезинки. Сегодня утром ваш корреспондент поехал на кладбище, чтобы возложить букет на могилу несчастного ребенка. Видите фото? Правда, странно? «Треп» начинает самостоятельное расследование, мы докопаемся до правды о смерти Сухова и девочки, мы будем держать вас в курсе событий. Покупайте «Треп», на его страницах только правда, и если она кому-то не нравится, наши журналисты ни за что не пойдут на сделку с совестью. Читайте «Треп», мы подаем только горячие новости. Сергей Неподкупный».

Я перевел взгляд на снимок. Фотоаппарат запечатлел запущенную, заросшую сорной травой могилу. Из нее торчала табличка с облупившейся надписью «Сухова Людмила Александровна». Годы жизни нельзя было разглядеть.

Я тщательно сложил бульварный листок. Да уж, хорошо «Треп» отблагодарил Алину Брин за участие в концерте! Хотя, может, чадящая звезда и борзописцы договорились между собой? Черный пиар — это замечательный рекламный ход. Читатели с бóльшим интересом проглядывают статьи с хулой, нежели панегирики! Правда, могила ребенка выглядит настолько запущенной, что простые люди возмутятся. Организаторы рекламной кампании Брин явно перегнули палку.

Я встал и пошел к выходу. Бог с ней, с Алиной, меня она волнует лишь как человек, который боится Ивана Павловича Подушкина. Надо подумать, как подобраться к даме и что ей сказать, дабы услышать в ответ нужные мне сведения? Почему Алина потеряла самообладание, услышав про сына писателя? Что ее так напугало? Может, предложить ей постоянное сотрудничество с Морелли?

Внезапно я разозлился. Надо прямо сейчас позвонить в «Треп», отыскать этого барана с псевдонимом Неподкупный и объяснить ему, что он перепутал фамилии. Мы — Морелли, а не Гаделли! И номер у парней замечательный! Только ничего не понимающий в цирковом искусстве человек мог написать про «неуклюжих акробатов на толстых палках». Энди, Мара и Антонио великолепны! Мы непременно пробьемся! Тот же «Треп» будет осыпать Морелли дождем комплиментов! Хотя, следует признать, если бы перш вдруг стал невидимым, это бы сильно украсило номер.

И тут мне в голову пришла гениальная идея. Химик Леня! Вот кто может мне помочь! Мы встречались с ним накануне Первого мая. Леонид, как всегда, занудно и обстоятельно вещал о своей новой разработке. Тогда мне его слова показались скучными, но сейчас я изменил свое мнение. Я схватил телефон и набрал номер из единиц и нулей.

— Простите, в данный момент все операторы заняты...

От нетерпения я чуть было не стал подпрыгивать на месте: ну же, Слон, снимай трубку!

— Слушаю, — прогнусавил Володя.

— Это Ваня Подушкин.

— О, привет! Хочешь получить мое извинение? Готов полакомиться эксклюзивным тортом?

— У тебя же есть телефон Лени?

— Ага, — пробубнил Слон, — я испек его жене свадебный десерт.

— В смысле? — удивился я.

— Катька ушла от Леньки, выскочила замуж за Осю, а торт заказала у меня, — пояснил Слон, — я ей, как жене Леньки, хорошую скидку сделал.

Мои извилины завязались узлом. То, что Катерина покинула Леню, неудивительно, странно, что она раньше не удрала от увлеченного только своей работой химика. А вот позиция Слона меня поражает: если Катя ныне супруга незнакомого мне Оси, то она потеряла право на скидку как жена Лени. Или я не прав?

— Так чего тебе надо? — спросил Слон.

— Телефон Лени.

— Записывай, — деловито заявил приятель. — А куда доставить тебе торт?

— Домой, — машинально ответил я.

— Сегодня же привезу, — пообещал Слон и отсоединился, я тут же набрал номер Лени.

— Слушаю, — сказал химик, — это кто?

— Ваня Подушкин, — представился я.

— О, привет, — слабо оживился он, — сколько лет, сколько зим!

— Леня, помнишь, ты рассказывал мне о своем изобретении, некоем лаке, который делает предметы невидимыми?

— Не совсем так, — занудил Леня, — никаких лаков! Речь шла о краске!

— Это одно и то же! — опрометчиво заявил я.

— Вовсе нет! — возмутился химик. — Сейчас объясню разницу!

Понимая, что беседа рискует затянуться на пару часов, я быстро воскликнул:

— Леня, у тебя есть немного той краски?

— Увы, — грустно ответил Леня, — она никому не нужна. Непригодна для оборонных целей, на радары не влияет, действует лишь визуально, при определенном угле падения света...

Я шел к метро, молча слушая Леню — перебить его невозможно, пусть уж выговорится. Перед входом в подземку я сумел вклиниться в лекцию приятеля:

— Если я правильно тебя понял, предмет, выкрашенный чудо-эмалью, делается невидимым для зрителя?

— Да, но только если свет падает прямо.

— Отлично! Дай мне баночку краски!

— Бери, — неконфликтно согласился Леня, — краска никому не нужна, я ее дорабатываю, мелкие частицы...

— К тебе приедет парень по фамилии Морелли, — невоспитанно перебил я ученого, — объясни ему, как наносить состав.

— Ладно, не беспокойся, — сказал Леонид, — если больше говорить не о чем, тогда пока, мне надо работать.

Я стал звонить Маре. Леня уникальный человек, наверное, единственная абсолютно нелюбопытная личность на свете, ему нет никакого дела до того, что за предмет собрался красить Ваня Подушкин. Я завидую Леониду, он настолько поглощен своей работой, что не видит ничего вокруг. Интересно, он заметил отсутствие Кати, сообразил, что жена его бросила, или до сих пор считает себя главой семьи?

Выйдя на перрон, я растерялся. И куда теперь ехать? Где искать Ивана Павловича Подушкина? Ситуация с Ниной Чижовой прояснилась до дна. Школьницы Люда и Варвара решили отомстить мне, ни о каком другом сыне писателя они не слышали. Здесь нить оборвана, вернее, ее и не было. Нюра Кондратьева, которая предположительно родила моего брата, мертва. Найти кого-то из ее знакомых затруднительно, да и не откровенничала она с ними, не хотела никому сообщать правду, наверное, потому и поменяла комнату в центре Москвы на окраину. Какими бы ни были соседи, они начнут шушукаться, увидев, как у незамужней девицы растет живот. Это в нынешние времена дитя вне брака не является позором, а в 60-х годах прошлого века матери-одиночки подвергались остракизму. Чтобы избежать пересудов, Нюра съехала, а на новом месте ее никто не знал, можно смело рассказывать женские истории про мужа-летчика, который трагически погиб во время выполнения задания. В документы ведь никто заглядывать не станет, поверят на слово. Ну и кто еще был связан с Подушкиным-2? «Пресс-секретарь» больницы имени Рычагова Зинаида Семеновна? Ну, во-первых, как выяснилось, она всего лишь простая санитарка, а во-вторых, несчастная попала под машину. Директриса Центра «Мария» Эвелина утверждала, что она никогда не видела щедрого мецената, и я отчего-то верю даме. Да и в приют мне после оплошности Слона совать нос нельзя. Так с кем побеседовать? Еще раз съездить к библиотекарше Ольге Ивановне? Она любила моего отца и, узнав, что видит перед собой его сына, стала откровенной. Но, боюсь, ничего нового я не узнаю. Правда, можно порасспрашивать о Раисе Сувориной, жене Юрия Кондратьева. Интересно, каким образом маменьке удалось трансформироваться в Николетту? Но уж не знаю, поверите ли вы в это, только мне нет дела до тайн матери. Я знаю ее как Николетту и не собираюсь копаться в ее грязном белье. У каждого в шкафу есть скелет, я случайно наткнулся на тайну Николетты и дальше рыть не стану. Вот только осталось искреннее недоумение: а отец знал о прошлом жены? Ладно, хватит размышлять на пустые темы, Николетта тут точно ни при чем, я ее единственный ребенок, произведенный на свет с одной целью: заставить Павла Ивановича жениться на ней.

Вернемся лучше к библиотекарше Ольге Ивановне. Стоит ли тратить время на еще одну беседу с ней?

Похоже, нет, с мальчиком Нюры она встретилась всего единожды, на книжной ярмарке, тогда же видела в последний раз и Павла... Стоп!!!

Я замер с поднятой ногой. В ту же секунду на меня налетела толстая тетка с громадной сумкой в руках.

— Че застыл? — начала возмущаться бабища. — Понаехали в Москву, метром пользоваться не умеют! Шевелись, убогий!

Но я не обратил внимания на ругань. Ольга Ивановна стала со мной откровенной лишь после того, как поняла: перед ней сын любимого писателя. А как Рязанова удостоверилась в моей личности? Стала задавать вопросы, сначала о месте нахождения нашей дачи, а потом, под самый конец, спросила:

— У вас с отцом в Переделкине было некое секретное место, можешь назвать его?

Я рассказал про тайник в печке и нашу игру в записки. Тогда-то лицо Ольги Ивановны разгладилось, она бросилась меня целовать. Понимаете, что меня насторожило? Нет? Это же элементарно, Ватсон!

Я очнулся и бросился к вагону.

Глава 30

— Ванечка! — с неподдельной радостью воскликнула старуха. — Вот радость! Не ждала тебя!

— Я очень надеялся, что найду вас на службе, — тоже честно признался я.

— Где же мне еще быть? — вздохнула Рязанова. — Сижу здесь, читателей караулю, и никого нет! То ли дело раньше!

— Ольга Ивановна, когда вы последний раз общались с моим отцом? — не церемонясь, задал я вопрос.

— Я уже говорила, дружочек, очень давно, на ярмарке!

— А потом вы не встречались?

— Нет, Ванечка, не довелось.

— Но в вашем музее есть книги с автографами разных лет!

— Верно, я прибегала на творческие встречи и просила сделать росчерк на титульном листе, но разве это считается общением? — ловко вывернулась она.

Я откашлялся.

— Дорогая Ольга Ивановна!

— Слушаю, голубчик!

— Мне очень неприятно, но все же придется уточнить.

— Не понимаю, деточка.

— Если вы в последний раз беседовали с отцом до моего появления на свет, то откуда знаете про тайник в печке? Мы с папенькой придумали его в год, когда мне исполнилось пять лет!

Ольга Ивановна застыла с приоткрытым ртом.

— Да ну? — выдавила она из себя. — В пять? Почему именно тогда?

— Отец хотел, чтобы я научился бойко читать, — пояснил я, — вот и решил применить то, что теперь называется игровым методом!

— Ага, — кивнула Ольга Ивановна, — Павел Иванович был очень умен.

— Согласен, — заулыбался я, — так как насчет ваших встреч?

Старушка покраснела.

— Ванечка, пойми, я очень любила твоего отца, но издали, не надеясь ни на какую взаимность. И только из добрых чувств, из лучших побуждений, руководствуясь исключительно здравым смыслом, не тая никаких планов, не имея расчетов...

Она остановилась, а я решил помочь пожилой даме:

— Очень хорошо понимаю вашу мотивацию: ни одного дурного помысла!

— Да, да, — закивала Ольга Ивановна.

— Вы решили предостеречь писателя и сообщили ему о ребенке Нюрочки?

Старушка столь густо покраснела, что я испугался.

— Вам плохо?

Ольга Ивановна помотала головой:

— Нет, Ванечка. Давай объясню все в подробностях. Очень не хочется, чтобы у тебя роились подозрения насчет отца. Мы никогда не состояли в любовной связи. Вернее, любовь была, и она до сих пор жива, но исключительно с моей стороны. Павлуша никогда ни о чем не догадывался. Я была его лучшим другом на протяжении многих лет. Мы понимали, что Николетта неправильно истолкует ситуацию и сделает жизнь мужа невыносимой. Видишь ли, Павлик был патологически порядочен, он очень любил тебя и боялся, что род Подушкиных прервется. Это ты скреплял их семью, Николетта великолепно знала, кто тут главный, и пользовалась положением матери сына Павла. Она ведь так и не родила второго ребенка, хотя, наверное, могла. Боялась, что если малышей станет двое, то Павел, как это ни парадоксально звучит, перестанет опасаться потери одного ребенка. Короче, я зря полезла в психологию. Тебе важно другое: отец никогда бы не развелся с твоей матерью, он терпел все истерики Николетты. Но было одно, чего Павлуша бы никогда не простил жене: измена. И Николетта знала об этом, она была безупречна в этом плане, во всяком случае, никаких слухов о ней не ходило.

Я постарался не измениться в лице; пару лет назад, совсем случайно, я узнал кое-что о личной жизни маменьки[1], но сейчас нет необходимости вспоминать ту историю.

— У Павла был еще один пунктик, — продолжала

---

[1] См. книгу Дарьи Донцовой «Букет прекрасных дам».

Ольга Ивановна, — чистота рода Подушкиных. Он женился достаточно поздно и на непорочной девушке. В свое время твой дед рассказал Павлу, что в организме женщины сохраняется память о всех ее партнерах. Если ты ведешь под венец разведенку или гулящую особу, то потом получишь от нее ребенка с кривой генетикой. Вроде дитя твое, но в нем отпечатаются гены прежних любовников жены. Я понятно объясняю?

— Слышал подобную теорию, — кивнул я, — но она эфемерна, нет никаких научных данных, подтверждающих или опровергающих ее. Врачи-фашисты проводили эксперименты в концлагерях с заключенными женщинами, но так ничего и не выяснили.

— Павлик поверил своему отцу, — перебила меня Ольга Ивановна, — вот почему он женился на Николетте. Та была невинной девушкой!

— Помилуй бог! — не выдержал я. — Маменьке на момент замужества исполнилось немало лет!

— Она обманула Павлика, — прошептала Ольга Ивановна, — я ведь узнала совершенно все! Выяснила до ниточки!

— Сделайте одолжение, расскажите, — взмолился я, — вы же небось знаете и про моего брата!

Библиотекарша обхватила себя за плечи.

— Ты уверен, что хочешь это услышать? Иногда лучше не знать правду, остаться в неведении, так спокойнее и комфортнее душе.

— Говорите, — твердо сказал я.

Ольга Ивановна улыбнулась:

— В тебе много от Павла, думаю, он бы ответил так же. Прежде чем начать исповедь, хочу спросить, помнишь ли ты фамилию Севрюгов?

— Да, — удивился я. — Никита!

— Нет, Нестор.

— Точно! Друг отца, художник-инвалид, вроде он

потерял во время Великой Отечественной войны ноги, сидел в коляске, практически не выходил из дома.
Отец ездил к приятелю регулярно, а Николетта никогда, она вообще недолюбливала друзей отца и постаралась избавиться от них. Надо сказать, маменька в
этом преуспела, насколько я помню, в нашей квартире постоянно толкались Кока, Мака, Люка, Зюка,
Нюка, Пусик и иже с ними. К отцу приходила только
редактор. Из близких у него остался один Севрюгов,
думаю, потому, что он не покидал свой дом и никогда
не заглядывал к нам.

— Это я, — прошептала Ольга Ивановна.

— Кто? — подскочил я.

— Севрюгов — это я, — повторила бабуля. — Мы с
Павлушей придумали безногого инвалида!

В первую секунду я не понял, о чем толкует Ольга
Ивановна, и переспросил:

— Нестор Севрюгов ваш муж?

Библиотекарша мягко улыбнулась:

— Я никогда не была в загсе. Человека по имени
Нестор Севрюгов не существовало на свете, он был
выдуман Павлом, чтобы иметь повод уйти на пару часов из дома!

Неожиданно в моей памяти всплыло воспоминание. Николетта готовит очередную вечеринку, в квартире дым стоит коромыслом. Тася и нанятые ею в помощь две бабы носятся на помеле, сдвигая столы и
вытаскивая из буфетов сервизы. Я затаился в детской,
ничего хорошего от прихода гостей я не ждал. Сейчас
меня обрядят в неудобный костюм, застегнутую под
горло рубашку и затянут на шее галстук. Как только в
дверь начнут звонить первые гости, младшему Подушкину предписывается идти в прихожую, встречать
друзей маменьки. Я обязан шаркать ножкой, целовать
ручки дамам и, как обезумевший попугай, повторять:

— Маменька в гостиной, прошу налево.

— Ах, Вава, как ты вырос, — прозвучит в ответ, и очередная дама, ущипнув меня за щеку, поплывет по коридору в гостиную.

Затем мне предстоит несколько часов сидеть за столом, развлекая соседок справа и слева. Лишь после подачи десерта мне разрешат откланяться и ушмыгнуть к себе в комнату. Но костюм снять нельзя, нужно и далее маяться при полном параде, потому что в любую секунду в детскую без стука могут ворваться Мака, Кока, Люка, Зюка и запищать:

— Вава! Тебе не скучно одному? Ах уроки! Прости, милый.

Затем дверь с треском захлопнется и раздастся театрально-трагический шепот:

— У Николетты сын замечательно воспитан, он далеко пойдет.

Не могу сказать, что я ненавидел журфиксы. Маменька непременно устраивала их два раза в неделю, я привык и относился к этому как к неизбежному злу, вроде урагана или цунами. А вот отец норовил убежать. Нет, были дни, когда он садился со всеми за стол и щебетал с дамами: Новый год, Седьмое ноября, Первое и Девятое мая, день рождения Николетты. Но в самый обычный день, за час до появления первого гостя, папа шел в прихожую, громко объявляя:

— Севрюгов звонил! У него там что-то приключилось! Николетта, я ненадолго!

— Хорошо, милый, — с явной радостью откликалась маменька, которой муж во время суаре только мешал. — Долго не задерживайся!

Однажды я попросил отца:

— Возьми меня с собой!

Он слишком быстро ответил:

— Нестор живет в коммуналке, у него соседи-алкоголики, к тому же он инвалид с дурным характером, желчный и злой на язык, всегда подсмеивается над людьми, невзирая на их возраст. Тебе у Севрюгова будет некомфортно, и потом, нельзя оставить Николетту одну с гостями.

Я предпринял еще несколько попыток увидеть Севрюгова, но каждый раз отец находил достойный повод, чтобы отказать мне. И в конце концов я сообразил: каждый человек хочет изредка расслабиться и отдохнуть, очевидно, комната старинного приятеля единственное место, где отец может снять с себя маску популярного писателя, заботливого мужа и безупречно воспитанного джентльмена. Но мне никогда не приходило в голову, что Севрюгов — это женщина. Кстати, Николетта, раз в три дня непременно устраивавшая отцу скандалы, никогда не закатывала сцен ревности. Она упрекала мужа в жадности, в нежелании делать ей подарки, невнимании к ее капризам, но в прелюбодеянии — ни разу. Николетта не сомневалась, что Нестор — художник-инвалид. А оказывается, под его личиной скрывалась Олечка!!

— Вы с моим отцом состояли в связи? — ошарашенно спросил я.

— Упаси бог! — топнула ногой Ольга Ивановна. — У нас были исключительно дружеские отношения, я стала для него отдушиной! Слушай, Ванечка, правду!

В тот памятный день на выставке, узнав о том, что у Нюры есть ребенок, Ольга Ивановна побежала назад на стенд, где сидел Павел. Библиотекарша опоздала, он ушел. Рязанова решила не сдаваться, она была абсолютно уверена: Нюрочка родила ребенка от писателя. Ольга Ивановна потолкалась возле стенда, поболтала с сотрудниками издательства и раздобыла домашний телефон Подушкина.

Через несколько дней Олечка набрала заветные цифры и услышала знакомый голос:

— Слушаю.

— Павел Иванович? — спросила она.

— Я у аппарата.

— Вас беспокоит Ольга Рязанова.

— Очень приятно, — вежливо ответил прозаик, но Олечка сообразила: Подушкин ее не узнал.

— Мы с вами были хорошо знакомы, я подруга Нюры Кондратьевой. Когда-то чистила ваш плащ.

— Ах да, — засмеялся Павел, — рад вашему звонку. Чем могу помочь?

— Вы знаете, что с Нюрой?

— Она вышла замуж и уехала в Пермь, — ответил романист.

— Кто вам сказал такое? — изумилась Оля.

— Сама товарищ Кондратьева, — сказал Павел.

— Нюра в Москве, она бедствует, одна воспитывает ребенка! — воскликнула Рязанова.

Из трубки понесся кашель, потом Подушкин сказал:

— Ольга Ивановна, я сейчас занят, мы с редактором правим новую рукопись. Оставьте свои координаты, я непременно свяжусь с вами.

Самое интересное, что он не обманул, на следующий день перезвонил Ольге и приехал к ней домой, привез торт к чаю, запросто сел на кухне и начал расспрашивать про Нюру.

Рязанова рассказала, что знала, сообщила название издательства, на стенде которого встретила Нюру и мальчика. Спустя неделю Подушкин снова прикатил к Рязановой, на этот раз с коробкой конфет, устроился между плитой и холодильником и сказал:

— Я отыскал Нюру, ей действительно тяжело живется!

— Вы ей поможете! — обрадовалась Оля.

Павел замялся.

— Я предложил денег, но Нюра отказывается. Более того, она убедительно просила меня более никогда ее не беспокоить! Спросила, кто рассказал мне о ребенке, я ответил: Ольга Рязанова. И мне показалось, что Нюра рассердилась не на шутку. Кстати, малыша она не показала, в квартиру меня не впустила, заявила: «Не желаю стать объектом пересудов соседей. Вы просто в комнате посидите, а народ языками замелет!» Раньше она не была... м-да, ну ладно!

— Это ваш мальчик! — воскликнула Ольга. — Насколько я понимаю, роман с Нюрой дал свои плоды! Глупый каламбур, но в данной ситуации он пришелся кстати!

Павел Иванович отодвинул чашку.

— Скрывать не стану, некоторое время мы состояли в интимной связи. Может, я был не прав, думая, что Нюра меня искренне любит. Олечка, не поймите меня превратно, но я не собирался жениться и никогда не давал ей никаких обещаний. Более того, я предупредил: в моих планах похода в загс нет. Есть еще один момент. Я отлично понимал: Нюра милая девочка, ласковая, заботливая, хозяйственная, из нее получится замечательная супруга, но не для меня!

— Слишком обычная, — пробормотала Ольга, — без блеска и фейерверка!

Подушкин крякнул и внезапно рассказал Рязановой о своей семье, об отце, деде, ответственности за родовое имя, о том, что его жена должна непременно иметь дворянские корни.

Ольга слушала разинув рот. Напомню вам, что были советские времена, в анкетах имелся пункт «происхождение» и в нем лучше всего было писать «из рабочих» или «из крестьян». Слово «интеллигенция» настораживало сотрудников первого отдела[1], а уж сообщение о родственниках-аристократах и вовсе могло перекрыть вам кислород навсегда.

---

[1] **П е р в ы й о т д е л** в советские времена существовал во всех учреждениях, организациях и структурах. Не путать с отделом кадров. Сотрудники первого отдела ходили в штатском, но имели на плечах погоны сотрудников КГБ, занимались проверкой и слежкой за сотрудниками.

Глава 31

Олечка выслушала Павла и внезапно обиделась за скромную, милую Нюрочку.

— Значит, Кондратьева тебе не подходит? — отбросив вежливое «вы», воскликнула она. — Лапотная девка? Барину нужна голубая кровь, а пока ты ее искал, тебе и крепостная для постели подошла?

Павел укоризненно покачал головой:

— Оля, попробуй меня понять. Нюра — замечательная женщина, но на роль матери будущих Подушкиных не годится. Я несу ответственность за продолжение рода. Тебе это кажется диким, но у нас с тобой разное воспитание. И еще такой нюанс. Нюра на момент нашей встречи не была невинной девушкой, значит, вопрос о нашем браке не мог стоять. И она об этом знала!

— Ты того, да? — повертела пальцем у виска Ольга.

И тут Павел рассказал ей «генетическую теорию» своего отца о «запоминании» женским организмом всех добрачных партнеров.

Рязанова не знала, смеяться ей или плакать, но одно стало понятно: умный, талантливый Павел верит в бред.

— Значит, твоя жена Николетта полностью соответствует всем твоим требованиям? — спросила Ольга после того, как писатель замолчал.

Подушкин кивнул.

— Она дворянка? — не успокаивалась Рязанова.

— В наше время необходимо держать в тайне дворянскую родословную, — пояснил Павел Иванович, — но у Николетты сохранились метрики ее деда и бабки. Ты слышала что-нибудь об архиве древних актов?

— Да, — подтвердила Ольга, — там хранят всякие документы.

— Я попросил приятеля порыться в книгах, — разоткровенничался Павел, — и он нашел упоминание об Адилье. Род древний, уходит корнями в средневековую Францию. В России появился во время войны с Наполеоном. Один из сыновей маркиза Адилье был ранен во время сражения, его, умирающего, пригрела обедневшая дворянская семья Раевских. Несмотря на тяжелое ранение, Анри Адилье поправился и женился на дочке своих благодетелей. Николетта потомок двух старинных родов. И она до встречи со мной была невинна.

Ольга, которая уже собиралась выложить историю про Раису Суворину, поперхнулась.

— Ты уверен? — подпрыгнула она.

Павел кивнул.

— Стопроцентно. Извини за интимную подробность, мужчине трудно в этом ошибиться. А еще Николетта принесла мне справку от гинеколога.

— Зачем? — изумилась Ольга. — Ты отправил невесту на осмотр, чтобы врач подтвердил наличие или отсутствие девственности?

— Нет, конечно, — махнул рукой Павел, — это была идея Николетты. Не скрою, она яркая, интересная, красивая, возбудила у меня интерес, я стал за ней активно ухаживать, ситуация дошла до интимных отношений. Но тут Николетта твердо сказала: «Я дворянка и в свое время дала родителям клятву не иметь дела с неблагородным человеком. Сохранила невинность и вручу ее только мужу, потому что хочу быть чистой для брака».

Павла поразило это заявление, они с Николеттой проговорили всю ночь, наутро она вместе с ним поехала к гинекологу, зашла в кабинет и вынесла оттуда справку. А в первую брачную ночь молодой супруг убедился: жена до него никому не принадлежала.

— Значит, история про Раису Суворину ложь! — воскликнул я.

Рязанова опустила уголки рта.

— Погоди, Ваня. Я в тот день так ничего и не сказала Павлу о Сувориной, только воскликнула: «Отлично получилось! Ты нашел дворянку, а беременную Нюру прочь!»

— У Кондратьевой и правда есть ребенок, — вздохнул Павел, — но не от меня. Я всегда соблюдал меры предосторожности. Нюра рассказала мне правду. Ее изнасиловал сосед по прежней коммунальной квартире, влез ночью в ее комнату. Вот почему она, не объясняя причины, порвала со мной и, быстро поменяв удобную площадь в центре на жилье на окраине, съехала прочь. В тот момент она не могла говорить об изнасиловании, все мужчины стали ей противны, вот она и сбежала.

Нюрочка была наивна и только через четыре месяца после ужасного происшествия догадалась о своей беременности. Вот так на свет и появился ребенок, которого мать, несмотря ни на что, полюбила всей душой...

— С ума сойти! Почему она не сделала аборт? — ахнул я.

— Ваня, в те годы такую операцию разрешали лишь по медицинским показаниям, — напомнила Ольга Ивановна.

— Знаю, — воскликнул я, — но изнасилование тоже было одним из аргументов для прерывания беременности.

Рязанова горько вздохнула:

— Деточка, обращение в милицию предполагало расследование. Нюру бы затаскали по осмотрам и заставили давать подробные показания. Представляешь этот ужас? Следователь начнет говорить с соседями, коллегами по работе, потом суд, процесс открытый, на нем надо прилюдно рассказать о своей беде. А народ у нас безжалостный, большая половина на сторону насильника встанет, начнут шептаться, поминать русскую пословицу: «Сучка не захочет — кобель не вскочит». Да еще жена осужденного мужика примется выть, дети зарыдают! И каково Нюре после этого жить? Вот она и предпочла решить проблему тихо.

— Ясно, — прошептал я. — Значит, ее сына зовут не Иван Павлович Подушкин?

— Нет, — помотала головой Ольга Ивановна, — а я оказалась в тяжелом положении. Николетта как две капли воды походила на Раису. Но ведь Нюра сказала мне, что жена Юрия умерла. Значит, я ошиблась? Рая никак не могла быть девственницей, она жила с братом Нюры и просила звать себя Антуанеттой. Чувствуешь сходство? Обманом выскочила замуж за наивного Юру, кстати, тот тоже говорил о невинности невесты, а затем явилась теща из деревни и правда вылезла наружу. Антуанетта — Николетта. История повторилась! Нетронутая девушка! Дворянка! Почти француженка! И похожа на Антуанетту-Райку, как близнец! В общем...

Ольга Ивановна замолчала, отвернулась к окну и зашмыгала носом.

— Понимаю, — тихо сказал я, — и знаю, что вы предприняли.

Рязанова переместила взгляд на меня.

— Думаю, вы начали расследование, — сказал я, — захотели вывести Раису на чистую воду?

— Верно, дружочек, — прошептала библиотекарь.

— И что выяснили?

Щеки собеседницы приобрели пурпурную окраску.

— Все нормально, — быстро ответила библиотекарь, — Раиса давно скончалась, не волнуйся! Твоя мать Николетта Адилье!

Я вспомнил фотографию женщины в платье с черешнями и вкрадчиво сказал:

— Милая Ольга Ивановна. Я не маленький первоклассник Ванечка, которому известие о лживости матери может разбить сердце. Увы, я намного старше и великолепно знаю цену Николетте. Маменька жадна, готова на многое ради материального благополучия и положения в обществе, она неглупа, но очень любит себя и всегда гордилась своей красотой. В ее доме на каждой стене висят зеркала, в которые Николетта постоянно смотрится. Надо отдать ей должное, она была красива и до старости сумела сохранить привлекательную внешность. Да, сейчас она, конечно, мумия, но это мумия императрицы, а не рабыни-служанки. И еще, Николетта обожает демонстрировать снимки прежних лет, где она хороша собой. Думаю, маменька не знала, что в альбоме Софьи Борисовны осталось ее фото, наверное, было сделано несколько снимков. Один, отрезав бывшего мужа, Николетта забрала, уходя от Кондратьева. Она не смогла расстаться с карточкой, на которой запечатлена молодой и ослепительно красивой, просто стала говорить, что снимок сделан ее родителями. Я теперь уверен: Раиса Суворина и Николетта одно лицо. Ведь так?

Артритные пальцы Ольги Ивановны мяли носовой платок, спешно вынутый ею из кармана.

— Поверьте, — продолжил я, — правда не разобьет моего сердца, и никого она, кроме нас с вами, не взволнует. О Павле Подушкине давно забыли и издатели, и читатели. Я никаких разбирательств устраивать не собираюсь. Что вы разведали о Николетте?

Ольга Ивановна вытерла лицо платком.

— Ванечка, мне не хочется сообщать подробности, они мерзкие. Николетта на самом деле Раиса Суворина. Более того, она имела сестру-двойняшку...

— Мэри, — кивнул я, — та вследствие ряда перипетий оказалась замужем за иностранцем. Маменька никогда не сообщала о наличии сестры, но, став пожилыми и сентиментальными, сестры решили встретиться. Их мужья уже умерли, можно было не бояться разоблачения[1]. Мэри очень похожа на Николетту не только внешне, помнится, они наплели какие-то истории про свое детство, но я их не очень слушал.

— Сестрица ее еще та пройда! — сердито воскликнула Ольга Ивановна. — Девушки очень хотели вырваться из Калоши. Мэри повезло, она рано сбежала в Москву, а Раиса тщетно пыталась устроить свою судьбу, буквально пошла по рукам. Но шанса с Кондратьевым не упустила. Вцепилась в наивного парня и прибыла в столицу. Родственник ее прежнего любовника, чтобы избавиться от ушлой претендентки в невестки, выписал ей фальшивый паспорт. Он заведовал местным отделением милиции, ему это было легко проделать. Так Райка стала Антуанеттой и выскочила замуж за Кондратьева. Заодно ей уменьшили возраст аж на десять лет, и она поступила в театральный вуз. Правда, Рая замечательно выглядела, в тридцать казалась юной девушкой.

— А девственность? — напомнил я. — Понимаю, что, напоив наивного Юру, его можно было обмануть, но как Раиса провела Павла?

Ольга Ивановна склонила голову набок.

— Еще в древности врачи умели штопать плеву. И в советские времена делали такие операции, тайно и дорого. Думаю, желание стать мадам Подушкиной было так велико, что она нашла нужного гинеколога.

— Но как она познакомилась с Павлом?

Ольга Ивановна встала, прошлась от стены до письменного стола и сказала:

— Вот эти подробности я не узнала. Выяснила только то, что Антуанетта покинула Юрия и исчезла. А потом вынырнула на свет Николеттой Адилье, дворянкой, актрисой, женой Павла Подушкина. Думаю,

---

[1] См. книгу Дарьи Донцовой «Рыбка по имени Зайка», издательство «Эксмо».

она каким-то образом узнала про желание писателя жениться на дворянке-девственнице и прикинулась тем, кем надо. Я не поленилась порыться в архиве и нашла интересные данные. Есть запись о свадьбе Юрия и Антуанетты, имеется свидетельство о кончине Кондратьева. Документов о разводе нет, значит, официально разрыв не оформляли. Но Антуанетта Кондратьева как сквозь землю провалилась. О ней никаких данных не нашлось. Если же изучить биографию Николетты, то она очень интересная. Дама возникла из ниоткуда, паспорт на это имя был выдан неким отделением милиции по заявлению об утере предыдущего, и прописана она была по столичному адресу. Но когда я приехала туда, дома не нашлось, он был снесен за год до того, как Николетта получила паспорт. Нестыковка?

— Верно, — согласился я.

— Уволь меня от перечисления всех деталей, — взмолилась Ольга Ивановна, — я в конце концов убедилась: Николетта — это Раиса Суворина!

В комнате повисла давящая тишина.

— Вы не рассказали моему отцу правду, — прошептал я.

— Нет, — еле слышно ответила Ольга Ивановна.

— Не захотели разрушать его жизнь, — осипшим голосом сказал я, — знали, сколь важно было для Павла Ивановича сохранить чистоту рода. Поэтому, выяснив все об обманщице, вы не открыли ближайшему другу истину!

— Правильно, Ванечка, — протянула Ольга Ивановна, — ну какой смысл был разоблачать Николетту? Дело сделано, есть сын. Павел был очень порядочен, он любил сына, возлагал на него большие надежды. Какой прок от истины? Павлуша не оставит мальчика, будет его растить, но при этом начнет мучиться. Не скрою, я разгребала навозную кучу лжи с желанием уличить Николетту. Уж очень она была наглая, самоуверенная, вертела Павлом как хотела. Но потом я поняла: моя любовь к Павлу сильнее мести. Я даже стала бояться, что Николетта невзначай выдаст себя. И понимаешь, Ванечка, абсолютное большинство людей предпочтет разорвать отношения с человеком, который стал обладателем их семейных тайн. Муж и жена одна сатана, третий не лезь. Узнав подноготную супруги, Павел бы, наверное, не простил ей ложь, а вот из-за сына мог сохранить брак. И тогда он бы гарантированно вычеркнул из своей жизни Нестора Севрюгова. А я хотела находиться около Подушкина, ведь по большому счету я была его самым близким товарищем. Да, у нас не было интимных отношений, но, Ванечка, поверь, дружба ценнее и прочнее, чем секс. С одной стороны, я не хотела причинять Павлу боль, с другой — опасалась его лишиться, и поэтому правда о Раисе Сувориной не выплыла наружу. Хотя, повторяюсь, вначале я хотела с треском развенчать Николетту, а потом раздумала. Странное животное человек! Я не ревновала Павла к Николетте, наверное, потому, что знала: его брак не особо счастлив. А вот Нюру то жалела, то отчаянно ненавидела. О бывшей любовнице он говорил с редкой теплотой, один раз даже воскликнул: «Может, мне следовало жениться на Нюре?», но тут же замолчал! Столько лет, Ванечка, прошло, а я до сих пор иногда страдаю от ревности и могу наговорить гадостей про Нюру, вот и в твой первый приход не сдержалась, сказала пару «ласковых» слов о ней, теперь маюсь совестью! И о ее малыше не следовало упоминать, но зашевелилась проклятая ревность, и я растрепала про ребенка. На мой взгляд, родить вне брака — позор! Нюра была развратна! Может, ее и изнасиловал сосед, но некоторые женщины провоцируют мужчин! О господи! Что я несу! Прости, Ваняша, старую дуру.

— Я вас понимаю, — проговорил я, — вы ни в чем не виноваты.

Ольга Ивановна перевела дух.

— Твой отец был замечательным человеком, он стал давать деньги Нюре, — сказала она. — Я абсолютно случайно узнала правду, Павлуша не рассказывал о своей благотворительности. Мне об этом сообщила Софья Борисовна.

— Кто? — изумился я.

— Заведующая детским садом, — пояснила Ольга Ивановна, — она тоже была из числа фанатов Павла. В свое время Софа помогла Нюре, взяла ее ребенка к себе в дошкольное учреждение.

— Я начинаю путаться в событиях! Вы же только что сказали: никто не знал, что у Нюры есть ребенок, она тщательно скрывала правду!

Ольга Ивановна закивала:

— Да, от близких, сослуживцев и подруг. Нюра резко оборвала все связи, сменила род деятельности, перебралась в другую квартиру и очутилась в вакууме, ей пришлось очень тяжело.

После памятного разговора с Павлом Нюра внезапно позвонила библиотекарше и с легкой укоризной воскликнула:

— Это ты сообщила Павлу Ивановичу, где я служу!

— Ты не просила меня молчать! — ответила Рязанова.

— Мой ребенок не от Подушкина!

— Знаю, извини меня, — с раскаянием вымолвила Ольга Ивановна, — я от души хотела тебе помочь.

— Ценю твое желание, — *без всякой язвительности* отреагировала Нюрочка, — но если хочешь помочь, то помоги.

— Говори, что надо!

— Никак не могу пристроить ребенка в детский сад, поговори с Софьей Борисовной, вдруг она окажет содействие. Мне тяжело приходится, надо платить няньке, а лишних денег я не имею!

Рязанова без промедления связалась с заведующей, и та пригрела «неведомственного» ребенка.

И только через много лет, на поминках Нюры, Рязанова узнала от Софьи, что у Кондратьевой была девочка, а не мальчик.

Глава 32

Услышав от Софьи про девочку, Ольга Ивановна поперхнулась поминальным блином.

— У Нюры был мальчик! Я сама видела его на книжной ярмарке! Стриженый бутуз в кепочке на голове и в штанишках.

— Девочки тоже носят брючки, — ответила Софа, — а волосы ей Нюра стригла, чтобы лучше росли. Поэтому мы Кондратьеву Елочкой и называли — погладишь ее по голове и словно иголочки ели потрогаешь. Бедный ребенок! Она постоянно тосковала по маме, а еще девочку обижали одногруппники, у нее никогда не было хорошей одежды и игрушек, и отсюда проблемы. Я говорила Нюре: «Надо баловать малышку». Но она была сторонницей строгого воспитания, знаешь, Нюра мне один раз заявила: «В каждом ребенке слились отец и мать, две разные части. В благородстве одной я уверена, но вторая вызывает беспокойство, порой я вижу проявление дурной наследственности: истеричность, манерность, излишнюю эмоциональность, жадность. Вот и воспитываю ее больше кнутом, чем пряником».

Ольга Ивановна на секунду перестала слушать Софью Борисовну. Она вспомнила, как, встретив на ярмарке Нюру, воскликнула:

— Ой, у тебя родился мальчик?

Кондратьева замялась, а потом, странно усмехнувшись, ответила:

— Мальчик? Пусть будет мальчик!

Нюра не захотела откровенничать с Ольгой и не поправила бывшую подругу, не призналась, что у нее девочка, еще и соврала, что сына зовут Ваней!

Вот как она не хотела рассказывать правду!

— Девочка! — воскликнул я. — Значит, не мальчик? Но почему вы мне сразу не сказали про пол ребенка!!!

Рязанова опять побагровела.

— Ну... ты не спрашивал... и разве существенно, кто у нее родился, а? Мальчик, девочка... важен факт!

Я молчал. Ревность странное чувство: Ольга Ивановна до сих пор ненавидит Нюру и, похоже, подозревает в отцовстве Павла Ивановича!

— Ванечка, — зашептала Рязанова, — я ведь не сделала ничего плохого. Могла разрушить брак твоего отца с Николеттой, но не стала! А моя маленькая... э... недоговорка про пол младенца... Господи, пойми меня правильно! Я одна! Совсем! Никого нет рядом! Любовь к Павлу не прошла! Я всегда мечтала с тобой познакомиться, но Павлуша был против! Я обещала, что не стану общаться с его сыном, и сдержала слово, но ты сам пришел! Я чуть сознание не потеряла от радости, когда поняла, кто передо мной. Скажи я тогда тебе правду про девочку или про Нестора... Не могла! Нет! О Севрюгове следовало молчать! Но! Ванечка! Пойми, я думаю о тебе как о сыне! И... О...

Ольга Ивановна зарыдала, мое сердце сжалось от жалости, я обнял старушку.

— Наверное, я понял вас. Вы думали, что, узнав все, я более не вернусь, а если выдавать мне информацию по чайной ложке, делать таинственные намеки, вдруг «вспомнить», что Ваня — это девочка, тогда я стану ходить регулярно в надежде на очередной всплеск вашей памяти. Но, Ольга Ивановна, милая, это же глупо!

— Верно, — согласилась она, — я ужасная идиотка. Ванечка, ты ведь еще навестишь меня?

Я поцеловал старушку.

— Непременно, буду приезжать к Нестору Севрюгову раз в неделю.

Рязанова вытащила из кармана еще один платок и начала промокать глаза.

Спустя полчаса я спустился во двор и в полном изнеможении пошел куда глаза глядят. То, что в прошлом Николетты были тайны, я знал давно и, если честно, не особо удивился, узнав про Раису Суворину. Очень хорошо помню, как маменька и ее сестрица, прилетевшая из Америки, замолкали, когда я входил в комнату во время их беседы. И порой Николетта роняла странные фразы о своем детстве, я иногда отмечал нестыковки.

Впрочем, в отличие от отца я вовсе не одержим идеей о чистоте крови и с легкостью приму сообщение о наличии в своей биографии крестьянских предков. Я очень хорошо знаю цену Николетте, но она моя мать, другой у меня не будет, поэтому запрячу полученную от Ольги Ивановны информацию в самый дальний чулан памяти. Я не судья своим родителям, не имею никакого морального права обличать Николетту, пусть спокойно живет с Владимиром Ивановичем. Если долго лгать окружающим, рано или поздно сам поверишь в свое вранье, — думаю, маменька давно забыла о Раисе Сувориной.

Я медленно брел по улице, не глядя по сторонам. Что же получается, господа! Иван Павлович узнал массу интересного, выяснил прошлое маменьки, докопался до подлых девчонок Варвары и Люды, решивших из мести оболгать его, походя выяснил, что давний друг отца Нестор Севрюгов на самом деле Ольга Ивановна Рязанова, выслушал историю не очень счастливой жизни Нюры Кондратьевой. Но все усилия ни на миг не приблизили меня к Подушкину-2. Я-то полагал, что у Нюры родился мальчик, а там девочка, не имеющая никакого отношения к Павлу Ивановичу. И куда теперь мне податься? Впереди тупик?

Внезапно меня охватил азарт. Ну уж нет, сдаваться я не стану! В Центре «Мария» явно творятся противозаконные дела. Если тот свет существует, то душа бедного Павла Ивановича сейчас мечется, потеряв покой. Мой долг обелить фамилию Подушкин.

В кармане завибрировал мобильный, я поднес аппарат к уху.

— Слушаю.

— Владимир? — пропел незнакомый женский голос.

— Да.

— Ваш номер дал мне Михаил Горчаков, пресс-секретарь Алины Брин. Знаете такого человека?

— Конечно, — подтвердил я, — чем могу служить?

— Я читала о потрясающем выступлении коллектива Гаделли на дне рождения газеты «Треп».

— Морелли, — поправил я.

— Ну какая разница! Морелли, Гаделли... Главное, вы шикарно работаете. Скажите, медведь точно есть?

— Тихон наш артист, — подтвердил я, крайне удивленный тем, что незнакомка сочла статью о трюках акробатов на празднике газеты рассказом о «потрясающем выступлении».

— Гимнасты? Их можно пригласить на праздник?

— С огромной радостью прибудем на место. Говорите когда и куда!

— Наверное, у вас не получится!

— Почему?

— Праздник завтра, в полдень. Хочу сделать сюрприз мужу, у него день рождения, но у артистов вашей звездности, о ком пишут в газетах, скорей всего, концерты расписаны на год вперед! — наивно предположила женщина.

— Вам повезло, — бойко ответил я, — завтра в двенадцать мы должны были работать на утреннике, но малышка, для которой готовилось выступление, заболела. Образовалось окно, говорите адрес!

— Ой, здорово, — возликовала собеседница, — вернее, плохо, что чей-то ребенок слег, но я надеюсь, что с ним ничего серьезного. Записывайте координаты: Рублево-Успенское шоссе, проехать Жуковку, докатить до светофора, там вас встретит наша охрана и проводит до участка. По телефону дорогу не объяснить. Да, еще один момент. Сколько вы стоите?

Я быстро оценил ситуацию: элитное загородное направление, охрана...

— Тысяча евро.

— Замечательно, — не испугалась озвученного гонорара заказчица, — давайте уточним количество человек, которые будут работать?

— Энди, Антонио, Мара, Жозефина, дрессировщик Костя и я, шпрехшталмейстер, ну и Мими с Тихоном, они не люди, обезьяна и медведь.

— Итого получается... шесть тысяч евро. Отлично.

— Скока? — по-детски выдохнул я.

— Вы же сами озвучили ставку, — забеспокоилась дама, — тысяча евро, умножим на количество артистов и получим итог.

Нам заплатят по штуке КАЖДОМУ? Энди потеряет сознание от восторга!

— Мими и Тихон тоже выступают, — быстро сказал я.

— Животные дороже?

— Нет, они как люди, — не веря в успех, ответил я.

— Значит, восемь, — резюмировала собеседница, — замечательно. Надеюсь, концерт займет не менее часа?

Да за эти деньги мы весь день прокувыркаемся и еще тарелки за гостями помоем! Я сдержал вопль восторга и с напускным спокойствием заявил:

— Давайте сценарий обсудим, выскажете свои пожелания, мы выполним любой ваш каприз!

— О! Супер! — обрадовалась дамочка. — Горчаков говорил, что вы профи. Значит, так, мой муж, Николай Варин, обожает фильм «Чудовище с планеты Зиф», вы, конечно, смотрели его полнометражную версию и стосерийный сериал.

Мой розовый мобильный раскалился, а сам я вспотел, слушая то, чего хочет дама, сообразившая в самом конце беседы представиться Наташей.

Заверив госпожу Варину, что нам не составит ни малейшего труда исполнить любые ее капризы, я перевел дух, звякнул Энди, объяснил ему ситуацию, услышал вопль радости, который не издать даже влюбленному бизону в день свадьбы, и быстро пошел в сторону возвышающегося чуть поодаль торгового центра. Надеюсь, там есть точка с DVD-дисками, нужно срочно купить ленту про чудовище.

На следующий день, без четверти двенадцать, все Морелли цепочкой втянулись в большой двор и пошли по широкой дорожке, обсаженной незнакомыми мне цветами. Я замыкал шествие и осматривал критическим взором наспех сделанные ночью костюмы. Что ж, если учесть, что времени на постановку спектакля у нас практически не было, смотрелись ребята просто замечательно.

День покатился колесом, сначала Мими преподнесла Николаю огромный пакет, где лежал «философский камень планеты Рух», обычный булыжник, который Мара покрыл золотой краской, а затем положил его в коробку и трогательно перевязал голубой лентой. Николай, владелец участка размером в пару гектаров и трехэтажного дома примерно двухкилометровой площади, вытащил каменюку и прослезился от умиления. Затем наступил час Тихона, надетая на голову медведя алюминиевая кастрюля с приклеенными к ней оленьими рогами преобразила Топтыгина в мудреца с астероида Ка. Слава богу, по фильму эта мудрая личность не способна выражаться на понятном людям языке, зато она всегда имеет при себе книгу знаний, здоровенный том в ярко-красной обложке.

Осознав, что в придачу к философскому камню он стал еще и обладателем того самого талмуда, Николай бросился целовать Тихона. Но после первого лобызания бизнесмен не рискнул повторить попытку, да и понятно почему. Топтыгин никогда не чистит зубы и воняет, как старые ботинки, пролежавшие сутки на палящем солнце. Правда, когда косолапый выступил вперед, держа в лапах самый обычный энциклопедический словарь, обернутый все тем же рукастым Марой в бумагу пурпурного цвета, я ощутил невероятную гордость. Кто быстро просмотрел идиотскую фантастическую ленту и с ходу состряпал сценарий выступления? Иван Павлович. Кому пришла в голову воистину гениальная идея приобрести в магазине странную вешалку в виде оленьих рогов и приклеить ее к алюминиевой кастрюле? Господину Подушкину! Я не только сумел написать «пьесу», но еще и проявил недюжинный талант инженера! Не всякий человек сообразит, каким образом из имитации костных отростков и кухонной утвари смастерить голову инопланетного мудреца!

Под аплодисменты многочисленных гостей нас провели в домашний театр. Наверное, Варины часто устраивают представления, в их особняке был зрительный зал, более просторный и комфортный, чем тот, что граф Шереметев построил некогда в своем дворце. Если честно, Шереметев сгрыз бы локти от зависти, если б увидел сцену, где предстояло сейчас выступать Морелли.

Ясное дело, открывать концерт должен был я. Перед выходом на авансцену я бросил на себя беглый взгляд в зеркало и остался вполне доволен. Правитель планеты Рух выглядел великолепно! Немного смущала лишь шкурка лисы, пришитая Жозефиной к моим брюкам сзади. По фильму диктатор, управляющий Рух, имеет пышный синий хвост, и мы вчера зашли в тупик, не понимая, из чего сделать украшение. Но ближе к утру в Жозефине проснулась креативность. С воплем:

— Вспомнила! У бабушки была горжетка, — девушка ринулась к сундуку и выудила оттуда сильно поеденную молью шкурку.

И именно Жозефине в порыве вдохновения пришла в голову идея прополоскать останки лисы в чернилах. Правда, у Мары, осуществлявшего операцию, руки по локоть стали похожи на перезрелые баклажаны. Увы, жидкость для авторучек, спешно приобретенная все в том же торговом центре, оказалась фиолетовой, но это уже детали!

Ощущая себя правителем Рух, гениальным продюсером и суперталантливым режиссером, я развел руки в стороны и очень громко сказал:

— Коллектив Гаделли приглашает всех в путешествие по галактике!

Послышался топот, из другой кулисы выскочили Энди, Мара и Антонио, концерт начал набирать обороты. Я живо юркнул за сцену и перевел дух. Ну какого черта я сказанул «Гаделли»? Надеюсь, никто не заметил идиотской оговорки!

— О-о-о, — пронеслось над залом.

Я уставился на сцену. Поверьте, зрелище было фантастическим. Энди стоял с запрокинутой головой, но перша не было видно, примерно в полутора метрах надо лбом старшего брата крутился в воздухе

Антонио, еще выше выделывал трюки Мара. Зрители затаили дыхание, я удовлетворенно вздохнул. Леня-химик не подвел, поделился чудо-краской, обработанный ею перш стал практически невидимым. Самый обычный номер, который есть в программе почти всех цирковых коллективов, превратился в феерическое зрелище. Может, как-нибудь вытащить Леню на представление? А то мой приятель почти впал в депрессию из-за того, что придуманное им покрытие не способно сделать самолеты невидимыми. Интересно, почему на сцене краска «работает», а в воздухе нет?

Глава 33

— Замечательно выступают, — сказал некто, скрывавшийся в глубине кулис.

Голос показался мне знакомым.

— Да, — согласился я и всмотрелся в сумрак.

— Готова поспорить, что знаю человека, которому пришло в голову сделать перш невидимым, — продолжала женщина, — это же твоя идея, Ваня?

Я замер с раскрытым ртом, а дама подходила все ближе, ближе, ближе.

— Нора!!! — вырвалось у меня. — Вы? Какими судьбами?

Хозяйка тихо засмеялась.

— Ваня, ты неподражаем! Где Наташа Варина могла услышать про неудачников Гаделли?

— Морелли, — безнадежно поправил я.

— Без разницы, — отмахнулась Нора, — отвечай на поставленный вопрос!

— Нас ей порекомендовал Михаил Горчаков, пресс-секретарь Алины Брин.

— Точно! Но кто дал его телефон Наташке, а? Есть предположение?

— Вы? — тихо спросил я. — Но откуда вы узнали про Морелли?

— Ваня, — с укоризной произнесла Нора, — пошевели извилинами! Я же изучаю всю прессу, включая желтую, а «Треп» дал замечательное фото: весь коллектив Горелли!

— Морелли!

— Давай без идиотских уточнений, — начала злиться Элеонора, — мы оба великолепно понимаем, о ком идет речь!

— Но на снимке меня нет!

— Есть!

— Я закрыл лицо рукой.

— Ха! У тебя на пальце очень характерная родинка, я сразу обратила на нее внимание.

— Верно, — пробормотал я, — совсем забыл, что вы просматриваете «Треп».

— Исключительно в служебных целях, — оправдалась Нора.

— Минуточку, — я обрел способность логически мыслить, — но кто сообщил вам номер моего мобильного?

Нора рассмеялась:

— Ох, Ваня! Во-первых, он имелся у Михаила Горчакова.

— Точно, я дурак!

— Даже больший, чем предполагаешь! — перестала веселиться Нора. — Хочешь совет? Если желаешь исчезнуть, никогда не звони приятелям! А ты? Звякнул Слону, попросил у него номер химика Леонида. Вчера утром меня разбудил посыльный, он припер торт!

— Вот черт, — обозлился я, — Володя прислал свой «эксклюзив»! Он меня спросил, куда отправить бисквит, а я машинально сказал: «Домой».

— Точно, — кивнула Нора, — я удивилась, соединилась со Слоном, тот заявил, что выполнил заказ

Вани, сделанный по телефону, ну я и осведомилась: «Скажи, не определился ли у тебя номер?» Дальше дело техники. Наташка Варина как раз собирала гостей, и я сумела убедить ее...

— Спасибо, все понятно, — бесцеремонно перебил я Нору.

— Следует отметить, что вы пришли эффектно, — не успокаивалась Элеонора, — в особенности всех впечатлил медведь в шляпе с рогами и твой синий хвост. Кое-кто из дам даже поспорил, у какого зверя его оторвали, ставки достаточно велики. Я предполагаю, что это амазонский сиреневый леопард! Ну? Не ошиблась?

— Шанхайский барс, — мрачно ответил я.

— Насколько помню, он был зеленым, — прищурилась Элеонора, — хотя я давным-давно не перечитывала романов про Остапа Бендера. Ну-ка, можно пощупать? Да уж! Плохие чернила купили, оставляют след! Ваня, какого черта ты удрал из дома?

Во мне внезапно ожила обида.

— Боюсь, вы не поймете мою мотивацию!

— А ты постарайся объяснить, — зашипела Нора, — растолкуй тупой бабе, в чем дело!

— Вы поверили лгунье Варваре! Решили подвергнуть меня унизительному анализу ДНК!

— Ваня! Я ни на секунду не сомневалась в твоей честности!

— Ага, — по-детски воскликнул я, — и велели ехать в лабораторию!

— Идиот! Это было сделано для Варвары!

— А я понял иначе!

— Дурак! — взвилась Нора. — Я сразу смекнула: девчонка лжет! Она не мать младенца! Варвара бросила в разговоре фразу «умрет скоро, долго не промучается», сказала это про своего ребенка и не поморщилась. Даже на редкость безголовая родительница не способна на столь жестокое заявление! А ее упоминание про царя Ирода? Девчонка корчила из себя цветок помойки, но пару раз оговорилась, показала образованность, не свойственную полубомжихам. И медальон! Господи, Ваня, я же понимаю, что ты бы никогда не подарил украшение с именем «Корнелия» Варваре! И особенно меня впечатлил пассаж про деньги! Ты идиот, лентяй, сибарит, мягкотелая улитка, но однозначно не вор!!!

— Спасибо, — кивнул я, — всегда приятно знать, что ты по достоинству оценен окружающими! Но если ситуация была столь прозрачна для вас, то почему вы не выгнали эту Варвару? Отчего встали на ее сторону?

— Идиот!

— Я уже слышал это, хотелось бы более конкретных аргументов!

Нора моргнула.

— А ты изменился! — констатировала она. — Надеюсь, твое мышление обрело остроту. Я захотела узнать, кто и по какой причине устроил этот спектакль! И мне надо было усыпить бдительность Варвары, девчонка должна была думать, что я ей поверила! Злюсь на тебя!

— Здорово, — прошептал я, — вы отличная актриса, роль вам удалась!

— И я дорылась до истины! Осталось лишь поболтать сегодня с девицей. Она на самом деле...

— Учится на медсестру, — перебил я хозяйку, — я тоже все знаю! Но на данном этапе глупость, придуманная мстительными девчонками, перестала меня занимать. Есть более серьезные вопросы!

— Какие? — спросила Нора.

Я пожал плечами, Элеонора уцепила меня за рукав и, приговаривая:

— Пошли, в доме у Наташки есть укромное местечко, — потащила меня из кулис.

Особняк Варина был огромен, но Элеонора великолепно ориентировалась в бесконечных коридорах. После пробежки по залам и комнатам она впихнула меня в небольшой кабинет и воскликнула:

— Вот тут можно спокойно болтать сутками. Ваня, начинай. Диктофон с тобой?

Я вынул из кармана записывающее устройство, положил на стол, потом сказал:

— Оно всегда включено, если я беседую по делу. Но, Нора, это мое личное, оно касается Павла Ивановича Подушкина!

Хозяйка склонила голову к плечу.

— Ваня! Я знаю Николетту столько лет, сколько ты не живешь, а Павла еще дольше. Говори спокойно. Вполне вероятно, что на некоторые твои вопросы у меня уже есть ответы. Ну, приступай! Надеюсь, ты уверен в моем умении крепко держать язык за зубами?

— Никогда не сомневался в вас! — с укоризной заявил я.

— Я в тебе тоже, и хватит об этом! — рявкнула Нора. — Ну, не жвачься!

Отвратительный глагол подействовал на меня, как удар бичом, и я, абсолютно не желая этого делать, завел рассказ о Центре «Мария».

У Норы много положительных качеств, одно из них умение слушать, поэтому я спокойно изложил события. Когда рассказ иссяк, Элеонора никак не отреагировала на него. Удивленный, я посмотрел на хозяйку и увидел на ее лице растерянность. Поскольку до сегодняшнего дня Нора никогда не теряла присутствия духа, я спросил:

— Что случилось?

— Если швырнуть в прошлое камень, то побегут круги, которые могут, превратившись в цунами, утопить тебя, — неожиданно ответила Нора, — ты же взрослый человек!

— Вроде да, — усмехнулся я, — давно вырос из коротких штанишек.

— Это по паспорту, а фактически ты ходил в памперсах до недавнего времени, — резко ответила Нора, — ладно! Придется все рассказать. Ты же не успокоишься, пока не докопаешься до истины?

— Верно, — согласился я и вдруг сообразил, что сказала хозяйка. — Элеонора, вы знали о моем брате? И молчали?!

Нора вытащила из сумки свои мерзкие папиросы.

— Слушай, Ваня, не я заварила эту кашу, блюдо состряпали много лет назад. Через некоторое время после смерти Павла ко мне в слезах примчалась Николетта, упала на диван и зарыдала.

Элеонора не удивилась, она великолепно знала о страсти второсортной актрисы устраивать спектакли. Не особо талантливая на сцене, в жизни супруга писателя была неподражаема. Но в тот день Николетта вела себя не совсем обычно, и Нора сообразила: случилось нечто экстраординарное. Наконец Николетта, выпив пару фужеров коньяка, успокоилась и развязала перед Норой мешок со своими тайнами.

После кончины Подушкина его вдова осталась весьма обеспеченной женщиной. Она имела роскошную квартиру в элитном районе Москвы и счет в сберкассе, на книжке лежало триста тысяч рублей.

— Сколько? — потрясенно спросил я.

— Ты не ослышался, — хмыкнула Элеонора, — даже в нынешние времена — это приличная сумма, а в советские годы, когда средняя зарплата составляла сто двадцать целковых, Николетта казалась Крёзом. Ты разве не знал о размере ее состояния?

— Нет, — помотал я головой, — едва гроб с отцом опустили в землю, как маменька завела речь о нищете и о том, что я должен содержать ее.

— В этом вся Николетта, — кивнула Нора, — но не будем ее осуждать, просто примем к сведению:

госпожа Адилье удавится за звонкую монету, она жадна патологически. Кроме денег, вдова еще имела так называемое авторское право, ей платили процент со всех посмертно издаваемых книг Павла, а он пользовался тогда бешеной популярностью. Никто же не предполагал, что придет перестройка и налаженный порядок ухнет в тартарары!

Так вот, некоторое время вдова жила припеваючи, а потом к ней пришла женщина по имени Неля и заявила:

— Я дочь Павла Подушкина, мама рассказала мне перед смертью все. Придется вам делиться! Я подам в суд и оттяпаю у вас половину состояния!

Николетта перепугалась до полусмерти, но все же решила уточнить:

— И кто ваша мать?

— Бывшая любовница Павла, Нюра Кондратьева, — рявкнула Неля, — а вы Раиса Суворина! И лучше отсчитайте положенную мне сумму, а то я расскажу всем правду!

— Что мне делать? — заламывала руки Николетта, глядя на Нору. — Ты умная, помоги!

— Кто такая Раиса Суворина? — изумилась Элеонора.

— Это я, — тихо ответила Николетта, — в свое время я была замужем за Юрием Кондратьевым, братом этой самой Нюры, только не спрашивай подробности! Я вела ужасную жизнь, правда, сумела поступить в театральный вуз, сцепила зубы и решила: пока учусь — живу с Кондратьевым, получу диплом, только это быдло меня и видело! Но судьба распорядилась иначе! Эта Нюра обожала Павла Подушкина, таскалась за ним везде, а затем ей удалось его заарканить. Представляешь, мой будущий муж жил с этой чмо! Ну я и поняла: это хороший вариант для меня! Дальше просто: я сумела его на себе женить. Нюрка работала в библиотеке, у них там клуб организовался, фанатов! Придет она к Юрке и заведет:

«Ах, Павел! Холостой, красивый, талантливый!»

Мне стало дико интересно! И когда Подушкин пришел в эту библиотеку, я побежала на встречу. Фанатки кумиру допрос устроили, сначала про творчество спрашивали, затем про личное, ну, например, почему он не женат! Он сначала отшучивался, а затем заявил:

«Читайте книгу «Герб и власть», моя жизненная позиция совпадает с мыслями главного героя Михаила!»

Затем все с ним на память сфотографировались, и я тоже. Встала, взяла его под руку и поняла: вот он, мой мужчина, богат, знаменит. Пришлось его дурацкую книжонку изучить, я живо поняла, какую он невесту ищет, он все расписал: невинная девушка из дворянского рода. Я умная, а новый паспорт добыть было легко, любую фамилию напишут, только плати! Я в архиве посидела, выбрала родословную, громким именем не прикрылась, взяла качественное, но редкое, так, на всякий случай. Внешность изменила, волосы перекрасила, хотя, думаю, Подушкин фанаток из библиотеки и не запомнил! Ну и познакомилась с Павлом!

— Как? — изумилась Нора.

— О боже! Очень просто, — тряхнула волосами Николетта. — Я подкараулила его у Дома литераторов, уронила сумочку, он поднял. Дальше элементарно, отбить его у Нюры ничего не стоило, Кондратьева была нужна Павлу лишь как секс-игрушка, а жениться он хотел на дворянке, непорочной девушке.

— Какой являлась ты? — хихикнула Нора.

— О, я его заинтересовала, — закатила глаза Николетта, — не сообщала имени, фамилии, адреса. Велела звать себя «Ни», напустила туману. А потом, когда раздобыла документ на фамилию Адилье, «призналась»: имею дворянские корни и храню непорочность до свадьбы. Затем исчезла на три месяца, а когда вышла из подполья, Подушкина можно было брать голыми руками. Кольцо на палец, марш Мендельсона, свадьба, брачная ночь... и понеслась другая жизнь, та, которой я достойна.

— Погоди, — Нора попыталась сложить части головоломки в единое целое, — а зачем ты пропадала на несколько месяцев?

— Хотела подогреть интерес к себе, — не очень уверенно ответила вдова. — Впрочем, ладно! Я была беременна.

— От мужа? — уточнила Нора. — Но как Павел не заметил твоего живота?

Николетта схватила фужер с коньяком.

— Помнишь, как я носила Ваву?

— Да, ты отчаянно капризничала.

— Но пуза-то не было! Оно вылезло лишь на девятом месяце. И в первый раз получилось так же, — пояснила вдова. — Видишь ли, я не собиралась жить с Юрием, изменила ему с одним из наших педагогов, очень известным актером, и затаилась. Решила — рожу младенца и приеду к своему любовнику домой, положу на диван новорожденного и скажу: «Придется тебе на мне жениться!» Да только ерунда получилась!

— Он не захотел иметь дело с беременной?

— Хуже, этот недоумок попал под поезд! — прошипела Николетта. — До сих пор злоба берет, как вспомню. Я осталась на пятом месяце, живота, правда, не видно, но аборт-то уже не сделать. И как поступить? Вернуться к Юрке? Наврать, что ребенок от него? Фу! Я же жила отдельно, мне любовник комнату в коммуналке выбил, он был любимчиком властей, вот и попросил площадь для репетиций, дескать, у него квартира маленькая, там жена и дети, где ему пьесы читать? Моссовет выделил клетушку, кумир миллионов подсуетился и оформил ее на меня.

— Лихо, — восхитилась Нора.

— Ужасно, — затопала Николетта. — Каморка! С соседями! Живот вот-вот вылезет! Денег нет! И тут я вспомнила о Подушкине, ну и окрутила его. Но ведь родить еще надо было! Поэтому я исчезла на три месяца!

— Ничего не понимаю! — растерялась Нора. — А где же ребенок?

— Вот! — Николетта торжественно подняла руку. — Ты ухватила самую суть! Это было трудно, сообразить, куда его деть! Павел сидел на крючке, но он хотел жениться только на невинной девушке, ну как сказать ему про мою беременность?

— Действительно, — пробормотала Нора, — нестыковочка! В непорочное зачатие он бы не поверил.

— И я поехала к Нюре!

— Любовнице Павла?

— Да.

— Зачем?!!

Николетта закатила глаза.

— Ты не представляешь, как она была влюблена в него, думала, никто не знает, но меня не проведешь! Ни малейшей гордости, ни ума в Кондратьевой не было! Я открыла ей тайну: Подушкин меня якобы изнасиловал, ребенок, который должен вот-вот появиться на свет, от Павла. И Нюре теперь решать судьбу любимого! Либо она после родов забирает малыша себе, либо я иду в милицию и сообщаю об изнасиловании. Павла посадят лет на пятнадцать, а ребенок очутится в детдоме, мне монстр от насильника не нужен!

— И Нюра согласилась?

— Куда ей было деваться? — взвизгнула Николетта. — Перепугалась до помешательства! Она прижала руки к груди и заблеяла: «Антуанетта, умоляю, молчи. Я все сделаю в лучшем виде! Приведу к тебе акушерку, она мне справку даст о родах на дому, комар носа не подточит, жилплощадь потом поменяю, уеду. Только бы Павлушу не посадили. Мне будет в радость его ребеночка воспитывать, главное, ты молчи!» Говорю же, она редкая дура! Все станцевалось в лучшем виде! Нюра расстаралась: нашла врача и сама ему заплатила. Когда девчонка появилась на свет, Нюра ее на руки взяла и заныла: «Нелей ее назову, в честь покойной мамочки. Доченька моя! Кровиночка от Павлика!» Просто сил не было ее слушать! Ну а потом я вышла замуж за Павла, только не спрашивай, каким образом вновь обрела невинность. Ха-ха-ха!

В первый момент Нора растерялась и не нашла слов, чтобы прокомментировать рассказ подруги. Но быстро пришла в себя.

— Ты сильно рисковала! — сказала она Николетте.

— Чем? — удивилась та.

— Нюра — поклонница Павла, она не пропускает его встреч с читателями и могла столкнуться с тобой! — пояснила Нора.

— И что?

— Разозлится, поймет, какую незавидную роль ей отвели в этой истории, и введет Павла в курс дела!

Николетта заорала:

— Я сто раз тебе повторила! Она влюбленная дебилка! Схватила младенца и была счастлива! Получила часть любимого Павлика! И порвала с ним отношения! Сочла себя его спасительницей. Появляются же на свет такие идиотки! Я ее точно вычислила. И потом, Павел бы ей не поверил! Какое изнасилование? Ха-ха-ха! Нет, она просто чудовищное чмо! Представь, я ей сказала, что надо уничтожить снимки, которые делали на встрече в библиотеке. Вдруг кто-нибудь догадается, что мы с Павлом были знакомы? И она побежала! Ухитрилась спрятаться в хранилище, стырила снимки и принесла их мне, ясный пень, я их сожгла, чтобы Павел не увидел! Никто и не догадался! Заведующая подумала, что она забыла учреждение на охрану поставить! Нет, все шло отлично, пока муж не скончался и эта сучонка Неля не явилась требовать свою долю. Нора, умоляю, помоги!

— Так вот кто был таинственный вор! — воскликнул я. — То-то Ольга Ивановна не поняла, каким образом грабитель стащил экспонаты из музея. Нюра раньше работала в библиотеке, знала там все потайные уголки, понимала, где лучше схорониться! Рязанова включила охрану и ушла, утром вернулась, и Нюра, тихо сидевшая в убежище, убежала! Вот почему милиция не отреагировала на взлом двери! Ее никто не открывал, кроме Ольги Ивановны! Вор сидел внутри. Рязанова не забыла включить сигнализацию. Николетта хотела уничтожить все следы Раисы Сувориной, но не знала, что в альбоме у Софьи Борисовны случайно сохранилось ее фото!

Глава 34

— До какой же степени Нюра любила моего отца, — потрясенно ответил я. — Она была счастлива воспитывать его дочь и даже распустила слух о том, что Антуанетта, жена Юрия, скончалась, Кондратьева оборвала все связи с прошлым, лишь бы никто ни о чем не догадался!

— Жаль только, что Павел не заметил настоящего чувства и не обратил внимания на серую мышку, прельстился яркой бабочкой из семейства врунов, — сердито перебила меня Нора. — В первый момент я решила отказать Николетте в помощи, но потом скумекала: если эта Неля имеет хватку Николетты, то она не упустит лакомый кусок, начнет бороться за него до конца, и договорилась о встрече с твоей сводной сестрой.

— Я почти свыкся с мыслью о том, что имею сводного брата, а теперь выяснилось, что у меня есть сестра со стороны матери, — уныло сказал я.

— Девица оказалась вменяемой, — не обращая внимания на мое замечание, продолжала Нора, — она даже была рада тому, что я ее выслушала. Детство Нели было безрадостным...

Закончить фразу Элеоноре не удалось: в моем кармане заработал мобильный, я вопросительно посмотрел на хозяйку.

— Разрешите ответить?

— Валяй! — кивнула Нора, я поднес аппарат к уху.

— Вовка! — заорал Энди. — Ты где? Бабки получил? Нас зовут поесть, как ты полагаешь, можно?

— Гонорар у меня в кармане, ужинайте спокойно, только не берите с собой Тихона и приглядите, чтобы Мими не предложила гостям сыграть в карты. И не вздумайте пить! Даже не нюхайте рюмки! Усек? Да, еще! Если народ станет интересоваться, как вас пригласить на выступление, давай номер телефона продюсера, то бишь мой, сам решение не принимай, надуют!

— Без тебя и шагу не ступлю, — заверил Энди.

Я сунул сотовый в карман.

— Ты у Горбелли вроде импресарио? — спросила Нора.

— Морелли! Их зовут Морелли! Да, похоже, без меня они пропадут! Абсолютно не умеют вести деловые переговоры.

— Надо же, — протянула Нора, — у тебя открылись новые таланты.

Сотовый ожил вновь, на сей раз я схватил трубку, забыв спросить разрешения у Элеоноры.

— Господин Подушкин? — спросил гнусавый голос. — Иван Павлович? Газета «Треп» беспокоит.

— Как вы узнали этот номер? — поразился я. — Вернее, как вычислили истинное имя владельца?

— Для журналистов «Трепа» не существует преград, у нас есть для вас деловое предложение! Денежное! Выгодное! Желательно побеседовать сегодня!

— Вечером, после шести, пойдет?

— Йес, ждем в редакции, кабинет главного, этаж второй, пропуск заказан. Чао!

— Извините, Нора, — догадался сказать я, — это из газеты, назначили мне встречу!

— М-да, — крякнула хозяйка. — Так вернемся к Неле. Нюра любила дочь, но держала ее в строгости. В самом раннем детстве она отдала девочку в детский садик, очень хороший, ведомственный, к своей знакомой.

— Софье Борисовне, — влез я.

— Верно. Неля оставалась на пятидневку одна из всей группы, ее третировали дети и не любили воспитатели. Нюра была небогата, с трудом сводила концы с концами и не могла делать подарки персоналу детсада. Неле частенько доставались подзатыльники, у девочки от переживаний начался энурез, что вызвало еще больше насмешек, на ночь нянька укладывала ее на клеенку, без простыни.

— Мерзавка! — возмутился я. — Надо было забрать девочку и отдать в другой сад.

— Думаю, там бы началось то же самое, — вздохнула Нора. — Неля смирилась с ролью жертвы и в дальнейшем исполняла эту роль в школе и даже в институте. Кстати, умом девочку Господь не обидел, она хорошо училась и без протекции поступила в медицинский институт. Но комплекс «девочки-нищенки» остался при ней. Впрочем, имелись и объективные предпосылки для такого ощущения: Неля всегда была хуже всех одета, имела в кошельке считаные копейки и никогда не звала никого в гости, потому что мама не одобряла лишних расходов. С другой стороны, приглашать было некого!

За пару дней до смерти тяжелобольная Нюра открыла дочери часть правды.

— Я никогда не сообщала тебе имя отца, — сказала она, — но сейчас, думаю, пришло время это сделать. Можешь гордиться, в твоих жилах течет кровь одного из лучших людей современности, писателя Павла Подушкина.

Даже на пороге могилы Нюрочка изо всех сил защищала любимого, она не сообщила дочери про изнасилование и Николетту. Выдала другую версию: Неля плод короткой любви, Павел Иванович не знает, что у него имеется дочь, ехать к нему и открывать правду нельзя, у Подушкина есть жена, сын Ваня, не следует вторгаться в их жизнь. Нюра потому сообщила Неле правду, что хотела объяснить: ей не следует стесняться своего происхождения, оно благородно. «Знание имени отца, великого человека, гения, должно придать тебе уверенности, — шептала Нюра, — но необходимо тщательно сохранить это в секрете».

Похоронив маму, Неля некоторое время пребывала в растерянности, и тут в газетах промелькнуло сообщение о смерти Подушкина, Павел Иванович ненадолго пережил Нюру. Сначала Неля расстроилась, ей так и не удалось познакомиться с именитым папой. Но потом в голову молодой женщине пришла простая мысль: если она дочь Подушкина, то имеет право на часть наследства. Неля сумела раздобыть телефон Николетты и позвонила вдове. Представляете ужас маменьки? Давно похороненное прошлое ожило и заговорило, более того, дочь потребовала свою долю от сладкого пирога. И как быть Николетте? Рассказать правду? Признаться, что отказалась от Нели, чтобы удачно выйти замуж? Принять Нелю, как дочь Павла от Нюры? Дать ей часть денег? Куда ни кинь, везде клин! Наверное, лучше всего спокойно побеседовать с Нелей и недрогнувшим голосом сказать:

— Что за бред? Этак любая заявится и сочинит про свое родство! Где документы? У вас есть паспорт на имя Подушкиной? Есть письма, бумаги, подтверждающие слова вашей матери? Нет? До свидания!

Но Николетта, несмотря на все свое хамство и беспардонность, очень испугалась и принеслась к Норе, своей подруге, о которой давно ходила слава человека, способного уладить любую ситуацию и при этом держать язык за зубами.

Нора встретилась с Нелей, и ей стало жаль женщину: типичная неудачница с комплексом неполноценности. Сначала она долго вспоминала детские обиды, перебирала их со сладострастием, потом начала обвинять всех в своих неудачах: мать, отца, окружающий мир.

Элеонора сначала молча слушала Нелю, но, когда та заявила: «И вот появился единственный шанс стать человеком — получить причитающиеся мне по закону деньги отца», — не выдержала и объяснила ей суть дела.

Никаких прав на наследство она не имеет, неизвестно, говорила ли Нюра правду, вполне вероятно, что фанатка придумала свою связь с кумиром, не следует затевать никаких разборок, не надо трепать имя писателя. Девяносто девять процентов из ста, что Неля не имеет никакого отношения к Подушкину, но поскольку все-таки один шанс остается, то жена писателя хочет помочь ей. Встречаться они не станут, Николетта просто передаст ей дорогое кольцо, и закончим беседу.

— Маменька рассталась с драгоценностью? — недоверчиво спросил я.

— Я уговаривала ее неделю, — вздохнула Нора. — Объясняла, что лучше отломить девушке маленький кусочек, все-таки она ее дочь! В результате Николетта согласилась лишиться очень дорогого перстня.

— Ты обещаешь мне, что, отдав его, я никогда не услышу об этой истории? — всхлипывала Николетта, протягивая Норе коробочку. — Пусть она напишет отказ от наследства!

— Нельзя лишиться того, чего не имеешь, — попыталась объяснить маменьке Элеонора. — Неля все поняла и более не побеспокоит тебя.

Так и произошло. Дочь Нюры не появлялась на горизонте Николетты, и Элеонора не знала, чем сейчас занимается моя сводная сестра. Мне потребовалось несколько минут, чтобы прийти в себя. Только когда рассказ хозяйки закончился, я осознал услышанное.

— Значит, у отца не было никаких детей, кроме меня?

— Кроме тебя, нет, — подтвердила Элеонора.

— Неля — дочь Николетты?

— Биологически да, а фактически нет, — ответила хозяйка. — Николетта толком не видела ребенка, Нюра забрала девочку сразу после родов, выкармливала ее из рожка, у Нели никогда не возникало сомнений в том, кто ее мать. Об отце же она узнала накануне смерти Нюры.

— И вы ей не рассказали правды?

Нора помотала головой:

— Нет.

— Но почему? — искренне удивился я.

Нора встала, подошла к окну, некоторое время молча смотрела во двор, потом тихо сказала:

— И кому она нужна, эта правда? Николетте? Представляешь «радость» твоей матери при виде «дочурки», о которой она постаралась навсегда позабыть. Знаешь, Николетта не любит детей, ни своих, ни чужих, тебя в том числе. Да, о тебе заботились, ты не голодал в детстве, имел хорошую одежду, игрушки, книжки, находился под присмотром няньки. Но ты можешь вспомнить день, когда подходил к Николетте приласкаться? Или минуты откровенных разговоров с матерью?

— Нет, — тихо ответил я.

— Как ни обидно осознавать, — безжалостно продолжала Нора, — но ты всегда являлся для нее средством. Сначала как шнурок, который привязал к ней мужа, ну а после смерти Павла ты превратился для нее в источник материальных благ. Жадность Николетты невероятна, имея огромное состояние, она отбирала у тебя большую часть заработка, ну а когда экономический кризис в стране обесценил ее накопления, окончательно села тебе на шею и принялась искать «ребенку» богатую невесту. Николетта намеревалась повыгоднее продать сына. Честно говоря, я удивлялась, как ты ухитрялся в самый последний момент выскакивать из брачного капкана. Что бы услышала Неля, кинься она на шею Николетте с криком: «Мама!» Нет уж, пусть лучше считает, что ее мать Нюра. Был еще один момент. Кондратьева, хорошо зная Нелю, рассказала той об отцовстве Павла Ивановича лишь с одной целью: надеялась придать девушке уверенность в себе. Нюре казалось, что, узнав о ТАКОМ отце, Неля испытает чувство гордости. Не забывай, Кондратьева всю жизнь обожала Подушкина. Наверное, она была права в отношении приемной дочери. Во всяком случае, Неля, увидев перстень, воскликнула: «Я знаю теперь, как поступить! Непременно добьюсь успеха!» Хорошо, что у нее в душе зародилось подобное желание и мне не пришлось разрушать ее иллюзии.

— В этой истории кругом одна ложь, — устало сказал я. — Отец не подозревал о прошлом жены. Нюра считала, что спасла любимого человека от обвинения в изнасиловании, и была счастлива воспитывать девочку, рожденную Николеттой. О маменьке даже говорить не хочется, вот уж кто упорно лез к большим деньгам, исповедуя принцип: «Для достижения цели все средства хороши». Но почему Нюра не связалась с Павлом? Почему безоговорочно поверила бывшей невестке? Она же понимала, что та лжет!

— Не знаю, Ваня, — ответила Нора. — Кондратьева нам ничего не расскажет, но, думаю, ей хотелось обманываться, после рождения Нели жизнь Нюры обрела особый смысл, и потом, она понимала, что Павел на ней никогда не женится, так пусть будет рядом его кровиночка.

— Наверное, мне не следует встречаться с сестрой, — протянул я, — это лишено всякого смысла, мы никогда не станем близкими родственниками. Извините, Элеонора, но у меня назначена встреча в редакции газеты «Треп», я должен бежать. Да и, честно говоря, не могу более продолжать нашу беседу, должен обдумать услышанное.

Элеонора молча кивнула, я пошел к двери, обернулся на пороге и спросил:

— Почему вы не рассказали мне все раньше? Ну хотя бы в тот год, когда взяли к себе на работу?

Нора пожала плечами:

— А смысл?

Я взялся за ручку. Действительно, она права.

— Ваня, — окликнула меня Элеонора.

— Что?

— Я никогда не разглашаю чужие тайны, — медленно сказала Нора. — Я сейф, в котором хранится много всего: хорошего и плохого. И это неправда, что все тайное всегда становится явным. Кое-кому удается спокойно жить около шкафа с тщательно запертыми скелетами. Кстати, знаешь, что случается с костями по истечении времени?

— Нет, — оторопело покачал я головой.

— Они превращаются в пыль, — мрачно усмехнулась хозяйка. — И еще! Если у тебя будут внуки, их не взволнует тот факт, что у дедушки имелась сводная сестра. Изложенная мною история интересна лишь тебе, даже Николетта уже забыла о ней. Если долго врать окружающим, сам поверишь в ложь. Сегодня Николетта считает себя потомком рода Адилье. Раиса Суворина — исчезнувший фантом, а Неля лишь странное, неприятное воспоминание. А была ли девочка?

Глава 35

— Здравствуйте, Иван Павлович, — воскликнул мужчина примерно моих лет, увидев, как я вхожу в кабинет, — меня зовут Тимур Генрихович, но, думаю, лучше обойтись без отчества.

— Хорошо, — кивнул я, — давайте отбросим лишние церемонии.

— Чай? Кофе? — заулыбался Тимур.

— Благодарствую, лучше перейдем к делу.

Главный редактор поправил стопку бумаг на гигантском письменном столе, откинулся на спинку кресла и сказал:

— Хорошо. Буду откровенен. Мы самая тиражная газета России, нас читают по всей стране, но при этом стесняются сказать, что обожают вечером лечь на диван в компании с «Трепом».

— Может, вы ошибаетесь в оценке собственной популярности? — осторожно спросил я.

Тимур засмеялся.

— Издание газеты — это бизнес, единственный показатель его успеха — тираж. Растет он — вы на плаву, падает — загибаетесь. Люди говорят, что не прикоснутся к «Трепу» даже щипцами, но почему у нас каждый день не хватает для розницы выпущенного тиража? Куда деваются газеты, а? То-то и оно. Мы не какая-нибудь «Желтуха», вот там печатают бред! Выдумают чушь — и на полосу, а у нас все правда. Под каждым словом я готов подписаться лично, в «Трепе» никогда не появится материал, если у корреспондента нет точных фактов!

Очевидно, на моем лице отразилось сомнение. Тимур открыл ящик письменного стола, вытащил оттуда папку, хлопнул по ней ладонью и спросил:

— Пятничный номер читали?

— Да, но плохо помню его содержание, — дипломатично ответил я.

Как-то неприлично говорить в лицо главному редактору: «Не интересуюсь бульварной прессой», да и не поверит он мне. И отчасти будет прав! Купил же я вчера «Треп», чтобы прочитать о Морелли!

— Мы писали о режиссере Антоне Носове, — начал объяснять Тимур, — это культовая фигура безупречной репутации, можно сказать, народная совесть, яростный борец с пороками, не пьет, не курит, всю жизнь провел с одной женой, дети, внуки, нимб жмет голову, из лопаток торчат крылья. И тут мы, не спрашивайте, каким образом, узнаем: у Носова СПИД, он гомосексуалист, снимает тайком мальчиков, шифруется почище Штирлица. Ясное дело, дали материал! И тут такое началось!

— Каждый человек может заболеть! — возмутился я. — Это его личное дело.

— Э нет! — возразил Тимур. — Личное — это когда ты колхозник деревни Большие Пеньки, никто о тебе не знает и твое мнение всем по фигу. Но если ты через день торчишь в телике и орешь во все камеры: «Люди! Я святой! Берите с меня пример!», то будь готов к тому, что ничего личного у тебя не останется! Носов педофил, он пользовался услугами детей и, зная, что болен СПИДом, утаил болезнь не только от несчастных проституток, но и от родных! Он спал с женой! Целовал поклонниц! А это уже подпадает под статью Уголовного кодекса!

— Может, ваши люди ошиблись, и Носов здоров? Тимур открыл папку.

— Прошу, смотрите. Копия его истории болезни,

анализы, показания мальчиков. Говорил же, я готов подписаться под каждым словом!

— Как вы добыли материал? — поразился я.

Главный редактор улыбнулся:

— Секрет фирмы, но для моих репортеров не существует преград. Итак, теперь о нашем предложении вам. «Треп» хочет сделать ребрендинг, из разряда бульварной прессы мы мягко превращаемся в обличительное издание, бичующее язвы общества. Пока подобной газеты в России нет, писать материалы будут люди с безупречной репутацией, такие, как вы.

— Я?!!

— Ну да, — потер руки Тимур, — я разузнал тут кое-что о вас! Сын замечательного литератора, нынче, правда, подзабытого, но думаю, если вы станете работать в «Трепе», интерес к Павлу Подушкину возрастет и его книги начнут переиздавать. Вы отличный сын, человек кристальной честности и энциклопедического образования.

— Право, вы слишком добры, — смутился я.

— По заслугам и хвала, — парировал Тимур, — кроме того, вы — детектив агентства «Ниро». Знаете, мы приготовим настоящие «бомбы»!

— Но я не подготовлен к репортерской работе, — ошарашенно возразил я.

— Ерунда! У нас есть штат, который соберет материалы и напишет текст, а вы его редакторски поправите.

— Но почему именно я?

— Во-первых, повторяю, у вас безупречная репутация, а нам нужны именно такие сотрудники. Во-вторых... к нам попали уникальные сведения, в них упоминается Иван Павлович Подушкин, но это не вы! Мы разобрались в ситуации, я готов ввести вас в курс дела! Но только после того, как получу ваше принципиальное согласие на сотрудничество. Размер оплаты вашего труда, график работы — все обговорим.

— Иван Павлович Подушкин? — спросил я. — А не связана ли эта история с Центром «Мария»? С детьми-сиротами?

Тимур молча посмотрел на стол, потом вытащил из ящика еще одну папку и водрузил ее перед собой.

— Иван Павлович, мы придумали гениальный ход. Оцените его по достоинству. Напишем небольшое вступление, расскажем о вас, сообщим, что, занимаясь неким делом, господин Подушкин понял: в столице есть преступник, укравший у него имя. Детектив решил найти и наказать криминальную личность, потянул за нитку и размотал ТАКОЕ! Материал будем давать с продолжением, в нескольких номерах. А потом заявим: «Треп» открывает на своих страницах детективное агентство «ИПП», возглавит его Иван Павлович Подушкин. Известный сыщик помог себе, покарал обидчиков, теперь он защитит и вас. Поверьте, в очень короткий срок вы станете звездой, получите деньги, славу, а «Треп», с вашей помощью, конечно, приобретет солидную репутацию. Поймите, мы бы никому другому не сделали подобного предложения, но в вашем лице имеем то, что нужно: сын писателя, закончил Литературный институт, честен и распутал дело о присвоении своего имени...

Внезапно во мне проснулся подросток, безалаберный, увлекающийся всем новым.

— Хорошо, согласен, — перебил я редактора. — Рассказывайте суть!

Тимур ткнул пальцем в селектор:

— Лена! Коньяк нам, самый лучший, тот, что подарили французы, ну и закуска! Давайте сначала подмахнем договор о намерениях, вот он.

Последняя фраза обращена была ко мне. Ощущая себя десятилетним пацаном, я лихо поставил свою подпись и воскликнул:

— Так что вы узнали про самозванца?

Тимур потер руки.

— Постараюсь изложить в деталях. Слышал ли ты о певице Алине Брин?

Я, походя отметив, что главный редактор отбросил китайские церемонии и перестал употреблять «вы», кивнул.

— Да, более того, мы хорошо знакомы!

— Ну Алину никто хорошо не знает, — с горящими глазами заявил Тимур, — даже муж покойный, бандит Сухов, на ее счет обманывался. Брин ухитрилась самого главу зубакинцев провести. Ладно, начнем по порядку.

В приснопамятные годы, когда криминальные личности поняли, что беготня по улицам с автоматами не является здоровым образом жизни, а пулю в желудке переварить невозможно, они стали постепенно трансформироваться в легальных бизнесменов. Малиновый пиджак, спортивные брюки, золотую цепь на шее, собаку породы питбуль сменили строгие костюмы, обручальные кольца, фитнес-клуб, йоркширские терьеры. Жена и парочка детей завершали образ. Но окончательно стать образцовым членом общества получалось не у всех. В супруги бывшие пацаны выбирали моделек, актрис, певичек, мало кому хватало ума привести в дом пусть не очень красивую, но нормальную женщину, которая была бы настоящей хозяйкой и любящей матерью.

Александр Сухов наступил на общие грабли, он предложил руку и сердце певице Алине Брин, а та с радостью побежала в загс с богатым мужиком. Очень скоро Алина родила дочь, Милочку. Те, кто общался тогда с Алиной, говорили, что она обожала девочку и первые три года посвятила себя воспитанию ребенка, даже не наняла няньку, та появилась позднее, когда Брин решила продолжить певческую карьеру. Сухов пошел супруге навстречу, купил ей новую песню и дал денег на клип.

Но зритель уже успел подзабыть Алину, да и не была она столь уж популярна до своей беременности, поэтому никакого ажиотажа возвращение звезды у публики не вызвало. Алина решила не сдаваться, она надумала отправиться в концертный тур, но вояж провалился, народ не пошел в залы, кассы не было. Брин вернулась в Москву и стала поддерживать звездный статус появлением на разнообразных тусовках. Но на светских мероприятиях объективы камер нацелены лишь на успешных, поэтому Алину обходили вниманием. Так прошел целый год, а потом кто-то посоветовал Брин устроить небольшой скандальчик, привлечь к себе внимание журналюг старым испытанным способом, появиться на людях с любовником. Алине эта идея показалась замечательной, и она отправилась к мужу с просьбой дать ей денег на организацию газетной утки.

Сухов пришел в негодование, наорал на бабу-дуру и даже думать запретил ей о пиар-акциях.

— Хочешь меня рогоносцем выставить? — ревел Александр.

— Милый, это же понарошку, — попыталась объяснить жена, — мне необходима пресса!

— Тебе надо сидеть дома и стирать мои рубашки, — гаркнул Александр, — хватит бабки впустую просаживать. Из тебя Пугачева как из меня космонавт! Забыли и проехали! Хочешь с другим мужиком на фото в газетах светиться, запрещать не стану. Но сначала разведусь с тобой и дочь отниму! Незачем Милочке в грязи жить!

Алина испугалась и притихла, а вскоре в ее жизни случилась трагедия: убили мужа и девочку!

Тимур остановился и посмотрел на меня.

— Ну как?

— Пока ничего нового, — пожал я плечами.

— Еще не вечер! — предупредил главный редактор «Трепа». — Мы имеем своих людей в ментовке и теперь знаем точно то, о чем остальные лишь догадывались: Сухов держал общак. Часть денег лежала на разных счетах, но в тайнике дома находилась парочка миллионов долларов, так сказать кэш[1], и они пропали. Некто решил ограбить бизнесмена и осуществил свой план. А теперь, Ваня, включи логику! Зачем лезть в дом вечером, когда Сухов находился в своем кабинете? С какого ляда преступник, пристрелив Александра, поперся на третий этаж и прикончил девочку? Грабители предпочитают не связываться с мокрухой, в криминальном мире существует четкое деление на киллеров, воров, брачных аферистов и т.д. Убить ребенка по понятиям западло, такое может сделать либо отморозок, либо профессиональный убийца, которому малыша заказали. Конечно, не исключен вариант, когда ребенок вбегает в комнату, видит, как киллер стреляет в ее папу, и девочку тоже лишают жизни. Но Мила спала в мансарде! И какой был смысл в ее уничтожении?

Идем дальше. Алина в момент трагедии была на Дальнем Востоке, с огромным трудом выбила себе гастрольный тур и уехала, пообещав обозленному Александру: «Милый, это в последний раз. Прощание со сценой!»

Отчего было не устроить концерт в Москве? Сухов арендовал бы женушке небольшой клуб, ну споет та свои «ля-ля-ля», получит букет от близких знакомых и простится с подмостками! Но Алину понесло на край страны.

Следующее обстоятельство. Няня! Опытная и преданная Алине сотрудница манкирует своими обязанностями, дает Миле снотворное и бежит к своему сыну,

---

[1] К э ш — наличные.

который захлопнул дверь. Надо же случиться такому совпадению! Именно в этот час в особняк проникает убийца. Ну как?

— Несколько странно, — согласился я.

— Пашем дальше! — ажитированно воскликнул Тимур. — Два трупа в морге, Алина прилетает в Москву, похороны, горе... И что у нас происходит? Госпожа Брин очень быстро, стараясь не привлекать к себе внимания, удочеряет девочку того же возраста, что и ее погибшая Милочка, а потом исчезает из страны. Знаешь, где она находилась?

— Вроде за границей, — без особой уверенности ответил я.

— Гулял подобный слух, — кивнул Тимур, — дескать, Алина пела для эмигрантов, имела необычайный успех, заработала кучу денег, вернулась в Москву и словила фарт: выскочила замуж за старого богатого пня и вновь пытается штурмовать эстрадный олимп. Полная дура, не понимает, что теперь-то уж точно поезд ушел. Ей следовало подниматься тогда, когда убили Сухова, все газеты о Брин писали. Почему же она в иноземщину смылась? Хотела пиара, мечтала о рекламе, а когда она потоком хлынула, в кусты кинулась?

— Ну, вполне вероятно, что Алина не решилась использовать в низких целях трагедию, все-таки и муж, и дочь погибли, и потом, ей нужны были деньги.

— За чертом бабе приемная девка?!! Это ж какой расход! Ребенок требует не копеечных вложений! — напомнил Тимур.

— Нам трудно понять материнскую душу, — вздохнул я.

Тимур похлопал по папке ладонью:

— Здесь все. Много интересного и удивительного. Герасим Ильич, муженек нашей красотки, вовсе не был богат, он имел некие накопления в банке и, наверное, считал себя Биллом Гейтсом на момент свадьбы с Брин, но, почувствуй разницу, большими деньгами он не обладал. А вот после того, как пара прожила вместе несколько месяцев, в банке у мужа появилось состояние — несколько миллионов баксов. Пришла валюта хитрым путем, через пятые руки. С налоговой никаких проблем, ректор объяснил, что это гонорары за издание его книг за рубежом, дескать, он там учебники публиковал. Похоже, его пособия круче Гарри Поттера раскупались. А вот фото могилы Людмилы, там даже памятника нет, сплошной бурьян. Еще интересная деталь. Кто оплатил пребывание девочки в больнице имени Рычагова?

— Не понимаю, — насторожился я.

Тимур положил ногу на ногу.

— Сухов убит, Алина на гастролях, нянька в шоке, а «Скорая» везет смертельно раненного ребенка в клинику, где его помещают в платную, дорогую палату!

— Это понятно, — кивнул я, — девочка ведь из обеспеченной семьи.

— Сухов убит, Алина на гастролях, нянька в шоке, — повторил Тимур, — кто внес деньги?

— Ну, — слегка растерялся я, — знаешь, я пытался раньше задавать себе этот же вопрос, не нашел ответа и успокоился. В конце концов, какая разница, откуда взялись деньги! Милу могли положить бесплатно, зная о ее происхождении, понимали, что мать позже заплатит!

— Э нет, Ваня, — потер руки Тимур, — нынче такая практика не в чести. Нет оплаты — не будет палаты! У меня почти стих получился! За Людмилу отсыпали необходимые рублики. И вот удивление! Платила работавшая в больнице Неля! Откуда у нее нехилые деньги? Еще одна интересная справочка: нянька, та самая, что напоила малышку снотворным, приобрела новую квартиру, правда, в Подмосковье, самый дешевый эконом-вариант, но откуда лавэ у тетки, в одиночку воспитывающей сына и работающей по найму? А? Ответь, Ваня?

Так и не дождавшись от меня ответа, Тимур облокотился о стол.

— Поговорили мы, Ваня, с этой нянечкой, денег ей пообещали, припугнули... Ща ты такое узнаешь! Но сначала еще пара нюансиков. Один из оперативников, который занимался делом Сухова, сказал нам: «Сначала мы подозревали Алину, реально смерть Александра была выгодна только ей! Никто из бандитов на Сашку зуба не имел, он у пацанов в доверии был. Поэтому первая мысль была такая: баба мужа заказала, сама подальше подалась, чтобы обеспечить себе стопроцентное алиби, ей потом и общак достался. Но впоследствии от этой версии мы отказались. Люди в один голос говорили: «Мила для матери была всем». Останься девочка жива, Брин стала бы основной подозреваемой. Но ребенка убили, следовательно, Алина не при делах, она не могла нанять киллера для Милы. Смерть дочери обелила мать».

— Ясно, — кивнул я.

Тимур вскочил и начал бегать по кабинету.

— А теперь самая суть! Мы сломали Вику, няньку, и та призналась. В день трагедии была совершена подмена!

— В смысле? — подскочил я.

— Вика подсыпала Сухову в ужин снотворное, тот поел и крепко заснул. И тогда в дом привезли маленькую девочку, Ларису, сироту из детдома. Малышка была необычайно похожа на Милу. Приютскую воспитанницу одели в пижаму и уложили в кровать, а Милу быстро и тайно отправили в больницу имени Рычагова под именем Лары, в платную палату, куда обычным сотрудникам вход был заказан. Ну а потом Вика ушла, а в дом проник киллер. На самом деле была убита никому не нужная Лариса. А затем Брин в короткий срок удочерила «несчастного» ребенка, якобы Лару, но это была Мила. Понимаешь? Правда, организаторам не повезло. Лариса оказалась на редкость живучей. Убийца, твердо уверенный, что ребенок, получивший две пули, мертв, покинул особняк. Но Вика, вернувшись на место трагедии, обнаружила, что девочка дышит. Она перепугалась, позвонила Алине, а та велела взять деньги в шкафу и отправить ребенка в больницу Рычагова. Думаешь, в певичке заговорила совесть? Она решила спасти сироту?

— Сомневаюсь, — прошептал я.

— И правильно, — кивнул Тимур, — нянька находилась в истерике, она испугалась, что откроется правда, не дай бог Лара очнется, заговорит. Алина сказала Вике: «Не дергайся! Пусть ее везут в клинику имени Рычагова! Даже если ее удачно соперируют, она все равно не жилец!» Брин знала: в больнице есть человек, который все устроит!

Я разинул рот, но ничего не сказал, а Тимур продолжал:

— Они продумали все! Ясное дело, что тела вскроют! Наличие снотворного у Сухова никого не удивит, взрослый мужчина мог пить таблетки! Но маленькая девочка! Она-то по какой причине слопала лекарство! И Виктория озвучила ментам историю про своего сынишку, потерявшего ключ, призналась в одурманивании воспитанницы, за что была выгнана Алиной Брин вон! Но на самом деле певичка отстегнула няньке деньги на квартиру. Вот почему Алина исчезла из Москвы, она боялась, что правда выплывет наружу. Брин достался общак, она заграбастала огромные бабки, которые Сухов хранил дома в тайнике. Глава зубакинцев доверял жене, та знала шифр сейфа. Понимаешь теперь, чем занимаются в Центре «Мария»? В распоряжении Нели, «мамы» детдома, есть сироты, которыми подменяют настоящих детей в таких вот случаях.

— Вот почему ребята не выдерживают «испытательного срока», — прошептал я, — их убивают!

— Ага! — сказал Тимур. — Мы за сердце схватились, когда это уяснили. Ну, допустим, Катя Егорова! Ее отец разошелся с матерью и застраховал дочь на три миллиона баксов. Думал, заболеет девочка, ногу сломает, руку, ей выплатят сумму на достойное лечение. А девка померла! Жуткая оторва была! Пирсинги во всех местах, мальчики, экстези, травка, клубы. Ну и погибла при неизвестных обстоятельствах на тусовке! Кто страховочку огреб? Маманька! И что она потом сделала? Удочерила некую Ирочку, нашла ее в Центре «Мария».

— Еремина! — закричал я. — Любимица Софьи Борисовны! Вот почему ей пирсинг сделали! Господи! Девочку убили, а вместо нее положили Катю Егорову! То-то бывшая заведующая садиком говорила, что Ира стала другая. Значит, мать на время спрятала дочь в Центре, а вместо нее убили похожую на Катю Иру. Но где же найти столько похожих детей?

— Вкратце ситуация выглядит так, — сказал Тимур. — Получив заказ, Самойленкова начинала подбирать похожего ребенка в других детдомах, где она говорила, что сироту с такими данными хотят удочерить клиенты ее Центра. На это уходило время, но ее заказчики не торопились — ведь им нужна была гарантия успеха! Детдомовца, ничего не подозревающего о своем будущем, привозили в семью к новым родителям, типа познакомиться, на испытательный срок, а родного ребенка прятали либо в детдоме, либо в больнице Рычагова, в зависимости от возраста малыша и его актерских способностей. Затем, хоп, подставного убивают, а своего «усыновляют» по закону будто чужого. Просто и красиво. «Контора» работает много лет, руководит ею Неля Самойленкова, она же «мама» детдома, но заодно еще и консультант в больнице имени Рычагова, в ее ведении спецпалаты. Все схвачено! «Папа» Геннадий на черной работе, он киллер.

Я онемел, а Тимур не замечал моей реакции, летел дальше:

— Эта Неля основала приют на месте детского садика и сумела уверить всех, что Центр «Мария» содержит Иван Павлович Подушкин. Эй, Ваня, ты там как?

— Пожалуйста, — еле-еле шевеля пересохшими губами, попросил я, — мне плохо! Позвоните Элеоноре и Максу Воронову, вот телефоны. Простите, я не могу говорить!

Эпилог

У меня нет ни сил, ни желания рассказывать, какая буря поднялась после моей беседы с Тимуром. Макс сделал все, чтобы мне помочь. Неля Самойленкова вместе с Геннадием и помощниками были арестованы. По счастью, у Николетты сохранилась прядь волос моего отца, перед свадьбой Павел Иванович, неисправимый романтик, подарил своей будущей жене медальон, в который положил свой локон. ДНК-анализ подтвердил: Неля не является дочерью Подушкина. Узнав результат теста, я ощутил настоящее счастье. Если бы не было медальона, в лабораторию пришлось бы отправляться мне, а в этом случае выявилось бы наше с Нелей родство, как-никак она дочь Николетты. Но тайна маменьки сохранена, о ней знает ограниченный круг людей, а имя отца осталось незапятнанным.

— Зачем Самойленковой понадобилось называться Иваном Павловичем? — недоуменно вопрошал я у Макса.

Воронов только развел руками.

— Понимаешь, Ваня, у Нели было трудное детство, ее унижали, презирали, а Нюра относилась к дочери странно: любила — ненавидела. Получив перстень от Элеоноры, Неля осуществила свой план с подменой сирот. Кольцо потянуло на большую сумму. Нели продала его и сумела заполучить помещение детского сада. Ей было нужно именно это здание, где ее гнобили в детстве. Представляешь, какую радость она испытывала, когда принимала на работу или выгоняла директрис? Ни одна заведующая Центром там долго не задерживалась, они не знали о преступлениях Самойленковой. У Нели имелись верные помощники: Зинаида Семеновна, Геннадий, еще парочка врачей в клинике Рычагова и один человек, якобы представитель Подушкина, ты до него не добрался, но именно он отдавал распоряжения от лица хозяина, изображал из себя Ивана Павловича. Особенно приятно Неле было видеть Софью Борисовну с тряпкой в руках. В детстве девочка немало натерпелась от заведующей, а когда выросла, отомстила, отняла у нее детсад и превратила ее в поломойку. Вот почему Софью Борисовну то увольняли, то брали назад на работу. Старуха, естественно, не узнала в Неле дочь Нюры, а ее бывшая воспитанница упивалась собственным могуществом. Самойленкова ненавидела детей и с легкостью обрекала их на смерть. Думаю, мысль о бизнесе на несчастных сиротах, самой незащищенной и реально никому не нужной части общества, пришла ей в голову намного раньше, чем попал в руки перстень. Может, страшный бизнес вырос из детской мечты, идея оформилась бессонными ночами, когда маленькая девочка, оставленная одна в большой спальне детского садика, лежа на клеенке, плакала от страха и унижения? Знаешь, Ваня, многие монстры нашей души родом из детства. А главными врагами Нели в те годы были дети и Софья Борисовна, которая предпочитала не замечать, как воспитанники, ребята из благополучных семей, издеваются над девочкой. Неля выросла и отомстила. Самойленкова поставила дело на конвейер и здорово разбогатела на своем бизнесе. Если б не идиотская мысль назваться Иваном Павловичем, она могла бы еще долго заниматься «благотворительностью».

— Но зачем она прикрылась моим именем?

Макс потер рукой лоб.

— Ваня! Она тебя тоже ненавидела! Как и всех!

— За что? Мы никогда с ней не встречались. Бог спас, мы не столкнулись, когда я приходил в Центр «Мария».

— Ты законный сын Павла Ивановича, имеешь мать, пользуешься уважением, можешь смело смотреть людям в глаза. А она? Неля Самойленкова, и все. Незаконнорожденная, без всяких прав. Маленький штришок: Нюра не записала девочку Кондратьевой, дала той девичью фамилию своей матери. Представляешь ее обиду? Мало того, что Подушкин ее не признал, так и родная мать, а Неля до сих пор считает себя дочерью Нюры, почему-то не захотела поставить в метрике свою фамилию. Неля всю жизнь чувствовала себя ущербной, и тут вдруг признание матери о Павле. Самойленковой показалось остроумным прикинуться Иваном Павловичем и от его имени совершать преступления. Ей хотелось отомстить не только Софье Борисовне и всем детям на свете, но и тебе за твою благополучную жизнь.

— А кто убил Зинаиду Семеновну? — отмер я. — Санитарку, которая одно время работала в приюте, а потом ушла в клинику?

— Карташова была верной помощницей Нели, она просто попала под машину, это был несчастный случай. Самойленкова уничтожила много детей, боюсь, обо всех жертвах мы никогда не узнаем, но в кончине Карташовой она не виновата.

— Неля сумасшедшая? — с надеждой спросил я.

— Она вменяема и ответит за свои преступления, — вздохнул Макс. — Неля патологически жадна, эгоистична, мстительна, но умеет ловко прикидываться, обладает несомненным актерским даром. Как ты думаешь, от кого она получила все вышеперечисленные качества?

Я вздрогнул и отвел глаза в сторону: во мне ведь тоже половина от Николетты.

...«Треп» писал о всех перипетиях следствия. Слава богу, правда о Николетте не выплыла наружу. Нюрочку назвали слегка свихнувшейся фанаткой, которая, забеременев неизвестно от кого, вбила себе в голову мысль, что носит ребенка от кумира. На страницах газеты выступил именитый психолог, который подтвердил, что подобные факты известны науке, например, женщины, «рожавшие» от Элвиса Пресли, Джона Леннона и даже от Будды.

Полный список жертв Нели мы, очевидно, не узнаем. Через неделю после ее ареста в здании Центра «Мария» вспыхнул пожар и все документы сгорели. Очевидно, кто-то из подельников Самойленковой остался на свободе и поспешил замести следы.

Директриса Эвелина не вышла сухой из воды, ей пришлось отвечать за смерть Нины Чижовой, которой не вовремя сделали прививку. Софья Борисовна скончалась от сердечного приступа, услышав об ужасах, творившихся в ее бывшем садике. Умерла и Ольга Ивановна Рязанова. Обеих старух хоронил я, родственников у них не было.

Наглые девчонки Варвара и Людмила Воронко наказаны, одна матерью, а другая бабушкой по полной программе. Неля Самойленкова, Геннадий и их помощники были осуждены и направлены к месту отбывания наказания.

Единственный человек, сохранивший в этой ситуации вид и настроение райской птички, — Николетта. Известие о том, что некая женщина пыталась выдать себя за дочь Подушкина и совершала преступления, прикинувшись Иваном Павловичем, вызвало у маменьки лишь томную улыбку и ехидное замечание:

— Боже! Вокруг одни психи! Когда Павел был жив, нам регулярно звонили разные девицы и орали в трубку: «Я беременна от тебя, милый». Они читали романы мужа и теряли голову. Но мой супруг никогда мне не изменял, я была с ним счастлива. Вот после его смерти я хватила лиха, жила в нищете, таща на горбу сына. Впрочем, Павел давно в могиле, а я влачу земное существование, несу свой крест...

Ну и так далее, думаю, до конца цитировать речь маменьки нет никакой необходимости.

Едва выяснилась правда о Центре «Мария», как Элеонора сказала:

— Ну, Ваня, приступай к своим обязанностям, хватит, погулял! У нас накопилось много дел.

Я сделал глубокий вдох и ответил:

— Надеюсь, вы не сочтете меня неблагодарным, но я вынужден подать заявление об уходе.

Хозяйка изумленно заморгала:

— Не поняла!

— Простите, Нора, я от вас ухожу, — пояснил я.

— Куда? — спросила она.

Впервые за долгие годы я увидел на лице бизнес-вумен растерянность и честно ответил:

— В никуда.

— Ваня, ты сошел с ума, — попыталась переубедить меня хозяйка, — а где будешь жить? У Николетты? В своей детской комнате?

Я мягко улыбнулся. Еще пару недель назад напоминание о том, что мне в случае увольнения придется возвращаться в отчий дом и делить кров с маменькой, пугало меня до дрожи и заставляло слушаться Элеонору. Но теперь я свободен. Почему я выдавил из себя по капле раба именно сейчас? Нет ответа на сей вопрос, но процесс пошел и стал необратимым.

— Бытовые проблемы решаемы, — бойко воскликнул я. — Поживу с Морелли, им нужен продюсер, вроде у меня неплохо получается вести дела.

— Уйдешь в барак? — прищурилась Нора. — Будешь жить в одной спальне с обезьяной?

— Мими очаровательна, — улыбнулся я, — жаль, что она макака, из нее могла бы получиться для меня идеальная жена. Будем ездить по гастролям. Стыдно сказать, но я практически не знаю родную страну, теперь представился случай изучить Россию, стану продюсером, поверьте, Нора, это интересная работа.

— Продюсером? — с изумлением повторила Элеонора. — Чего?

— Кого! — поправила я. — Продюсером коллектива Морелли, нас ждет успех, фортуна покажет нам...

— Козью морду, — фыркнула хозяйка. — И будешь ты, Ваня, продюсер козьей морды. И потом, как же Николетта? Насколько я понимаю, циркачи постоянно гастролируют.

— Она замужем, Владимир Иванович способен обеспечить супругу, — не дрогнул я.

— А я? — тихо поинтересовалась Нора.

На секунду у меня сжалось сердце. Может, действительно остаться? Я привык к размеренной жизни, мне спокойно под руководством Норы, она сильная, всегда принимает правильные решения, мне остается лишь подчиняться, а, согласитесь, хорошо иметь рядом человека, который может справиться со всеми твоими трудностями. Но Морелли пропадут без меня. Энди отличный акробат, но руководитель из него никакой. Мара, Антонио и Мими снова примутся за шулерство, их поймают и хорошо, если просто сдадут в милицию, а то ведь и искалечить могут. Дрессировщик Костя окончательно сопьется, Жозефина уже немолода, в другой коллектив ее не возьмут. Воображение услужливо нарисовало картину: Тихон и Мими, худые, оборванные, умирающие с голоду, медленно бредут под дождем невесть куда, никому не нужные, несчастные. А я лежу в своей комнате на кровати под теплым пледом и читаю «Философию истории»!

Простите, это невозможно!

Я набрал полную грудь воздуха и выпалил:

— Нора, вы без меня справитесь, а Морелли нет! Знаете, за месяц до происшедших событий мне приснился странный сон! Мы стоим с вами в кабинете, и вдруг в полу образуется трещина, и мы оказываемся в разных половинах комнаты. Вы тянете ко мне руки, но у меня ноги словно вросли в пол, не могу сделать даже шага. Похоже, сон в руку.

— Скорее в ногу, — усмехнулась Нора, — раз уж ты решил удрать от меня, то сон явно в ногу, к рукам он не имеет отношения. Ну и как ты собрался жить дальше?

— Думаю, надо приобрести нормальную машину, — начал я загибать пальцы, — еще немного заработаем и купим. У меня немного отложено на черный день, я пущу деньги в ход... «Треп» поможет с рекламой и...

Меня прервал звонок мобильного.

— Простите, Нора, — сказал я и приложил трубку к уху.

— Ваня, — заорал Мара, — супер! Ваще! Здорово! Понимаешь?

— Нет, — честно ответил я, — что у вас случилось?

— Дай сюда трубку, — послышался голос Антонио, — Вано! Крутая фенька! Ну и прикол! А ты ругался! А мы с Марой! Ну ваще!!!

— Где Энди? — спросил я.

— Тут!!!

— Пусть он расскажет, — потребовал я.

Конечно, Энди тоже не златоуст, но, по крайней мере, он способен говорить членораздельно.

— Ваня, — прогудел Энди, — помнишь, как эти дураки выигранные деньги пропили?

— Да, — поежился я, — только не говори мне, что они повторили свой подвиг и мы лишились заработанной суммы.

— Нет! — завопил старший из циркачей. — Ща объясню.

Примерно час назад Антонио позвонила девушка и прочирикала:

— Господин Морелли?

— Да, — настороженно ответил акробат.

— Приезжайте, ваш заказ прибыл.

— Какой? — изумился Антонио.

— Забыли? — захихикала девица. — Асфальтоукладчик. Я из фирмы «Дортехникапродакшен», вы у нас оплатили машину для разравнивания асфальта.

— Я? — ахнул Антонио. — Когда?

Девушка назвала дату.

— За каким чертом мне бандура для асфальта? — не успокаивался Антонио.

— Наверное, нужна, раз купили, — вздохнула служащая, — и заплатили сразу полную стоимость, хоть я предлагала внести всего пятьдесят процентов. Вы, правда, сначала согласились, но ваш спутник сказал: «Отдаем бабки сразу, а то потратим, сколько у нас останется после покупки? Три тысячи рублей? Вот, хватит погулять и купить мороженое Мими!»

— Ваня, — заорал Мара, отняв трубку у Энди, — понимаешь, оказывается, мы не пропили деньги! Сначала приобрели асфальтоукладчик, а потом его обмыли!

Я потряс головой. Нет, думаю, события развивались иначе. Братья приложились к бутылке, забрели с пьяных глаз в «Дортехникапродакшен», где ушлая менеджер, получая процент от сделки, втюхала акробатам асфальтоукладчик, и Мара с Антонио получили новый повод для возлияний. Погуляли братья в тот день знатно, наутро оба ничего не помнили о приобретенном «утюге».

— Ваня, — орал в полном восторге Мара, — мы молодцы! Хапнули каток! Не пропили бабло.

— Приобрели самую необходимую вещь для акробатов, — не выдержал я, — Энди будет ставить машину на голову вместо тебя.

— Ты не дослушал, — обозлился Мара, — технику берут назад! На нее есть покупатель! Нам вернут деньги!

— Все? — с недоверием спросил я.

— Вычтут десять процентов за услуги и...

— Хватит! — гаркнул я. — Мара, запомни! С этого момента никакой самодеятельности!

— Ага, — растерянно сказал парень.

— Слушаетесь только меня! Увижу с бутылкой — пристрелю на месте, — выпалил я и удивился сам себе.

Ну надо же, я ранее не прибегал в беседе к таким аргументам. Право, я слишком груб, сейчас Мара обидится. Но акробат отреагировал иначе.

— Йес, босс! — зачастил он. — Не злись! Мы уже сделали выводы, учимся на своих ошибках! Прости! Ваня!!!

— Ладно, — милостиво сказал я, — если хотите стать богатыми и знаменитыми в будущем, нужно извлекать правильные выводы из ошибок прошлого.

— Суров! — усмехнулась Нора, когда я кинул телефон в карман.

— Детский сад, — в сердцах воскликнул я, — теперь вы понимаете, почему я не могу их бросить? Покупка асфальтоукладчика не самая большая глупость, на которую способны братья Морелли.

— Ладно, — кивнула Нора, — удачи тебе, продюсер.

Я поцеловал бывшей хозяйке руку и пошел к двери.

— Ваня, — окликнула меня Элеонора.

Я оглянулся.

— Ты неправ, — засмеялась Нора.

— В чем? — удивился я.

Она склонила голову набок.

— Только дураки учатся на собственных ошибках!

Я простился с Норой, вышел из дому, бросил в багажник машины спортивную сумку с вещами и парой любимых книг, сел за руль и поехал к Морелли. Только дураки учатся на собственных ошибках? А вот и нет. Пока сам не наделаешь глупостей, ничего не поймешь. Чтобы извлечь правильный урок из ошибок прошлого, не сочтите эти ошибки своими победами.

Стриптиз Жар-птицы

главы из нового романа

Глава 1

Внутри каждого яблока спрятан огрызок. А в любой женщине непременно притаилась красавица, но порой никто ее просто не замечает...

Я вышла из метро и попыталась продышаться. Только не надо напоминать мне, что московский воздух — коктейль из токсинов, тяжелых металлов и окиси углерода. Если сорок минут трястись в подземке, то потом даже смог на Садовом кольце кажется упоительно сладким. Однако я вдруг начала кашлять — в последнее время ко мне привязалась невесть откуда взявшаяся аллергия. И тут я увидела очень симпатичного мужчину, который с явным интересом смотрел на меня. Обычно я не знакомлюсь на улице, более того, будучи некогда женой милиционера, я очень хорошо знаю: в нашем городе можно легко нарваться на криминальную личность, так что не следует заговаривать с незнакомцами. Ну, если только подсказать растерявшемуся туристу дорогу. И все же, согласитесь, явный интерес, читаемый в глазах идущих навстречу мужчин, женщину как-то бодрит. То же и со мной, Виолой Таракановой, — у меня и в мыслях нет заводить роман, но ощущение того, что я еще не вышла в тираж, радует. Вон сколько вокруг юных, ярких девушек, а шикарный блондин уставился на меня разинув рот. Похоже, он сражен наповал. Я сегодня действительно замечательно выгляжу, да и одета самым достойным образом: как раз вчера купила себе светло-розовое пальто. Абсолютно непрактичное приобретение — стоит пару раз прокатиться в муниципальном транспорте, и его можно выбрасывать, оно покроется невыводимыми пятнами, — но я не смогла удержаться. Зато выгляжу я сейчас, словно модель с обложки журнала. А еще я с утра сделала макияж и красивую прическу, потому что сегодня ездила в издательство сдавать рукопись (для тех, кто забыл, напомню: госпожа Виола Тараканова является одновременно и Ариной Виоловой, автором детективных романов, довольно известных в определенных кругах). Кстати, с очередной книгой я успела почти вовремя, задержка на десять дней не в счет, и на данном этапе я весьма довольна собой. Итак, я красива, отлично одета, молода, талантлива, и, ясное дело, парень, не сводящий с меня взгляда, почти лишился чувств от восторга. Ба, да он решил взять инициативу в свои руки! Ну надо же, отпихнул какую-то старшеклассницу, натянувшую на себя, несмотря на осень, супермини-юбчонку, и, широко улыбаясь, идет прямо ко мне. Нужно срочно сделать злобный вид, чтобы потенциальный кавалер понял: шикарная особа не испытывает ни малейшего желания общаться с посторонними!

Красавец приблизился почти вплотную, на моем лице помимо воли поселилась улыбка. Нет, конечно, я абсолютно не собираюсь кокетничать, просто выслушаю комплименты и сурово отвечу: «Не даю номер телефона незнакомым людям». Хотя такое заявление звучит глупо: знакомым номер давно известен, так что если кому-то и давать телефон, то как раз незнакомым.

Пока эти мысли крутились в моей голове, мужчина откашлялся и глубоким баритоном произнес:

— Здравствуйте!

— Добрый день, — кивнула я и повернула голову, очень хорошо зная, что в профиль смотрюсь наиболее выигрышно.

— Меня зовут Александр, — продолжил блондин и, представляясь, вежливо поклонился. — Вот, увидел вас в толпе и сразу понял...

Тут на него напал кашель. Мне бы следовало воспользоваться возникшей паузой и быстро уйти, но ведь неприлично убегать, не дав собеседнику выговориться! Пусть уж сообщит мне о том, какое впечатление я произвела на него, а потом, когда красавчик, покраснев от смущения, закончит «выступление», я гордо скажу, отвечу, заявлю... э... однако парню давно пора прекратить кашлять и продолжить речь! У него что, туберкулез?

— Простите, — заулыбался наконец блондин, — целый день на улице провожу, слегка простыл.

— Понятно, — кивнула я.

— Так вот... — Парень приободрился и завел: — Ваш вид! Внешность! Лицо! Короче говоря, звоните! Главное — понять, что это необходимо! Держите! Совсем не страшно! И ничего стыдного нет!

Я машинально взяла протянутый листочек и запоздало удивилась: что, так теперь принято — сунуть женщине открытку и застыть рядом, уставившись на объект обожания?

— Вы прочитайте! — бодро продолжал блондин. — Хоть нас и обучали на специальных курсах, но у меня хорошо говорить не получается. А над текстом профессор потрудился, этот... как его... стилист!

Мое удивление выросло до размеров небоскреба. О чем толкует потенциальный кавалер? Я уткнулась в крупный шрифт и прочла следующее:

«Новое лицо к Новому году. Начните январь обновленной. Сейчас у вас грыжи под глазами, глубокие морщины, старческие пигментные пятна, оплывший овал лица? Короче говоря, глядя утром на себя в зеркало, вы испытываете ужас и хватаетесь за косметичку? Надеетесь выглядеть моложе при помощи тональной пудры, корректора и румян? А зря, от слоя косметики ваша кожа станет только хуже, и в конце концов вы будете похожи на печеное яблоко. Мы предлагаем вам революционное обновление внешности. Новое лицо — новая жизнь — новые заботы. Безразрезная и безшовная подтяжка мышц — метод глубокой прошивки. Торопитесь! Запись всего один раз в году, количество мест в клинике ограничено».

В первую секунду я поморщилась. Текст составлен из рук вон плохо! Эти повторения прилагательного «новый»: «Новое лицо к Новому году», «обновленной»... Следовало отдать сей опус редактору! Вот моя Олеся Константиновна никогда бы не пропустила столь явной ерунды. А заявление: «новое лицо — новая жизнь — новые заботы»? В особенности радуют последние. Их что, обещают вкупе с красивой внешностью? Кроме того, слово «бесшовная» пишется не через букву «з»! Удивительная безграмотность! Похоже, составители рекламы плохо учились в школе. Вот я отлично помню правило: если корень слова начинается на...

— Скидка пятнадцать процентов! — вдруг заявил блондин.

— Вы о чем? — не удержалась я от вопроса.

— Если вы отдадите листовку на ресепшн, услуги обойдутся вам намного дешевле, — зачастил красавчик. И добавил: — Причем скидка распространяется на все, в том числе и на пересадку волос... э... на голове.

Это дополнение вызвало у меня улыбку. А куда еще можно пересадить волосы? На ноги, что ли? Неужели есть на свете женщины, которые с восторгом побегут на подобную операцию? Я уже хотела высказать вслух все, что думаю об идиотской рекламе, и только тут сообразила: минуточку, молодой человек вовсе не собирался приставать ко мне с комплиментами и выпрашивать у меня номер телефона! Кретин просто раздает визитки клиники, которая проводит омолаживающие процедуры! И из всего потока дефилирующих по улице теток он выбрал МЕНЯ? С какой стати?

— С ума сошел? — искренне возмутилась я. — Еще бы липосакцию предложил!

Дурак снова кашлянул раз-другой, и на его лице появился восторг.

— Вау! — взвизгнул он. — Я чегой-то стесняюсь о жироотсасывании шуршать, хотя на курсах объясняли: все бабы о похудении мечтают! А вы молодец! Уважаю! Смело про свои проблемы рубите! Ща, уно моменто...

Не успела я моргнуть, как блондин сунул мне под нос другую бумажонку. На сем рекламном шедевре черным по белому стояло: «Революционная методика увеличения бюста путем использования отходов липосакции. Убираем лишнее, превращаем ненужное в необходимое. Нужна ли вам толщина в районе бедер? Нет? Желаете иметь сексуальную грудь восьмого размера? Легко сделаем из материала клиента! Никакого отторжения! Во время вмешательства получите удовольствие, без боли и наркоза. Гарантия на всю жизнь».

На долю секунды я растерялась. Зачем мне бюст устрашающей величины? Думаю, с ним крайне неудобно ходить. Он просто перевесит госпожу Тараканову, я буду постоянно падать. К тому же у меня на бедрах не найти такого количества жира, чтобы из него получилось два футбольных мяча. Хотя, если быть совсем объективной, в верхней части моих ног начинают намечаться «уши»... Неужели крохотный дефект столь заметен посторонним?

И тут я разозлилась, быстро-быстро изорвала листочки в мелкие клочки и швырнула их на тротуар. Вообще говоря, я категорически не одобряю людей, засоряющих улицы, никогда не кидаю мусор мимо урны, но в этот момент напрочь забыла о хороших манерах.

— Мерзавец! — с вызовом сказала я блондину. — На себя посмотри! Натуральная белая мышь в обмороке!

— Скидочку можно увеличить, — совершенно не обиделся болван. — Потом передумаете, локти кусать станете, у нас временная акция!

Я развернулась и отточенным шагом двинулась в сторону маршрутного такси. Слава богу, малоприятный тип не побежал за мной. На пути мне попался магазин с зеркальными стеклами, я невольно посмотрела на себя и приуныла. Пальто цвета поросенка, страдающего анемией, не подходит мне, а вертикальные складки, вместо того чтобы зрительно удлинить фигуру, парадоксальным образом ее уменьшили. А под глазами темнеют синяки, верхние веки того же цвета, я напоминаю очковую мартышку. Видели когда-нибудь это симпатичное человекообразное с крохотной мордочкой и почти черными кругами, сходящимися у носа? Вылитая я!

В сумочке завибрировал мобильный.

— Алло, — мрачно сказала я.

— Вилка! Приветик! — прокудахтал голосок.

— Добрый день, — ответила я, не понимая, кто находится на связи.

— Что ты делаешь? — продолжала женщина.

— Стою на проспекте.

— Ой, ты прям как Андре! Спросишь у него: «Милый, где находишься?» — он живо ответит: «В машине».

— Дана? Ты? — обрадовалась я.

— Кто ж еще! — воскликнула приятельница. — Не узнала? Здорово! Не звонишь сто лет... Конечно, ты у нас писательница! Небось звездишь без остановки? Презентации, автограф-сессии...

Лучшая защита — нападение. Похоже, моя старинная знакомая Дана Колоскова отлично усвоила сей незамысловатый постулат. В прежней жизни, когда мы с Томочкой считали себя неразлучными подругами[1], я преподавала детям немецкий язык, и Дана наняла меня для своего сына Андре, милого маль-

---

[1] Читайте книги Дарьи Донцовой «Черт из табакерки» и «Зимнее лето весны», в них рассказано, как началась и завершалась дружба, издательство «Эксмо».

чика, но самозабвенного двоечника. Не успела я первый раз войти в квартиру, как хозяйка моментально усадила меня за стол, налила прекрасный кофе и сообщила кучу подробностей о своей жизни. На самом деле Дану зовут не по-российски красиво — Данунция. Еще шикарнее звучит ее девичья фамилия — Гарибальди. Поглощая аппетитные булочки с корицей, Дана безостановочно говорила:

— Слышала про того Гарибальди[1], революционера из Италии? Видишь сейчас перед собой его родственницу.

— Ну надо же! — изумилась я.

Дана, явно обрадованная моей реакцией, добавила скорости беседе, и через четверть часа я была в курсе, что ее муж Альберт пишет книгу, сын Андре юный безобразник и никого не желает слушаться (похоже, весь удался в дальнего родственника, борца с угнетателями итальянского народа), свекровь Жозя разводит птичек, пернатые летают по дому и роняют перья в кофе. А еще, стрекотала Данунция, хорошо бы уехать из Москвы за город, но дела не позволяют, она же работает, а на досуге делает бижутерию, в основном бусы, которые продает коллегам и их знакомым.

Я слегка ошалела под лавиной информации, но, когда попыталась пойти в детскую, чтобы заниматься с Андре, Дана меня не отпустила. И все наши дальнейшие «занятия» всегда выглядели одинаково: едва я появлялась на пороге, Дана мгновенно хваталась за кофейник. В комнате у мальчика я так и не побывала. Андре сам приносил на кухню учебник, и, пока мать двоечника болтала, я живо делала ему домашнее задание. Навряд ли такое времяпрепровождение можно назвать полноценным уроком. В конце концов мне стало стыдно брать у Данки деньги, и я отказалась от

---

[1] Джузеппе Гарибальди (1807—1882) — революционер, народный герой Италии.

ученика. Но наши отношения не прервались, мы с родственницей Гарибальди активно общались, а я по-прежнему писала для Андре сочинения на тему «Летние каникулы» или «Родной город». Стихийно возникшему приятельству немало способствовал тот факт, что мы жили в соседних домах. А кроме того, Дана изумительно готовила, из нее вышел бы отличный повар.

Потом я и Томочка вышли замуж, переехали на новую квартиру, и мое общение с Данкой сократилось. Почти каждый день забегать в гости стало невозможно, но мы периодически перезванивались. Правда, в последний раз мы беседовали давно, больше года назад. И вот сейчас я слышу из трубки веселый голосок. Похоже, Данка не изменилась — за пару минут она успела выложить все свои новости: муж Альберт ее бросил, выросший Андре женился и вместе с женой живет в Италии, где у Гарибальди есть родственники. Наверное, Дана забыла, что я об этих обстоятельствах хорошо знаю.

— Я наконец-то вернула себе девичью фамилию. На фиг мне Колосковой быть, — пулеметом строчила Данка. — И очень хорошо, что Алик исчез из моей жизни, теперь это не моя забота. От него были одни расходы — пить начал, а мне завидовал. Я же бизнесмен, а он типа никто! Слава богу, он другую нашел, уже год как смотался. Ну да ты это знаешь! Жозя, конечно, осталась со мной. Ты можешь приехать?

— Куда и зачем? — попыталась выяснить я.

— Видела тебя тут по телику, — тараторила Дана. — Горжусь безмерно, всем рассказываю: Арина Виолова моя лучшая подруга. Все твои книги прочитала по пять раз. Фанатею по-черному! Давай кати сюда!

— Да куда?

— В Евстигнеевку! Неужели забыла?

— Прости, да, — ответила я чистую правду.

— Вилка, ты чего? — возмутилась Дана. — Это дача Жози!

Я напряглась, из глубин памяти выплыло воспоминание о большом, старом деревянном доме, в котором на разные голоса скрипели рассохшиеся полы. Жозя, свекровь Даны, была очень гостеприимна, летом она зазывала к себе всех: подруг, знакомых, коллег сына и невестки.

— Мы теперь постоянно живем в Евстигнеевке. Я же тебе рассказывала о ремонте, — вещала Дана. — Сделай одолжение, приезжай! Очень надо, ей-богу! Прямо сейчас!

Я заколебалась. Может, принять приглашение? По крайней мере Данка до отвала накормит меня вкусностями. К тому же дома меня никто не ждет, рукопись сдана, в городской квартире, несмотря на теплую погоду, царит дикий холод — отопление пока не включили, а в Евстигнеевке имеются печи.

— Хорошо, приеду, — приняла я решение. — Но ближе к вечеру.

— Ты на машине? — спросила Гарибальди.

— Нет, — вздохнула я.

— Дуй сейчас же на вокзал, — поторопила меня Данка, — через сорок минут пойдет электричка. Если успеешь на нее, встречу тебя на станции. Ну?

— Не могу же я ехать за город в розовом пальто!

— Почему? — изумилась Дана.

— И у меня нет с собой даже зубной щетки.

— Ну и ерундища лезет тебе в голову! — незамедлительно отбила и эту подачу подруга. — Кати как есть. У меня найдется и пижама, и пуховик, и мыло с мочалкой.

Но я все равно пребывала в сомнениях, и тут Дана тихо сказала:

— Вилка, ты мне срочно нужна, беда случилась!

— Я уже в пути, — ответила я, — встречаемся у первого вагона. Станция Манихино?

— Верно! — обрадовалась Дана. — Но лучше садись в конец состава.

Глава 2

— Ну, сильно я изменилась? — спросила Дана, заводя мотор не совсем новой, но вполне приличной иномарки.

Похоже, материальное положение моей подруги за время, прошедшее с нашей последней встречи, не стало хуже, а может, даже улучшилось. Вон какой дорогой мобильный торчит у нее на поясе в специальном креплении — трубка ярко-красного цвета с отделкой из натуральной кожи, вся в стразах. Словно подслушав мои мысли, аппарат начал издавать звуки.

Дана вытащила его и поднесла к уху.

— Да, да, едем, — сказала она и вернула мобильный на место.

Я улыбнулась. Дана верна своей привычке: она легко теряла сотовые телефоны, а потом придумала прицеплять их к поясу цепочкой.

— Так как, сильно я постарела? — кокетливо поинтересовалась Дана.

— Нисколечко, — улыбнулась я. — Ты у нас как настоящая стратегическая тушенка, которая хранится полвека без ущерба для качества.

— Скажешь тоже! — хихикнула Дана. — Вот ты шикарно смотришься. А какое пальто!

— На днях купила, — похвасталась я, а затем поинтересовалась: — Почему вы до сих пор на даче? Вроде сезон закончился.

Дана сосредоточенно уставилась в лобовое стекло.

— Да понимаешь, в чем дело... Альбертик, гад, работу бросил, бухать начал. Пока Андре с нами жил, горе-папашка еще сдерживался, а как сын в Италию укатил, с цепи сорвался. У него резьбу сорвало! Короче, мы подали на развод, и тут выяснилось: все пополам делить надо. Помнишь мои проблемы? Сколько я плакала у тебя на кухне...

— Веселое было время, — пробормотала я.

— Ага, обхохочешься, — кивнула Данка. — Главное, сначала Альбертик ничего не требовал, а потом бумага от адвоката приплыла. Я не сразу сообразила, что у муженька моего баба появилась. Это ее работа, стервятины ушлой. Ну и пошла у нас битва за шмотки. В конце концов договорились: Алику городская квартира отошла, а мне дача.

— Печально, — кивнула я, — у тебя был сложный развод.

— Не, наоборот, хорошо вышло, — засмеялась Данка. — Нашу халупу помнишь? Три комнаты — как три спичечных коробка, ванная похожа на мыльницу, кухня — не повернуться. Зато дачка, хоть и старая, да четыреста квадратных метров, и участок полгектара, от Москвы недалеко. Мы с Жозей счастливы! Альбертик один разок выгадал момент, когда я в свой магазин в город покатила, и привез новую жену — матери показать. Ой, тут такое было! Жозя со смеху умирала, когда рассказывала! Мадам Колоскова, как фазенду узрела, сначала челюсть уронила, потом не утерпела и заорала: «Ты ж говорил, что тут сарай! Дурак! Ты хоть понимаешь, сколько здесь одна земля стоит? Обобрали тебя!»

Конечно, мы с Жозей в доме ремонт сделали, ты халабуду и не узнаешь. Вот прикатим — удивишься!

— Ты работаешь по-прежнему в магазине? — поинтересовалась я.

Дана засмеялась:

— Давно же мы с тобой не болтали! Я горжусь своей «точкой». Помнишь, я сначала бусами по знакомым торговала... А теперь собственную лавку имею и штат мастериц, я дизайн придумываю, а они изделия собирают. Есть постоянные клиенты. Например, дама по фамилии Яндарова кучу всего ежемесячно заказывает и, думаю, перепродает. Кстати, сейчас в моде крупные аксессуары, а тебе пойдут красные серьги. Ну вот, мы прибыли...

Дана щелкнула брелоком, железные ворота отъехали в сторону, машина нырнула во двор и покатила по узкой, засаженной со всех сторон кустарником и деревьями дорожке к гаражу.

— Как у вас красиво! — ахнула я. — Кто занимается садом?

— Раньше Жозя копалась, — ответила подруга, — но теперь ей трудно, только за птичками ухаживает. Раз в неделю мужик приходит, садовник. Следит за посадками, траву косит, ветки подстригает.

Продолжая болтать, Дана нажала на пульт, железные ворота гаража начали медленно подниматься вверх.

— Когда же я была тут в последний раз? — продолжала восхищаться я. — Здорово, у вас дом стоит прямо у леса!

— Ты сюда приезжала сто лет назад, — засмеялась Гарибальди. — Да и в городе мы с тобой давно не встречались.

— Дела, заботы... — пробормотала я.

— Надо взять за правило хоть раз в неделю звонить друг другу. А то вон сейчас пришлось тебе про развод рассказывать и про бизнес, — укорила Дана.

— Я великолепно помню о твоих проблемах! И об успехах тоже!

Гарибальди засмеялась.

— Память лучше лишний раз освежать.

Ворота поднялись.

— Ой, «Запорожец»! — охнула я. — Тот самый! Любовь и гордость Жози! Он еще на ходу?

— Зверь-машина, — рассмеялась Дана. — Жозя его ежедневно заводит и проверяет. Как раньше.

— Твоя свекровь на нем ездит? — поразилась я.

— Нет, конечно, — помотала головой Дана. — Но считает «Запорожец» лучшим авто на свете, его же подарил ей Матвей Витальевич. Знаешь ведь, как свекровь обожала мужа. Она даже его кабинет переделать не позволила. Помнишь, он и раньше как музей стоял, да так и остался. Везде ремонт сделали, а в кабинете Колоскова ничего не тронуто. С внешней стороны, когда на дом смотришь, это странно выглядит: повсюду стеклопакеты, и вдруг одно допотопное окно. Давай входи, а то, кажется, дождь начинается...

Миновав просторную прихожую, коридор и холл, мы вошли в квадратную кухню-столовую. Данка немедленно бросилась к плите.

— Кофеек сейчас сварганю, — пообещала она. — Еще ватрушки имеются. Вкусные, заразы, с апельсиновыми цукатами!

— Теперь понимаю, отчего вторая жена Альбертика взбесилась, — констатировала я, удобно устроившись в кресле. — От прежней дачи ничего не осталось! Все иное, включая мебель.

— Нет, картины старые, и кабинет Матвея не тронут, настоящий музей, — уточнила Дана и засмеялась. — Да и мы с Жозей прежние. А вот и она! Мам, привет, узнаешь Виолу?

Я встала и повернулась к двери. На пороге стояла хрупкая фигурка. Жозя всегда была стройной и подтянутой, но за тот срок, что мы не виделись, она стала похожа на одну из своих любимых канареек.

— «Виола»? — растерянно переспросила Жозя. — Спасибо, я недавно обедала. Может, к ужину съем кусочек хлебушка с плавленым сыром.

Данка засмеялась:

— Ма, я не о сыре, а о Виоле Таракановой, моей подруге, а теперь писательнице. Чьи это там книжки? Вон, на подоконнике...

Я невольно посмотрела в сторону огромного стеклопакета в темно-коричневой деревянной раме и увидела стопку своих книг. Данка не пыталась сделать мне приятное, рассказывая о своей любви к детективам Арины Виоловой, она и в самом деле скупила их все.

— Это ее романы, — терпеливо продолжала Дана.

— Она их заберет? — вопросила Жозя.

— Нет, нет, оставлю, — успокоила я старушку.

— А говоришь, книжки принадлежат гостье, — нараспев произнесла Жозя.

— Виола их написала, — объяснила Данка, — она автор бестселлеров.

Жозя погрозила невестке пальцем, потом глянула на меня.

— Дануся вечно надо мной подшучивает! Я великолепно знаю, как зовут писательницу — Арина Виолова! А в гости к нам пришла Виола Тараканова...

— Мамуля, — перебила ее подруга, — вспомни: мы с тобой вчера смотрели телик. Я увидела Вилку и тебе сказала: «Гляди, Тараканова выступает!»

— Не делай из меня дуру, я имею расчудесную память! — рассердилась бабуля. — Виола Тараканова наша давняя знакомая. Здравствуй, моя милая, замечательно выглядишь, слегка повзрослела, но это ведь естественно!

— Спасибо, Жозя, — улыбнулась я. — Собственно, я теперь уже не взрослею, а старею... Ты слишком деликатна!

— А при чем тут Арина Виолова? — задала вопрос престарелая дама.

— Писательница она, — указала на меня Данка.

— У нас в столовой Виола Тараканова, — напомнила Жозя. — Никакой Арины я не вижу!

— Вилку еще зовут Виоловой, — бестолково объясняла невестка. — Они одно лицо.

Жозя наморщила лоб.

— Виола Тараканова и Арина Виолова?

— Да, — кивнула я.

— Слава богу, разобрались, — обрадовалась Данка.

— Так не бывает, — заявила Жозя. — Ох, юмористка! Ну ладно, пейте чаек, а потом приходите посмотреть на птичек, я буду в вольерной.

Шаркая уютными теплыми шлепанцами из дубленой овчины, Жозя двинулась в сторону коридора. Только тут я сообразила, что она надела свитер наизнанку — ярлычок с названием фирмы торчал на виду, а домашние тапки у старушки оказались от разных пар: на правой ноге красовалась голубая, на левой — розовая.

— У Жози склероз? — спросила я, когда мать Альберта ушла.

Дана почесала переносицу.

— Не-а, все отлично. Ну забывает порой мелочи, может имена перепутать или кое-что недопонять. Но Жозя вполне здорова, я за ней в четыре глаза слежу, раз в три месяца на анализы вожу, таблетки даю. Меня врачи уверяют, что она проживет еще долго. Да и с какой стати ей помирать? Она совсем молодая, восьмидесятилетие не отметила. Скажи, она чудесно выглядит?

Последние слова Данка произнесла слишком громко, словно желая скрыть собственное беспокойство.

— Да, да, да, — закивала я, — больше пятидесяти ей и не дать. Насчет склероза я глупость сморозила.

Лицо Даны разгладилось.

— Вот и кофе, — обрадованно сказала она, — а к нему булочки, колбаска, сыр...

Я молча смотрела, как подруга мечется по кухне. Дана рано потеряла родителей и, насколько я понимаю, всю жизнь мечтала иметь большую семью, состоящую из любящих родственников. И ей повезло. Правда, не с мужем. Альберт всегда был эгоистом, он искренне считал, что супруга дура, не способная ничего добиться. Он и не скрывал своего презрения по отношению к жене, а его насмешки над Данкой вызывали у меня желание стукнуть Алика по носу. Хорошо, что он завел другую бабу и ушел от Даны!

Но вот свекровь ей досталась замечательная. Жозя всегда стояла на стороне невестки, защищала ее, как могла, подсовывала деньги из своей не слишком большой пенсии и фактически вырастила Андре. Тут, наверное, надо сделать некоторые уточнения. Андре по паспорту Андрей, на иностранный манер его с пеленок начала звать Данка, которая очень гордится своим итальянским происхождением. А Жозя по-настоящему Антонина Михайловна Колоскова. Как она стала Жозей? В этом следует «винить» внука — едва научившись лепетать, малыш принялся так называть бабушку, и с его легкой руки это имя прижилось. Так вот, спустя пару лет после свадьбы Дана твердо уверовала, что свекровь ей — самый родной человек, и с тех пор называет ее мамой. Моя подруга видит, что старушка дряхлеет, понимает: рано или поздно настанет момент, когда смерть разлучит ее с Жозей, и страшно боится неминуемого расставания.

Мы попили чаю, потом Дана спохватилась:

— Птички! Пошли скорей, Жозе не терпится похвастаться!

Я покорно потопала в вольер, который был устроен в специальном помещении. Жозя очень любит пернатых, в доме у нее всегда жили канарейки, простые воробьи, попугаи. Каким-то образом дама умеет договариваться с крылатыми — те порхали свободно по квартире, но гадили только в клетках, не портили мебель и вели себя весьма пристойно. Видно, птичкам было хорошо у Жози, и потому они постоянно пели. А на фазенде свекровь Данки держала кур, и местные бабы обивали ее порог, прося рассказать, чем та кормит несушек. Ну по какой причине у них цыпы от ветра дохнут и откладывают мелкие, абсолютно невкусные яйца, а у Жози на насесте гордо восседают красавицы, выдающие по утрам яйца размером с кулак?

— Да нет у меня никаких особых секретов! — отбивалась Жозя. — Просто кур любить надо. Утром поздороваться с ними, с каждой поболтать, о петухах посплетничать, вечером колыбельную спеть, вот и все дела...

Крестьянки вертели пальцем у виска и уходили. Окончательно считать горожанку сумасшедшей им мешал цветущий вид обитателей ее курятника. В общем, местные кумушки пришли к выводу, что Жозя прикидывается дурой, а на самом деле подсыпает-таки в корм некую чудо-добавку и просто не желает делиться секретом.

— А вот и птичник, — сказала Данка, распахивая дверь.

На секунду я оглохла и ослепла. В просторной комнате стояла жара, со всех сторон неслось оглушительное чириканье, с потолка и стен били лучи мощных ламп, в многочисленных клетках порхали разноцветные птахи.

— О! Вы пришли! — обрадовалась Жозя, сидевшая на диванчике с книгой в руках.

Оставалось лишь удивляться, коим образом пожилая дама могла отдыхать в такой обстановке. И в птичнике странно пахло — нет, не отходами жизнедеятельности разномастной стаи, а чем-то вроде лекарств.

— Смотри, Виолочка, — начала экскурсию Жозя, — вон там у меня австралийские птицы. Очень редкие! Знаешь, мне в зоопарке не поверили, когда я сообщила, что мои питомцы вывели птенцов, заявили, мол, в неволе они не размножаются. Ха! У меня самка яйца отложила и высидела их замечательно! Нравится?

— Очень, — покривила я душой, потому что чувствовала себя здесь отчего-то неважно. — А кстати, у вас ведь еще собака была, Линда...

— Да, — грустно ответила Данка, — умерла моя девочка.

— Не расстраивайся! — воскликнула Жозя. — А вот тут «гости» из Африки...

— Вы теперь увлекаетесь экзотами? — поддержала я разговор, очень надеясь, что экскурсия вот-вот завершится.

— А ну перестань! — вдруг воскликнула Жозя и бросилась к одной из клеток. — Только вчера приехал, а уже хамит! У нас так в семье не принято, изволь жить со всеми в мире!

Неожиданно мне стало совсем плохо — в носу защипало, в горле запершило, и, что называется, в зобу дыханье сперло.

— Ты как? — шепотом спросила Данка.

Я попыталась ответить, но не сумела выдавить из себя ни звука. Гарибальди быстро выволокла меня из птичника в прихожую и живо распахнула входную дверь.

— Спасибо, — пролепетала я, хватая ртом воздух. А когда я пришла в себя и смогла говорить, то заволновалась: — Наверное, Жозя обиделась!

— Да нет, не переживай, — улыбнулась Данка. — Она как ребенок! Ей новую птичку привезли, а та оказалась с тяжелым характером. Мама вчера весь вечер сокрушалась, до чего конфликтный экземпляр прибыл.

— Где же она берет всех этих экзотов? — запоздало удивилась я.

— Был бы купец, а товар найдется, — усмехнулась Дана. — Птиц я покупаю. Сначала имела дело с частными торговцами, но, понимаешь, пернатые прибывают в ужасном состоянии, чаще всего больные либо донельзя истощенные. Привезешь клетку домой, а ее обитатель через сутки покойник. Жозя так плакала! И денег, конечно, отданных нечистоплотному торгашу, жаль. В общем, я нашла в Интернете сайт и заказываю по каталогу из Германии всяких там дроздов и синиц. Знаешь, я хоть и живу в доме с вольером, но так и не научилась разбираться в пернатых, а вот Жозя у нас — профессор! Она выбирает нужный экземпляр, я оплачиваю, и новый обитатель доставляется самолетом из Франкфурта.

— Скажи пожалуйста! — восхитилась я. — Так просто!

— Да, — согласилась подруга, — теперь стало просто: прикатываешь в аэропорт, демонстрируешь бумаги и везешь домой здорового птенчика. Кстати, ты спрашивала про мою собаку...

— Извини, — быстро сказала я, — не хотела причинить тебе боль, не знала о смерти Линды.

— Ей исполнилось пятнадцать лет, — грустно сообщила Дана, — она умерла от старости. Но я через тот же Интернет нашла щенка, завтра должен в Москву прилететь. Цвергшнауцер.

— Кто? — не поняла я. — Извини, я не очень в породах псов понимаю.

— Есть просто шнауцер, — охотно пояснила Дана, — есть ризеншнауцер, здоровенный такой, лохматый. Пожалуй, повыше стола будет...

— Господи! Зачем тебе такой мамонт? — невоспитанно перебила я подругу. Но тут же спохватилась и решила обратить некорректное замечание в шутку: — Хотя... сможешь на нем в магазин верхом ездить. Впрочем, если на полном серьезе, то охранный пес в деревне совсем не лишний.

— У нас спокойно, — отмахнулась Дана, — до сих пор двери не запираем. Но ты, как всегда, не дослушала меня. Я ведь вела речь не о великане-шнауцере, а о цверге. Ну-ка, переведи с немецкого!

— Гном, — автоматически ответила я. И засмеялась: — Гном-шнауцер. Карликовый вариант.

— Верно, — кивнула Дана, — маленький, меньше кошки. Такой славный! Вот завтра его привезу, и увидишь. Ты же можешь у нас пару дней пожить?

Я глубоко вздохнула и внезапно ощутила полнейший душевный комфорт. Давно мне не было так хорошо, ни одна будоражащая нервы мысль не лезла в голову. Рукопись я сдала, никаких обязательств не имею, в доме у Гарибальди тепло, уютно, замечательно пахнет свежими булочками и кофе, а мой мобильник молчит...

— Мы с тобой, несмотря на дружбу, ни разу не говорили о твоем творчестве, а тут я прочитала в журнале статью про Виолову, — вдруг тихо продолжила Дана, оглядываясь на плотно закрытую дверь гостиной. — Там говорилось, что ты сначала лично раскрываешь преступление, а уж потом пишешь книгу. Скажи, это правда?

— Ну, в принципе да, — кивнула я. — Иногда мне, правда, кажется, что сюжеты лучше придумывать, но господь обделил меня фантазией. А вот рассказать о реальном случае получается очень здорово.

Данка встала, приоткрыла дверь, заглянула в коридор, потом осторожно захлопнула дверь и заговорила, еще больше понизив голос:

— Боюсь, Жозя услышит, еще волноваться начнет. Тут беда приключилась!

— С тобой? — насторожилась я.

Данка помотала головой.

— Знаешь, иногда происходит цепь случайностей, а потом соображаешь: их судьба специально подстроила. Понимаешь?

— Пока нет, — удивленно ответила я.

Дана села в кресло и поджала ноги. Голос ее стал непривычно серьезным.

— Мы с тобой в последнее время мало общались, даже звонить друг другу перестали, а тут еду в метро, гляжу, девчонка книгу читает, на обложке фото писательницы, написано: «Арина Виолова», и я сразу узнала тебя. Мне так интересно стало! Когда вышла на улицу, к лотку с газетами и книгами побежала, а там несколько твоих детективов продается. Купила из любопытства и, что называется, подсела. Все позвонить тебе собиралась, высказать восхищение, да дела мешали. Магазин, мастерицы... Аксессуарами сейчас многие торгуют, надо крутиться, чтобы выжить. Знаешь, какую я феньку придумала? Украшение из птичьих перьев! Но не о бизнесе речь. Видишь, как получилось: сначала я твои книги приобрела, потом газету о тебе прочитала, а вчера по телику увидела. Тут я и поняла: не случайно все это, надо к тебе обратиться. Ты же мне поможешь, а?

— Непременно, если сумею понять, в чем проблема, — также шепотом ответила я. — Ты расскажи все по порядку...

СПИСОК ПОБЕДИТЕЛЕЙ В ГОДОВОЙ АКЦИИ
«ЗАГАДКИ ГОДА ОТ ДАРЬИ ДОНЦОВОЙ»

1-е место — Егорова Наталия Владимировна, Санкт-Петербург

Абакунькина Любовь Ивановна	Абашкина Валентина Васильевна
Авакумова Ираида Николаевна	Авдеева Наталья Юрьевна
Аверина Ольга Эдуардовна	Агеева Алла Моисеевна
Аданяева Светлана Анатольевна	Акиньшина Лариса Ивановна
Александрова Ирина Васильевна	Алимцева Евгения Александровна
Алифанова Валерия Владимировна	Андреенко Ольга Анатольевна
Андрианова Елена Николаевна	Андрианова Людмила Венедиктовна
Анисимова Елена Ивановна	Анищенко Светлана Александровна
Анохина Лидия Ивановна	Арагачева Наталья Ивановна
Аракчеева Татьяна Валентиновна	Арвин Инга Олеговна
Артёмова Татьяна Леонидовна	Архипова Наталья Игоревна
Астахова Елена Александровна	Асташкина Екатерина Владимировна
Афанасьева Ирина Игоревна	Ахлюстина Юлия Викторовна
Бабаева Любовь Михайловна	Бабичева Наталья Борисовна
Бадаева Лариса Сергеевна	Бандурченко Наталья Петровна
Баркова Ольга Ивановна	Барышева Ирина Алексеевна
Басенко Нина Михайловна	Батенин Александр Николаевич
Батурская Ольга Николаевна	Батюшкова Валентина Петровна
Башева Марина Александровна	Белова Надежда Олеговна
Белова Юлия Николаевна	Белоус Маргарита Ильинична
Белоусова Тамара Яковлевна	Беляева Жанна Владимировна
Беляева Надежда Сергеевна	Беляева Ольга Валентиновна
Беляева Юлия Александровна	Бенц Любовь Ивановна
Бербушенко Валентина Ивановна	Березина Людмила Владимировна
Беркасова Елена Леоновна	Берри Ирина Аркадьевна
Бесланеева Инна Николаевна	Беспалова Ольга Владимировна
Блинова Наталья Николаевна	Богатова Елена Вячеславовна
Богатова Нина Борисовна	Богданова Ольга Геннадьевна
Бокарева Маргарита Сергеевна	Бокарева Светлана Николаевна
Болдырева Татьяна Борисовна	Бондаренко Надежда Федоровна
Борисова Светлана Евгеньевна	Боркова Ольга Ивановна
Бородина Наталья Владимировна	Ботова Татьяна Александровна
Бочарова Ирина Николаевна	Брус Наталья Николаевна
Буданова Ирина Валентиновна	Буканова Людмила Борисовна

Булдакова Марина Анатольевна	Бурданова Татьяна Викторовна
Бурденко Марина Петровна	Бурдыкина Тамара Викторовна
Бухтина Екатерина Федоровна	Быкова Ирина Владимировна
Быстрова Валентина Алексеевна	Вагурина Наталья Вячеславовна
Валиахметова Ольга Николаевна	Вальцова Ирина Ивановна
Ванчикова Ольга Яковлевна	Василевская Тамара Павловна
Василенко Валентина Яковлевна	Васильева Ирина Николаевна
Вахонина Анна Александровна	Введенский Дмитрий Андреевич
Вельтищева Елена Юрьевна	Верховская Галина Геннадьевна
Веселова Фаина Алексеевна	Вехрова Ирина Васильевна
Виноградова Елена Владимировна	Виноградова Наталья Александровна
Вихрова Ирина Васильевна	Власенкова Татьяна Петровна
Власова Ольга Викторовна	Волкова Ирина Ивановна
Воловик Маргарита Владимировна	Волохова Ксения Юрьевна
Воробцева Екатерина Евгеньевна	Воробьева Елена Сергеевна
Воробьева Наталья Валерьевна	Воронова Ольга Александровна
Воскресенская Галина Валентиновна	Вшивцева Ирина Фирсовна
Гаврилова Марина Владимировна	Гайшун Валерия Александровна
Галайко Инна Александровна	Галактионова Наталия Вячеславовна
Галушко Светлана Владимировна	Гамаюнова Ольга Николаевна
Гаранина Елена Викторовна	Гаркавенко Татьяна Николаевна
Гарусова Ирина Николаевна	Гвоздева Людмила Георгиевна
Геращенко Ирина Владимировна	Гирявая Марина Алексеевна
Глазырина Наталья Николаевна	Голубева Елена Анатольевна
Голубева Юлия Александровна	Гомзикова Елена Викторовна
Гончарова Елена Викторовна	Горбанина Галина Владимировна
Горелова Екатерина Владимировна	Горелова Марина Николаевна
Городенцева Эльмира Рашидовна	Гороховцева Ольга Михайловна
Горячева Надежда Николаевна	Гребёнкина Наталья Анатольевна
Греханина Ярослава Борисовна	Григорьева Ирина Сергеевна
Григорьева Татьяна Ивановна	Григорюк Нина Михайловна
Гришаева Алена Анатольевна	Гришунова Светлана Леонтьевна
Громова Наталья Юрьевна	Гуженко Мария Владимировна
Гусева Татьяна Станиславовна	Гуска Александра Ивановна
Давлеева Татьяна Николаевна	Данилова Елена Владимировна
Данилова Людмила Борисовна	Дегтярёва Нина Владимировна
Демидова Татьяна Игоревна	Денисенко Виктория Николаевна
Денисова Марина Юрьевна	Денисова Татьяна Николаевна

Дешенекова Вера Львовна

Дмитриева Елена Вадимовна

Дмитриева Ольга Юрьевна

Догадина Светлана Робертовна

Докторова Светлана Анатольевна

Должникова Ирина Вячеславовна

Дубовская Юлия Николаевна

Евстафьева Инесса Анатольевна

Емельянова Марина Владимировна

Еремин Вячеслав Викторович

Ермакова Ирина Николаевна

Ерофеева Людмила

Ерохина Людмила Алексеевна

Ефанкова Наталья Анатольевна

Жалинская Анна Евгеньевна

Жихарева Анна Викторовна

Забродина Елена Игоревна

Зайцева Надежда Викторовна

Заруднева Анастасия Сергеевна

Зеленова Наталья Ивановна

Златина Евгения Леонидовна

Иванкина Любовь Анатольевна

Иванова Наталия Николаевна

Иванова Наталья Николаевна

Иванова Татьяна Николаевна

Истратова Светлана Владимировна

Казначеева Лариса Александровна

Калискин Илья Сергеевич

Каниковская Татьяна Владимировна

Карбовская Наталья Анатольевна

Карлова Антонина Федоровна

Карпова Елена Владимировна

Картошкина Татьяна Владимировна

Касаткина Диана Сергеевна

Качалов Александр Алексеевич

Кашеварова Елена Геннадьевна

Кашицина Ольга Владимировна

Килин Александр Григорьевич

Дигина Людмила Сергеевна

Дмитриева Людмила Васильевна

Добровольская Магдалина Алексеевна

Доенина Елена Николаевна

Долгошеева Ольга Юрьевна

Дружинина Наталья Игоревна

Дятлова Татьяна Валентиновна

Елисеева Юлия Михайловна

Енилина Галина Сергеевна

Ермак Наталья Анатольевна

Ермолова Татьяна Владиленовна

Ерохина Екатерина Олеговна

Ерошина Ольга Васильевна

Ефимова Людмила Юрьевна

Животикова Галина Николаевна

Журлова Валентина Дмитриевна

Зайцева Елена Вячеславовна

Занятнова Екатерина Андреевна

Захаренкова Ирина Викторовна

Землиная Инесса Альбертовна

Зубкова Елена Михайловна

Иванникова Наталья Михайловна

Иванова Наталья Алексеевна

Иванова Татьяна Дмитриевна

Ильина Ольга Викторовна

Кавторина Ирина Владимировна

Калашникова Анна Игоревна

Калчакова Мунира Мунировна

Карасёва Наталья Вадимовна

Кардаш Наталья Николаевна

Карпеченкова Жанна Ивановна

Карпова Ирина Ростиславовна

Карулина Елена Алексеевна

Касьянов Дмитрий Анатольевич

Качалова Алла Сергеевна

Кашенцева Наталья Юрьевна

Керцева Елена Владимировна

Кириллова Ирина Леонидовна

Кирпеченко Ольга Николаевна
Киселева Ольга Валерьевна
Киселева Ольга Викторовна
Кислякова Елена Анатольевна
Кищенко Марина Вячеславовна
Клементьева Наталья Викторовна
Климова Зинаида Афанасьевна
Князева Елена Вячеславовна
Ковалева Галина Ивановна
Коваленко Светлана Георгиевна
Коган Олеся Юрьевна
Козлова Лидия Александровна
Козлова Татьяна Андреевна
Колганова Галина Владимировна
Колесник Валентина Сергеевна
Колесникова Светлана Александровна
Колотилина Алла Анатольевна
Колпащикова Анна Викторовна
Комарова Светлана Александровна
Кондратьева Ирина Владимировна
Кондрашова Елена Львовна
Конина Вера Сергеевна
Кононенко Алла Гавриловна
Кононова Елизавета Леонидовна
Кононова Татьяна Феликсовна
Копейкина Галина Сергеевна
Корбу Наталья Александровна
Корж Марина Викторовна
Корнеева Юлия Александровна
Корш Марина Викторовна
Костюкевич Галина Васильевна
Костюченко Вероника Ивановна
Косьяненко Лариса Николаевна
Котенева Ольга Васильевна
Кочетова Тамара Григорьевна
Кривова Екатерина Николаевна
Кригер Елена Ивановна
Крузе Любовь Олеговна
Крулева Людмила Владимировна
Крупенкова Ольга Юрьевна
Крылова Марина Львовна
Крылова Наталья Юрьевна
Крыцина Алёна Константиновна
Крючкова Ирина Петровна
Кудряшов Сергей Владимирович
Кузин Сергей Анатольевич
Кузнецова Валентина Федоровна
Кузнецова Наталья Геннадьевна
Кузьмина Наталья Михайловна
Кукина Елена Львовна
Кулешова Елена Игоревна
Куликова Анна Николаевна
Кущенко Светлана Викторовна
Лавренчук Ирина Викторовна
Ладилова Надежда Анатольевна
Лазарева Светлана Ивановна
Лазарева Тамара Борисовна
Лазарян Ирина Валерьевна
Лаптева Лариса Николаевна
Лапцевич Татьяна Владимировна
Лапшина Наталия Юрьевна
Лапшинова Елена Евгеньевна
Ларина Анна Валерьевна
Ларина Ирина Валерьевна
Ларина Любовь Александровна
Ларионов Виктор Витальевич
Латичева Светлана Анатольевна
Лебедева Евгения Викторовна
Лебедева Марина Юрьевна
Лебедева Светлана
Лебедева Татьяна Викторовна
Лежинская Ольга Ивановна
Лесничий Игорь Владимирович
Логинова Наталья Владимировна
Ломачинская Светлана Викторовна
Луговская Марина Ивановна

Лукьянова Людмила Васильевна	Лукьянова Марина Николаевна
Лущик Татьяна Владимировна	Лячина Наталья Александровна
Макарина Марина Викторовна	Максимова Елена Леонидовна
Максимова Людмила Федоровна	Малахова Елена Викторовна
Малинина Мария Александровна	Малышева Антонина Владимировна
Малюкова Ольга Владимировна	Мамаева Анна Степановна
Мамаева Ольга Николаевна	Мамонова Мария Александровна
Мансурова Лилия Ирековна	Маркова Ясмин Сергеевна
Мартынова Юлия Витальевна	Марущак Ольга Константиновна
Марьяненко Любовь Алексеевна	Маскаленко Алексей Вячеславович
Матвеева Людмила Борисовна	Матвеева Наталья Александровна
Матвиенко Юлия Григорьевна	Матис Светлана Яковлевна
Матросова Нина Николаевна	Меженская Марина Анатольевна
Мельникова Эльвира Павловна	Меняйцева Галина Васильевна
Месяченко Анна Сергеевна	Милосердова Эмилия Сергеевна
Минеева Татьяна Ивановна	Миронов Александр Валентинович
Митрофанова Светлана Валентиновна	Михайлов Юрий Викторович
Моисеева Гаянэ Георгиевна	Моисеева Светлана Борисовна
Морева Лариса Николаевна	Морозова Галина Алексеевна
Морозова Людмила Игоревна	Морозова Ольга Ивановна
Морозова Тамара Львовна	Москаленко Алексей Вячеславович
Мотохова Елена Сергеевна	Мочалина Елена Валентиновна
Мулина Людмила Ивановна	Мурашова Наталья Николаевна
Мурашова Ольга Петровна	Мягкова Татьяна Викторовна
Назаренко Елена Владимировна	Назарова Ольга Анатольевна
Невесёлая Татьяна Александровна	Недосекина Елена Николаевна
Неличева Ольга Михайловна	Неплюева Надежда Васильевна
Нестеренко Алевтина Юрьевна	Нефёдова Вера Леонидовна
Нечаева Юлия Игоревна	Ниганова Зинаида Васильевна
Никитина Ирина Валентиновна	Никитина Светлана Константиновна
Николаева Светлана Евгеньевна	Николаиди Ирина Игоревна
Новикова Елена Семеновна	Новикова Ирина Владимировна
Новикова Кира Геннадьевна	Новикова Наталья Георгиевна
Норова Анна Владимировна	Овчинникова Ирина Александровна
Орешенкова Людмила Эдуардовна	Орлова Татьяна Владимировна
Орман Людмила Анатольевна	Осинская Валентина Алексеевна
Охапкин Сергей Дмитриевич	Павленко Любовь Валентиновна
Павленко Марина Ивановна	Павлова Ольга Викторовна

Павлыш Елена Сергеевна

Павлюченко Ольга Алексеевна

Пархоменко Ольга Петровна

Пастухова Татьяна Константиновна

Пахомова Наталья Николаевна

Пензина Людмила Ивановна

Пермякова Екатерина Сергеевна

Петрик Олеся Олеговна

Петрова Ольга Николаевна

Пипипюк Сусана Викторовна

Плешкова Елена Васильевна

Плохова Елена Васильевна

Подхалюзин Владимир Александрович

Полунчаева Елена Владимировна

Попова Диана Леонидовна

Попова Тамара Николаевна

Попсуйко Инна Владимировна

Потапова Татьяна Михайловна

Прибыткова Ирина Сергеевна

Прохорова Дина Львовна

Прыгунова Маргарита Анатольевна

Пургина Раиса Александровна

Путинцева Алла Владимировна

Пьянкова Наталия Николаевна

Раевская Марина Юрьевна

Репина Анна Сергеевна

Роденкова Инна Александровна

Рожкова Елена Николаевна

Романова Елена Владимировна

Румянцева Любовь Алексеевна

Рыбицкая Елена Юрьевна

Рычкова Клавдия Алексеевна

Рязанова Светлана Владимировна

Савина Вера Владимировна

Савосина Татьяна Петровна

Савчишкина Светлана Юрьевна

Самохина Оксана Ивановна

Саутенкова Наталья Владимировна

Павлюк Светлана Анатольевна

Панихидкина Юлия Анатольевна

Пасечник Наталья Владимировна

Пахомова Лариса Владимировна

Пельник Людмила Николаевна

Перелыгина Елена Анатольевна

Петренко Анжела Николаевна

Петрова Елена Борисовна

Петровская Галина Васильевна

Плечева Светлана Юрьевна

Плотникова Наталья Алексеевна

Повышева Марина Геннадьевна

Полунова Марина Львовна

Полякова Ольга Олеговна

Попова Людмила Николаевна

Попонина Олеся Викторовна

Портнова Ирина Викторовна

Пощак Ирина Михайловна

Простякова Ольга Игоревна

Прошина Елена Ивановна

Прыгунова Надежда Владимировна

Пурикова Ирина Борисовна

Пушкина Елена Анатольевна

Радчук Олеся Сергеевна

Раменская Ольга Александровна

Рогова Людмила Леонидовна

Родионова Юлия Сергеевна

Романенко Татьяна Александровна

Рудакова Ирина Витальевна

Рупотко Ирина Владимировна

Рызванюк Елена Анатольевна

Рявина Марина Викторовна

Саблина Любовь Романовна

Савина Елена Николаевна

Савченкова Любовь Александровна

Сазонова Галина Сергеевна

Самохина Эливира Мунировна

Свиридова Наталья Васильевна

Севакова Елена Николаевна
Секерин Дмитрий Владимирович
Семак Анна Михайловна
Сергеева Наталья Владимировна
Серова Светлана Александровна
Сипрова Елена Александровна
Скорова Таисия Ивановна
Сливка Елена Геннадьевна
Служеникина Мария Сергеевна
Смирнова Елена Вячеславовна
Смирнова Лариса Георгиевна
Смолянченко Ольга Алексеевна
Солдатова Лариса Витальевна
Соловьева Валентина Григорьевна
Сорокина Виктория Валерьевна
Сорокина Елена Юрьевна
Сороченко Татьяна Яковлевна
Сполохова Надежда Ивановна
Стайкуца Марина Павловна
Стрельников Михаил Степанович
Струганова Елизавета Анатольевна
Струнгис Ирина Генриховна
Субцельная Юлия Викторовна
Сукова Галина Александровна
Сундакова Ирина Александровна
Сычёва Елена Александровна
Таращенко Ирина Ефимовна
Терентьева Елена Юрьевна
Терновская Маргарита Владиславовна
Тимощенко Алексей Викторович
Титова Светлана Викторовна
Трапезникова Инна Валентиновна
Тукилева Ирина Георгиевна
Турищева Марина Анатольевна
Угарова Светлана Юрьевна
Ульянова Вера Васильевна
Умнова Анастасия Александровна
Устинов Алексей Викторович

Севастьянова Елена Николаевна
Секретева Валентина Геннадьевна
Семёнова Светлана Петровна
Серёгина Алина Александровна
Симченко Наталья Николаевна
Скворцова Елена Михайловна
Слесаренко Олег Алексеевич
Слободчикова Светлана Николаевна
Смирнова Анна Борисовна
Смирнова Ирина Владимировна
Смирнова Наиля Мухамедовна
Соколова Елена Юрьевна
Соловьев Сергей Игоревич
Соловьева Елена Николаевна
Сорокина Елена Викторовна
Сороченко Лариса Николаевна
Сосунова Надежда Михайловна
Стадник Елена Владимировна
Стаценко Любовь Фадеевна
Стрельцова Елена Викторовна
Струина Алёна Германовна
Студиникина Галина Юрьевна
Суворова Татьяна Ивановна
Султанова Марина Александровна
Сурнина Эвелина Николаевна
Тараканова Валентина Ивановна
Темникова Елена Леонидовна
Терентьева Наталья Петровна
Тимофеева Анна Олеговна
Титкова Элла Михайловна
Томашевская Людмила Самуиловна
Третьякова Лариса Владленовна
Турбина Ольга Григорьевна
Тыщенко Марина Валентиновна
Ульянникова Татьяна Геннадьевна
Ульянова Любовь Николаевна
Усачева Татьяна Геннадьевна
Ушакова Ольга Михайловна

Федорова Алла Эдмундовна

Федотова Елена Владимировна

Федяев Владимир Ильич

Филипенко Маргарита Валентиновна

Фомина Татьяна Викторовна

Фомичева Эмма Петровна

Фофанова Анна Александровна

Холоднова Надежда Феофановна

Храмова Ольга Александровна

Целищева Татьяна Викторовна

Чагина Наталья Дмитриевна

Челышева Лариса Александровна

Черная Маргарита Александровна

Четверикова Ирина Евгеньевна

Чичмели Ирина Витальевна

Чурпий Светлана Павловна

Шалина Ирина Анатольевна

Шапкина Наталия Михайловна

Шарова Алла Викторовна

Шахримандян Мария Измаиловна

Шевчук Валентина Сергеевна

Шестакова Елена Николаевна

Шибарина Александра Сергеевна

Шихотова Надежда Титовна

Шмахтенберг Татьяна Николаевна

Шнырева Лариса Александровна

Шукевич Юлия Александровна

Щепачева Любовь Альбертовна

Щербакова Зоя Геннадьевна

Юдицкая Ольга Васильевна

Юрк Ирина Владимировна

Юшина Мария Евгеньевна

Якубчик Елена Николаевна

Якушева Нина Владимировна

Ямпольская Мария Павловна

Федорова Наталья Валерьевна

Федотова Наталья Вячеславовна

Федякина Александра Игоревна

Филипова Анна Валерьевна

Фомина Татьяна Людвиговна

Фомушкина Наталья Ивановна

Фурлетова Ирина Алексеевна

Хотнянская Ольга Евгеньевна

Царькова Мария Владимировна

Цыганкова Людмила Викторовна

Чегодаева Людмила Ивановна

Чермянинова Лариса Евгеньевна

Чернышенко Мария Александровна

Чистякова Юлия Николаевна

Чубарова Оксана Федоровна

Шаблова Ирина Валерьевна

Шамеева Галина Алексеевна

Шарапова Антонина Леонидовна

Шатилова Маргарита Владимировна

Шебнева Лариса Ивановна

Шерстнева Эльвира Альбертовна

Шешина Елена Владимировна

Шилимова Светлана Алексеевна

Шишова Ольга Викторовна

Шмелева Наталья Васильевна

Шпадарук Галина Николаевна

Шумилова Светлана Анатольевна

Щербакова Жанетта Георгиевна

Щербакова Ольга Владимировна

Юкша Юлия Александровна

Юрьева Ирина Юрьевна

Яковлева Юлия Михайловна

Якушева Мария Владимировна

Яминова Наталья Анатольевна

Ясько Евгения Васильевна

СОДЕРЖАНИЕ

Донцова Д. А.

Д 67   Продюсер козьей морды: Роман. Стриптиз Жар-птицы: Главы из нового романа / Дарья Донцова. — М.: Эксмо, 2008. — 384 с. — (Иронический детектив).

Вот это пассаж! Иван Подушкин вынужден сменить благородное имя! И на какое! Теперь он Владимир Задуйхвост. А все потому, что джентльмен сыска ушел от своей хозяйки Элеоноры, обидевшись за то, что она поверила злым наветам. К ней явилась пятнадцатилетняя нахалка Варвара и заявила, что Иван является отцом ее годовалой дочери. Каково, а? Ваня ушел в чем был, без паспорта. С горя надравшись, утром он очнулся у братьев-циркачей Морелли. Они и выправили ему новый паспорт. Теперь он у них конферансье, продюсер и... катала! Обыгрывает в покер на пару с обезьяной Мими дураков. Но Иван Павлович все же хочет реабилитировать свое честное имя. В поисках Вари и ребенка он вышел на центр «Мария», где с детьми творятся странные вещи. А основал этот центр... Иван Павлович Подушкин! Кто он? Его тезка или самозванец?..

УДК 82-3
ББК 84(2Рос-Рус)6-4

ISBN 978-5-699-25949-6   © ООО «Издательство «Эксмо», 2008

Оформление *В. Щербакова*

Литературно-художественное издание

Дарья Донцова

ПРОДЮСЕР КОЗЬЕЙ МОРДЫ

Ответственный редактор *О. Рубис*
Редактор *Т. Семенова*
Художественный редактор *В. Щербаков*
Иллюстрация на переплете *В. Остапенко*
Технический редактор *О. Куликова*
Компьютерная верстка *И. Ковалева*
Корректор *З. Харитонова*

ООО «Издательство «Эксмо»
127299, Москва, ул. Клары Цеткин, д. 18/5. Тел. 411-68-86, 956-39-21.
Home page: **www.eksmo.ru**   E-mail: **info@eksmo.ru**

Подписано в печать 21.01.2008.
Формат 84×108 /₃₂. Гарнитура «Таймс». Печать офсетная.
Бумага Classic. Усл. печ. л. 20,16.
Тираж 250 000 (1-й завод — 150 000) экз. Заказ № 0800430.

Отпечатано в полном соответствии с качеством
предоставленного электронного оригинал-макета
в ОАО «Ярославский полиграфкомбинат»
150049, Ярославль, ул. Свободы, 97